LE DERNIER GARDIEN
DES RÊVES

Du même auteur

Aux éditions Calmann-Lévy

LES GUERRIERS DE L'ÉTERNITÉ
Le Dernier Gardien des rêves, t. I, 2005
Les Brumes d'Achéron, t. II, à paraître

Aux éditions L'Atalante

UNE GESTE DE L'AVENIR LOINTAIN
L'Œcumène d'or, t. I, 2003
Le Phénix exultant, t. II, 2004
La Haute Transcendance, t. III, 2005

John C. Wright

Les Guerriers de l'Éternité, I

LE DERNIER GARDIEN DES RÊVES

roman

traduit de l'anglais
par Jean-Pierre Pugi

calmann-lévy

Titre original :
THE LAST GUARDIAN OF EVERNESS
(Première publication : Tor, États-Unis, 2004)

ISBN 2-7021-3618-4

À tous ceux qui, lors d'une guerre, veillent sur notre sommeil et éloignent de nous la peur de l'ennemi, ce fruit de mon imagination est respectueusement dédié.

1

Les Gardiens des Songes oubliés

I

Au cœur d'une chaude nuit d'été, dans une vieille demeure immuable dressée sur le littoral et en un temps où il n'était plus un enfant sans pouvoir encore se targuer d'être un homme, Galen Waylock rêva qu'il entendait la Cloche marine tinter dans le lointain.

Il s'éveilla en sursaut, les yeux écarquillés par la terreur. Ses mains avaient en se crispant froissé les draps imbibés de sueur, et le clair de Lune descendait sur son lit à travers les losanges de la fenêtre de sa chambre, une pièce au plafond et aux murs lambrissés de bois sombre dissimulés par les ombres. Il n'y avait plus que les grondements discrets mais incessants des vagues qui venaient se briser contre la falaise, en contrebas.

L'éveil avait emporté le glas mélancolique ; il ne subsistait que des sons plus terrestres.

« Il ne s'est rien passé ! s'affirma-t-il fiévreusement. Cela n'a pas pu arriver ! Pas après tant d'années ! Pas à moi ! »

À en croire la tradition, il y avait plus de quinze siècles que le Premier Gardien de l'Ordre s'était endormi sous un chêne à Glastonbury et avait laissé le gui et le lierre envahir sa chevelure, en attendant que cette cloche donne l'alerte par-delà des océans plongés dans une nuit constellée d'étoiles qu'il n'était possible de parcourir qu'en rêve.

Galen repoussa du pied la literie puis chercha la lanterne à tâtons. Ses doigts l'effleurèrent et il l'entendit basculer sur la table de chevet, puis choir sur le sol. Ce fut en grognant d'irritation qu'il se pencha vers son jean roulé en boule et trouva la poche dans laquelle il avait glissé sa lampe électrique.

Il resta un moment assis au bord du lit, avec la torche électrique dans sa main droite, la gauche placée en coupe pour réduire sa clarté. Il avait dans sa paume une minuscule marque de brûlure qu'il étudia un instant, le souffle court. Il plia les doigts et grimaça en raison de la légère souffrance, les yeux écarquillés par la stupéfaction.

Puis il se leva d'un bond en criant.

Peu après, Galen courait à perdre haleine vers le petit salon du bas dans lequel se trouvait son grand-père. Lemuel s'était installé devant l'âtre, où deux bûches se consumaient en crépitant, sous la douzaine de bougies alignées sur l'étagère du manteau de la cheminée. Au-dessus de leurs petites flammes, un blason sur lequel un cheval ailé rampant surplombait deux clés entrecroisées avait été ciselé dans la pierre. On pouvait lire au-dessous la devise : « Patience et fidélité. »

De l'autre côté de la pièce, en face de ces armoiries, trônait un vieux tableau : le portrait d'un homme brun aux yeux encore plus sombres, coiffé d'une mitre noire et vêtu d'un froc assorti. Une lourde clé d'or passée dans un collier était l'attribut de sa charge et il avait sur son giron un crâne d'équidé d'où saillait une corne spiralée. Cette toile avait été peinte dans un style classique que les ombres privaient de spontanéité.

Lemuel posa l'ouvrage qu'il lisait.

« Éteins cette lumière, bon sang ! Si tu ne peux résister à l'envie d'aller te promener en pleine nuit, utilise une lanterne. Tu es de plus en plus laxiste depuis ton retour de l'école, tu fais de moins en moins cas des règles de notre Maison. »

Galen s'exécuta ; à ses pieds le cercle de clarté disparut. « Écoutez, grand-père...

– Ton père n'a jamais compris pourquoi nous devions mener cette existence, lui non plus. Il n'a jamais cru ce que je lui enseignais, il n'avait pas la foi. Mais il n'empêche qu'on peut vivre confortablement sans eau courante ni électricité. »

La colère fit oublier toute retenue à Galen. « Je vous serais reconnaissant de ne pas parler de lui comme s'il avait quitté ce monde ! S'engager dans l'armée n'a rien de déshonorant, que je sache ?

– Ce sont les puissances que nous servons qui assimilent son désengagement à une trahison, au refus d'assumer les obligations qui incombent à notre famille. Il est convaincu que le temps de mettre tout ceci en pratique ne viendra jamais... »

Lemuel laissa sa tête redescendre, en grimaçant. Son front s'était plissé.

« Le temps est venu, grand-père ! »

Le vieillard se redressa et cilla. « Que s'est-il passé, mon garçon ?

– J'ai entendu la Cloche marine.

– Hein... ? !

– Il y a un instant. Ce soir, pendant que j'étais en patrouille sur les remparts. »

Rien n'altéra les traits de Lemuel, mais la surexcitation contenue apporta de l'éclat à ses yeux.

« Il convient d'être prudents. As-tu vu dans ce rêve un des Sept Signes de Vindyamar ?

– J'ai vu un Signe et reçu une Convocation, transmise par un oiseau marin porteur d'une lanterne.

– Une lanterne ? Une lanterne... ? Hmm hmm. Verges, anneau, baguette, arc, titan, Graal et trompe. Voilà qui est étrange. Une torche pourrait symboliser le sang du titan, mais... une lanterne ? Non, ce n'est pas un des Signes... » Lemuel changea brusquement de sujet. « Comment as-tu déterminé que ce songe est arrivé jusqu'à toi par la Porte du Cor ? As-tu procédé aux vérifications d'usage ?

– Voler, lire et observer ses mains. Je ne suis plus un novice, grand-père ! J'étais en songe profond. Il s'agit d'un rêve authentique. Et j'ai entendu le signal. Je l'attends depuis si longtemps que je n'ai pas pu me tromper. C'était bien la Cloche marine. »

Il avait débité tout cela d'une traite, et son grand-père leva les mains.

« Ne précipitons rien. En son temps, le Troisième Gardien de l'Éternité, Alfcynnig, crut entendre la Cloche. Il fit venir de Rome le Champion qui ne dort jamais afin qu'il protège la Tour de Vortigern, dans le Wessex, ce qui permit aux Goths de Totila de s'emparer de la Ville Éternelle, restée sans protection. Quant au Soixante et Unième Gardien, Sylvanius Waylock, il convoqua les Princes des Éléments afin qu'ils coulent la Grande Armada pour servir les intérêts d'Elizabeth, une faute qui nous valut d'être chassés d'Angleterre par un sortilège du Cercle de la Magie blanche, dont nous avions usurpé les fonctions. C'est ainsi qu'il a fallu démonter cette demeure pour la reconstruire, pierre après pierre, dans le Nouveau Monde. Et quand le Soixante-Dix-Neuvième Gardien, mon grand-père Phineas Waylock, s'imagina que la Cloche marine tintait, il réveilla les Pierres et procéda à une Grande Convocation. Alors qu'il avait simplement entendu un Léviathan se débattre dans les filets spectraux de Vindyamar, un animal dont les coups de queue ébranlaient le beffroi de cristal en imprimant de légers balancements à la Cloche. Il va sans dire que les Pierres de l'Éternité furent grandement irritées d'avoir été tirées de leur sommeil pour une raison aussi futile et mon grand-père perdit la vue en bataillant pour leur imposer le silence. S'il avait demandé aux Reines de confirmer ses craintes, il aurait probablement conservé ses deux yeux... »

En dépit de sa jeunesse, Galen se redressa et s'exprima avec des accents autoritaires proches de ceux de son grand-père. Quant à leurs expressions, elles étaient identiques.

« Je sais ce qui différencie un rêve superficiel d'un rêve profond, grand-père. Je connais ces choses aussi bien que vous, pour ne pas dire mieux. Une pouliche des songes s'est présentée à moi chaque fois que je l'ai évoquée, et je dis bien chaque fois ! Autrement dit, à plus de trois reprises. Et le timbre de la Cloche marine m'est familier. Je peux affirmer que c'est elle qui a retenti, cette nuit. »

Si Lemuel s'abstenait de sourire, il ne paraissait pas irrité pour autant. Peut-être était-il ravi de constater que son petit-fils avait du caractère. Ce fut néanmoins sèchement qu'il lui répondit : « C'est possible, mais sache que je n'ai pas encore renoncé à mes fonctions. Tu n'es pas le Gardien de l'Éternité, quels que soient tes talents.

– Il n'empêche que j'ai entendu la Cloche, grand-père. L'instant est venu. Il faut utiliser le Cor. »

Si Lemuel finit par se dérider, son sourire traduisait de la tristesse et de la lassitude. « Patience et constance sont les vertus qu'il convient de posséder lorsqu'un simple mortel monte la garde face à des adversaires quant à eux immortels. Depuis l'époque du Fondateur, chacun de nous a toujours pensé, espéré ou redouté souffler dans cette trompe. Mais cela n'a heureusement jamais été nécessaire. À ton âge, la perspective de se morfondre jusqu'à la fin de ses jours est insoutenable, n'est-ce pas ? »

Galen ouvrit la bouche pour répondre, mais son grand-père leva la main.

« Patience ! Nous ferons tout ce qu'il convient de faire si (et seulement "si" !) tout confirme qu'il s'agit du Signal que nous guettons depuis tant d'années. Il n'y a eu que trop de fausses alertes, jusqu'à présent. »

L'assurance de Galen en fut sapée et les incertitudes dues à son jeune âge altérèrent ses traits.

« D'accord, mais qu'allons-nous faire ? Il est précisé dans nos mandats que nous devons avertir le Roi ou le Gouverneur de la Nouvelle-Amsterdam. Qu'en est-il, de nos jours ? Faut-il téléphoner au Président ? Nous n'avons même pas le téléphone, dans ce musée moisi ! »

De frustration, Galen abattit son poing sur le mur, à côté de la porte.

« Tu vas en premier lieu t'asseoir en face de moi et me raconter ton rêve, très méticuleusement, dans ses moindres détails. Et tiens-toi droit !

– J'ai entendu la Cloche tinter dans les abysses. Quelque chose approche, c'est certain. Le péril monte vers nous au sein de la brume.

– Où étais-tu ? »

Galen se tourna pour contempler les flammes, visiblement au supplice.

« Dehors, sur le chemin de ronde des remparts qui surplombent les flots. La muraille onirique est naturellement bien plus imposante que celle de ce monde et ses énormes blocs de pierre miroitent sous le clair de Lune.

– Quelle était ta tenue ? Portais-tu des vêtements de notre époque ?

– Je n'en garde aucun souvenir...

– C'est pourtant important. En rêve profond, rien n'est jamais contemporain. Si tu as des difficultés à te le remémorer, effectue mentalement le premier exercice. Représente-toi le Cercle du Temps et utilise la clé pour reconstituer la tour et la demeure... »

Galen ferma les yeux...

II

Il rêvait qu'il se dressait sur un large mur de pierre noire ruisselante d'écume apportée par les déferlantes. Il portait une cotte de mailles argentée et tenait une longue pique dont la pointe renvoyait des reflets de clarté stellaire. Il assistait en contrebas, dans l'immensité des flots obscurs, à un défilé de cavaliers noyés, en armes et en armures de nacre. Ces silhouettes faiblement éclairées venaient vers le rivage, montant sans bruit des profondeurs, et l'eau faisait danser les crinières verdâtres de leurs destriers. Tous ces guerriers défunts avaient la bouche ouverte pour chanter, même si aucun son n'en sortait, seulement des nuages de sang.

Sur la gauche et la droite de cette cavalcade macabre des silhouettes noires fuselées et joueuses filaient de toutes parts. Des sourires révélaient des alignements de dents blanches et le clair d'étoiles se reflétait dans leurs yeux noirs.

Loin, loin derrière elles, des personnages titanesques se dressaient sous la lumière blafarde de la Lune. Des tourbillons d'écume se formaient autour de leurs genoux et des nuages d'orage drapaient leurs épaules telles des capes. Plus massifs que n'importe quelle créature de ce monde, ces géants arrivaient à grands pas.

Des étendards claquaient dans le ciel nocturne, de longues bannières noires ourlées d'argent qu'agitaient des vents de tempête. Tout le ciel résonnait et vibrait des échos de la Cloche qui sonnait le glas, encore et encore...

Une mouette noire descendit en vrille des cieux obscurs. Le contenu de la lanterne elfique qu'elle tenait dans ses griffes faisait penser à une étoile naine.

L'oiseau déclara avec la voix d'un homme : « Lemuel, dernier de tous les Gardiens de l'Éternité, constate à cette lumière que je suis envoyé par celui dont on ne prononce plus le nom, le Fondateur de ton Ordre, l'homme qui t'a transmis son sang, son titre et son serment. Il t'appelle d'au-delà du monde, de Tirion et du lieu appelé Sang et Gémissements, car il doit te faire partager ce qu'il sait sur l'Empereur de la Nuit, notre vieil ennemi indestructible, avant que les Tours d'Achéron n'émergent de l'océan. Il t'ordonne de venir sur-le-champ, sans passer par Vindyamar ou tout autre lieu. »

Sur ces mots, l'oiseau ouvrit ses griffes et la lanterne chut vers Galen. Sa lueur évoquait une étoile filante, sa flamme était de vif-argent. Elle ne dansait, ne vacillait et ne papillotait pas malgré ses girations. Galen tenta de la saisir au vol mais elle était si chaude qu'elle brûla sa paume. Il la laissa échapper et elle disparut.

En contrebas, dans un brouhaha de voix innombrables, les chevaliers scintillants imprégnés de souillures et de Ténèbres sortaient en souriant des flots. Quant aux géants, ils tendaient les mains vers les pierres de taille des fondations de la muraille...

Pendant que le glas sonnait, sans discontinuer...

III

Galen était enfant quand son grand-père lui avait offert un très vieux livre de sa bibliothèque. Il avait aussitôt entamé la lecture de cet ouvrage relié de cuir repoussé, à la couverture décorée de chevaux ailés dansant au-dessus de deux clés. Il se souvenait d'un poème écrit sur une page illustrée par des représentations de fées et de sirènes, de géants cyclopéens et de chevaux ailés. Les ans avaient estompé les vieux caractères et la lettrine était surchargée de tant d'enluminures que le jeune Galen ne savait trop quelle lettre se dissimulait au-dessous.

Compte les coups du glas ; un tintement prédit
La venue de celui qui chevauche la nuit ;
Si tu entends deux coups, dissimule ta face,
Car ils annoncent les géants de feu, de glace ;
Trois, et voici venir les Princes des Éléments ;
Et les Kelpies surgissent à quatre tintements ;
Cinq coups pour les Selkies et six pour la Haineuse,
Sept pour la Destruction et huit pour la Faucheuse.
Et si la Cloche sonne pour la neuvième fois,
Réveille les Dormeurs, pour tout sonne le glas.

Si ce poème était plus long, Galen n'avait pas eu l'opportunité d'apprendre la suite.

Quand son père l'avait surpris à lire ce livre en cachette, dissimulé sous les couvertures et utilisant sa torche électrique de boy-scout, il le lui avait arraché des mains avant de le frapper, jusqu'au moment où les larmes avaient noyé ses protestations. Puis il avait emporté cet ouvrage... sans doute pour le jeter à la poubelle.

IV

« Combien de fois la Cloche marine a-t-elle sonné ? » lui demanda doucement son grand-père.

Galen rouvrit les yeux. « Maintes fois.

– Plus de neuf ?

– Toute la nuit, grand-père. Elle tintait sans interruption. »

Ses tourments se lisaient dans ses yeux. Il regardait autour de lui, comme en quête d'un soutien, les poutres du plafond haut perché, les épais lambris de chêne, le sol dallé recouvert de tapis d'Orient tissés à la main et aux couleurs passées. D'un côté se dressaient de grandes portes à la française, ouvertes sur les senteurs iodées de l'océan. Le murmure des vagues qui venaient se briser contre la falaise, loin dans les profondeurs, soulignait en contrepoint les autres sons de la nuit.

Au-dehors, au-delà des mauvaises herbes des jardins à l'abandon, Galen voyait les fissures du muret qui surplombait la baie et les nombreuses pierres qui s'en étaient détachées. Des remparts moins imposants et envahis par la mousse dans le monde réel. Il ressentit le désir d'entamer les travaux d'entretien dont Lemuel lui avait si souvent parlé.

« Grand-père, fit-il. Je devrais en toute logique avoir peur. Qu'allons-nous faire ? »

Le vieil homme prit sa pipe et se leva pour tendre la main vers la blague à tabac posée sur l'étagère du manteau de la cheminée. « En toute logique, hein ? Je considère pour ma part que ces choses sont terrifiantes. Néanmoins, un zeste de frayeur est l'équivalent du vent dans un parterre de fleurs… Ces dernières s'inclinent mais se redressent à la première accalmie.

– Croyez-vous le moment bien choisi pour me débiter de pareils poncifs ? Ne devrions-nous pas agir ? »

Il était évident que le vieillard voulait le chasser, car il savait qu'il ne supportait pas l'odeur du tabac. Galen se mit debout, à contrecœur.

Lemuel lui sourit. « Tu vas en premier lieu retourner te coucher. Je compte aller dans la Chambre des Songes pour rêver de Vindyamar et rendre visite aux trois Reines blondes qui veillent sur la Cloche, comme nous sommes chargés de veiller sur le Cor. Elles pourront me confirmer que ces tintements ne sont pas accidentels. Il y a un détail qui me chiffonne, dans ce que tu as vu.

– Vous ne me croyez pas, marmonna Galen, boudeur. Mais voyez ceci… »

Il leva la main gauche pour montrer la cloque d'une brûlure dans sa paume. « Nous avons été convoqués à Tirion. Voici la marque laissée par la lanterne stellaire que j'ai touchée. Le Fondateur est là-bas. »

Lemuel examina soigneusement l'ampoule puis il alla prendre une chandelle sur le manteau de la cheminée et l'approcha de la main de son petit-fils en fronçant les sourcils. Bien qu'il n'y eût pas le moindre souffle de vent, la flamme oscilla.

Lemuel hocha lentement la tête. « Voilà qui confirme son origine magique. Seul le Sang de l'Éternité peut ainsi franchir les barrières du songe et permettre à une flamme onirique de brûler ce qui est matériel. Quelle que soit la signification du reste de ton songe, c'est bien le Fondateur qui nous a envoyé ce corbeau. » Il se redressa et secoua la tête. « Ce qui ne change rien à la situation, mon garçon. Nous ne répondons pas à toutes les Convocations que nous recevons du monde de la nuit.

– Mais, grand-père... »

L'expression amusée du vieillard s'effaça.

« Nous devons filtrer les voix qui nous parviennent. L'oiseau dont tu parles pouvait être un Selkie qui s'était mis dans la peau d'une mouette. Il ne fait aucun doute que la lanterne que tu as touchée a été façonnée par le Fondateur, mais qu'est-ce que ça nous prouve ?

– Ce que ça prouve ? Ça prouve qu'il m'a convoqué à Tirion.

– Premièrement, ce n'est pas à *toi* mais à *moi* que cette invitation était adressée... et je n'ai pas la moindre intention de me rendre là-bas. Deuxièmement, le Fondateur ne se trouve pas à Tirion mais au-delà du bord du monde, à l'intérieur d'une cage suspendue dans le néant. Tel est son châtiment pour avoir trahi la parole donnée. » Lemuel utilisa le tuyau de sa pipe pour désigner la devise inscrite dans la pierre, au-dessus de l'âtre. « Il a pu retourner sa veste ou laisser son impatience prendre le pas sur sa raison. »

Galen saisit l'allusion et se détourna de mauvais gré.

Mais il fit volte-face sitôt arrivé sur le seuil. Jeunesse et rébellion apportaient leur éclat à ses yeux.

« Où est le Cor, grand-père ? N'estimez-vous pas qu'il serait temps que je l'apprenne ?

– Patience, mon enfant. Il est encore trop tôt pour t'en informer.

– Et si vous ne reveniez pas ? Qui resterait-il pour l'utiliser ?

– Tu ne m'as pas encore remplacé dans les fonctions de Gardien de l'Éternité. Va dormir et abstiens-toi d'obéir aux injonctions de cet oiseau de mauvais augure. Ne rêve pas de Tirion. Utilise la petite clé pour emprunter la porte des songes mineurs qui mène à des visions agréables. Pourquoi pas le Pays de Cocagne ? Le Pays des douces friandises ? Le Pays du lait et du miel ? »

Galen se redressa, visiblement outragé. « Ça va pas, non ? C'est tout juste bon pour les enfants en bas âge ! J'ai visité des lieux dont nul Gardien n'a jamais rêvé, grand-père ! J'ai vu les arbres d'Arcadie et les bosquets que couvre l'ombre de la plus noire des tours. Mes pieds ont foulé les pics de Zimiamvia et je me suis désaltéré aux sources intarissables d'Utterbol qui jaillissent juste à côté de la mer ! Je suis le plus grand rêveur de notre famille et vous en êtes conscient ! Je n'ai pas peur des ombres des trépassés. Je suis capable de me rendre à Tirion et d'en revenir indemne. C'est moi qui ai reçu la Convocation ! »

Ce fut avec une relative douceur que son grand-père lui répondit : « Il est incontestable que tu as du talent. Mais tu es encore très jeune, Galen. Et tu sais que les règles qui s'appliquent aux rêves dans les contes de fées sont les mêmes que celles que la science a déterminées pour ce monde. Et nul héros de tels récits n'a jamais fait fi des mises en garde de son grand-père sans avoir à le regretter tôt ou tard. Tu ne dois pas aller à Tirion ni t'entretenir avec le Fondateur. Est-ce bien compris ? »

Il alluma sa pipe à la flamme de la bougie qu'il n'avait pas encore reposée.

Galen battit en retraite vers la porte, actionna par défi l'interrupteur de sa torche électrique et monta à l'étage en faisant du bruit et en marmonnant.

Le sourire de Lemuel disparut dès sa sortie de la pièce.

« Un long vol m'attend... » murmura-t-il. Il leva les yeux sur l'image du cheval ailé sculptée dans la pierre. « Et un voyage périlleux. La pouliche des songes viendra-t-elle me chercher, à présent que la Cloche a sonné ? Pour ce soir, destination Vindyamar. Mais où serai-je, demain ?... »

Il s'intéressa au portrait de l'homme au regard sévère qui tenait le crâne de licorne, de l'autre côté de la pièce. « Daigneras-tu m'adresser la parole, mon vieil ami ? Et me laisseras-tu repartir ? Il fait si froid, au-delà du bord du monde, et je me sens si vieux... »

Il fit retomber le tabac dans la blague en tapotant le fourneau de la pipe contre les pierres de la cheminée. Son envie de fumer s'était évaporée. Il avait de lugubres pensées. « Supposons que tu ne m'autorises pas à revoir la lumière du jour, cette fois ? Qui restera-t-il ici, si je ne me réveille pas ? Un enfant terrifié ? »

V

Galen savait que son grand-père avait l'habitude de parler seul, et c'était pour cela qu'il s'était ingénié à faire beaucoup de bruit en gravissant les marches. Il redescendit ensuite l'escalier, d'un pas rapide et discret, sans rallumer sa lampe. Accroupi dans le vestibule, à côté de la porte du petit salon, il put ainsi entendre le dernier commentaire du vieillard.

Plus tard, allongé dans son lit pour contempler les ombres des branches que le clair de Lune faisait danser au plafond de sa chambre, il prit une décision.

« Le premier des Gardiens subit toujours la punition qui lui a été infligée parce qu'il a manqué à son devoir, se dit-il. Mais grand-père est allé lui rendre visite, malgré les risques. Cela lui a valu de sérieux ennuis, quand j'étais en sixième. Je me rappelle que les médecins le disaient dans le coma. »

Il grogna. La médecine moderne ne lui inspirait que du mépris.

« C'est moi qui ai reçu la Convocation du premier des Gardiens. Moi. Les pouliches des songes viennent me chercher dès que je les appelle, alors qu'elles se font tirer l'oreille quand grand-père s'adresse à elles. Il n'est même pas dit qu'il puisse se rendre à Tirion.

« Si je pars ce soir et affronte le danger, il n'aura pas à le faire demain. »

Il traça mentalement le Cercle de la Tour du Temps que son grand-père lui avait appris à garder constamment à l'esprit. Il ajouta les quatre ailes de la demeure en disposant dans chacune d'elles une phase de la lune, un élément et une saison différents. Puis il érigea tout autour des statues et des symboles, des jardins et des charmilles, des allées et des murs, autant d'éléments qui, chacun, avaient un nom et une signification propres. Peu après, le Bastion autour de lui était aussi réel que celui où il dormait. Il murmura le deuxième nom secret de Morphée et pénétra dans cette construction onirique, quitta le corps allongé sur le lit et sortit par la porte qui représentait la saison et la phase lunaire de ce jour-là.

Dans un pavillon en forme de pagode de ce jardin imaginaire, une torche de roseaux diffusait une clarté d'une blancheur très pure. Perché sur un guéridon, un vautour becquetait un petit morceau de foie rouge. À l'est, une arche du kiosque donnait sur un escalier qui s'élevait vers une énorme muraille noire bordant la mer. Inscrite en lettres d'argent sur les parois, de chaque côté de la voûte, on pouvait lire la formule d'appel d'une pouliche des songes.

Il regarda les mots en se demandant s'il devait ou non les prononcer. Encore à moitié éveillé, il percevait la lourdeur de ses membres, les reliefs montagneux des plis et des crêtes des oreillers, des couvertures et des draps. Son grand-père lui avait appris que nul ne devait faire appel aux puissances de la nuit, même les plus infimes, sans avoir près de lui quelqu'un capable de le réveiller en cas de problème.

Et une pouliche des songes n'était pas une puissance mineure.

« Grand-père le constatera tout de suite, si je ne suis pas revenu au matin », s'affirma-t-il.

Il eut une dernière pensée avant de sombrer dans le sommeil, d'oublier son corps et de s'enfoncer dans son rêve. « Non, je ne suis pas un enfant terrifié. »

2

Une vie pour une vie

I

L'homme et la femme étaient assis au soleil, se tenant par la main. Adossée aux oreillers, elle avait les yeux brillants et comme toujours joyeux. Il était pour sa part un grand gaillard aux sourcils bruns fournis et à la barbe noire fourchue.

Et s'il était corpulent, elle était menue et pleine de grâce, avec un visage constamment animé. Elle souriait, cillait ou arborait une moue pensive, regardait de toutes parts avec curiosité. Elle avait de longs cheveux bruns et des yeux d'un bleu limpide.

« Je suis triste ! s'exclama-t-elle, aussi gaie qu'un pinson.

– Ah ! Et qu'est-ce qui tracasse ma petite femme adorée ? »

Il essaya de se dérider, mais du chagrin soulignait sa voix grave à l'accent russe prononcé.

« Toutes les belles histoires sont condamnées à disparaître, leur source se tarit ! » Elle leva les mains, doigts écartés, avant de hausser les épaules pour mimer l'indifférence. « Plus personne ne leur accorde assez d'importance pour se donner la peine de les raconter. Les gens préfèrent regarder la télé. Une occupation que mon père ne tient pas en haute estime. Mais il arrive que des mères lisent un conte à leurs enfants, pour les aider à s'endormir. »

Elle soupira, les paupières lourdes, et parut sommeiller à son tour. Toute animation désertait son visage, comme si une lumière venait de s'éteindre.

Il se pencha, livide de frayeur, pour effleurer son front du dos de sa main.

« Wendy ? » murmura-t-il.

Elle rouvrit les yeux. « Raconte-moi une histoire.

– Je ne suis pas très doué pour ça. Les seules que je connais se rapportent à mon père, et tu les as déjà entendues il y a longtemps, quand nous étions fiancés. La nuit que nous avons passée au bord du lac, tu t'en souviens ? »

Elle se nicha plus confortablement dans les oreillers. « J'ai accepté de t'épouser parce que tu étais le seul homme qui sortait d'un conte de fées. J'ai eu une excellente idée ! Je m'en félicite encore.

– Qu'est-ce que tu dis ? C'est moi qui ai demandé ta main.

– D'accord, mais tu as pris ton temps pour te jeter à l'eau ! Raconte-moi encore cette histoire !

– Eh bien, mon père vivait dans les montagnes du Caucase et il n'aimait pas beaucoup les représentants du gouvernement central...

– Non, non, non ! Ce n'est pas comme ça qu'elle débute ! Tu dois dire : "Je m'appelle Var Varovitch, ce qui signifie dans ton langage Choucas fils de Choucas. Et voici quelle est l'origine de ce nom."

– Ah ! Qui est le narrateur, ici ? Toi ou moi ? Alors, silence, femme, laisse-moi m'exprimer. Je m'appelle Var Varovitch. Ce qui donnerait, dans ta langue, Choucas fils de Choucas. Voici comment j'ai reçu ce nom.

– C'est presque ça, reconnut-elle. Vient ensuite : "Mon père avait gravi les plus hautes montagnes et il s'était rendu en des endroits où même les chèvres n'osaient pas s'aventurer. Sa réputation de chasseur et de pisteur était telle que..."

– Tu me laisses parler ? Quand les envoyés du gouvernement central voulaient un guide, ils s'adressaient à mon père en agitant leurs roubles sous son nez, des billets sans grande valeur car privés de contrepartie en or, ainsi qu'une réquisition de l'apparatchik géorgien, également sans valeur mais dont l'application était garantie par les armes et les soldats de la garnison de Tbilissi. Il ne s'inquiétait pas pour lui, mais pour moi. J'avais coûté la vie à ma mère en venant au monde. Personne ne s'était déplacé pour l'aider car elle n'était pas russe mais géorgienne et elle n'avait à Moscou aucun ami qui aurait pu lui faire attribuer un médecin d'État. Je n'étais à l'époque qu'un nouveau-né qui n'était jamais sorti de son berceau. Je n'avais pas vu un brin d'herbe. J'étais venu au monde en hiver et le printemps n'était pas encore là.

– J'adore ce passage.

– Silence, femme ! Mon père craignait que les soldats n'incendient le village s'il refusait de les guider vers les hauteurs du mont Kazbek. Il connaissait l'endroit où ils voulaient se rendre, bien que ce ne soit pas le point indiqué sur leurs cartes. Il leur demanda néanmoins pourquoi ils n'attendaient pas le retour des beaux jours. Avaient-ils oublié le sort que l'hiver russe avait réservé aux armées de Hitler, quelques années plus tôt ? Ils rétorquèrent qu'ils devaient impérativement se rendre sur place. Les scientifiques responsables de l'expédition disaient que c'était une nécessité, que la grandeur du peuple soviétique le leur imposait et que seul un traître aurait pu les retarder.

« Mon père leur opposa qu'il ne pouvait pas m'abandonner, étant donné que ma mère était morte et que je n'avais pour me nourrir que le lait des louves qu'il réussissait à capturer...

– C'est tout toi ! Tu devais être mignon tout plein. Mais tu as sauté un passage. "L'hiver était si rigoureux que le lait des vaches gelait dans leurs pis et que le chant des oiseaux se figeait sitôt sorti de leur bec, et ce fut seulement au printemps que le dégel libéra ces notes et que leurs douces sonorités se répandirent sur la terre verdoyante..."

– Ça, c'est une autre histoire ! Je disais donc que les membres de l'expédition voyageaient depuis de nombreux jours, qu'ils étaient aveuglés par la neige et que les rations commençaient à manquer...

– Attends. Tu n'as pas précisé que le responsable scientifique avait imposé à ton père de t'emmener avec eux et que tu étais emmailloté dans une peau de loup et sanglé sur son dos.

– Oui, c'est vrai.

– Et tu n'as pas non plus parlé du moment où tous ont éclaté de rire en le voyant emporter un arc et des flèches... avant que le gel ne rende leurs fusils inutilisables, bien entendu.

– J'allais y arriver. Où en étais-je ? Il n'y avait rien dans le ciel, à l'exception d'un oiseau noir, et ils étaient cernés d'escarpements et de gouffres. Mon père montra du doigt le rapace...

– Tu as oublié quelque chose.

– Je sais, je sais. Le-scientifique-borné-croyait-qu'ils-s'étaient-perdus-et-les-soldats-menaçaient-de-tuer-mon-père. C'est mieux comme ça ? D'accord. Mais mon père a désigné le vautour en disant qu'il suffirait de le suivre pour atteindre l'endroit où il trouvait de quoi se nourrir dans cette contrée inhospitalière.

« Il les guida vers un lieu où un homme nu était enchaîné à la montagne, un individu encore plus grand que le clocher d'une église. Il était entravé par de grosses chaînes aux maillons collés par le gel et des glaçons vermeils s'épanouissaient comme des fleurs hors d'une plaie béante ouverte dans son flanc. D'ailleurs, son sang maculait toute la falaise à laquelle il était attaché. Il avait un visage serein et empreint de gravité, digne d'un roi, mais il grimaçait de souffrance tel un saint sur une icône.

« "Que voyez-vous ?" demanda mon père aux Russes.

« Car il les savait différents de nous, les Géorgiens. Ils ne remarquaient pas ce qu'ils avaient pourtant devant leur nez.

« "Je vois de la glace, dit l'un.

« – Je vois de la roche, dit l'autre.

« – Et qu'entendez-vous ? voulut encore savoir mon père.

« – Le vent, répondit le premier.

« – Et les braillements de ton morveux !" rit le second.

« Mais le scientifique leva les yeux et déclara :

« "J'entends la voix grondante d'un homme qui nous implore d'abattre le vautour qui le tourmente."

« Mais les armes des militaires avaient gelé et ils ne purent tirer sur le rapace.

– Que ton père a transpercé d'une flèche, conclut gaiement Wendy.

– Absolument ! Le supplicié dit à mon père que le vautour ressusciterait au matin mais que le tuer mettrait provisoirement un terme à ses tourments. Il ajouta qu'il lui offrirait comme récompense toute la sagesse du monde.

– Mais le scientifique est venu mettre son grain de sel...

– Tout juste. Il a ordonné à mon père de transmettre un message au titan. Il devait lui dire que les Américains disposaient d'une bombe fonctionnant grâce à la fission de l'atome et que c'était une arme bien trop dangereuse pour la laisser à de simples mortels... autres que les membres du Soviet suprême, cela va de soi.

– Il dut également lui parler des fusées.

– Oui. Les Américains avaient capturé les spécialistes allemands de Pennemunde et ils étaient sur le point de découvrir tous leurs secrets, autrement dit comment fabriquer des missiles plus puissants que les V-1 et les V-2. Nous devions lancer un satellite avant les Américains pour démontrer la supériorité du communisme sur le capitalisme. Le grand Staline en avait donné l'ordre. »

Choucas s'interrompit. « Tu n'es pas trop lasse pour écouter cette histoire ? Les heures de visite tirent à leur fin. »

Il regarda sa montre et fronça les sourcils.

« Qu'arriva-t-il, ensuite ?

– Le géant baissa sur mon père des yeux pleins de sagesse et de tristesse, et il lui dit : "Fils des montagnes, je révélerai aux hommes qui t'ont asservi tout ce qu'ils veulent savoir, mais sache que je ne tolère aucune forme d'esclavage car l'homme n'a pas été créé pour servir ses semblables. Tu le sais comme moi. Ceux qui sont faits pour connaître la servitude, comme les bovins et les ovins, se déplacent en gardant leur face au ras du sol et ne rêvent pas d'être libres. Seuls les humains ont de tels désirs. Je te confierai un secret que je suis seul à détenir si tu t'engages à n'en parler à personne, pas même à ton propre fils. Car il existe un chemin qui conduit loin de ces montagnes, vers l'autre versant, au-delà de toutes les patrouilles, au-delà des murailles et des postes de garde, jusqu'à la liberté qu'offre l'Occident. Je t'indiquerai ce chemin si tu me promets de l'emprunter pour fuir sans plus attendre.

« – Que voulez-vous en échange ? s'enquit mon père.

« – Pour être libre, il faut te débarrasser du fardeau de la peur. Ni toi ni ton fils ne devrez en subir le carcan. Pour entamer une nouvelle vie, il sera nécessaire de changer de nom. Tu pourras te faire appeler Choucas, car c'est un oiseau plein de sagesse et conscient des frontières qui séparent la vie de la mort ; et si on te demande comment tu t'y es pris pour traverser ces monts infranchissables, ou ce que tu as fait pour passer malgré les gardes et les clôtures, tu devras répondre que tu as volé comme un choucas."

« Voilà tout ce que m'a dit mon père sur notre venue en Occident pendant mon enfance. Je sais qu'il ne m'aurait jamais révélé les noms de ceux qui l'ont aidé à fuir, car seul un secret absolu permettrait à d'autres d'emprunter cette filière. Son seul commentaire a été qu'il avait fui en survolant comme un choucas un pays jonché de cadavres. »

II

Choucas reprit les mains de son épouse dans les siennes. « Et je suis venu dans ce pays où je suis tombé amoureux de toi, ma si belle et si étrange petite Wendy.

– Et *mon* histoire, veux-tu la réentendre ? Tout ce que je t'ai raconté quand tu m'as demandée en mariage ? Il est question de vol, également. Je rêvais souvent que je me déplaçais dans le ciel, et je me demandais pourquoi je ne savais plus m'y prendre une fois réveillée. Puis, à l'âge de neuf ans, je suis tombée malade et j'ai dû garder la chambre au lieu d'aller à l'école. Je jouais avec un des chats de ma mère, Simplet, quand la méthode à employer m'est revenue à l'esprit. Il suffisait de lever un pied, puis le second, en essayant de convaincre chacun d'eux que l'autre était toujours par terre. Je me suis envolée par la fenêtre et j'ai survolé mon école, plus loin dans la même rue. Je me suis posée sur la hampe du drapeau, pour me reposer. Le plus dingue, c'est que mes camarades ne me remarquaient pas, même quand je criais pour attirer leur attention. Je me souviens d'avoir regretté de ne pas avoir emporté des trucs que j'aurais pu lâcher sur ceux qui jouaient juste en dessous de moi. Même ma maman n'a pas pu me voir, lorsque je suis passée au retour devant la fenêtre de la cuisine. Et quand je lui ai raconté ce qui s'était passé, elle m'a donné du consommé de poulet et m'a dit de retourner me coucher. Une fois rétablie, j'ai fait un autre essai qui s'est soldé par un échec. Un jour, en cours de gym au collège, j'ai eu l'impression de flotter... et c'était peut-être le même phénomène. Mais personne n'a voulu me croire. Mes camarades étaient convaincues que j'avais tout inventé, alors que j'en gardais un souvenir très net. Pourquoi les gens sont-ils comme ça ? Ils font comme si ce qu'ils n'ont pas personnellement vécu n'existait pas ! Les adultes oublient tous les bons côtés de l'enfance. Pourquoi ? Pourquoi ne peut-on pas être à la fois un gosse et un adulte et prendre ce qu'il y a de mieux dans l'un et dans l'autre ? Les jeunes ne redoutent pas la mort. Ils n'ont peur de rien. Sauf des monstres qui font rire les adultes. Tu vois ?

– Oui, ma chérie, je vois...

– Si je te parle du jour où j'ai survolé la cour de mon école, c'est parce que j'ai refait ce rêve la nuit dernière. J'ai suivi la route qu'empruntait le car de ramassage scolaire, pour ne pas risquer de me perdre (comme dans la réalité), mais au retour j'ai vu un poney dans le ciel. Il était immobile et broutait le duvet d'un nuage, comme si c'était de l'herbe. Tu sais comment les chevaux se nourrissent. Le plus drôle, c'est que je suis certaine d'avoir souvent vu des animaux identiques me lorgner derrière la fenêtre, juste avant de m'endormir. »

Choucas se redressa. « Tu ne m'en avais encore jamais parlé.

– Parce que ça m'était sorti de l'esprit, sans doute ? Sauf que cette fois, c'était un songe. Enfin, je crois. Écoute. Cet animal était blanc comme une étoile... et ses yeux ressemblaient également à des étoiles. Je lui ai demandé pourquoi je ne l'avais jamais vu et il m'a répondu que lui et ses semblables étaient constitués de matière stellaire et qu'ils avaient été bannis loin du Soleil, comme le ciel nocturne. “En vérité, tu m'as vu un million de fois, m'a-t-il dit. Mais dès que tu regagnes le monde de l'éveil, les brumes de l'Éternité estompent tout cela et je ne puis te suivre. Mais il existe à l'est une maison...” »

III

L'infirmière vint administrer son traitement à Wendy, qui n'eût jamais parlé d'un de ses songes ou raconté une anecdote personnelle devant une inconnue. La femme en profita pour rappeler avec tact à Choucas que les heures de visite étaient terminées et que d'autres malades en phase terminale risquaient d'être incommodés par sa voix, malgré la porte close.

Les médicaments rendaient Wendy somnolente. « Je me souviens d'un tas de choses étranges que j'avais oubliées, fit-elle. Et de rêves si amusants ! »

Choucas se pencha pour l'embrasser avant de partir, mais il lui murmura : « Je reviendrai par une fenêtre que j'ai remarquée en venant. Elle ne ferme pas. Personne ne me séparera de toi, mon amour...

– Ne sois pas triste, répondit-elle doucement. Je sais que le lieu où je vais aller sera plus agréable que celui-ci. Il m'arrive de le voir, lorsque je somnole. Là-bas, tout est nimbé d'une clarté qui dégage une douce chaleur. Dès l'instant où j'accepte mon destin, tu dois en faire autant, mon grand homme. Et cesse de te ronger les sangs ! Ça me rend malheureuse. »

Il l'étreignit avec force, sans éloigner son visage de sa joue pour lui dissimuler ses larmes.

IV

Cette nuit-là, par des méthodes qu'il ne révélerait à personne, Choucas regagna l'hôpital. Le service des soins intensifs était animé et bruyant. Des infirmières couraient de tous côtés et nul ne le vit se faufiler jusqu'à la chambre de sa femme, voûté dans une blouse blanche subtilisée un peu plus tôt à la blanchisserie. Il avait caché sous ce vêtement un cône transparent contenant une rose rouge achetée à un vendeur installé au coin de la rue.

Il détestait les odeurs de désinfectant et la lumière crue des néons de ce plafond insonorisé. Un tel cadre n'avait rien d'accueillant. Ils n'étaient pas chez eux, ici. Ce n'était pas un décor digne d'une femme qui agonisait loin de chez elle, obligeant son époux à la rejoindre furtivement, tel un voleur.

Parce qu'il marchait à pas feutrés comme son père le lui avait appris et qu'il ne faisait absolument aucun bruit, Choucas put remarquer une voix grêle au timbre si étrange qu'elle donnait des frissons, froide et saturée d'amertume, dans la chambre de son épouse.

« ... Même si tu ignores tout de ton héritage et de la prophétie, je suis quant à moi informé de ces choses. Bien qu'abâtardi et grandement dilué, le sang des fées coule toujours dans tes veines. Tu es différente des autres femmes. N'as-tu pas encore constaté que tu es la seule à me voir et à m'entendre ? »

Puis il y eut la voix de Wendy, posée et puissante. « Va-t'en ! Tu es mauvais. Je ne veux pas avoir affaire à toi.

– Je suis venu huit fois te proposer la vie. C'est ma neuvième et dernière visite.

– Je refuse de t'écouter. Va-t'en.

– En tant que nécromancien, je peux te restituer ta force vitale. Tu seras en parfaite santé, capable de chanter et de danser au Soleil. Tu auras la possibilité de devenir très vieille et d'avoir beaucoup d'enfants.

– Va-t'en ! Cela équivaudrait à un meurtre et je ne suis pas du genre à tuer qui que ce soit, même à bord d'un canot de sauvetage.

– La seule condition est la suivante. Pour respecter l'équilibre d'un univers indifférent, une vie doit être prise en échange de la tienne. Tu ne sauras pas de qui il s'agit, seulement que ce ne sera ni un parent ni un proche mais un parfait inconnu. Quand un être destiné à mourir recouvre le droit de vivre grâce à ma magie, un être destiné à vivre doit mourir.

– Si tu es si puissant, pourquoi ne t'avances-tu pas dans la lumière, là où je pourrai te voir ?

– Je ne dois pas te montrer mon visage. »

Choucas agrippa le chambranle de la porte. D'étranges pensées tourbillonnaient dans son esprit. Qui était venu rendre visite à son épouse ? Pour...

Pour lui offrir le salut !

Il cilla afin de chasser des larmes d'espoir et de confusion, et finalement de colère. De telles choses étaient inconcevables, c'était un dialogue de fous !

Puis une pensée s'imposa insidieusement à lui. En quoi la mort d'un inconnu l'aurait-elle affecté ?

Il poussa la porte.

Il n'y avait dans la chambre obscure que sa femme, et elle dormait à poings fermés, seule. Les fenêtres étaient closes. Il n'y avait pas d'autre issue. Tout ici était paisible et silencieux.

Choucas approcha précautionneusement du lit. Il se demandait si – pour une raison incompréhensible – elle ne lui jouait pas une comédie.

Il effleura sa joue avec douceur, sans la réveiller pour autant.

Puis il songea à la vie qu'il avait menée avant de la rencontrer. Son existence avait été privée de sens. Il se souvenait des nombreuses fois où il s'était abandonné au désespoir, des tourments dus à sa solitude et de ses expériences lamentables avec d'autres femmes. Il était resté un étranger, un intrus, jusqu'à sa rencontre avec cette personne extraordinaire (il l'assimilait presque à un lutin) qui lui avait permis de se sentir ici à sa place, qui lui avait offert un foyer.

« Réveille-toi, ma Wendy, murmura-t-il. Je t'ai apporté une rose. »

Mais elle garda les paupières closes. Il déposa la fleur sur sa poitrine et croisa ses mains au-dessus, afin qu'elle la découvre à son réveil.

Il la regarda, totalement immobile dans cette posture de gisant...

Saisi d'horreur, il reprit précipitamment la fleur. Wendy était livide. Il toucha son front sans pouvoir déterminer si elle avait ou non de la fièvre. Il vit sur la table de chevet la sonnette d'appel. Il la pressa, encore et encore, tout en appelant une infirmière d'une voix rauque et sonore.

Sur le lit, Wendy bougea enfin. Elle rouvrit les yeux. « C'est quoi, ce vacarme ? »

Ils entendaient des bruits de pas rapides et des malades réveillés en sursaut qui se plaignaient ou posaient des questions.

« Tu as tiré le gros lot ! commenta Wendy en souriant gaiement. Tu aurais intérêt à te planquer dans le placard ! Et vite ! »

Choucas rit de soulagement et se précipita dans le réduit. Il referma la porte qu'il laissa entrebâillée, un jour par lequel il vit en ressentant gêne et culpabilité les infirmières et les internes de garde se ruer dans la chambre.

Pendant plusieurs minutes son épouse fit l'idiote et posa des questions débiles, amusée par la confusion générale. Choucas l'observait. Elle était adorable, souriante, joyeuse...

Il eut un choc en se la remémorant avec la rose sur la poitrine.

« Ange ou démon, ou quoi que vous soyez, murmura-t-il. Si elle rejette votre offre, moi je l'accepte. Tuez qui vous voulez, mais faites qu'elle reste en vie ! »

Il sentit ses cheveux se hérisser sur sa nuque. La brusque conviction d'être épié l'empêchait de se tourner ou d'esquisser le moindre mouvement.

Puis une voix glaciale prononça derrière lui : « Ainsi soit-il. »

3

La cité au bord du monde

I

Dans le passé (impossible de préciser s'il était proche ou lointain, dans cette enclave située hors du temps), un jeune homme bardé d'une cotte de mailles argentée se dressait sur les énormes blocs de pierre noire de la muraille séparant le monde de l'éveil de celui du rêve. Armé d'une lance, les yeux brillants, il gardait la tête inclinée en arrière ; le lambrequin de son casque couvrait son cou et ses épaules. Ce fut d'une voix puissante et claire qu'il adressa son chant aux étoiles.

Fille d'Eurynome, toi qui t'élèves
Aussi loin que s'en vont les rêves ;
Un titan m'a fait un serment,
Et je t'appelle, au nom du sang.

À son instar je revendique,
Pour franchir ces cieux olympiques,
Que tu deviennes mon destrier ;
Pour dans les rêves galoper !

Mon âme, comme la tienne immortelle,
Captive de mon enveloppe charnelle
Qui à périr est condamnée,
Ne t'a toujours pas oubliée.

Il récitait ces incantations quand il remarqua un mouvement dans les profondeurs du ciel nocturne, comme si une étoile filante ou un météore de diamant à la vive clarté pénétrait dans son champ de vision. Et il vit une créature ailée se matérialiser hors de cette lumière, aussi gracieuse et rapide qu'une gazelle, aussi audacieuse et puissante qu'un destrier aguerri, mais encore plus délicate qu'un faon. Nimbée de clarté, elle volait vers lui en effleurant la crête des vagues, issue d'un océan de noirceur, les sabots ourlés par son écume, dansant sur les ondes que révélait son propre halo. Et, là où cette lumière les diluait, les Ténèbres prenaient des nuances émeraude translucides.

Pendant un instant féerique, la pouliche des songes bondit sur les flots houleux qui venaient se briser contre la muraille, avant de descendre s'y poser avec grâce, ceinte d'écume miroitante et de poussière d'étoiles restée captive dans sa longue crinière.

« J'ai oublié qui je suis, déclara le jeune homme émerveillé.

– Tels sont les dangers des rêves dont j'ai fait serment de te protéger, mon aimé », répondit la pouliche.

Puis elle lui apprit comment il s'appelait, en précisant qu'il était le plus jeune des serviteurs de la Lumière.

Sa voix était aussi harmonieuse qu'un orchestre de cordes et de bois. « Rappelle-toi aussi, descendant du peuple engendré par Adam et Titania, que je suis tenue de te conduire là où tu le désires, que ce soit une lointaine étoile ou des mondes perdus dans l'étendue infinie de la nuit, par-delà le gouffre du temps vers des éternités oubliées ou plus loin encore, dans des royaumes et des songes que nul n'a encore explorés. Enfourche-moi et indique-moi ta destination, en sachant toutefois qu'une loi inviolable m'interdit de te faire quitter la sphère des étoiles fixes. »

II

Galen Waylock plaça avec douceur une main sur son encolure, et le contact de sa crinière soyeuse fut pour ses doigts voluptueux. « J'ai également oublié pourquoi je t'ai convoquée. Mais j'ai la conviction que c'est mon orgueil qui m'incite à me lancer dans cette aventure, et qu'accomplir un exploit me permettra de devenir un homme. »

Puis il entendit les lents tintements du glas, loin au-delà du désert liquide, et il se souvint.

« Je dois prendre la route de Tirion et aller là où le Fondateur de notre Ordre subit son châtiment.

– Celui que nous appelons Azraël est gardé captif plus loin que le bord du monde, coupé de la sécurité, de la santé mentale et de la lumière qu'apportent les étoiles. Je ne puis te conduire en pareil lieu. »

Mais Galen ne céda ni à l'impatience ni au découragement. Instruit dans les arts du rêve dont la remémoration des choses oubliées était l'essence et le secret, il s'accorda un temps de réflexion.

« Quatre sont les citadelles qui veillent sur ces terres, récita-t-il. Sous quatre lunes et la volonté d'Obéron. Sur tous les astres de l'Éternité, dont dépend la Terre des hommes, la Grande Maison reste inchangée sous des cieux quant à eux mouvants. Au cœur des Étoiles automnales, Celebradon se dresse en pleine lumière, son doux repos ininterrompu. Sous la clarté du croissant, Vindyamar se voit ordonner d'errer librement, de surveiller les vagues et de garder la mer. Sous la noirceur de la Lune, Tirion fut fondé en tant que lieu d'exil pour les traîtres gémissants et réfractaires au repentir... » Il s'interrompit pour considérer la pouliche des songes avec sévérité. « Mon souvenir est destiné à ne jamais s'estomper. Je me suis rappelé que Tirion est le lieu de captivité d'Azraël de Gray ; comme ses tours d'argent se dressent sous la Lune, cette cité se situe forcément sous des cieux étoilés. Ce n'est donc pas un site à l'accès interdit aux mortels. Pourquoi as-tu voulu me tromper ? Pourquoi m'as-tu dit qu'Azraël se trouvait ailleurs ?

– Parce qu'il n'est pas encagé à Tirion mais au-delà, en ce lieu qu'on appelle Sang et Gémissements. Je ne puis t'y conduire, et si tu veux t'y aventurer malgré tout, tu devras te passer de mes services.

– Il serait bel et bien plus loin que le monde ? À quelle distance ?

– Grande, grande est la distance qui sépare le crime et la vertu ! Trop importante pour que je puisse t'y emporter.

– En ce cas, contente-toi de m'emmener à Tirion, conformément aux engagements que tu as pris il y a longtemps. Quant à ce qui s'étend au-delà, ce lieu qu'on nomme Sang et Gémissements, je m'y rendrai par mes propres moyens. »

La pouliche des songes recula d'un pas. « Ne sous-estime pas le danger. Ceux qui volent trop haut ou trop bas finissent souvent par se perdre dans leurs rêves et oublient comment regagner le corps de chair qui les attend dans le monde du jour.

– J'en cours le risque. »

La pouliche baissa sa tête gracieuse, comme affligée. « En ce cas, ton sort en est jeté ; tu l'as dit de ta propre bouche. Je te transporterai jusqu'à Tirion et ce qui t'adviendra ensuite ne dépendra que de toi. »

III

Il enfourcha sa monture, qui s'envola de la grande muraille et s'éloigna aussi rapidement qu'une étoile filante. Sa clarté le nimbait alors qu'ils s'élevaient dans la pénombre purpurine. Par des jours séparant les nuages que l'astre des nuits teintait d'argent, il entrevoyait la mer onirique loin en contrebas, de grandes vagues couronnées d'écume qui dansaient au-dessus des abysses et sous le feu glacial d'une Lune dont les reflets faisaient brasiller la crête des lames.

Il récita une formule de puissance et l'astre fut masqué par un nuage. Lorsqu'il réapparut, c'était une nouvelle Lune qui ne dispensait aucune clarté.

Privé de sa lumière, l'océan n'était plus qu'une étendue infinie de Ténèbres sous la pénombre texturée des nuages que le jeune homme survolait au cœur d'une nuit en expansion.

Il fut assailli par une tempête, qu'il apaisa en prononçant le nom du Prince des Éléments loyal à l'Éternité. Puis des cauchemars ailés le prirent en chasse et il employa une rune de parade, qui permit à son destrier argenté de semer aisément ces poursuivants. Plus tard, un fantasme volant approcha sur les routes du vent pour les harceler sous le clair d'étoiles. Ses longs membres arachnéens oscillaient tels des rubans de fumée et ses yeux miroitaient, mais Galen n'eut qu'à faire le signe de Voorish pour que cette entité renonce et regagne d'autres cycles et formations de rêves.

IV

Ils atteignirent une chaîne de montagnes qui se dressait hors des flots droit devant eux, des monts plus hauts que les nuages ; là, Galen crut entendre dans l'immensité située au-delà les tintements grondants et l'étrange musique des cataractes du bout du monde.

Les cimes de ces monts avaient été sculptées pour représenter d'énormes faces aux yeux étroits, à l'expression sinistre et menaçante. D'un horizon à l'autre, aussi loin que portait le regard, ces effigies démesurées surplombaient les nuages. Sous le clair d'étoiles, ombres, distance et brume estompaient leurs caractéristiques. Galen ne faisait qu'entrevoir des yeux obliques aussi grands que des lacs, les contours de joues anguleuses et d'oreilles au lobe disproportionné, des sourcils sombres. Quelques-unes de ces têtes gigantesques étaient couronnées de tiares ayant plusieurs niveaux ; s'il ne s'agissait pas de forteresses abandonnées depuis des temps immémoriaux ou occupées par les troupes muettes d'un peuple qui n'avait besoin ni de lumière ni de feu.

La pouliche des songes n'irait pas plus loin que ces monts, qu'elle disait représenter le Signe d'Obéron.

Elle se posa en douceur sur une route forestière, dans l'ombre d'un col qui, comme une selle, montait avant de redescendre vers des terres cultivées situées au-delà. La chaussée était bordée de pins qui murmuraient sous les caresses des vents nocturnes et, ici et là, d'obélisques et de menhirs plus hauts que leurs cimes. Galen ne savait plus qui avait érigé ces monuments ni quelle était leur signification, mais il se rappelait avec malaise l'avoir su autrefois.

Ce fut à pied qu'il gravit la pente, dans des Ténèbres uniquement rompues par la clarté que diffusait sa lance. Des ombres massives le pistaient en se faufilant d'un rocher au suivant.

Arrivé au sommet de la trouée entre les deux montagnes, il s'accorda le temps de regarder en contrebas. Il vit ou imagina une large vallée entrecoupée par neuf rivières, à peine révélée par le clair d'étoiles. Une cité fortifiée avait été érigée sur les nombreux ponts et embarcadères qui enjambaient ou bordaient ces cours d'eau. Dans ses tours innombrables, des feux signalaient la présence de guetteurs, mais leur clarté avait une coloration étrange, comme si le bois qui les alimentait provenait d'une autre planète.

Il ne voyait au-delà que le ciel, car le monde s'interrompait derrière ces constructions.

« Vent ! Je t'appelle par tes noms secrets – Borée, Eurus, Zéphyr, Notus – et, par les quatre vents, je te somme de me fournir quatre informations sur ce que j'ai devant moi ! »

Il n'avait pas oublié que les rêveurs pouvaient bénéficier d'informations et de secrets inaccessibles pendant l'éveil.

Une voix posée s'adressa à lui, dans les nuées.

« J'entends les hurlements des âmes tourmentées, leurs cris et leurs sanglots, leurs larmes contenues ; j'entends aussi les rires et la gaieté des justes, et leurs propos m'indiquent qu'ils vivent dans le bien-être qu'apporte la vertu ; j'entends également les murmures des flots que filtrent les filets et je devine la cause de leur sérénité. Ce sont des carrelets aux mailles faites de cheveux humains que les pêcheurs locaux tendent en travers des grandes cataractes qui se déversent du bord du monde, et le courant apporte jusqu'à eux les trésors perdus de toutes les épaves de tous les océans, des biens que nulle puissance terrestre ne pourrait prendre ou revendiquer.

« Une des Principautés de Mommur, la Cité sans fin, les a engagés comme geôliers de ceux que la justice du Royaume intemporel a condamnés ou damnés. On raconte que c'est de là que vient leur vertu, car ils ont constamment sous les yeux le rappel des sanctions prises à l'encontre de ceux qui s'écartent du droit chemin.

– Parle-moi du sort de ces captifs, ordonna Galen.

– La méthode qu'utilisent les habitants de Tirion pour s'acquitter de leurs tâches est à la fois expéditive et cruelle. Chaque prisonnier est enfermé dans une cage aux barreaux hérissés de barbelures acérées et trop exiguë pour qu'il puisse se tenir debout ou s'asseoir. Ces cages sont suspendues à de longues chaînes fixées sur des mâts de charge qui s'avancent au-dessus du vide. Parfois, en fonction de leurs balancements pendulaires, ces malheureux se retrouvent sous une des neuf cataractes qui se déversent du bord du monde. Ce qui génère à la fois un tourment et un réconfort, car des poissons sont attirés par le sang que perdent les prisonniers lardés de coups de barbillon. Venus sucer leurs plaies et blessures, ils se font empaler sur ces mêmes pointes et les captifs, s'ils en ont encore la force et l'habileté, peuvent s'en saisir et s'en nourrir. Au matin, les flots se changent en vapeurs pour les ébouillanter ; le soir, ils se transforment en glace.

– Comment s'appelle ce lieu ?

– On l'appelle Sang et Gémissements. »

Galen hocha la tête, pour indiquer qu'il s'en était douté. La pouliche des songes avait usé de faux-fuyants, sans mentir pour autant. Il était exact que ce lieu de tourments se situait au-delà du monde, mais seulement à une longueur de chaîne.

« Azraël de l'Éternité y est-il encagé ?

– Voilà bien, jeune impertinent, une chose que je ne saurais te dire car je n'ai jamais entendu ses hurlements ou ses plaintes. Il est possible qu'il ne soit pas ici, ou encore qu'il souffre en silence. J'ai répondu aux quatre questions que tu m'as posées ; mais tu as omis de me demander, et je ne te le dirai pas, quel danger te menace si tu vas là-bas et ce qui pourrait assurer ton salut en cas de chute. »

Le vent s'apaisa.

Galen donna un coup de pied aux pierres de la route.

« Parle, Terre ! De toi sont issus Adam, Ash, Alalcomène et Meshia ; dis-moi ce que j'aurai besoin de savoir une fois arrivé à ta bordure extrême. »

Une voix évocatrice de secousse sismique fit trembler le sol et il entendit chaque mot vibrer dans ses os : « Jeune insensé, je perçois sur mon échine la galopade du chevalier qui vient te massacrer. Prends garde ! Il te rejoint ! »

Puis le grondement d'un millier de cloches au timbre cristallin s'éleva de la cité visible dans la vallée, loin en contrebas, et une brève clarté crépusculaire, rougeâtre, envahit le ciel. Doré et démesuré, le Soleil apparut derrière les Tours d'Orient.

L'énorme sphère passa à seulement quelques centaines de pieds des plus hautes, qui furent cuites et blanchies par son passage. Ses rais dorés se répandaient dans les rues tels des torrents de feu purificateur.

Cette clarté aveuglante lui permit de constater qu'il ne se trouvait pas dans une forêt de résineux mais dans un cimetière, un fouillis de colonnes, de fins obélisques et de stèles pour la plupart couvertes de bâtonnets d'encens qu'il avait pris dans la pénombre pour des aiguilles de pin. Les langues du Soleil léchèrent ce versant de la montagne, embrasèrent ces offrandes sacramentelles, et le disque majestueux s'éleva au sein d'un immense incendie. Galen se rappela alors que ces obélisques étaient destinés à capter la puissance du Soleil.

Il suivit la route en toussant et trébuchant, son visage noir de suie strié de larmes. Frappé de cécité, il courait sans but ni intentions précises. De toutes parts, des flammes ondoyantes se vrillaient et rugissaient en dégageant une épaisse fumée.

Plus loin sur cette route, un chevalier monté sur un destrier rouan surgit hors de la nappe fuligineuse et des feux qui couvaient d'un bout à l'autre du cimetière. L'aube flamboyante se reflétait sur son armure ; des volutes de fumée et de vapeur s'élevaient de sa personne en dégageant une chaleur de fournaise. Son épée s'embrasa dès qu'il la tira. Le nouveau venu était entièrement vêtu d'écarlate, avec des motifs de cuivre et d'or ciselés dans l'acier miroitant de sa cuirasse. Un fier panache rouge sang jaillissait d'un rubis serti au sommet de son heaume. Sa visière dissimulait ses traits et la représentation d'une alouette se consumait sur son bouclier ardent.

« Plus un pas ! ordonna l'apparition d'une voix forte. Je suis le Guerrier de l'Aube. Ce lieu est interdit aux simples mortels qui ignorent tout de la guerre que nous livrons aux serviteurs des Ténèbres. Les tombes que tu vois alentour sont celles des imprudents qui ont fait fi de mes injonctions. »

Il utilisa son épée pour désigner tout ce qui se trouvait sur sa gauche et sur sa droite. Aussi loin que portait le regard, chaque pierre tombale et monument avait comme épitaphe : MORT À L'AUBE.

« Nous défendons la même cause, rétorqua Galen. Je suis loyal à Celebradon, la Citadelle de Lumière. J'ai consacré toute mon existence à la servir.

– Loyal ? Ceux qui sont loyaux m'obéissent. Retourne d'où tu viens. Tu ne passeras pas.

– Mon monde est en danger, et seul Azraël peut en connaître la cause. Je te somme de t'écarter !

– Connais-tu des noms secrets ou des sésames pouvant m'imposer obéissance ? Si ce n'est pas le cas, je ne t'autoriserai pas à poursuivre ta route, quelles que soient les raisons invoquées. Alors, rebrousse chemin ou encaisse mes coups ! »

Lemuel connaissait tous les mots de passe, mais il ne les avait pas encore communiqués à son petit-fils.

« Encaisser vos coups ? Pour qui me prenez-vous ? Je suis un Gardien de l'Éternité ! J'ai des pouvoirs que vous ne pouvez même pas soupçonner, pauvre esprit étriqué ! J'ai survécu à des cauchemars autrement redoutables ! »

Galen sentait la colère et l'orgueil empourprer son visage, le faire trembler.

Sans rien ajouter, le Chevalier Écarlate éperonna sa monture et fit décrire à son épée fumante de grands cercles au-dessus de sa tête, pour charger Galen comme s'il avait l'intention de le fouler aux pieds.

Mais le jeune homme pointa sa lance vers le destrier de son adversaire et lui cria : « Par les noms qu'Adam a donnés aux géniteurs de ton espèce – Wynrohim, Rohir, Equus, Hippos – je t'interdis de me charger ! »

Et le cheval s'arrêta net, comme s'il venait de percuter un obstacle invisible. Le Chevalier Écarlate continua sur sa lancée et alla s'étaler sur le sol, tête la première. Mais il eut tôt fait de se redresser sur un genou en brandissant sa rapière.

« Vilenie ! Oh, que cette façon d'agir est mesquine ! Comptes-tu me transpercer avec ta lance, quand je ne dispose pour me défendre que d'une arme bien plus courte que la tienne ? Attends au moins que je me sois relevé !

– Que sont devenues les rodomontades qui sortaient de ta bouche quand tu étais persuadé de pouvoir me réduire en bouillie ? »

Sur ces mots, Galen se pencha pour lui porter le coup de grâce en dirigeant sa lance d'une main tout en lui imprimant une poussée de l'autre, ainsi qu'on lui avait enseigné à le faire.

Son adversaire para à deux reprises ses attaques avec son épée fumante, mais la longueur de la lance permettait à Galen de rester hors d'atteinte et le mettait à l'abri de toute riposte.

Le Chevalier Écarlate avança à grandes enjambées. Il donnait de petits coups d'épée à la lance que Galen dardait vers lui avec rapidité. Les gerbes d'étincelles soulevées par la lame redescendaient dans les sillons qu'elle creusait dans la hampe, sans que le bois ne s'embrase pour autant. Galen reculait pour ne pas perdre l'avantage conféré par la longueur de son arme, mais il ne pourrait battre en retraite encore longtemps car il avait derrière lui les monuments toujours fumants du cimetière.

Il frappa à droite, et le Chevalier Écarlate para le coup avec sa rapière. Il frappa à gauche, et le Chevalier fit dévier la lance avec son bouclier.

Cédant à la colère et à l'impatience, Galen s'écria : « Excalibur ! Galatine ! Balmung ! Noant ! J'appelle les quatre Chevaliers des Épées afin qu'ils maudissent le fer qui s'oppose au mien ! »

La lame de son adversaire se rompit avec un craquement de tonnerre. Ses fragments tombaient sur le sol quand Galen passa sous la garde du chevalier pour viser son cou. La pointe de la lance fendit le gorgerin et transperça la coiffe du haubert. L'homme cracha du sang et s'effondra.

« Un coup marqué du sceau de la couardise, une traîtrise contraire aux règles les plus élémentaires de la chevalerie ! Sache que je suis le fils du Gardien de Tirion. Mon sang est celui de Yudhishthira, le plus juste des hommes, fils de la Loi cosmique. Une Loi que j'invoque afin qu'elle exauce mes dernières volontés, une malédiction qui n'aurait pu t'atteindre si tu t'étais montré digne de notre Ordre.

Tu rendras ton dernier soupir aujourd'hui même, avant le coucher du Soleil ! »

Mais la voix du Chevalier Écarlate ne s'élevait pas de son corps qui gisait face contre terre, dans une flaque de sang de plus en plus large. Elle provenait d'un point situé dans les airs, à son aplomb.

Dressé au-dessus du cadavre, Galen essuyait son visage avec son lambrequin. « Je ne redoute pas ta malédiction, spectre, car je sais m'en protéger... »

Mais il avait tenu ces propos avec moins d'assurance qu'il ne l'eût souhaité.

Et ce fut avec soin qu'il procéda aux rites destinés à apaiser l'âme de sa victime. Il versa un peu de vin sur le sol, puis il mit des herbes dans la bouche du défunt et des pièces sur ses yeux avant de recouvrir son corps de lourdes pierres de manière à le lester. Stèles, croix et coupes descellées convenant à ses besoins ne manquaient pas, dans ce cimetière.

En milieu de matinée, Galen put voir dans le lointain la population de Tirion sortir dans les rues, des individus munis de chapeaux à large bord et de parasols, portant des robes de soie très légères.

À midi, le Soleil s'était rétréci et se trouvait à l'ouest, un petit point moins lumineux qui fendait un rassemblement de nuages ; Galen avait traversé les faubourgs et atteint les portes de la cité.

À cette heure de plus grande fraîcheur les citadins portaient de longs manteaux et les femmes qui se dirigeaient vers les fontaines avec de grandes jarres sur la tête dissimulaient leurs jambes sous d'amples jupes bariolées.

L'une d'elles s'adressa à lui avec une extrême courtoisie et lui offrit de l'eau qu'elle avait dans sa jarre. Il en versa sur son lambrequin, dont il se servit pour nettoyer son armure d'une partie de la suie et autres souillures. En riant doucement, la femme lui conseilla de se méfier à l'avenir de la puissance de l'Aube.

Des paroles qu'il jugea lourdes de menace. « Et qu'en est-il du coucher de Soleil ? »

Elle sourit encore, en secouant la tête. « Nul citoyen de Tirion n'y a jamais assisté, car le crépuscule cède la place à la nuit par degrés imperceptibles. Vous avez devant vous la Porte de Midi, dont l'Œil est aussi éclatant que l'Œil du Jour. Que vous puissiez l'emprunter sans perdre la vie reste à démontrer, mais il est certain que vous ne verrez pas le Soleil se coucher ! »

Elle désigna la porte que Galen étudia en fronçant les sourcils. Relativement proche, elle n'était surveillée par aucun garde, mais il sautait aux yeux que ce passage portait le sceau de la magie.

Il se tourna pour poser une autre question et découvrit que l'inconnue s'était évaporée comme en un rêve.

Un Œil védique avait été sculpté dans la clé de voûte, entre un pilier noir et un pilier blanc, et d'autres pierres portaient les symboles des cinq Pandavas. Lorsqu'il tenta de franchir ce seuil, il constata qu'il n'en avait pas la possibilité. La volonté de l'Œil védique s'opposait à la sienne.

N'étant pas un béotien dans la science des songes, Galen se détourna et revint sur ses pas. Il parcourut les lieues le séparant de la sépulture sommaire qu'il avait donnée au Chevalier Écarlate. Le déterrer lui prit une heure. La blessure du défunt se remit à saigner et il eut des difficultés à lui retirer son manteau, avant de procéder une nouvelle fois aux rites et à l'inhumation de sa victime.

Il se dépouilla finalement de son propre manteau (un lourd vêtement gris au col en fourrure) qu'il roula en boule avant de jeter sur ses épaules celui pris au cadavre et de baisser son capuchon pour dissimuler son visage. Les taches de sang étaient à peine visibles sur ce tissu écarlate, vermillon et lie-de-vin.

Il repartit vers la porte, qu'il franchit cette fois sans difficulté.

Il s'engagea entre les grands bâtiments, les musées, les palais et les cathédrales du centre de Tirion. L'après-midi tirait à sa fin et le Soleil n'était plus qu'un point très éloigné, à peine plus lumineux que la multitude d'étoiles d'une voûte céleste de plus en plus sombre. Il s'était mis à neiger et l'oisiveté semblait désormais de mise au sein de la population.

Galen voyait des enfants coiffés de bonnets en fourrure patiner sur des fontaines publiques gelées, des jeunes gens qui se rendaient à bord de calèches ou de traîneaux dorés à un bal ou à d'autres réjouissances, des rassemblements qui se tenaient à la lumière des chandelles dans tel ou tel palais. Les hommes portaient de longues pelisses noires et pesantes et de hauts chapeaux, alors que les femmes s'emmitouflaient dans des fourrures, leurs mains délicates protégées par des manchons et leur visage rieur rougi par le froid ou la gaieté enfoui sous de profondes capuches. Galen n'entrevoyait de leurs traits adorables que des ombres estompées, un sourire esquissé ou des yeux vifs et joyeux reflétant la lumière des lanternes colorées tenues par les jeunes gens qui leur servaient d'escorte.

Pendant qu'il poursuivait sa progression, des serviteurs allumaient des chandelles derrière les vitraux des palaces bondés de convives. Mais, plus loin, il atteignit un secteur de constructions hautes et obscures, de musées déserts et de temples fermés.

Plus le ciel s'assombrissait, plus l'air devenait glacial. Il retira le manteau rouge qu'il abandonna sur les marches d'un lieu de culte avant de remettre son manteau gris argenté, bien plus chaud.

Les rues qu'il suivait étaient grandioses, sombres, impressionnantes. Il voyait de grandes statues d'aspect sinistre dressées sur les places désertes ou les surplombant du sommet de colonnes démesurées dans des cours latérales. Leurs faces rébarbatives lui rappelaient celles des montagnes des terres extérieures : yeux étroits et hautes pommettes, étranges oreilles aux lobes disproportionnés. Ces effigies étaient de plus en plus nombreuses à avoir des postures belliqueuses. Armées d'une épée et d'un bouclier, toutes tendaient le bras vers le bout du monde.

Arrivé à l'extrémité de l'avenue, il laissa derrière lui des alignements de guerriers de pierre noire qui menaçaient les Ténèbres.

Il s'avança sur un pont qu'encadraient deux autres piliers avant de prendre conscience qu'il s'agissait d'une jetée qui s'avançait au-dessus du vide, dont il n'était séparé par aucun garde-fou.

Il fit un pas supplémentaire.

Assailli par une indicible angoisse, il se figea puis regarda de toutes parts afin de déterminer la cause de sa frayeur. Il finit par pivoter sur ses talons.

Galen discerna alors entre les statues une ombre encapuchonnée et immobile, tournée vers lui. Lentement, il leva sa lance dont la pointe reflétait les étoiles.

L'inconnu ne bougea pas. Un pas prudent après l'autre, Galen s'en rapprocha. La clarté irradiée par son arme lui révéla le manteau de l'être encapuchonné.

Et Galen reconnut le vêtement taché de sang subtilisé au Chevalier Écarlate.

Puis une voix s'éleva, et il n'aurait pu dire si elle appartenait à un homme ou à une femme. « Je vois dans le monde du Jugement comme tu vois dans le monde des rêves, et tu ne peux me dissimuler tes crimes, pas plus que je ne puis te dissimuler mes songes.

– Qui êtes-vous ?

– Nous sommes, moi et mes semblables, chargés d'intercepter quiconque vient de Nastrond la Perfide pendant que l'Éternité guette l'invasion des cauchemars d'Achéron. Néanmoins, nous sommes venus ici bien avant que Tirion ne soit fondé, pour surveiller un traître maudit par Obéron. Tous les autres captifs ont été envoyés en ce lieu parce que cette prison existait déjà. Le détenu en question appartient également à la Maison de l'Éternité. C'est lui aussi un traître.

– Mais je n'en suis pas un.

– Si je leur en donnais l'ordre, toutes ces statues s'animeraient et t'écartèleraient lentement, un membre après l'autre. Mais je ne m'opposerai pas à ton passage, car tu vas au-devant d'un destin bien plus épouvantable encore que tout châtiment que je pourrais t'infliger. Va ! Ce que tu as fait de mal se retournera contre toi, et ta place sera usurpée par quelqu'un qui s'appropriera ta dépouille comme tu m'as dupé en t'appropriant le manteau de mon fils. »

Le vêtement tomba sur le sol, privé d'occupant. Peut-être n'avait-il jamais contenu autre chose que de l'air.

« Attends ! s'écria Galen. Gardien de Tirion, écoute-moi ! J'ai tué ton fils en état de légitime défense ! Et si je suis venu ici, c'est parce que j'ai reçu une Convocation. Je sers fidèlement la même cause que toi ! »

Mais il s'adressait au néant. Il regarda d'un côté et de l'autre, sans rien voir. Galen piqua le manteau avec la pointe de sa lance, sans susciter la moindre réaction. La voix avait cessé de se manifester.

Il récita des formules qu'il avait apprises par cœur, des incantations destinées à réduire les effets des malédictions en tous genres. Ce fut néanmoins sans grande conviction qu'il prononça ces mots, car il doutait un peu de leur efficacité. Devait-il aller plus loin ou renoncer ? Il n'avait aucune raison d'atermoyer, mais ce fut en hésitant qu'il repartit sur le pont de pierre.

Là où il s'interrompait et donnait sur le vide, des chaînes bien plus grosses que toutes celles qu'il avait déjà eu l'occasion de voir ou de rêver étaient suspendues à une trentaine d'anneaux d'environ trois mètres cinquante de diamètre. Leurs maillons descendaient en s'incurvant dans la pénombre, uniquement révélés par le clair d'étoiles. Une chaîne plus massive et rectiligne que les autres était accrochée à l'anneau central et allait se perdre bien plus loin dans les Ténèbres.

Il avait laissé le monde derrière lui sans en avoir conscience. Cette étrange jetée s'avançait au-dessus du néant, ne laissant plus rien au-dessous de lui.

C'était angoissant. Quand avait-il franchi la bordure de la Terre ? Lorsque le Gardien de Tirion l'avait maudit ? Avant ? Dans un cas comme dans l'autre, ce n'était pas un lieu à conseiller. Il suffisait de s'éloigner d'un pas des frontières du monde pour que plus rien n'obéisse à ses règles. La distance qui le séparait des Puissances et des Empires auxquels il adressait ses prières était peut-être trop importante pour que ses suppliques leur parviennent, sans compter que les objets risquaient d'avoir oublié leurs vrais noms. Les formules destinées à détourner la malédiction de sa personne n'auraient peut-être aucun effet.

Mais ce n'était pas une raison pour s'éterniser en cet endroit.

Il s'agenouilla à l'extrémité du semblant de pont, plaça ses pieds dans le premier maillon de la chaîne centrale et franchit le bord du monde.

V

Sans conserver le moindre souvenir d'une descente périlleuse, Galen se retrouvait en équilibre tel un fildefériste sur une longue chaîne reliée à un anneau enchâssé dans les stalactites d'une chute d'eau gelée. Suspendue à cet anneau et en partie prise dans la glace, se balançait une cage hérissée de pointes et de barbillons.

Il y avait sur les côtés et dans les hauteurs les autres geôles des Impardonnables, silencieuses et figées dans le néant ou capturées en plein mouvement par la glace. Neuf larges chutes d'eau à cette heure gelée descendaient de l'immense falaise au sommet de laquelle Galen s'était trouvé, telle une anse ceignant des abysses ; sur les côtés s'élevaient des parois vertigineuses, plus hautes que des montagnes, d'où saillaient des éperons rocheux et, ici et là, de petites corniches ou crevasses dans lesquelles des semences emportées par le vent avaient donné naissance à des touffes d'herbe ou des arbustes isolés.

Il discernait sous ses pieds quelques nuages solitaires, un éparpillement d'étoiles et, bien plus bas, des Ténèbres infinies.

Il voyait juste au-dessus de lui une multitude de cages souillées par le sang de leur occupant ; lui-même se tenait sur la plus longue chaîne, celle de la plus basse de ces cages. Elle arrivait au point le plus excentré de son mouvement pendulaire quand la froidure du soir l'avait enchâssée dans la cascade qui se solidifiait.

Des gouttes d'eau tombaient des stalactites de glace, vers une silhouette noire recroquevillée sur elle-même. L'une d'elles atteignit avec un clapotis la tête du personnage qui redressa la tête. Sa prison n'était pas assez haute pour qu'il pût s'y tenir debout.

Des yeux sombres et pleins de noblesse malgré les souffrances qui les avaient creusés se rivèrent aux siens entre des mèches de cheveux en bataille. L'homme avait un nez busqué, des lèvres pincées, des traits déformés par l'amertume et la sévérité. Il portait les haillons de vêtements autrefois festifs et agrémentés de dentelle, comme s'il avait été appréhendé en plein milieu d'un bal et n'avait pas été autorisé à changer de tenue. Sa peau était striée de balafres, pointillée de piqûres et noircie par les gelures et d'horribles brûlures.

« Je suis Azraël de Gray Waylock, se présenta-t-il d'une voix grave et solennelle. Toi qui as le front de venir troubler mon repos, sache que je n'aurais qu'à imprimer une secousse à cette chaîne pour t'envoyer choir cul par-dessus tête dans les Ténèbres infinies, au-delà de l'univers des rêves, et que ton enveloppe charnelle restée sur Terre ne se réveillerait jamais. Alors, essaie de me convaincre de m'en abstenir. »

Il avait tendu le bras hors de sa cage ; du sang striait le membre lacéré par les griffes et les pointes métalliques des barreaux.

Galen suivait en ouvrant de grands yeux les plongeons des gouttes de sang qui disparaissaient dans la noirceur infinie des profondeurs, pour se changer en glace ou poursuivre leur chute jusqu'à la fin des temps.

Et il sentit croître son appréhension, conscient que ce qu'il ferait ensuite serait irrévocable.

4

Mort et Non-Mort

I

« Marche devant moi, Choucas, fils de Choucas, ordonna la voix glaciale. Nul dans cette pièce ne peut te voir. Mes voiles de brume te dissimulent. »

Choucas sortit du placard et se glissa entre des internes qui ne lui prêtèrent pas attention.

Il s'avança dans le couloir et entendit des pas à peine audibles sur les dalles du sol, juste derrière lui.

Un soir, pendant la période de son enfance qu'il avait passée dans le Nord de la Grèce, après leur départ d'Union soviétique, Choucas jouait dans le cimetière qui jouxtait l'église orthodoxe locale, un ancien lieu de culte pour des divinités païennes. Il s'était retrouvé en face d'un loup qui déchiquetait un cadavre déterré d'une des tombes creusées dans un sol très meuble. L'animal famélique avait grondé et levé sur lui des yeux où semblaient danser des flammes vertes. Un court instant, Choucas avait senti son souffle chaud et empuanti par les relents de son macabre festin, puis le prédateur s'était détourné avant de s'enfuir.

Choucas se souviendrait toujours de cette odeur. À présent, dans cet hôpital, elle s'élevait derrière lui… la puanteur d'un charognard.

Il se retourna.

Vers une silhouette noire plus grande et émaciée qu'un homme, si haute que les ornements de son couvre-chef raclaient le plafond. Sur une ample robe de fumée et de Ténèbres, ce spectre princier portait une armure faite d'ossements humains.

Sa couronne était un cercle de mains squelettiques aux doigts dressés, avec de longs ongles grisâtres qui saillaient toujours à leur extrémité. Des mâchoires inférieures servaient d'oreillons à son casque et des omoplates qui se chevauchaient en éventail formaient un gorgerin ; plusieurs rotules s'emboîtaient pour constituer ses épaulières et la cotte de mailles visible aux articulations de son armure était un assemblage de dents jaunies ; il avait pour jambières et gantelets des tibias et des cubitus, et des côtes entrecroisées faisaient office de cuirasse. Quant à sa robe et à son grand manteau noirs, il s'agissait de lambeaux d'ombres.

Les joues de sa face émaciée étaient creuses et grisâtres, tendues sur de hautes pommettes. Nul œil n'était visible dans l'ombre de ses arcades sourcilières accentuées ; il n'y avait que deux reflets pâles évoquant des étoiles en suspension dans les cavités oculaires. Lorsqu'il l'ouvrit pour s'exprimer, sa bouche ne contenait ni dents ni langue, seulement du néant.

« Choisis, psalmodia la créature.

– Quoi ? Que dois-je choisir ? »

D'un ample mouvement de la main, l'être lui désigna les portes du service des malades en phase terminale.

« Vous me demandez de décider qui doit mourir à la place de ma femme ? Je ne marche pas. Ce n'est pas ce qui était convenu. Vous avez parlé d'un inconnu. Une personne que je ne connais pas !

– C'est entendu, fit la voix glaciale. Il est prévu que la décision me revient, quand la personne avec laquelle je traite renonce à ses prérogatives. Suis-moi. »

Sur un bruissement de voiles fumeux, l'apparition partit à la dérive dans le passage. Choucas lui emboîta le pas puis s'immobilisa.

« Arrêtez-vous ! »

La créature fit une pause et le regarda par-dessus les os qui couvraient son épaule. Ses yeux étaient mouvants comme des feux follets.

« Qu'êtes-vous ? demanda Choucas. Vous devez me le dire.

– Pour le savoir, tu n'as qu'à me suivre », répondit la chose en repartant.

Et les ongles des doigts couronnant son casque crissaient sur les dalles du plafond.

« Pourquoi les autres ne peuvent-ils pas vous voir ? »

Ils s'engageaient dans un couloir du service des soins intensifs. Les lieux étaient bondés d'infirmières affairées et d'individus surexcités, mais tous avaient momentanément un regard absent et s'écartaient pour laisser passer la créature squelettique qui finit par soupirer. « Les hommes ont tendance à oublier leurs cauchemars, lorsqu'ils s'éveillent.

– Mais moi, je peux vous voir.

– Parce que tu n'as pas peur de moi.

– Qui êtes-vous ? Comment est-il possible que nous ignorions votre existence ? Des gens doivent pourtant savoir que vous êtes une réalité ! Il y a des érudits, en Amérique ! Des savants !

– Même les plus sages restent sans voix face aux mystères infinis de la nuit. Sans oublier que la lumière des étoiles cesse d'être visible quand celui qui s'y intéresse braque vers elles ses projecteurs.

– Comment vous appelez-vous ? »

Arrivé devant la porte de la salle des soins intensifs, l'être s'arrêta pour regarder derrière lui.

« Tu le sais. »

Et un nom issu de vieux contes russes remonta à la surface de l'esprit de Choucas. « Vous êtes Koschei le Non-Mort.

– C'est un des nombreux noms qu'on me donne.

– Dans la fable, les gens découvrent où vous avez dissimulé votre cœur et ils vous éliminent.

– Celui qui ne vit pas ne peut mourir, seulement être éloigné pour un temps, répondit Koschei en gardant la main posée sur la porte vitrée de la salle. Je suis le premier héraut de l'Empereur des Rêves, qui deviendra aussi Empereur de votre monde à très brève échéance. Pour moi, la Cloche marine ne tinte qu'une seule fois car mes pouvoirs sont limités.

– Quels sont-ils ?

– Je sais en quelle partie d'eux-mêmes se tapit la mort des hommes. J'ai retiré cet élément de mon être en me dépouillant de mon humanité comme un serpent se débarrasse de sa mue. Nul ne peut m'imposer quoi que ce soit, car il faudrait pour cela me comprendre.

– Vous auriez donc la possibilité de sauver ma femme ? s'enquit un Choucas hébété, obsédé par une seule pensée.

– Il suffit pour cela de prendre sa mort là où elle se cache pour la donner à quelqu'un d'autre. »

Et Choucas comprit que Koschei avait l'intention de tuer le patient présent derrière cette porte, la personne que tous ces médecins et infirmières tentaient frénétiquement de ranimer. Il les entendait s'affairer, s'appeler avec des voix tendues et sans timbre, en poussant des exclamations de triomphe ou de désespoir.

« La seule chose que je te demande, c'est de sortir mon épée de mon baudrier, Choucas, fils de Choucas. Elle est retenue dans sa gaine par un nœud que je ne puis défaire. Tu devras entrer dans cette chambre en tenant son fourreau devant toi et t'agenouiller pour dresser la liste de tout ce qui te séduit chez celle que tu es sur le point de perdre à tout jamais. Montre-toi convaincant, et une puissance invisible interviendra pour desserrer ce nœud. Après quoi, il ne te restera qu'à dégainer cette arme et à me la remettre. Je me chargerai du reste. »

Quand Choucas prit le fourreau suspendu au baudrier de Koschei, une froidure insoutenable engourdit ses doigts.

Puis il ouvrit la porte, sur une odeur de corruption et de désinfectants. Il y avait là des médecins et des infirmières qui se penchaient vers un jeune homme à moitié nu. Un médecin insufflait de l'oxygène dans sa bouche et un de ses collègues frottait les électrodes d'un défibrillateur l'une contre l'autre.

« On dégage ! cria-t-il avant de les appliquer sur le torse du patient, qui fit un bond et tressauta.

– Le pouls revient ! s'exclama une assistante pendant qu'un appareil émettait des bips réguliers.

– Non ! gronda Choucas. Ce n'est pas ce que vous aviez dit ! Je n'ai jamais accepté d'assassiner un innocent !

– Oh que si ! »

Choucas s'était immobilisé, le fourreau à la main. La froidure palpitait comme des ondes de feu qui remontaient de l'extrémité de son bras vers son coude.

« Choisis, dit Koschei. Ce jeune homme qui n'est rien pour toi ou ton épouse que tu prétends aimer ? »

Choucas ferma les yeux à demi. « Il y a une autre entité surnaturelle dans cette salle. Une puissance qui vous empêche d'approcher de ce malade, n'est-ce pas ? Les démons dans votre genre ne sollicitent pas l'aide de simples mortels s'ils peuvent s'en passer.

– Agenouille-toi et prie pour le salut de ton épouse. Ta supplique sera exaucée.

– Qu'y a-t-il d'autre, ici ?

– Bien que tu ne puisses pas la voir, humain très perspicace, une licorne veille sur Galen Waylock. Chaque fois que j'instille mes poisons dans son cœur, il lui suffit de l'effleurer du bout de sa corne d'argent pour contrer leurs effets. Je ne peux la blesser ou la chasser, si ce n'est avec mon épée, l'unique chose à laquelle elle est vulnérable. Une arme qu'elle est par ailleurs la seule à pouvoir libérer. »

Choucas regarda le fourreau. La poignée de l'épée était noire, privée d'ornements, alors que des anneaux en os ressemblant à des vertèbres décoraient et renforçaient la gaine de cuir blanc. La garde de l'arme y était assujettie par un cordon blanc au nœud très compliqué d'où pendaient une multitude de boucles et de glands.

« Comment s'appelle-t-elle ?

– Miséricorde », répondit doucement Koschei.

Puis il ajouta : « Avance, Choucas. Si tu laisses Miséricorde dans son fourreau, nulle miséricorde ne sera accordée à ton épouse agonisante. »

Choucas s'avança, les yeux écarquillés et les traits déformés par la souffrance morale et l'indécision.

Il se retrouva dans la salle, sans que les membres du corps médical ne lui prêtent attention. Un semblant de mouvement perçu devant son visage et une légère senteur douceâtre évoquant la caresse d'une brise printanière lui apprirent que la licorne était proche, invisible et attentive. Tristement, il s'agenouilla.

II

« Je suis un bien piètre orateur et la femme que j'aime… Je ne pourrais la décrire que par des poèmes et des chants, les plus beaux de tous les mots. Des mots uniques.

« Je ne sais comment exprimer l'amour que je lui porte. Ses yeux sont lumineux et ses sourires aussi réconfortants que le retour des beaux jours. Et ses rires ! Sans doute les anges rient-ils de cette façon. La plupart des gens sont amusés par le ridicule ou la méchanceté, ce qu'ils jugent pitoyable et stupide, mais ses rires sont des manifestations de la plus pure des joies. Ils me font penser à ces canettes de soda qu'il suffit de secouer pour provoquer une explosion de bulles…

« Il y a très longtemps, je me suis retrouvé en haute mer à bord d'un canot de sauvetage. Le cargo sur lequel j'étais marin, le *Pavopodopolus*, était déjà loin d'Athènes quand l'explosion d'un moteur a ouvert une brèche dans la coque, sous la ligne de flottaison. Le navire a coulé et nous avons passé de nombreuses journées à dériver sous une chaleur insoutenable, sans savoir si le radio avait eu le temps de communiquer notre position. Quand nous nous sommes retrouvés à court d'eau, nous avons laissé au hasard le soin de déterminer qui boirait ce jour-là et qui subirait les affres de la soif.

« L'un d'entre nous a perdu la tête. Il a bu de l'eau de mer et voulu briser nos bouteilles d'eau douce. Il a fallu l'assommer et le balancer par-dessus bord. Je n'avais jamais commis un acte pareil. Je ne m'en serais pas cru capable. »

Choucas frissonna en grimaçant. Wendy avait parlé à Koschei du comportement qu'elle aurait eu à bord d'une chaloupe. Il se dit qu'elle ne s'était jamais trouvée dans une situation comparable et qu'elle ignorait tout de la cruauté du monde. Puis il fronça les sourcils en concluant qu'elle était informée de ces choses mais ne se laissait pas contaminer par tant de cruauté…

Il ferma les yeux et ajouta : « Une fois de retour sur la terre ferme, après notre sauvetage, je me suis agenouillé pour baiser le sol. Il était si stable, si rassurant ! J'avais fui l'étendue inhospitalière des flots pour retrouver ce que j'assimilais à un foyer. J'avais survécu, contre toute logique. Ma femme équivaut à cela. Cela et bien plus encore. »

Les paupières closes, il percevait de la chaleur et des mouvements. Il se sentait étudié par un être très ancien et très sage, une entité surnaturelle comparable à un rayon de lumière ayant reçu la vie. Il se demanda si sa main toucherait un museau délicat, s'il la tendait devant lui. Tout son corps en tremblait.

« Je dois vous parler des circonstances de notre rencontre. Je n'avais pas d'amis, à New York. Bien qu'étant un marin expérimenté, j'étais en situation irrégulière et je ne pouvais pas me faire embaucher officiellement. La seule possibilité que m'offrait l'Amérique, c'était crever de faim. Je dégotais des petits boulots au noir et quand je me faisais avoir ou qu'on refusait de me régler mon dû, je devais serrer le poing dans ma poche. Ma force et ma rapidité me permettaient d'intimider quelques-uns de ces individus sans scrupule, mais j'étais à bout. Et je sais que sans Wendy le monde redeviendrait comme à cette époque. Plein de haine.

« Quand l'amnistie m'a permis d'obtenir une carte de travail, j'ai pu réaliser un vieux rêve. Les villes me semblaient si laides ! Vivre en pleine nature était pour moi comme une soif dévorante. J'étais avide de beauté. Sans ma femme, j'aurais de nouveau faim et soif, je connaîtrais une insatisfaction permanente. Je ne m'estimerais plus jamais comblé, car le monde perdrait tous ses attraits.

« J'ai passé les épreuves pour devenir garde forestier, dans la National Forestry Service Police Force. Un organisme fédéral.

« J'ai eu droit à un uniforme, une arme et un logement en pleine nature. Mon travail n'était pas contraignant. Je devais compter les arbres abattus par les bûcherons et les cerfs abattus par les chasseurs... et remplir des piles de formulaires administratifs. Des tas qui m'arrivaient au menton. En triple exemplaire.

« J'ai fait la connaissance de Wendy dans l'exercice de mes fonctions. Je l'ai tout d'abord prise pour une *Rusalka*, une jeune fille cygne ou une femme esprit. Parce qu'elle courait nue dans les bois. Elle était si jeune ! Si débordante de vie ! À cet âge, on veut vivre intensément... »

Choucas rouvrit les yeux et regarda le jeune homme à moitié nu allongé sur la table d'intervention, de l'autre côté de la salle.

Il ferma à demi les paupières, troublé et rongé par l'indécision, avant de se ressaisir.

« Je la vois ainsi quelques fois et je rédige un rapport, comme toujours en triple exemplaire. Mes supérieurs m'ordonnent de l'arrêter car l'exhibitionnisme est formellement interdit, elle enfreint la loi. Je la piste dans la forêt en cherchant des brins d'herbe écrasés, des feuilles retournées. J'ai un regard perçant et beaucoup de patience. Je ne laisse jamais filer une proie. C'est contraire à mes principes...

« Et je la rattrape enfin. Mais elle n'est pas farouche, même nue comme un ver ! Elle se dresse devant moi, les mains sur les hanches, et elle secoue la tête et se moque de moi en refusant de me suivre. Elle me défie de lui passer les menottes, puis elle se débat. Je dois la hisser sur mon épaule et elle me donne des coups de pied. Elle rit et s'exprime comme si j'étais un bandit de grand chemin qui l'a enlevée et qui veut l'obliger à satisfaire tous ses désirs. Même à présent, je ne sais pas vraiment si elle jouait la comédie. Vient ensuite la rédaction du formulaire d'arrestation, des tas de paperasses... toujours en triple exemplaire ! Elle est dans ma cabane depuis deux jours quand je commence à me dire qu'exécuter mes ordres n'est pas une excellente idée, que je ferais mieux de la demander en mariage.

« Son père, que je n'ai jamais rencontré, est un avocat de Washington très riche et puissant. Elle me déclare qu'il n'apprécierait pas qu'elle m'épouse et nous décidons de nous unir en cachette. Elle doit mentir sur son âge parce qu'elle est trop jeune pour se marier. Mais elle est si douce et si gentille qu'elle inciterait une biche à venir manger dans sa main. Les bêtes savent qu'elle ne ferait pas de mal à une mouche. Elle ne peut d'ailleurs admettre qu'on ôte la vie à quoi que ce soit... »

Choucas se redressa, sourcils froncés. « Celui ou celle qui n'est que bonté ne peut connaître la pitié. Son sens de la justice est si aiguisé qu'elle ne pardonne aucun crime et fuit quiconque a commis un acte répréhensible. » Il se tourna. « Voilà pourquoi je ne peux pas faire ce que vous exigez de moi... »

Koschei dut baisser la tête pour entrer dans la salle ; ses vêtements s'enflèrent autour de lui tel un nuage de fumée. Puis il parut se dilater et emplir les lieux, pendant que ses yeux se consumaient telles des étoiles malveillantes. « Trop tard, fils de Prométhée. Tes scrupules sont trop tardifs. Vois ! »

Il désigna l'épée que tenait toujours Choucas. Les nœuds glissaient et se desserraient, se délovant en une lente pavane. Les cordons se défaisaient, se retiraient en ondulant, s'étiraient et tombaient.

Koschei avait des mains fines et grises, aux ongles jaunâtres plus longs que les doigts. D'un ample mouvement de ses manches noires, dans un bruissement crépitant de brassards et d'épaulières en os, il leva le bras, paume en avant, doigts écartés.

« Remets-moi mon arme, mortel. »

Une onde glaciale envahit Choucas, car il savait que ce qu'il ferait ensuite serait irrémédiable.

III

Choucas, fils de Choucas, percevait anormalement tout ce qui se passait dans la salle des soins intensifs, comme s'il étudiait les moindres détails à travers une loupe de cristal. C'était un lieu moderne, bien éclairé, bondé de médecins et d'infirmières, des gens qui lui inspiraient du respect. Sur le seuil se dressait un démon, une créature dont il ignorait tout ; un être sur le compte duquel les hommes, en dépit de toute leur sagesse, n'apprendraient jamais rien. Cet esprit, Koschei le Non-Mort, tendait la main pour reprendre son arme.

« Rends-moi mon épée, gronda sa voix aux multiples échos. Afin que je prenne la vie de ce garçon pour l'offrir à ton épouse. »

Les pensées de Choucas le torturaient. Son cerveau paraissait sur le point d'éclater. Il vit sa main se lever et présenter la poignée de l'arme au démon.

Arrête ! Que fais-tu ? se demanda-t-il. *Pourquoi remets-tu cette épée à ce monstre ? Veux-tu t'associer à un assassin ? Veux-tu avoir du sang sur les mains ?*

Koschei s'avançait, son visage étroit proche du plafond, privé d'état d'âme et d'expression ; les deux points qui brillaient dans les ombres de ses cavités oculaires avaient un éclat très vif.

Il n'est pas trop tard, pensa encore Choucas. *Je n'ai qu'à l'éloigner avant qu'il ne la touche ! Je ne commettrai aucun crime. Je ne serai pas un meurtrier. Wendy sera si fière de moi...*

Mais elle mourra. Et ma vie s'achèvera en même temps que la sienne.

Où sont les défenseurs du bien ? Ne devraient-ils pas intervenir, retenir ma main ? Certains disent que le Dieu qui se trouve tout là-haut est à l'origine de tout ce qui est bon. Cependant, Il réside très loin d'ici ! Pourquoi ne me foudroie-t-Il pas pour m'empêcher de remettre cette arme à Koschei ? Mais Il n'interviendra pas. Pour d'autres, la bonté trouve sa source dans le cœur des hommes, et c'est la conjugaison de cette bonté et de la miséricorde qui nous retient de nous entre-tuer. Si mon cœur cessait de battre, ma main deviendrait livide et s'abaisserait. Pour d'autres encore, la bonté est le fruit de la réflexion et les philosophes démontrent qu'il n'est pas « dans notre intérêt à long terme » (quelle phrase admirable !), pas dans notre « intérêt supérieur » de commettre des meurtres. Si mon cerveau explosait, ma main deviendrait flasque et m'épargnerait les atroces tourments de la culpabilité.

Mais il n'y a rien pour retenir ma main. Ni dans ma conscience, ni dans mes sentiments, ni dans mes pensées. Mes scrupules ne sont que des moustiques capables de m'importuner, de provoquer quelques démangeaisons, mais pas de faire dévier ma main.

Je maudis tant mon âme que mon cœur et mon esprit, car tous sont bien trop faibles pour me soutenir dans cette épreuve.

Et il remit l'arme à Koschei.

IV

Quand il lâcha l'épée, la froidure qui l'engourdissait remonta le long de son bras pour se concentrer dans sa poitrine, tel un bloc de glace. Elle paraissait s'être solidifiée, pour rester à jamais dans son cœur.

Koschei se pencha vers le jeune homme allongé sur la table

d'intervention et fendit son thorax d'un coup d'épée, avant de plonger sa main gantée dans la blessure.

« Attendez ! s'écria Choucas.

– Que me veux-tu, mortel stupide ? demanda le démon sans se détourner de sa victime. Que j'exprime des remerciements et de la gratitude ?

– J'aurais dû utiliser cette arme pour vous tuer !

– En tant que nécromancien, je sais dans quelle partie de son être chaque individu dissimule son énergie vitale. La mienne se trouvait dans mon cœur, et je n'ai eu qu'à l'extirper pour ne plus courir le risque qu'on me la vole. Il est vrai que mon existence manque désormais de joies, d'amour et de plaisirs, et que je dois subtiliser les sentiments d'autrui pour me stimuler, mais cette arme ne pourrait me blesser. Étant sans cœur, je ne puis être atteint par la Miséricorde. »

Koschei retira sa main de la poitrine de sa victime ; il avait dans sa paume une perle de cristal au centre de laquelle papillotait un feu vif et joyeux comme les feuilles d'un arbre en automne ou les ailes d'un papillon rouge et or.

« Attendez ! Pas si vite ! » s'écria Choucas.

Il s'avança en hésitant, mais sa tête n'arrivait qu'à la hauteur du coude de Koschei, qu'il n'avait pas le courage d'agripper. La répulsion que les cadavres inspirent aux hommes l'en empêchait.

Le Non-Mort le repoussa, puis se dirigea en glissant vers la porte. Son armure bruissait et craquait pendant que sa robe s'enflait comme un rideau à une fenêtre.

Sans tourner sa tête couronnée, il demanda doucement : « Pourquoi regrettes-tu ton acte ? Le premier représentant de ton espèce a laissé l'amour qu'il portait à sa compagne la faire expulser du jardin d'Éden, et son fils aîné a commis le même crime que toi. Le géniteur de ta race était raffiné et courageux, plus vaillant, sage et valable que toi, mais même lui n'était pas immunisé contre ses sentiments. C'est pourquoi je te dirai ce que je lui ai dit à l'époque. Il est vrai que ta compagne te méprisera jusqu'à la fin de ses jours, mais au moins sera-t-elle là pour te haïr. Que ce soit pour toi un réconfort. »

Sur ces mots, Koschei disparut.

5

Au-delà des portes du sommeil profond

I

Elle avait un sommeil de plomb, sous l'effet des soporifiques. Faute de rêver, elle ne put voir l'ombre ténue qui se penchait vers elle, sentir la froidure irradiée par les os desséchés de son armure et savoir avec quels regrets la créature lâcha la bille de cristal scintillante. Elle n'eut pas conscience que cette petite sphère aussi chaude qu'un Soleil printanier descendait en voletant, douce et parfumée, effleurer ses lèvres entrouvertes. Mais elle sourit quand la bulle éclata et que la vie rendit des couleurs à ses joues. Ses yeux se déplacèrent sous des paupières aussi délicates que des pétales de rose, car elle se remettait à rêver.

Avec un sifflement de malice, de désir, d'envie et de mélancolie pour cette lumière vivante désormais perdue (car le nécromancien eût aimé la garder, même si l'utiliser ou seulement percevoir sa chaleur eût été pour lui impossible), l'ombre ténue s'écarta, franchit le seuil de la chambre et s'immobilisa pour tirer derrière elle des voiles de brume.

Les bras ballants, la face inexpressive, sans avoir seulement la possibilité d'extérioriser son dépit, Koschei le Non-Mort devrait se contenter de pester contre la froidure.

II

Wendy gisait toujours dans le lit d'hôpital lorsqu'elle fut envahie par une sensation de bien-être et de plaisir intense. Tout ce qui la torturait depuis des semaines s'était mis à palpiter, à refluer pour enfin l'abandonner.

Elle remonta ses manches afin d'examiner ses bras sous le clair de Lune. La peau était sans tache, sans une seule ecchymose. Même les marques des intraveineuses avaient disparu.

La douce hébétude cotonneuse dans laquelle les sédatifs et les analgésiques l'avaient plongée s'était également dissipée, ne laissant en elle qu'une sérénité proche de la béatitude.

Elle regarda par la fenêtre la Lune et les étoiles qui traversaient les Ténèbres célestes au-dessus des nuages argentés. « Qui que vous soyez, vous qui êtes là-haut, je tiens à vous remercier et à vous dire que je n'ai jamais cédé au désespoir. J'ai toujours cru aux miracles, quoi qu'en disent les gens. J'en ai vu un grand nombre. La plupart des personnes qui y assistent sont stupides. Il y a les miracles de la vie de tous les jours comme le lever du Soleil, les naissances et l'amour. On ne les considère pas comme extraordinaires parce qu'ils sont quotidiens. Quant aux autres, comme les guérisons inexpliquées et la lévitation... les gens nient leur réalité sous prétexte qu'ils sont trop rares. »

Elle se pelotonna dans les oreillers. « Mais je n'ai jamais douté de leur réalité. »

III

Après une heure, quelques minutes ou une éternité, Wendy vit un jeune homme en armure argentée, armé d'une lance et coiffé d'une résille de clarté stellaire en guise de camail, entrer par la fenêtre à califourchon sur un rayon de Lune.

« Je dors ! » conclut-elle.

Le visiteur parcourut des yeux la chambre d'hôpital ; il paraissait sidéré. « J'ai dû franchir les portes du sommeil superficiel. On se croirait sur Terre ! Mais où est donc mon corps ?

– L'auriez-vous égaré ? s'enquit-elle avec sollicitude. Voilà qui est ennuyeux. Vous n'avez pourtant rien d'un spectre. Mon pauvre ami... » Et, après s'être accordé un instant de réflexion avec l'index sur la joue, elle ajouta avec vivacité : « N'y a-t-il rien que je puisse faire pour vous aider à le retrouver ? J'aimerais tant vous être utile ! »

Il regarda autour de lui, de plus en plus déconcerté. « Je n'ai aucune raison de m'imaginer dans un hôpital. Cette femme qui parle comme une enfant doit symboliser l'innocence ou les espoirs perdus. Mais pourquoi dans un décor pareil ? Comme s'il me fallait renoncer à tous mes projets ? C'est terrifiant.

– Je viens juste de me rétablir. En outre, c'est *moi* qui rêve de *vous*.

– J'ai horreur de voir les fruits de mon imagination me tenir des propos de ce genre – c'est sans doute dû à mon désir de regagner la réalité. Je voudrais que grand-père monte me réveiller. Il faut absolument que je lui explique ce qui se passe. Vindyamar est tombé, la Cloche marine s'est fissurée, les Nefs noires de Nastrond ont levé l'ancre. Nous avons été trahis. Bordel ! Je hais ce fatras de symboles ! Tout est quand même plus simple en Rêve profond. Là-bas, les choses sont… » Il brandit sa lance vers la Lune. « Plus anciennes. Plus grandioses. Démesurées.

– J'ai fait un rêve dans lequel je m'adressais à un cheval volant, intervint Wendy. Il avait le corps d'un poulain et la tête d'une biche. Imaginez un croisement entre un quadrupède et une ballerine. Voilà à quoi il ressemblait. »

Un grognement traduisit l'irritation du jeune homme. « Rêver de la pouliche des songes est logique, puisqu'elle m'a dit qu'elle me rendrait mon corps, mais je n'ai pas l'impression d'avoir regagné mon point de départ. Elle a dû nous trahir, elle aussi. Où est ma maison ?

– Elle m'a confié qu'il existait à l'est une demeure appelée le Bastion de l'Éternité. Les derniers Gardiens des Rêves oubliés ont fermé le passage séparant le monde de l'éveil de celui du cauchemar, mais sa porte a été défoncée et le premier serviteur de l'Empereur de la Nuit a pénétré dans notre domaine. Pourquoi ai-je rêvé que ces choses se passaient pendant mon enfance ?

– Parce que nos souvenirs de cette période de notre vie empiètent sur l'autre monde, expliqua distraitement le jeune homme. C'est pour cela que les enfants et les simples d'esprit s'adressent à des compagnons de jeu imaginaires. Ils établissent des liens entre le réel et l'onirique. »

Sur ces mots, il se redressa et se tourna pour la dévisager, les yeux écarquillés par la surprise. « Oh, mon Dieu ! Vous êtes réelle, vous aussi ! Non… ne vous levez pas ! Ne bougez pas et ne faites pas la lumière… ni autre chose, d'ailleurs. Vous êtes dans cet état situé entre l'éveil et le sommeil qu'on appelle la somniloquie. Vous en sortirez si vous tentez de vous déplacer. Il vous faudra tout coucher par écrit, et je dis bien tout, dès que vous rouvrirez les yeux. Avant de vous lever ou d'avoir la moindre activité. C'est l'unique moyen de ne pas oublier cette conversation. Me promettez-vous de le faire ? Vous devez vous y engager. C'est très important. Il en va de l'avenir du monde.

– Je veux bien le promettre, si vous m'expliquez ce qui se passe. J'adore les histoires. »

Elle avait ajouté cela en un murmure de confidence.

« Entendu. Entendu. » Il cilla. « Heu… Je m'appelle Galen Waylock et je dors actuellement dans une vieille maison située au nord du Maine, une habitation qui ne bénéficie pas du confort moderne, pas même de l'eau courante. Sur la côte, près de Bath.

– Enchantée de vous connaître, Galen. Moi, c'est Wendy

Ravenson. Wendy Varovitch sur mon permis de conduire, mais c'est assez difficile à prononcer, vous ne trouvez pas ?

– Heu, ouais ! Heu... Bon, d'abord il y a ce Cor dans lequel il faut souffler pour réveiller les Gardiens endormis. Non, attendez ! D'accord. Le Premier Gardien de l'Éternité a vécu à l'époque de l'empereur Zeno et du pape Hormidas. Ses troupes ont affronté les Saxons à la bataille de Badon Hill. Les Saxons vouaient un culte à ces dragons-destriers qu'étaient les Chérubins et les Auriges d'Astre du Matin, des abominations qui avaient gagné notre monde en passant par la Tour de Vortigern. Un dragon était blanc, l'autre rouge, et le Fondateur les a saucissonnés. Non. Laissez-moi en venir au plus important. Le Fondateur a été châtié pour ne pas avoir respecté ses engagements. Il a ouvert la porte de la poterne qui donne sur le Royaume des Rêves, permettant ainsi à la folie et à des hordes de voleurs d'âmes et de démons familiers d'envahir l'esprit des hommes et d'influencer leurs actes même au cours de l'éveil. Tout ce qui s'est passé pendant le Moyen Âge, des phénomènes de folie collective aux sabbats de sorcières, de la population d'un village qui se met à danser jusqu'à ce que mort s'ensuive aux apparitions de spectres, de génies et de démons, tout a découlé de son crime. Le Deuxième Gardien, Donblais le Fey, a assumé le contrôle de la tour après l'emprisonnement de son père et a chassé les druides d'Avalon... Attendez ! Je dois approfondir certains points. La tour dont je parle est le lieu où se trouve le passage. C'est la Tour du Temps au centre des saisons, avec ses quatre ailes et ses douze porches. Mais nul ne sait vraiment de quelle porte il s'agit... Heu, bon. Il y a très longtemps, aucune barrière ne séparait le monde du jour de celui de la nuit, et les hommes étaient à des degrés divers les esclaves et les jouets des dieux, des elfes et des esprits. Afin de favoriser l'émergence d'une structure de conscience bicamérale, une frontière de brume a été établie pour permettre aux hommes d'oublier leurs peurs et leurs folles espérances après le lever du Soleil. Mais un Seigneur des Rêves de Mommur, la Cité sans fin, s'est rebellé et a rallié à sa cause un tiers des armées des plus grandes puissances. Leur chef porte le nom d'Astre du Matin et le titre d'Empereur de la Nuit ; avec ses hordes, il a établi ses quartiers dans les profondeurs de la mer, là où les rayons du Soleil ne s'aventurent jamais : Achéron, une cité immergée de métal inaltérable enfouie dans un gouffre obscur où l'unique clarté est le halo diffus de poissons monstrueux. Cette ville s'appelle en fait Dis, mais prononcer ce mot porte malheur, aussi lui donnons-nous le nom du fleuve qui jaillit de ses fenêtres condamnées par de lourds barreaux ; un fleuve alimenté par les larmes des malheureux qui y sont gardés captifs. Et voici que l'Empereur de la Nuit dépêche des ambassadeurs auprès des neuf races des neuf mondes, y compris les Selkies de la lande de Blether... Non, une seconde. Ces détails sont pour vous sans importance. Heu... Sur l'ordre d'Obéron, Belphanes, qui est le régent du Soleil, a envoyé la licorne en tant qu'émissaire au roi de Logres. Eurynome – c'est le nom de la licorne – a établi les Règles de l'Ordre de l'Éternité et ouvert la porte entre le Royaume de Pan et celui de Morphée, le monde de la nature et le monde des rêves. Morphée... eh bien, en savoir plus sur son compte ne vous avancerait guère. Eurynome nous a donné le Cor, à moins que le Fondateur ne l'ait déniché en la suivant dans son domaine, qui n'est situé ni ici ni dans l'univers du rêve mais dans un milieu totalement différent. Mais tout cela n'a peut-être pas changé depuis. Non... hmm... »

Il s'était levé pour faire les cent pas et les cliquetis de son haubert ponctuaient ses gesticulations. Des lueurs miroitantes se déplaçaient sur la hampe de sa lance, douces comme le clair de Lune, sitôt qu'il l'agitait.

« Vous ne savez pas comment vous y prendre, c'est ça ? fit Wendy en battant innocemment des cils.

– Eh bien... Je me demande par où commencer. Vous comprenez ?

– Tout à fait, fit-elle en réunissant sagement les mains sur le drap, devant elle. Vous ne pensez pas que ce serait plus facile si je vous posais des questions ? Vous n'auriez qu'à fournir les réponses...

– Génial ! marmonna Galen. Ouais, vraiment super !

– Auriez-vous une meilleure idée ?

– Non, non. Nous allons suivre votre suggestion.

– En premier lieu, j'aimerais savoir pourquoi j'ai associé cette pouliche à un souvenir d'enfance. »

Il s'assit, inhala à pleins poumons puis s'exprima avec patience. « Parce que c'est probablement la seule chose à laquelle elle a encore accès. Les créatures dans son genre ne peuvent s'adresser qu'aux drogués ou aux gens qui n'ont pas toute leur tête. Le Soixante-Treizième Gardien, Albertus Waylock, a écrit une monographie sur le sujet. D'après lui, les attardés mentaux sont autorisés à conserver de tels souvenirs parce que nul ne croirait leurs affirmations et qu'ils seraient expédiés dans un asile s'ils en parlaient. Au fait, c'est quel genre d'hôpital, ici ? »

Galen avait posé cette question en regardant Wendy avec méfiance.

« Vous avez dit "elle"... De qui s'agit-il ?

– Euryale, fille d'Eurynome, une des pouliches des songes, autrement dit une des filles de la Licorne. Nos montures. Elles ont des ailes.

– Et vous, pourquoi avez-vous un tel accoutrement ? »

Elle désigna la cotte de mailles argentée, le tissu qui dépassait à chaque articulation de l'armure, le lambrequin qui tombait comme un voile de brume du cimier de son casque de forme ogivale.

« C'est un uniforme, un symbole. En outre, le métal nous protège de tout ce qui pourrait nous embrocher. Quant à la lance, nous essayons de la planter dans le ventre de nos adversaires. Allez-vous me poser des questions dignes d'intérêt ? Il y a actuellement une créature qui approche au cœur de la brume pour tenter d'envahir ce monde. Peut-être l'a-t-elle déjà atteint. »

Wendy agita l'index dans sa direction. « Allons, allons, une chose à la fois. Où vivez-vous ?

– Oh, pour l'amour de Dieu ! »

Elle entreprit de retirer des peluches de sa couverture. « Si vous refusez d'y mettre du vôtre, autant me réveiller et oublier ce rêve idiot...

– Non, non ! Ne vous levez pas ! Heu, vous semblez très lasse, vous avez besoin de dormir encore un peu et il faut absolument que je vous apprenne ce qui se passe ! C'est bon, je répondrai à vos questions idiotes. Heu... façon de parler, car elles sont moins stupides qu'elles n'en donnent l'impression. Que vouliez-vous savoir, déjà ?

– Où vous vivez, pour être costumé comme ça. » Elle gloussa.

« Je réside dans le Bastion de l'Éternité. Il est situé sur ce monde, autrement dit au 14 du chemin vicinal AA, Comté de Sagadahoc, Maine. Dans l'univers des rêves, la Grande Maison se dresse sur la berge de la mer des Ténèbres troublées et c'est le dernier avant-poste de la Cité sans fin, sur la Première Sphère de ce côté d'Utgard et Nidvellir, là où les tours d'argent de Tirion sont toujours intactes, sous la Porte profonde, au centre des quartiers de Lune. Vous ne pourriez pas la rater.

– Comment m'avez-vous trouvée ?

– Écoutez. Je ne vous cherchais pas. Je suis allé m'entretenir avec le Premier Gardien, qui est gardé captif dans l'ombre de Tirion l'Inexpugnable, sous la lune noire, là où l'océan se déverse dans l'Immensité sans Étoiles. Là-bas, neuf cataractes franchissent le bord du monde et tombent le long des falaises de ce lieu de tourments éternels qu'on appelle Sang et Gémissements. Je désirais lui réclamer quelques éclaircissements parce qu'un oiseau muni d'une lampe elfique était venu m'ordonner de le joindre, en rêve.

– Je suis convaincue que ce que vous dites est très important, mais il reste une chose que j'aimerais bien savoir. Comment êtes-vous arrivé jusqu'ici ?

– Il existe une incantation qui attire les pouliches des songes. Un sortilège, en quelque sorte. Elles peuvent franchir la mer qui sépare une lune de la suivante ou monter vers d'autres sphères.

– Et cette bestiole vous aurait sans raison conduit dans cet hôpital au lieu de vous ramener chez vous comme vous le lui aviez demandé ?

– Je vois où vous voulez en venir. Vous estimez qu'il doit y avoir un point commun entre nous. Un destin ou un lien partagé, car autrement nos rêves ne seraient pas imbriqués. Le Quarante-Troisième Gardien a écrit un traité sur ce sujet. On le trouve dans la bibliothèque. Il a parlé de... Une minute... Oh, Seigneur ! Et si je n'avais plus la possibilité de regagner mon point de départ ? Vous êtes peut-être mon dernier lien avec le monde de l'éveil. J'ai pu me faire... hmm. Quel jour sommes-nous ? Quel mois ? Oh, mon Dieu ! Quelle année ? »

Wendy l'en informa.

Chagrin et épouvante altérèrent les traits de Galen.

« Je dors depuis six mois... »

Il s'assit sur le lit, avec sa lance phosphorescente en travers des genoux. Puis, aussi lentement qu'une tour qui s'effondre, il se pencha en avant pour enfouir son visage entre ses paumes.

Wendy tendit la main et tapota doucement son genou. « Allons, allons. Il n'y a pas de quoi vous mettre dans un état pareil. Il se passe des choses bien pires, en haute mer. Je le sais car mon mari a été marin au long cours. Il a vécu des épreuves vraiment atroces. Redressez-vous, voyons ! Inspirez à fond. Détendez-vous et dites-moi ce qui vous est arrivé. Vous êtes donc allé voir le Premier Gardien, celui qui a été emprisonné pour avoir manqué à la parole donnée, là-bas près des chutes d'eau du bord du monde, dans le pays des rêves. Racontez-moi, avec un peu de méthode si possible, comment vous avez fait ce voyage et de quoi vous vous êtes entretenus. Quelle est la première chose qu'il vous a dite ?

– La première ? Qu'il allait me balancer dans le néant... »

IV

Troublé par la menace et tentant de recouvrer sa hardiesse, Galen regarda Azraël de Gray droit dans les yeux et leva la main pour lui montrer une petite cicatrice dans sa paume. « Vous voyez ? J'ai répondu à votre Convocation dès que j'ai reçu votre message. Vous m'avez appelé et me voici. Vous n'avez aucune raison de me menacer ou de vous emporter contre moi. »

Azraël ne dit mot.

Après une demi-minute d'attente, Galen réunit tout son courage pour ajouter : « Heu... messire. Je me suis déplacé parce que j'ai entendu le son de la Cloche marine. Au terme de tant d'années, notre attente a pris fin. »

Toujours rien.

Il fit un nouvel essai. « Vous avez fondé notre Maison ! Vous nous avez chargés de monter la garde avec vigilance. Tous ont respecté vos volontés, tant mon grand-père que mon arrière-grand-père et la totalité de leurs aïeux. Cela ne compte-t-il pas, à vos yeux ? Et voici que tous sont en danger, tous les habitants de la Terre, car les armées des Ténèbres se sont mises en marche. Je suis venu solliciter votre aide. Vous dites connaître une chose que nous devons savoir. Même si vous n'avez cure de votre descendance, l'humanité dans son ensemble n'a-t-elle pas d'importance à vos yeux ? »

Il s'exprimait d'une voix forte, le plus dignement possible. Du temps s'écoula. Azraël rivait sur lui un regard glacial et hautain qui lui donnait l'impression d'être stupide et insignifiant.

Le visage indistinct d'Azraël était toujours crispé, et nulle compassion n'adoucissait ses traits. Finalement, il déclara d'une voix sèche et posée : « Je n'aurais selon toi point de raisons de te haïr ? Je te défie de me citer les noms de ceux qui, là d'où tu viens, se souviennent encore de mes exploits, les célèbrent, ou savent seulement que j'ai un jour vécu. Nul ne s'est donné la peine de venir soulager un tant soit peu l'incommensurable souffrance que j'endure pour assurer le salut des hommes.

– Eh bien, pour être sincère, heu... Je doute qu'un seul individu sache encore qui vous êtes. »

Galen tressaillit sitôt après avoir prononcé ces paroles. *Pauvre idiot ! Pourquoi as-tu dit ça ?*

Ce fut en balbutiant qu'il s'empressa d'ajouter : « Mon grand-père et moi-même exceptés, cela va de soi. »

Il y eut un autre silence interminable et Galen, toujours dressé sur un des maillons de la chaîne, se recroquevilla intérieurement face à son lointain ancêtre. Le visage de cet être d'un autre âge se perdait dans des ombres anguleuses qui cachaient des pommettes carrées, sous un nuage de cheveux en bataille encadrant des mares jumelles encore plus noires que ses sourcils touffus et, plus bas encore, des rides creusées par l'amertume.

Quels exploits ? se demanda encore Galen, préoccupé et surpris. *Je croyais que le Fondateur était un traître, un ignoble transfuge qui avait pactisé avec l'ennemi ?*

Des mots s'élevèrent de la cage. « C'est moi qui ai rapporté la Clé d'Argent de Mommur malgré Obéron et ses elfes chevaliers qui se sont dressés dans la lumière argentée pour tenter de m'en empêcher, pendant qu'Astre du Matin et ses cohortes infernales me poursuivaient jusqu'aux plus éloignées des portes du jour, préférant la damnation à la renonciation. Le sang des immortels a été répandu pour que la Clé revienne aux hommes ; par ses vertus, tous les accès de l'enfer et des royaumes oniriques étrangers ont été condamnés... Oui, j'ai accompli cela au prix d'une patience, d'un courage et de souffrances incommensurables. Et mes sacrifices ne seraient pas célébrés ? Ils auraient été oubliés ? Par tous ? Nul ne se souvient donc du lieu où la Clé est dissimulée ?

– La Clé ? Quelle Clé ?... »

La question surprit Azraël.

« La Clé d'Argent de l'Éternité, voyons ! Clavargent, qui verrouille et déverrouille la porte que tu gardes et par laquelle les fruits des rêves peuvent se matérialiser, au point d'acquérir de la solidité et une ombre sous le Soleil de l'éveil. La Clé qui permet d'effacer instantanément toute chose pour la changer en brume et en songes. La source de la puissance de l'Éternité et l'unique espoir de salut pour l'ensemble de l'humanité. Est-il possible que tu n'en aies jamais entendu parler ? »

Ce fut à contrecœur que Galen le confirma de la tête, et son interlocuteur se tassa imperceptiblement. Ses épaules s'affaissèrent, ce qui révéla des taches de sang là où les barbelures avaient lacéré ses bras et ses épaules. « Tu n'es donc pas le Gardien. »

La voix d'Azraël était lourde d'amertume et de découragement.

« N-non, messire. Le Gardien est mon grand-père, Lemuel. Mais votre oiseau s'est adressé à moi. Il m'a transmis votre message et je suis venu à sa place. »

Azraël gloussa. « Voilà qui est parfait ! Un jeune homme sans statut, pouvoir ni autorité, entend ma mise en garde (alors qu'il est trop faible, jeune et stupide pour se comporter en conséquence) et s'informe de mes projets (qu'il ne peut bien évidemment mettre en œuvre.) Tant de sollicitude me touche vraiment. Si tu n'étais pas venu, j'aurais dû transmettre mon savoir à des mouettes de passage ou à la vermine qui pullule alentour. Ce qui, soit dit en passant, aurait été aussi utile ! »

Galen fut saisi d'une colère qu'il compara à une montée de bile. « Je suis ici. Je puis agir.

– Tiens donc ? Ton grand-père t'a-t-il expliqué pourquoi il ne viendrait pas ? Non ? Sais-tu quels empêchements l'ont dissuadé d'accomplir ses devoirs envers moi ? Non ? Et il n'a pas jugé utile de te révéler où est cachée la Clé d'Argent, pas vrai ? »

Galen tentait de ne pas perdre sa dignité, mais ses joues étaient de plus en plus chaudes. « Il... Il ne m'a pas dit grand-chose...

– C'est humiliant, n'est-ce pas ? »

La voix qui montait des Ténèbres avait perdu de son agressivité ; peut-être était-elle teintée d'une pointe de compassion. Mais la main ensanglantée agrippait toujours la chaîne.

« Tout indique qu'il ne m'accorde pas sa confiance.

– Tu n'as pas vingt-quatre ans, tu n'es qu'un enfant.

– Un adulte !

– As-tu suffisamment d'expérience pour qu'on te confie une Clé qui provoquerait la destruction de ton monde si tu l'utilisais sans sagesse ? »

Galen ne dit mot. Un vent glacial s'éleva des profondeurs et le fit frissonner. Il referma son manteau en se demandant d'où provenait ce souffle et quelle était l'étrange odeur qui y flottait.

Il se demandait aussi ce qu'était cette Clé d'Argent, et où elle était dissimulée.

« Peut-être pourras-tu te substituer à ton grand-père, mon lointain descendant. Je te révélerai le savoir secret de l'Éternité si tu me démontres que tu es vaillant, sage et digne de confiance. Accomplir un exploit remarquable susciterait par ailleurs son admiration. »

Cela s'approchait tant de l'espoir qu'il entretenait en son for intérieur que Galen en resta sans voix. Ses pensées étaient-elles évidentes à ce point ?

Le vent le fit encore frissonner et ce fut en éprouvant ce qui s'apparentait à de la culpabilité qu'il dénoua les lacets de son vêtement, plia le lourd tissu et le tendit en hésitant vers la cage.

« Tenez, vous devez avoir froid. »

Le captif ne réagit pas.

« Allez ! Prenez ! » Galen agitait le ballot devant les barreaux.

« Fais-le glisser jusqu'à moi et je t'en serai grandement reconnaissant. »

Galen hésita.

« Aurais-tu peur de venir à ma portée ?

– Vous n'avez qu'à avancer la main pour le prendre, rétorqua Galen d'une voix forte. Pourquoi ne le faites-vous pas ? Refuseriez-vous de lâcher cette chaîne ? Préférez-vous me faire choir dans l'abîme plutôt que d'accepter mon présent ? »

Le silence.

« Parfait ! s'exclama Galen. Comme vous voudrez. J'espérais obtenir des précisions sur la teneur de votre message et vos projets, apprendre qui menace d'envahir la Terre et comment empêcher un tel drame… mais je vais vous donner mon manteau sans rien demander en échange afin de démontrer ma bonne volonté. Si vous refusez d'accorder votre confiance à la chair de votre chair… Eh bien, soit ! C'est vous qui voyez ! »

Sur ces mots, il lança le manteau, qui descendit en tourbillonnant vers la cage, glissa et tomba en travers du bras ensanglanté pendant que ses pans battaient telles des ailes des deux côtés de la chaîne.

« Que personne ne soit venu soulager vos "souffrances éternelles" ne m'étonne plus, si vous avez toujours un tel comportement... » marmonna Galen.

Lentement, les doigts noircis et balafrés se détachèrent de la chaîne pour se refermer sur le manteau et le tirer entre les barreaux. Azraël prit grand soin de dégager le tissu sans le déchirer chaque fois qu'une pointe ou un crochet s'y plantait.

« Je te remercie, dit-il enfin. Je ne m'abaisserai pas à troquer mon savoir contre un vêtement, quels que soient les tourments que m'inflige la froidure de la nuit. Pas même pour un royaume auquel j'ai d'ailleurs renoncé. Il n'empêche que je te remercie et que je suis disposé à te révéler mes secrets. »

V

Azraël s'exprima, des paroles qui s'envolaient dans la nuit froide et venteuse. Ils avaient le ciel nocturne autour d'eux, au-dessus de leur tête et sous leurs pieds.

« Tu sais ce qu'on t'a enseigné. Obéron et les Enfants de la Lumière n'ont pu maintenir un poste de garde sur le monde souillé et immonde où tu vis, mais ils ne souhaitaient pas pour autant qu'Astre du Matin s'en empare grâce à sa patience proverbiale, en attendant simplement le trépas de tous ses adversaires. Pas plus qu'il n'était possible de se fier aux hommes pour monter une garde vigilante contre l'Ennemi. Pour toutes ces raisons, des champions et des chevaliers légendaires furent plongés dans un sommeil magique capable de préserver leur vigueur et leur pureté, afin que le temps qui s'écoule n'offre aucun avantage à l'autre camp. Et certains, ceux qui détiennent la Clé d'Argent, n'eurent d'autre choix que guetter la venue des Ténèbres car eux seuls avaient la possibilité de réveiller les Dormeurs.

– J'en suis parfaitement informé. Nous devons utiliser le Cor pour les ramener à la conscience.

– Ah ! Mais sais-tu seulement quel en sera le prix ? Les Dormeurs ne reposent pas sur Terre mais en Celebradon. Quand les membres de la Maison de l'Éternité feront revenir le Roi endormi et ses preux chevaliers, Celebradon descendra du Cercle des Étoiles automnales, et sur les remparts les anges et les membres de la guilde des Lios Alfar[1] brandiront les étendards et chanteront les louanges d'Obéron. Les armes forgées aux armoiries des cieux pour la Dernière Bataille seront sorties de leurs cachettes pour détruire les serviteurs des Ténèbres. Les combats seront si âpres que la terre comme le ciel voleront en éclats et se consumeront. Après sa victoire, Obéron façonnera un monde plus conforme aux rêves de l'humanité, ou à ses goûts personnels, et il l'attribuera à ceux qui l'ont fidèlement servi. »

Galen hocha la tête. « Oui, je sais tout cela. Une place nous sera réservée au sein de cette nouvelle société.

– Le sort des serviteurs de la Lumière est plus enviable que celui des suppôts des Ténèbres. Les esclaves mineurs au service de la Tour noire d'Achéron craignent autant que nous un triomphe des Forces du Mal. Les sortilèges de la Dernière Bataille condamnent tous ceux qui ont prospéré avant le début des hostilités : informateurs, délateurs et traîtres.

– Vous parlez des voleurs de formes.

– Je parle de ces usurpateurs que sont les Selkies. Indignes de confiance, ils redoutent et haïssent leur maître, Astre du Matin, autant que toi... pour ne pas dire bien plus. Le seigneur d'Achéron la Noire n'aura nul besoin de mouchards et de Selkies, si les Ténèbres sont triomphantes. Et dans le cas contraire les Selkies seront échaudés par la Lumière. L'un d'eux en a conscience et nous a proposé son appui.

« Ce traître s'est adressé à moi et m'a expliqué qu'Achéron enverra certainement ses esclaves se battre sur Terre avant le réveil des Divinités extérieures et des Séraphins de Celebradon. Ce transfuge, enrôlé dans l'avant-garde destinée à périr au début des combats, s'est engagé à contrer les efforts des Ténèbres et à saboter cet assaut, bien que les serviteurs de l'Éternité puissent simplement faire étalage de leur armement d'Autremonde. La rumeur et la vision de ces armes suffiront à repousser les moins puissants des esclaves d'Achéron, et le traître répandra ensuite mensonges et exagérations pour amplifier les réussites du camp de la Lumière. Sa voix sera pour les conseillers d'Achéron un poison insidieux qui les privera d'audace, les incitera à battre en retraite et, si elle ne peut entraîner notre victoire, à accepter la paix.

– Quelle sont donc ces armes ?

– Les Neuf Talismans. Comment est-il possible que tu l'ignores, mon garçon ? »

Galen ne dit mot, honteux de ses lacunes. Il s'affirma qu'il n'avait aucune raison de se sentir gêné, sans réussir à s'en convaincre.

1. Elfes blancs. *(N.d.T.)*

Azraël resta un instant muet, avant d'ajouter : « Pour combattre les neuf grands maux engendrés dans les profondeurs immergées d'Achéron, sept talismans ont été transférés d'Autremonde en Caer Leon. Trois furent conservés par sa Majesté le Pendragon ; deux furent envoyés à Sa Sainteté le Pape de Rome ; un fut adressé à l'Empereur de l'Inexpugnable Constantinople, foyer de César. Ces six talismans étaient puissants mais le septième, Clavargent, la Clé d'Argent, l'était bien plus encore. Nul roi, pape ou empereur ne se le vit confier ; il fut laissé à la garde des représentants de la Maison de l'Éternité, dissimulé dans ce temple du souvenir. »

Azraël se tut et Galen attendit la suite. Constatant qu'il n'ajoutait rien, il déclara : « Eh bien, sachez que nous n'avons plus de roi. Et si le pape règne toujours à Rome, nous ne sommes pas catholiques même s'il n'est pas à exclure qu'il puisse encore nous aider. Je ne vois même pas de quel empereur vous voulez parler et Constantinople s'appelle désormais Istanbul.

– Voici de bien fâcheuses nouvelles. Ces talismans sont donc dispersés. Disséminés, car ils sont indestructibles. Et seules les trois Reines savent encore où ils se trouvent. » Azraël s'interrompit avant de se draper dans le manteau de Galen, avec des mouvements lents et privés de souplesse. « Il n'y a plus d'empereur ? Ah, cela est affligeant ! »

Un autre long silence.

« Alors, que voulez-vous que je fasse ? demanda finalement Galen. Comment dois-je m'y prendre pour localiser ces talismans ? »

Azraël était pensif, comme s'il se remémorait une vieille leçon. « Les mortels ne peuvent les employer, car chacun d'eux s'accompagne d'une malédiction. N'ai-je pas précisé qu'il faudra faire étalage de cet arsenal et non l'utiliser ? Chacune de ces armes est utile contre un des Neuf Maux qu'annonce la Cloche marine de Vindyamar. Écoute-moi. Écoute-moi attentivement, et veille à placer chacune de mes paroles dans la nef centrale de la cathédrale de tes souvenirs, juste à côté d'un pilier, d'un poteau ou d'une fenêtre afin de pouvoir les retrouver facilement une fois réveillé. Redouble d'attention, car je ne me répéterai pas. »

VI

« Le premier des Neuf Maux connaît l'art de la nécromancie. Il a renoncé à son humanité et à son cœur. Nul talisman ne permet de tenir cette ombre à distance et quiconque se pliera à ses volontés tombera sous son emprise.

« Les deuxièmes sont des géants de glace et de flamme ; grande est leur puissance et grande est leur renommée. S'ils sont vulnérables à ce que contiennent les verges de Mollner, cette arme retourne dans la main de celui qui l'utilise en lui portant un coup redoutable auquel nul ne pourrait résister.

« Les troisièmes sont les Princes des Éléments, ce trio de destructeurs ; mais l'un d'eux a été dépouillé de sa puissance grâce à un tour réalisé à l'aide d'une ficelle de cerf-volant et d'une clé. Le sorcier Franklin a en effet réalisé l'exploit de domestiquer la foudre. Ceux qui chevauchent le tumulte des cieux sont le Tonnerre et le Vent, et leur frère s'appelle Levin. L'anneau de Niflungar est le talisman qui apaise leur courroux et les incite à prendre du repos. Mais celui qui passe à son doigt la bague devant laquelle ces seigneurs plient l'échine doit renoncer à l'amour et à la passion.

« Les quatrièmes sont les Selkies, ces experts rieurs de la tromperie. Ils volent l'apparence des mortels et tout en eux n'est que faux-semblants. Ils reprennent leur véritable aspect au moindre coup de la baguette de Moly [1], qui ne peut être tenue que par des mains honnêtes, saintes ou innocentes ; car les mortels sont soumis à d'indicibles souffrances lorsqu'ils perdent toutes leurs illusions. Or, son détenteur ne voit plus que la vérité, dure et sans fards, et vient alors pour lui un temps de larmes.

« Les cinquièmes sont les Kelpies, ces vecteurs de maladie qui tirent profit des faiblesses inavouables des hommes mais redoutent plus que tout l'arc de Belphanes. Muscles et orgueil sont insuffisants pour bander cette arme qui est destinée aux humbles, ceux qui sont disposés à s'incliner bien bas.

« Le sixième est la Bête, qui porte les noms de Guerre et de Haine. Enchaînée par les dieux, elle est fréquemment libérée par des hommes qui convoitent sa fille, la jeune Victoire. La seule chose qui peut apaiser son courroux est Excalibur la Flamboyante, l'Épée du Juste. La Bête se soumettra en la voyant, si elle est maniée par un homme hors du commun. Cette arme est profondément enfouie et nul ne l'a vue depuis longtemps. Elle ne brillera de nouveau que pour un champion digne de sa lignée royale. »

VII

Azraël s'était tu. Le vent hurlait dans les Ténèbres et imprimait des balancements à la chaîne. Galen attendait la suite, en se concentrant pour conserver son équilibre et ne rien perdre des explications de son aïeul. Mais le silence s'éternisait.

1. Plante magique aux racines noires et aux fleurs blanches citée dans l'*Odyssée* d'Homère puis dans les *Métamorphoses* d'Ovide. *(N.d.T.)*

Galen était doublement embarrassé. Il avait entendu parler de ces talismans. Il avait été informé de leur existence dans sa plus tendre enfance, sous des noms différents. Les Sept Signes de Vindyamar (comme on disait à l'époque) étaient inscrits sur les parois de la Tour des Deux Dragons, la partie la plus ancienne du Bastion de l'Éternité baptisée le Cœur de la Demeure. Des bas-reliefs de style gothique aux formes tourmentées représentaient divers monstres, hommes phoques et géants qui brandissaient un symbole leur correspondant : marteau, anneau, baguette, arc ou épée. Il n'existait que deux choses qu'Azraël n'avait pas mentionnées : le Graal et, naturellement, le Cor.

Galen n'avait jamais su ou suspecté qu'il s'agissait d'armes véritables. On lui avait enseigné que ces objets avaient une valeur symbolique. Il cherchait comment glisser dans la conversation qu'il avait toujours été informé de ces choses, pour démontrer à son ancêtre que son savoir était plus étendu qu'il ne l'imaginait. Mais il devait veiller à ne pas donner de lui l'image d'un vantard.

« Et le reste ? demanda-t-il. Ça ne fait que six tintements de la Cloche. Cinq talismans. Il y a encore le Graal. Et le Cor.

– Nul talisman, le Titan excepté, ne permet d'affronter ce qui surgira des flots au septième tintement. Et si résonne le neuvième et dernier coup de la Cloche marine, ce qu'il annonce surpassera tes possibilités. Tu ne pourras rien utiliser contre cela. Dis-moi, Gardien, combien de fois a-t-elle sonné ?

– Elle ne s'arrêtait pas.

– A-t-elle tinté quarante-cinq fois ? C'est la somme de tous les maux contre lesquels elle met en garde. Si c'est le cas, Achéron, la citadelle d'Astre du Matin, s'apprête à remonter des profondeurs insondables.

– Je... Je serais bien en peine de vous le dire. C'est possible...

– Les Gardiens de l'Éternité ne sauraient-ils plus compter ? C'est pourtant un art facile à maîtriser, jusqu'à dix pour celui qui a tous ses doigts, et jusqu'à vingt s'il ne lui manque aucun orteil. Peu importe... Quel signe vous ont adressé les gardes de Vindyamar ?

– Une mouette noire qui apportait une lanterne elfique.

– Tu parles de mon envoyée, capturée et domestiquée par mes soins, et munie d'une lanterne que seul mon art permet de façonner afin de démontrer de façon irréfutable ses origines. Serais-tu incapable de déterminer que ce signe ne venait pas de Vindyamar ? Il aurait dû être accompagné d'un rêve prémonitoire, et Nimue aurait placé au sein des vagues une indication du talisman qu'il convenait de préparer, épée ou anneau, baguette ou coupe, en fonction de la nature de l'attaque, que ce soit une armée ou le vent, la tromperie ou la mort. Quel signe as-tu reçu ? N'es-tu pas un Gardien de l'Éternité ? N'étais-tu pas de faction sur les remparts ? »

La gêne de Galen était insoutenable. S'il désirait bénéficier de la considération de quelqu'un, c'était d'Azraël de Gray, le fondateur de sa lignée, de sa Maison et de son Ordre.

Son grand-père lui avait dit qu'il verrait un signe en provenance de Vindyamar, la cité où la Cloche marine était conservée dans sa châsse de cristal. Mais il avait pris la mouette pour cette confirmation et il s'était rendu au bout du monde pour s'entendre dire par le Fondateur qu'il aurait dû écouter son grand-père.

Puis sa gêne se transmua en frayeur.

« Un signe ? Il n'y a eu *aucun* signe.

– Ah ! C'est en ce cas la preuve que Vindyamar est tombée aux mains de l'Ennemi. » Il y avait dans la voix d'Azraël une intonation glaciale et dans ses yeux un éclat de mauvais augure. « Voilà qui est inquiétant. Les gardes de Vindyamar n'auraient pas omis de vous adresser un tel signe, car trop de choses en dépendent. Seule la trahison peut expliquer leur défaite ; seul l'Ennemi est assez puissant pour triompher de leur vertu. Les trois Reines ont dû être capturées et conduites à Nastrond, cet horrible rivage où s'entassent des ossements de meurtriers... »

Sa voix mourut.

« Bon... alors... que dois-je faire ? »

Azraël inclina la tête.

« Rien. Tout est terminé. Nous avons été vaincus. Rentre chez toi et apprête-toi à périr le plus dignement possible. Mieux vaut se suicider que connaître les salles de torture d'Achéron, tu peux me croire.

– Il doit rester une possibilité !

– Seule une démonstration de force pourrait inciter l'avant-garde des hordes des Ténèbres à rebrousser chemin. Si rien ne stoppe leur assaut, il n'y aura pas d'autre solution que réveiller les Dormeurs et déclencher la fin des temps. Sais-tu où se trouvent les talismans d'Autremonde ?

– N... non.

– Moi non plus.

– Qui le sait ?

– Les trois Reines de Vindyamar. Qui, si elles ne vous ont pas adressé un symbole vous appelant à prendre les armes, ont probablement été capturées ou exécutées. »

Galen resta un long moment agrippé à la longue chaîne, les yeux baissés sur le néant vertigineux, plus noir que la nuit, qui s'ouvrait entre ses pieds.

Mais il ne lui paraissait pas plus sombre ou plus profond que son désespoir. Les paroles du Fondateur résonnaient encore dans son esprit : « Capturées ou exécutées... »

Il redressa soudain la tête. « S'ils les ont faites prisonnières, où ont-ils pu les conduire ? Qui les surveille, et où ?

– Ah ! déclara posément Azraël. Voilà enfin une question digne d'un homme. »

VIII

Azraël s'exprima d'une voix basse et solennelle, et Galen dut se pencher pour l'entendre.

« Rares sont ceux qui savent où se situe Nastrond, refuge et point de ralliement des Selkies redoutés, mais moi, je connais son emplacement. Peu importe qu'ils emmènent les trois Reines en Achéron, la cité engloutie et privée de Soleil, sur les atolls septentrionaux gelés de la lande de Blether, ou encore dans les dômes sans fenêtres des mornes plateaux d'Uhnuman, sur la face cachée de la Lune ; car les hommes phoques commencent par conduire tous leurs captifs, quel que soit leur statut, sur le rivage de Nastrond. Ils empruntent en effet des routes secrètes dans des contrées qui s'étendent au-delà de la sphère de la Lune, dans la nuit supérieure interdite à l'humanité, qui ne peut s'y aventurer même en rêve ; et, pour conserver ce privilège, les Selkies doivent s'attirer les faveurs des dieux assoiffés de sang qui gardent les royaumes où les hommes sains d'esprit ne pénètrent jamais. Pour cela, ils leur rendent un culte et les soudoient afin qu'ils ferment les yeux sur leurs déplacements prohibés. Chaque captif doit être préparé, emmailloté de sons comme une chenille l'est de soie, pour qu'un chant saturé d'horreur couvre les harmonies de ce qui vit au-delà des sphères ordonnées des étoiles fixes. (On dit que nul homme n'a pu entendre la musique inhumaine de l'au-delà et en revenir sans avoir sombré dans la folie, à l'exception de ce rêveur de Kuranes, qui n'a pas regagné son corps terrestre mais a reçu, une fois mort, la citadelle intemporelle et stable de Celephaïs, au cœur des nuages qui surplombent la mer Intérieure. Un royaume qui lui a été attribué tant en guise de compensation que comme récompense pour la résistance exceptionnelle de son âme et de son esprit.)

« Raconter comment j'ai appris tout ceci ne me procure aucune joie, car je me suis entretenu avec une créature qui n'était que partiellement humaine et j'ai scellé avec elle un pacte abominable. Oui, cet être est venu jusqu'à moi parce que j'avais vu quelque chose dans les Ténèbres.

« Une chose inconnue de tout autre être humain… qu'il soit éveillé, enveloppé de rêves ou enfoui dans le sommeil plus profond du trépas ; car la malignité des geôliers de Tirion m'a valu d'être enfermé dans une cage minuscule à la chaîne bien plus longue que les autres. Ainsi, je suis à l'aube bien plus proche du souffle brûlant du Soleil qui se lève juste sous mes pieds, et au crépuscule bien plus loin de sa chaleur et plus profondément plongé dans les abysses glaciaux.

« C'est ainsi qu'il m'a été donné de voir ce qu'il y a dans les fosses qui s'ouvrent au-delà du monde, des autres prisonniers et même, semble-t-il, de ce que voient les astronomes du nadir qui utilisent leurs télescopes et leurs miroirs en se penchant timidement au bord du gouffre du néant. Ils sont encore trop proches du Soleil pour pouvoir scruter véritablement les Ténèbres. Je sais que dans les sombres solitudes se développe une sombre sagesse, car j'ai vu d'où viennent les Nefs noires.

« Est-il utile que je t'en parle, jeune homme ? Chaque port de l'univers du rêve a reçu leur visite, à un moment ou à un autre ; bassins de cristal ou de nuages gouvernés par des elfes loyaux à Mommur, sur les berges d'océans de lumière ; refuges de brique et de bois, habités par ce que nous assimilerions à des hommes ; grands promontoires de métal fortifiés près de mers de lave en fusion de Nidvellir... Tous leurs habitants, dans tous les cycles et éternités du temps connu, ont redouté les Nefs noires sans jamais savoir de quel côté elles surgiraient, ni de quelle strate de songe. Cependant, je le sais. Elles n'arrivent pas de la terre mais d'au-delà.

« J'ai vu à trois reprises ces vaisseaux démesurés monter vers la terre, s'élevant des abysses aussi légers que des nuages, leurs voiles lestées de glace enflées par des vents sans nom. Dans leurs fanaux se consument les gaz elfiques des marais ou le halo que les lucioles gardent dans leur abdomen. Et il m'arrive d'entendre par-delà les gouffres de la nuit des voix gémissantes et solitaires qui chantent les louanges des Ténèbres et de la douleur, des péans à la joie que procure la souffrance d'autrui. Et les mélopées qui proviennent de ces navires sont entrecoupées de rires rauques, d'ordres secs, de claquements de fouet et de plaintes surnaturelles... Alors qu'aucune de ces voix n'est humaine dans sa tessiture ou son timbre.

« Chaque fois qu'une de ces Nefs arrive à une certaine hauteur sous le rebord du monde, ses feux sont éteints et ses chanteurs muselés. Plus silencieuse qu'un papillon de nuit, elle suit une route savamment calculée pour gravir le ciel nocturne sans s'écarter des secteurs les plus sombres, loin des constellations, afin que son passage n'occulte aucune étoile, ce qui pourrait éveiller les soupçons de la milice de Tirion.

« Rendu audacieux par le désespoir, j'ai repris les hymnes frustes entendus lors du passage de la Nef noire précédente, et l'extinction de ses feux ne m'a pas réduit au silence. J'ai au contraire beuglé de plus belle, débitant des chapelets d'invectives adressées à mes geôliers qui sommeillaient.

« La Nef noire ferla ses voiles pour continuer sur son erre, tous feux éteints, au-delà de la pointe sud d'Orion, au-delà de Rigel, qui était alors au niveau de l'horizon du monde. Une chaloupe fut mise au néant et des formes gibbeuses, penchées sur des avirons assourdis, la propulsèrent vers moi dans les Ténèbres.

« Quand l'embarcation arriva près de ma cage, je pus constater que le personnage de poupe avait une silhouette plus humaine que sa face. Entre son jabot de dentelle et son tricorne je voyais en effet une truffe et des moustaches de chat, ainsi que de grands yeux noirs limpides – des yeux bestiaux qui brillaient de cruauté et d'amusement – et un poil noir lustré. Lorsqu'il s'exprima, je vis que ses crocs étaient blancs et acérés comme ceux d'un renard. Quant à son haleine, elle était chaude et empestait le poisson cru venant d'être ingéré.

« Il me salua d'un geste et je vis, dépassant de la manchette en dentelle de sa lourde vareuse de marin, une patte griffue et velue, à la paume très claire, avec des palmures noirâtres tendues entre les doigts.

« L'être ricana et renifla en découvrant à quelle torture cruelle j'avais été condamné, puis il effleura du bout des doigts les barbelures de ma cage avant de déclarer : “Les gens d'en haut vont à la pêche. Ils t'utilisent comme appât pour attirer les Léviathans, qui nagent avec lourdeur au fond des océans sans nom qu'alimentent ces cascades glacées. Mais tu es bien trop petit pour les inciter à refermer leurs mâchoires sur ces nombreux crochets. Ah ! Ah ! Es-tu si conciliant que tu glapis et piailles pour avertir tes tortionnaires lorsque nous voulons leur faire une surprise et forcer leur barrage ? Veille à être discret, petit appât famélique, ou ceux qui ont eu la bonté de te suspendre ici devront se chercher d'autres esches.”

« Je lui lançai avec morgue qu'un être aussi insignifiant que lui n'aurait pas dû avoir le front de me menacer, et il rit de plus belle avant de me décrire les tortures auxquelles il me soumettrait. Puis il se pencha vers les barreaux, en brandissant toujours son sabre. Une arme qui arriva à ma portée.

« L'officier supérieur présent à bord de la chaloupe suivante négocia avec moi en gardant ses distances. Je ne t'importunerai pas en précisant quels serments nous échangeâmes, ni quelles puissances furent prises à témoin, mais je te ferai partager les connaissances que j'acquis ainsi dans l'espoir de servir la cause de mon peuple si je réussissais un jour à les lui transmettre. Je préciserai que ces marins me laissèrent le sabre et le manteau du premier visiteur et que, comme ils n'osèrent pas approcher des barreaux de ma cage pour décrocher son cadavre, j'eus de quoi manger à satiété pendant près d'un mois. »

Galen, qui tendait l'oreille, regarda horrifié les taches de sang sur les barreaux de la cage.

Juste avant qu'Azraël ne lui susurre : « Approche... »

IX

Galen avait la possibilité de faire demi-tour, de s'enfuir pour se placer hors d'atteinte de l'homme encagé, de retourner vers son grand-père et de le laisser régler toutes ces sombres histoires. Mais s'il ne tentait pas de sauver les trois Reines de Vindyamar, s'il ne faisait rien, comment se rendrait-il digne de lui succéder ?

Il se pencha vers Azraël, qui détendit le bras vers le haut, pour refermer sa main maculée de sang sur son épaule. Sidéré de constater que ses doigts étaient à la fois froids et puissants, Galen fut attiré si bas que sa joue effleura les barreaux barbelés. Il s'intéressa à ces petits crochets et vit des dents à seulement quelques centimètres de ses yeux.

« Le traître n'est autre que le Roi des Phoques en personne, murmura Azraël. Son nom secret est Mannannan. Son émissaire et intermédiaire se nomme Dylan de Njord, que tu reconnaîtras aux symboles que je vais te décrire. Les Selkies n'oseront pas s'en prendre aux Reines de Vindyamar. Le Roi phoque te les remettra, et elles te révéleront où sont dissimulés les talismans. Tu pourras te faire passer pour un Selkie grâce à un sortilège. Enfile le manteau que je te donne et tu deviendras à ton tour un homme phoque... »

6

Le chant des Selkies

I

« Le Fondateur m'a fourni des instructions pour trouver les berges de Nastrond, expliqua Galen à Wendy. Il avait dans sa cage un manteau de phoque qu'il m'a remis en échange du mien. J'ai dû approcher au ras des barreaux pour prendre ce vêtement qui me donnerait l'apparence d'un Selkie... me permettant ainsi de me déplacer parmi eux sans attirer l'attention.

« Azraël a précisé qu'un conseiller du Roi phoque, son bras droit, était venu lui rendre visite. Il m'a décrit un grand phoque blanc à la robe mouchetée qui, lorsqu'il prenait une apparence humaine, devenait un vieillard aux cheveux argentés et à la barbe poivre et sel. Il portait des effets vert et gris, et il avait toujours au doigt une bague en argent sertie d'une pierre de Lune. Ce Selkie s'appelait Dylan, fils de Nérée de la Maison de Njord. Il existe trois nations de Selkies originaires de la Cité magique d'Ys, d'Atlantus et de Cantriff Gwylodd. Ce qui est pour vous sans aucune importance.

« J'ai demandé à Azraël comment prouver à Dylan que j'étais bien son envoyé, qu'il ne s'agissait pas d'un subterfuge ; il m'a déclaré qu'il me confierait le secret de sa vie, découvert grâce à un nécromancien auquel ce Selkie l'avait présenté. Il a alors sorti de son manteau – même s'il semblait l'extirper de sa poitrine, sans toutefois broncher, ciller ou geindre – une bille de cristal dans laquelle se trouvait une lumière, une sorte de fleur luminescente et palpitante. Elle avait à peu près la grosseur des agates avec lesquelles jouent les enfants.

« Il m'a dit de veiller attentivement sur elle et de l'avoir sur moi lorsque je me présenterais devant Dylan, qui la reconnaîtrait aussitôt. C'était le garant du succès de la cause qu'Azraël avait consacré sa vie à défendre. Avec mon appui, ce Selkie ferait en sorte que les malheureux injustement emprisonnés soient libérés et que les exilés puissent regagner la Terre. Je le cite. »

Wendy écoutait ce récit avec intérêt mais sa façon de tripoter la literie trahissait son impatience. « Pourquoi l'avez-vous cru ? Les Selkies ne sont-ils pas vos ennemis ? Les méchants ?

– C'est absolument exact. Mais dès l'instant où un des trois Princes des Éléments était dans notre camp, pourquoi pas un Selkie ?

– C'est le raisonnement que vous avez suivi ?

– Disons plutôt que c'est l'argument avancé par Azraël.

– À votre place, je lui aurais posé d'autres questions. Je lui aurais par exemple demandé qui avait trahi Vindyamar. (J'adore ce nom !) L'avez-vous fait ?

– J'en avais l'intention, mais à l'instant où il me remettait cette bille luminescente, il a été renvoyé en arrière et s'est effondré au fond de la cage. Il a ajouté que l'aube allait se lever et que je devais repartir sans attendre. Autrement dit sauter.

– Du bout du monde ?

– Du bout du monde.

– Et ?... »

Galen cilla. « Et quoi ?

– Vous n'avez pas refusé ?

– Eh bien, je n'ai pas osé. Ce que je veux dire, c'est que... je désirais faire mes preuves.

– Sauter du bout du monde n'est pas très malin. Que vous soyez mort ne m'étonne plus !

– Ce n'est pas ça du tout ! »

Wendy haussa un sourcil et arbora son expression de profond scepticisme. (Elle s'était entraînée à la reproduire devant un miroir après avoir vu Vivian Leigh regarder ainsi un soldat de l'Union juste avant de l'abattre, dans *Autant en emporte le vent*. C'était une de ses mimiques préférées.)

« Enfin, la confiance est le propre de la jeunesse ! Oh ! Ne faites pas cette tête-là ! On croirait que vous venez de gober un crapaud !

– Je n'ai rien gobé du tout... Je veux dire que ma tête n'a rien de particulier... »

Ses joues étaient en feu. Il remarquait à quel point Wendy était jolie, sous le clair de Lune, et penser qu'elle était plus vieille que lui s'avérait d'autant plus pénible qu'elle le traitait comme un enfant.

« Je vous assure que si ! rétorqua-t-elle.

– Quel air ai-je donc ?

– L'air de quelqu'un qui a des choses à se faire pardonner. Pourquoi cet Azraël a-t-il été encagé, pour commencer ? Parce qu'il était digne de confiance ou parce que c'était un faux jeton ?

– Il m'a expliqué comment survivre à cette chute ! Et n'oubliez pas qu'il est le Fondateur de mon Ordre, le géniteur de ma lignée et...

– Et s'il vous avait dit de sauter par la fenêtre vous l'auriez fait ? Non, attendez... Répondre à cette question est superflu.

– Les Nefs noires montent du néant ! Les Selkies savent voler...

– Vraiment ? » Elle le lorgna. « J'en étais moi aussi capable, autrefois. J'aimerais tant me rappeler comment procéder. C'est quoi, ce secret ?

– Il suffit d'imbiber l'embarcation avec le sang et les fluides cérébraux de treize fées encore vierges, égorgées avec un couteau à la lame d'argent, pour...

– Beurk. C'est dégueu !

– C'est un sortilège.

– Dégueu ! Beurk !

– Le Fondateur est un sorcier.

– Et il a utilisé ses pouvoirs pour vous faire perdre tout sens de la mesure ?

– De quoi parlez-vous donc ?

– Je parle de la magie ! Ma mère disait souvent que ces choses sont très amusantes et gratifiantes jusqu'au jour où quelqu'un perd un œil. Celui qui la pratique finit par considérer les trucs les plus tordus comme normaux et il s'étonne d'être considéré avec suspicion. Un peu comme ceux qui regardent trop la télévision et finissent par estimer que commettre un meurtre est un acte banal. Mon père pourchasse les assassins. Qui votre magicien vous a-t-il demandé de tuer ? »

Le jeune homme sursauta de surprise. « J'ai occis le Chevalier Écarlate en état de légitime défense ! Et, heu, bien sûr que non ! Je n'ai pas égorgé une seule, hmm, fée.

– Encore heureux !

– C'était inutile. Azraël avait dans sa cage une fiole pleine de...

– Épargnez-moi les détails. Je n'ai aucun désir d'entendre la suite.

– Comme vous voudrez. Le Fondateur m'a dit qu'il avait préparé le manteau pour que le sortilège soit efficace aussi longtemps que nécessaire, et que je n'avais qu'à...

– C'est tout aussi répugnant !

– C'était pour la bonne cause ! En quelque sorte. J'espérais sauver les trois Reines de Vindyamar !

– Ce type vous dit de vous couvrir d'une cape ruisselante de sang et de sauter du bout du monde... Et vous, vous lui obéissez !

– Mon grand-père est un magicien, lui aussi. Nous pratiquons tous cet art, dans la famille.

– Hon hon... Et si votre grand-père vous disait de vous emmailloter dans un drap ensanglanté et de passer par la fenêtre, vous le feriez ?

– Je fais tout ce qu'il me dit de faire ! Enfin, presque tout. C'était une urgence, voilà où je veux en venir... Je devais démontrer à mon ancêtre que je n'étais pas dépassé par les événements et...

– C'était le cas ? demanda-t-elle, radieuse.

– C'était le cas de quoi ?

– Vous n'étiez pas dépassé par les événements ?
– Eh bien, si, un peu… Mais j'avais mon illustre ancêtre pour me guider… »

Sans prêter attention à ce commentaire, Wendy arbora une moue de scepticisme enfantin puis avança son menton pour observer son visiteur spectral en contre-plongée entre ses cheveux bruns emmêlés, un sourcil incurvé vers le haut.

Soumis à cette inspection, Galen tripota sa lance miroitante puis finit par hausser les épaules. « Quand les hésitations sont trop grandes, il faut bien accorder sa confiance à quelqu'un.
– Et vous avez sauté ?
– J'ai sauté. »

II

Galen tombait dans l'espace, entre des constellations et des systèmes stellaires inconnus. Les falaises de la terre s'amenuisèrent pour devenir une simple muraille indistincte, loin dans les hauteurs. Heure après heure, en s'abattant comme une pierre, il vit les groupes d'étoiles disséminés sur les côtés et sous ses pieds acquérir d'autres contours, de la netteté, de la profondeur et des ombres dessinées par des astres invisibles de son monde natal. Le cancer devint un crabe ayant des pattes, des pinces et des antennes fines comme des fouets ; la barbe et les yeux sévères d'Orion le chasseur lui apparurent distinctement, embrasés par le clair d'étoile ; il constata que le Grand Chien était un berger efflanqué et grondant et le Petit Chien, un colley.

Mais il finit par laisser derrière lui les constellations hivernales pour se retrouver dans des zodiaques inconnus des hommes, des motifs aux formes étranges rappelant les glyphes indéchiffrables des pyramides aztèques. Il y avait ici des êtres encapuchonnés intimidants, des ziggourats recouvertes de substances visqueuses et des ruines menaçantes, des créatures marines aux nombreux tentacules et des araignées aux gueules suceuses, des insectes qui dévoraient leurs mâles et des matriarches aux pattes falciformes dont l'utérus et les entrailles étaient rongés par leur progéniture.

Galen agrafa les fermoirs du manteau de phoque ; ses jambes devinrent de puissantes nageoires, ses bras des membres antérieurs palmés mieux adaptés au milieu dans lequel il évoluait. Et il n'avait qu'à plisser le nez pour voir de longues moustaches s'agiter sous ses yeux.

Ravi, il s'ébattit dans l'océan de la nuit qui devenait plus sombre et se chargeait de sel, brassé par des vagues impétueuses. Il découvrit qu'il pouvait bondir et plonger, se déplacer rapidement dans les flots écumants.

Il consacra un certain temps à s'exercer et à peaufiner son déguisement. Ses capacités d'acquisition récentes lui procuraient une joie enfantine et animale.

Se trouver à la fois dans un océan tout en poursuivant sa chute dans le néant de l'espace restait pour lui inexplicable, mais il l'acceptait car tout ici était soumis à la logique des rêves.

Plus il descendait, moins les flots étaient denses, et il ne resta finalement qu'une ou deux constellations sous lui. Au-delà régnaient les Ténèbres, dans lesquelles flottaient de vagues silhouettes obscures ou des masses monstrueuses qui s'y mouvaient avec lenteur et démesure.

Les murailles grises et abruptes des falaises de la terre réapparurent sur sa gauche, avec à leur base, sur une petite corniche donnant sur les Ténèbres privées d'étoiles des océans sans nom du ciel inférieur, une plage près de laquelle de grands navires étaient à l'amarre.

Galen nagea vigoureusement vers ce rivage puis plongea à la verticale dans l'espoir de l'atteindre, car il savait qu'il n'y avait au-delà que les Léviathans des abysses et une noirceur d'où nul homme n'aurait pu revenir sain d'esprit.

Puis il se retrouva sur la terre ferme et les vagues refluèrent. Il avait devant lui les hautes falaises des fondations de son monde. Il s'était échoué entre des flottilles de Nefs noires qui avaient accosté, une rangée après l'autre de voiles sombres pour l'instant ferlées. Il avait sous son ventre de phoque des esquilles d'os ainsi que quelques dents. Çà et là, des fragments de main ou la rondeur souriante d'un crâne saillaient des dunes jaune clair pulvérulentes. La pénombre donnait l'impression que les ossements avaient été empilés et charriés par le vent en andains séparés par des ombres très denses.

Il gagna le haut de la plage en se dandinant sur ses nageoires. Cette grève était devenue une corniche bordant un abîme vertigineux. Il n'avait plus la possibilité de remonter à contre-courant vers le monde supérieur. Quitter ce lieu équivaudrait à plonger dans le néant. Il était pris au piège.

S'accoutumant à la pénombre, il finit par discerner, à la base d'une stalagmite géante des falaises qu'il avait devant lui, trois femmes couronnées en robes blanche, rouge et noire, liées en posture de soumission ; les mains assujetties aux chevilles, les chaînes de leurs colliers de métal enroulées autour de leurs genoux.

Il y avait également trois silhouettes qui n'avaient quant à elles rien d'humain : dans les ombres des dunes, Galen voyait à présent les formes gibbeuses, noires et velues, d'humanoïdes adipeux ayant une face de chat mais pas de bras ni de jambes.

Il identifia des Selkies qui gisaient comme lui sur le ventre ou se déplaçaient en se dandinant péniblement. Si certains d'entre eux avaient à peu près sa taille, les autres étaient des géants dont la respiration profonde évoquait les sifflements de vents issus de cavernes souterraines.

Puis il finit par comprendre qu'il s'était mépris sur la nature de ces sons. Ici, dans la pénombre et confortablement nichés dans ce monceau d'ossements broyés, les Selkies chantaient :

Oui, nous attendons tous, de relever la tête,
Friands de chair humaine, nous sommes à la fête,
Car rien ici-bas ne peut nous effrayer,
Lorsque, enfin, les Ténèbres s'étendent au monde entier.

Quand s'abat pour les hommes le fer du couperet,
Nous prélevons leur vie, nous prenons leur aspect,
Leurs épouses et compagnes, nous sommes libres de violer,
Lorsque, enfin, les Ténèbres s'étendent au monde entier.

Marchant dissimulés parmi ces êtres vains,
Sous des masques d'humains, que nous ne sommes point,
Passant pour des amis, nous pouvons jubiler,
Lorsque, enfin, les Ténèbres s'étendent au monde entier.

Galen écoutait cette mélopée en sentant croître son appréhension. Il entreprit de se rapprocher des captives en progressant disgracieusement sur le sable, pour finir par s'immobiliser en remarquant les reflets de plusieurs yeux rivés sur lui. Il avait attiré l'attention de plusieurs phoques vautrés sur cette plage.

Ce fut avec une sensation de soulagement presque enivrante qu'il constata qu'un des plus proches était un albinos moucheté. Ce géant se tourna vers lui en inclinant imperceptiblement la tête en arrière, ce qui révéla une face d'être humain qui le lorgnait par une étroite fente ouverte dans son cou. Le visage d'un homme aux cheveux argentés et à la barbe poivre et sel.

La patte droite du phoque s'amollit et devint flasque. Une main émergea d'une entaille qui s'ouvrait dans son ventre pour lui faire signe d'approcher, avec impatience.

Galen vit à un doigt une bague d'argent sertie d'une pierre de Lune aux armoiries de la Maison de Njord.

En prenant soin de garder une face inexpressive, Galen dégagea sa main pour sortir du renflement de son ventre la bille qu'Azraël lui avait confiée. Il serrait le poing avec force, pour empêcher qu'un rai de lumière ne s'échappe d'entre ses doigts pour illuminer la pénombre.

Le chœur s'éleva de nouveau, un crescendo puissant et joyeux.

En Achéron nos pairs rongent toujours leur frein
De monter vers les hommes pour changer leur destin,
Et ouvrir les portes des tours enténébrées,
Lorsque, enfin, les Ténèbres s'étendent au monde entier.

Et ceints par le halo de la force première,
Nous atteignons le ciel et prenons sa lumière,
Pour aveugler les hommes, de vision les priver,
Lorsque, enfin, les Ténèbres s'étendent au monde entier.

La grande silhouette de Dylan se cabra et il redressa son mufle pour conclure d'une voix claire et joyeuse :

Faut-il être stupide, c'est presque inconcevable,
Pour se croire encore plus retors que le diable ?
De son déguisement, qu'il soit donc soulagé,
Lorsque, enfin, les Ténèbres s'étendent au monde entier.

Reste à savoir comment faire chèrement payer,
À ce jeune impudent, sa folle curiosité.

Trois voix aiguës et claires lui répondirent ; Galen remarqua alors que les femmes ligotées se contorsionnaient étrangement, que leurs bras et leurs jambes perdaient toute rigidité. Leurs cheveux et leurs visages s'émiettèrent et tombèrent pour révéler les faces noires velues de phoques souriants occupés à le lorgner par des fentes qui s'élargissaient dans la gorge des trois Reines. Les Selkies se dépouillaient de leurs déguisements. Ils s'extirpèrent lentement de l'enveloppe charnelle de ces malheureuses, qui s'affaissèrent en se repliant sur elles-mêmes telles des combinaisons de cuir couleur chair.

Il s'agissait de leurs peaux, prélevées sur leurs cadavres, et Galen présuma qu'une Nef noire avait déjà emporté leurs âmes en Achéron.

Puis les imitations moqueuses de trois voix royales chantèrent :

Écorchons cet intrus, subtilisons sa vie !
Usurpons sa dépouille, détruisons son esprit !
À Nastrond, sa carcasse sombrera dans l'oubli,
Car, bientôt, les Ténèbres auront tout englouti !

Galen se débarrassa du manteau de Selkie et se redressa d'un bond. Mais Dylan referma sa patte sur la main qui tenait la perle ignée si précieuse. Le visage humain de ce phoque avait des canines pointues de renard ; il les abaissait vers Galen, qui se retrouva en armure et équipé de sa lance. Les crocs crissèrent sur son gantelet et le Selkie eut un mouvement de recul dû à la souffrance. L'instant suivant, il battait en retraite en se dandinant pour esquiver l'arme du jeune homme.

Galen avait conscience d'être tombé dans un piège tendu par Azraël. Son ancêtre n'était pas du genre à se laisser duper de la sorte. Le traître ne se comptait pas dans les rangs des Selkies, mais dans ceux des humains. Le seul transfuge était le Fondateur, qui l'avait incité à venir se jeter dans la gueule du loup.

La clarté de sa lance était ici plus vive que dans tout autre rêve, à tel point que les phoques de petite taille fuyaient avec maladresse, en glapissant. Mais les plus massifs venaient vers lui en dépit de la lumière qui brûlait leurs pattes et leur face. Les yeux mi-clos et les moustaches frémissantes de colère, ils avançaient malgré tout.

Galen s'arc-bouta et utilisa son arme avec la précision qu'apporte une longue pratique. Un homme phoque s'effondra sur la plage, privé de vie. Un autre avait été blessé et se vidait de son sang.

Galen remercia mentalement son grand-père, qui l'avait obligé à consacrer chaque jour tant d'heures à s'entraîner au maniement d'une arme qu'il jugeait pour sa part inutile et archaïque au point d'en être ridicule. Mais parer et porter des coups était ici aussi facile que lors des exercices.

Ce fut peut-être parce qu'il s'était remémoré son grand-père qu'il le vit dans le lointain, à bord d'une des Nefs noires que les Selkies halaient sur le rivage, enchaîné par le cou. Par des gesticulations frénétiques, Lemuel l'incitait à regarder derrière lui. Soupçonnant une nouvelle ruse, Galen concentra son attention sur les silhouettes gibbeuses qu'il avait devant lui.

Avant d'entendre un rire et de percevoir des mouvements dans son dos. Il pivota pour se défendre, pris au dépourvu.

Un phoque plus volumineux qu'un wagon de chemin de fer le chargeait. La lance s'enfonça dans sa face de chat mais ne fit couler qu'un ruisselet de sang, car il était bien trop gros pour qu'un tel coup pût en venir à bout. Le géant l'écrasa en expulsant tout l'air de ses poumons, avant de se métamorphoser en homme qui se dressait au-dessus de lui, un pied sur sa gorge.

Avant de s'exprimer d'une voix grondante comme une vague : « Ohé, menu fretin furtif, n'es-tu pas un Gardien de l'Éternité ? Un de ces pleutres qui s'accroupissent tels des crapauds au sommet de leur muraille pour lorgner craintivement la noire immensité de notre domaine ? Ho ho ! Et je constate que tu t'es tant penché que tu as vu le reflet de ton propre trépas. J'aimerais t'écorcher vif et faire de toi une pelisse, afin d'aller me pavaner sur des jambes humaines tout là-haut où, dit-on, brille le Soleil ! Mais non... Non, ce n'est pas moi qui endosserai ta dépouille ! »

Sans effort apparent, le géant le souleva et le tint à bout de bras par le poignet. Galen battait des jambes au-dessus de la plage d'ossements. Il pouvait le taper avec sa lance, en aucun cas lui porter un coup digne de ce nom. Pas d'une seule main. Et ce gros phoque se contentait de sourire quand la pointe lumineuse le piquait.

En parcourant une brasse à chaque pas, le géant descendit la plage jusqu'au bord des Ténèbres et le vide vertigineux de la nuit. Ses congénères jappaient, riaient et ululaient de joie.

Galen donnait des coups de pied et se débattait comme un beau diable, mais il n'était qu'un enfant en bas âge comparé à un adulte athlétique. Le Selkie gloussait et faisait claquer sa langue en le voyant se démener ainsi ; ce fut d'une voix grondante et joyeuse qu'il lui dit : « Si ça peut te rassurer, sache que ta peau blanche ne m'intéresse pas outre mesure ! Ohé, ohé ! J'ai déjà dans ma penderie une bonne douzaine de cavaliers de Vindyamar, un assortiment de gardes pris au collet, des filles garrottées et quelques bébés subtilisés dans leur berceau en plein sommeil. Ah, Vindyamar ! Une cité magnifique qui flotte comme une fleur bleue sur les vagues, avec des tours saphir altières et vertigineuses ! Mais il y a toujours quelque chose sous une coque, en l'occurrence les Ténèbres. Le Sorcier nous a fourni le sésame qui ouvre la poterne inférieure, et nous avons égorgé les soldats et usurpé leur identité pour nous rendre dans leurs demeures, prendre leurs femmes et les emmener, l'une après l'autre, au bas des escaliers où attendaient nos compagnons.

« Puis nous avons organisé un grand bal et tous les nobles ont répondu à notre invitation. Mais nous étions dans la peau des gardes chargés d'assurer leur sécurité. C'est seulement quand le festin a été servi, quand ils ont reconnu leurs enfants, en sauce sur une garniture de riz, qu'ils ont compris qu'il y avait anguille sous roche et deviné pourquoi les portes de la salle avaient été verrouillées. Les violoneux ont dû jouer plus fort pour couvrir leurs hurlements, et nous avons bien ri et chanté, au point que les roturiers restés à l'extérieur se disaient : “Diantre ! Que la noblesse prend donc du bon temps !”

« Après quoi, inciter le bas peuple à venir au palais pour rendre hommage aux trois Reines et à leurs Seigneurs a été aussi facile que crever les yeux d'un nouveau-né ! Que ces sots se sentaient donc flattés ! Ils se sont empressés de cirer leurs chaussures et de brosser leurs perruques avant de se précipiter dans la salle du trône, où ils ont vu les dames de la cour crucifiées sur les murs dans leurs plus beaux atours. Le nécromancien, ce vieux dévoreur de cadavres qui adore ronger les os, rôdait à proximité après avoir extrait l'âme de chacune d'elles comme une dent cariée, la prélevant dans leur plantureuse poitrine pour la ranger dans un coffre en cèdre qui serait expédié en Achéron.

« Et moi, te demandes-tu ? Je me suis équipé pour la circonstance en enfilant la dépouille du grand capitaine de la Cloche, paré de sa chaîne d'argent et de sa houlette d'ivoire. Je devais sonner le glas, conformément aux ordres du Sorcier. Il a dit de faire tinter la Cloche marine, assez longuement et puissamment pour te réveiller. Pendant que nous y étions, nous avons saucissonné au battant quelques jeunes femmes rétives, des duchesses, des comtesses et autres drôlesses du même acabit, afin que leurs os soient broyés par les coups. Quand tout l'intérieur de la Cloche a été souillé par leur sang virginal, sa magie en a été dénaturée et elle s'est brisée avant de couler. Alors, que sont devenues tes espérances, jeune Gardien ? Regarde-toi mourir. »

Le géant se pencha au-delà du rivage pour suspendre Galen au-dessus des Ténèbres agitées des abysses.

Galen, qui entendit son grand-père lui crier : « Donne-lui la perle ! Ne le laisse pas te tuer ! »

Mais il n'était pas dupe. Il ne suivrait pas les conseils d'une créature qui n'avait de son grand-père que l'apparence. À l'instant où le géant tendait la main pour l'obliger à ouvrir les doigts, il leva sa lance et la planta dans son poignet.

Ce fut en silence et en gardant le poing serré sur la perle qu'il entama une chute interminable.

III

Il tenta tout d'abord de se détendre puis il se demanda ce qu'il ressentirait en mourant ou, bien pire, en devenant fou lorsqu'il aurait son âme consumée par les horreurs sans nom qui se tapissent sous le monde des hommes.

Puis derrière lui il perçut une lumière, et sur sa joue la caresse d'une haleine chaude et aimante, suave comme le printemps. En pivotant sur lui-même au cœur du néant, il vit la silhouette élancée et gracieuse de la pouliche des songes à la face de faon, nimbée par la magnificence de sa propre clarté.

« Tu as oublié, mon aimé, que j'ai pris l'engagement de te suivre. Si je ne puis t'emmener dans les terres sans nom qui s'étendent au-delà de la belle Tirion, rien ne m'interdit en revanche de t'en éloigner ! dit-elle ou chantonna-t-elle. L'homme bénéficie de nombreux bienfaits, mais il a la mémoire courte ! Mon doux cavalier, que vas-tu faire en ce lieu obscur, tombant vers des Ténèbres encore plus profondes d'où même moi je ne pourrai te tirer ? Enfourche-moi ! Et je t'emporterai là où est ta vie avec la rapidité propre aux rêves éveillés. »

IV

« Et je me suis retrouvé ici », conclut Galen.

V

« Mais qu'est-ce que je viens faire dans cette histoire ? demanda Wendy. La pouliche a déclaré qu'elle vous ramènerait là où était votre vie, or je peux vous garantir que je ne l'ai pas dissimulée sous mon oreiller ou dans un placard. Par ailleurs, qu'espérait obtenir cette bande de phoques ? Ils n'en voulaient pas à votre vie, à ce qu'on dirait ?

– Le Soixante-Huitième Gardien, Pentheus Waylock, a écrit une étude dans laquelle il tente de démontrer que ce que nous appelons folie est dû à des Selkies qui dévorent l'âme des hommes – qui les vident de l'intérieur, en quelque sorte – pour pouvoir se déplacer en ce monde. Mais s'adapter aux limitations de l'éveil est pour eux irréalisable et, comme ils voient des choses invisibles pour les gens normaux, ils passent pour des fous.

– Tout ça, c'est bien joli, mais quelles sont nos possibilités ?

– Heu... qu'entendez-vous par là ? Il n'y a rien à tenter. Il est trop tard pour faire quoi que ce soit.

– Admettons, mais quelle est la situation ? Si les Gardiens de la Cloche se sont fait massacrer, et ces trois Reines également, il n'y a plus de signal d'alarme et ces satanées bestioles vont pouvoir s'infiltrer parmi nous, c'est bien ça ? »

Galen secoua tristement la tête. « Vous ne semblez pas consciente des conséquences. J'ai vu les Selkies se mobiliser. Vindyamar est tombée, les trois Reines ont été écorchées vives et leurs âmes emportées en Achéron. Notre dernier recours, c'est de nous servir du Cor. Y souffler à pleins poumons pour réveiller les Dormeurs. Mais ce sera la Dernière Bataille. La fin du monde. Ma famille aura exécuté sa mission. Nous avons reçu pour consigne de surveiller la frontière qui sépare le monde de l'éveil de celui du sommeil. Ce que nous avons fait depuis des temps immémoriaux. Oubliés de tous, nous avons patiemment monté une garde vigilante. À présent que la menace est devenue une réalité, nous devons utiliser le Cor. Il n'y a rien d'autre à faire. Tout est fini. »

Wendy le dévisagea sans rien dire, la tête inclinée.

« Vous savez, marmonna-t-il, notre famille est censée donner la Dernière Alerte. On m'a rabâché ces choses tout au long de mon enfance et elles vont se réaliser. Les esprits des abysses vont revendiquer la Terre et, pour en venir à bout, il faudra faire appel aux Champions de la Lumière. Mais leur puissance est telle qu'ils risquent de tout détruire. Une promesse nous a été faite, il y a très longtemps. Nous avons reçu l'assurance qu'un monde meilleur nous serait donné, une nouvelle terre promise, si la Terre devait être dévastée par les forces libérées lors de la Dernière Bataille. Ce sera un lieu de paix, un jardin des délices où tout sera pur et idéal. Je dois cependant avouer que je préférerais un monde identique à celui que nous connaissons, malgré ses imperfections. Notre veille interminable tire à sa fin et l'imminence du Jugement dernier devrait me transporter de joie, mais je viens seulement d'assumer mes nouvelles fonctions et je me sens encore très jeune. Je n'ai aucune envie de chercher ce Cor comme l'impose ma charge... »

Il s'était exprimé d'une voix posée et solennelle.

« Il serait donc possible de provoquer la fin du monde ?

– Il suffit pour cela d'aller trouver mon grand-père et de lui répéter ce que je viens de vous dire. »

VI

Wendy cilla, avant de renifler et de hausser les épaules. « Oh, ne soyez pas ridicule ! Nous n'allons tout de même pas laisser le monde disparaître. Vous avez une expression si sinistre quand vous dites cela ! Que pouvons-nous tenter d'autre ? Est-il impossible de repousser les méchants sans solliciter l'aide de ces grands dormeurs dont j'ignore tout ?

– De simples mortels ne peuvent mettre nos adversaires en déroute, rétorqua Galen sans en paraître toutefois convaincu. En outre, ce ne serait pas conforme aux ordres que j'ai reçus. Je veux dire...

– Et si nous cherchions les talismans ?

– Les talismans ?

– Vous savez bien ! Les machins dont Azraël vous a parlé : la baguette de Moly, l'épée et tout le bataclan. Mollner, l'arc et les flèches de Belphanes. Les seules armes efficaces contre les Ténèbres ! Pourquoi aurait-il inventé des trucs pareils ? Dans quel but ? Nous devons les trouver. Nous n'allons tout de même pas rester plantés là, les bras croisés et la bouche ouverte comme des poissons ! »

Galen, qui restait justement figé et bouche bée, s'empressa de réagir. « Ma famille est censée faire le guet sur les remparts. Azraël nous a interdit d'utiliser ces armes.

– Tiens donc ? ! Qui prouve qu'il ne vous a pas raconté d'autres salades ? Ces monstres sont à nos portes !

– Je présume que mon grand-père sait où se trouvent les talismans, puisqu'il a autrefois consulté en rêve les Reines de Vindyamar. Il est probablement dans le Bastion, là où sont regroupés les outils de notre Art. Ce bâtiment est supposé être un planétarium construit par le Soixante-Sixième Gardien, Archimède Waylock, pour permettre de localiser les créatures qui approchent en se dissimulant dans la brume. » Galen s'exprimait pour la première fois avec assurance, comme si les propos de Wendy avaient renforcé sa détermination. « Il y a également une bibliothèque bien fournie en ouvrages consultables depuis le monde de l'éveil, ce qui permettrait de nous informer sur nos adversaires. Mais je ne peux demander une chose pareille à une malade...

– Ah ! Non seulement je pète la forme, espèce de jeune macho, mais je suis votre aînée et – à mon humble avis, que vous vous êtes abstenu de solliciter – je suis également bien plus maligne à en croire votre expression. Vous êtes vraiment très drôle, avec la bouche ouverte ! »

Galen pinça les lèvres, dépassé et vexé. Il se redressa pour s'exprimer d'une voix pleine d'autorité masculine et de condescendance.

« Eh bien, il faudrait en premier lieu… Hmm… » Sa voix mourut, emportée par les incertitudes de la jeunesse. « Heu, que devrions-nous faire ?

– En premier lieu ? Jeter un coup d'œil à cette perle.

– Quelle perle ? »

Elle leva les yeux au ciel. « Vous savez bien ! Le machin qu'Azraël de Gray vous a confié. Vous l'avez toujours, j'espère ? »

Il glissa les doigts dans la bourse suspendue à son ceinturon.

« Ouais, je crois que… La voilà. »

Il lui présenta sa paume pour lui montrer une petite bille de cristal palpitante de beauté, brillante et ceinte de rais de douce clarté et de légères gerbes d'étincelles évocatrices de lucioles.

Wendy en eut le souffle coupé.

VII

Elle cessa de fixer ce point de clarté vivante pour regarder la porte du couloir qui s'ouvrait sans un bruit. Au-delà du seuil se dressait une créature noire terrifiante, au visage étroit et émacié. Cet être qui avait tout d'un cadavre était bardé d'ossements humains et enveloppé d'un linceul de Ténèbres.

Galen replongea la main dans sa bourse, en dissimulant la lumière irradiée par la perle, avant de lever sa lance pour se mettre en garde. Il répartit son poids sur ses jambes, qu'il écarta légèrement en ployant les genoux. Sa main gauche maintenait la hampe à l'horizontale pendant que la droite imprimait à sa pointe un mouvement circulaire menaçant.

« Encore vous ! s'exclama Wendy. Du balai ! »

Koschei se pencha ; les ongles de sa couronne de doigts crissèrent sur le linteau de la porte comme il pénétrait en glissant dans la chambre, ceint par sa robe comme par un nuage.

« Hors d'ici, Nécromant ! intima Galen. Va-t'en, je te l'ordonne au nom de la Justice ! Ici, nulle main ne dégainera ton épée qu'ont souillée tant de fluides vitaux ! Ici, nul ne versera du sang pour combler le vide de la cavité béante que ton cœur occupait autrefois ! »

Koschei répondit d'une voix froide et bourdonnante d'échos, comme s'il s'adressait à eux depuis un monde lointain. « Fils d'Adam, je ne suis pas venu me battre, et tu as tout lieu de t'en féliciter, car ma force est telle que je te terrasserais et te consumerais, mais pour annoncer l'arrivée d'un être plus redoutable qui revendique ton corps. Le père de ta lignée, celui dont toute la descendance expie le crime impardonnable, l'être qui suit mes pas. Nierais-tu qu'en raison de ce péché originel ta vie ne t'appartient pas ?

– Je... Je n'ai pas tout suivi... »

À cet instant, Wendy entendit le tintement lointain d'une cloche, peut-être dans le clocher d'une église ou un beffroi.

« Je suis l'envoyé de celui que nul autre ne peut servir. M'étant dépouillé de mon humanité, je ne suis pas affecté par la malédiction que le premier des hommes a léguée à sa descendance. » Koschei leva un doigt osseux pour désigner la porte, avant d'ajouter d'une voix plus sonore : « Esprits du monde, je vous prends à témoin. Il n'a pas contesté mes dires, ce qui équivaut à un aveu et à un consentement. Viens, Mort, et prends son âme ! Mais veille à ne pas détruire la vie que contient sa bourse. Car sa dépouille est destinée à être endossée comme il a endossé la dépouille d'un Selkie. »

Une grande main griffue, aux doigts plus longs que la jambe d'un homme de belle taille, apparut sur le seuil, nimbée de Ténèbres puantes évoquant un nuage d'orage. Cette main était brunâtre, couverte de stries de sang séché et de petits bouts de chair, et elle irradiait une telle froidure que de la gelée blanche festonnait ses longs ongles noirâtres.

Elle se referma sur Galen, que la frayeur paralysait. Wendy entrevit son expression horrifiée entre les doigts qui se rapprochaient les uns des autres, pareils aux barreaux d'une cage.

Elle poussa un cri aigu de peur et de colère, repoussa les couvertures et bondit hors du lit.

Pour se réveiller dès que son pied toucha le sol. Elle cilla en découvrant la chambre déserte. Les lieux n'avaient pas changé mais il n'y avait plus aucune trace de Galen, de Koschei ou de l'horrible main griffue.

Le clair de Lune entrait par la fenêtre pour se répandre sur le sol, et elle restait seule avec son angoisse.

7

Blessures d'anciennes guerres

I

Ses bras musclés croisés sur son ventre noué, les épaules affaissées et le regard fixe, Choucas s'éloignait à pas lents du service des soins intensifs.

« Qu'ai-je fait… Par sainte Catherine, qu'ai-je fait ? » murmurait-il en géorgien, sa langue natale.

Il voyait dans le couloir blanc qui s'ouvrait devant lui une jeune mère écarter sa petite fille d'un comptoir où elle venait de signer divers documents et formulaires. Bien que pâlotte, l'enfant était joyeuse. Une grappe de ballons, retenue à son poignet par des rubans multicolores, flottait près de sa tête.

« Nous partons, mon cœur ! Nous rentrons à la maison ! Nous allons beaucoup mieux, à présent. Tes ballons, ils te plaisent ? »

La fillette lui adressa un sourire de joie innocente et agita furieusement son poignet pour imprimer des balancements aux ballons et les faire danser.

Bouleversé par cette scène, Choucas battit en retraite, suffoquant dans ces corridors qui paraissaient se refermer sur lui. Il poussa une double porte et sortit dans la fraîcheur de la nuit.

Il gagna en titubant un banc qui surplombait l'aire de stationnement et s'y assit, la respiration hachée, les coudes sur les genoux et la tête basse.

« Une sale nuit, pas vrai ? » fit quelqu'un d'une voix rauque.

Choucas se tourna vers un homme en fauteuil roulant. Atteint d'un début de calvitie, il avait une large poitrine et des biceps, un cou et des épaules d'athlète. Ses jambes étaient ridiculement grêles, par comparaison. Il avait des cheveux coupés en brosse et il se tenait bien droit pour le regarder dans les yeux. Il avait des cicatrices sur la joue, sur une main et sans doute sous sa chemise. Son visage était ridé et buriné. Il devait avoir la cinquantaine, s'il n'était pas un sexagénaire bien conservé.

L'inconnu sortit une flasque métallique de sa veste.

« Buvez un coup, fiston. Vous semblez en avoir besoin. » Il la présenta à Choucas, en ajoutant : « Mais allez-y mollo, c'est du raide ! »

Choucas renifla son contenu. La teneur en alcool était telle qu'il sentit ses yeux picoter et il inclina la tête en arrière pour boire une longue, très longue gorgée de ce breuvage fort et limpide.

L'alcool brûla sa gorge comme du métal en fusion, mais Choucas resta impassible et ce fut sans trembler qu'il rendit le flacon.

L'invalide le considéra avant de hocher la tête en arborant une mimique approbatrice.

Et lorsqu'il but à son tour, ce fut avec moins de stoïcisme. Il déglutit une gorgée moins importante et dut écarter la flasque de ses lèvres pour reprendre son souffle, les yeux larmoyants.

Choucas sourit puis tendit la main.

L'homme lui remit la flasque sans faire de commentaire ni détourner les yeux.

Choucas but, bien plus longtemps que la fois précédente, et il laissa le tord-boyaux descendre dans sa gorge avant de restituer le flacon à son propriétaire d'un geste théâtral. Seules ses joues plus colorées révélaient qu'il avait bu.

L'invalide siffla et haussa les sourcils.

Choucas le remercia d'une inclination de la tête.

L'homme lui retourna son sourire, une simple ride sur son visage.

« Moi, c'est Peter. Et vous ?

– Choucas.

– Où avez-vous appris à écluser comme ça, docteur ?

– À bord d'un cargo grec, à l'époque où j'étais dans la marine. J'ai sillonné les sept mers. »

Peter grogna, hocha la tête et but une autre gorgée. « Vous êtes un homme brave.

– Ah ! »

Choucas perdit son sourire. Il se détourna pour regarder, maussade, les lumières du parking et la noirceur texturée des buissons et des arbres situés au-delà. « Non, je ne suis pas un brave homme. Loin de là !

– Hmm ? Qu'avez-vous fait ?

– J'ai provoqué la mort d'un homme. Pour permettre à une jolie femme de vivre. Un des deux devait y passer. »

Peter lui tendit la flasque. « Les médecins sont constamment confrontés à des choix difficiles. C'est éprouvant. Sacrément éprouvant. Prendre des décisions pareilles... Déterminer qui doit vivre et qui doit mourir. Je sais ce que c'est. »

Choucas se demandait pourquoi Peter le prenait pour un médecin lorsqu'il se souvint qu'il portait toujours la blouse subtilisée dans la blanchisserie pour pouvoir regagner subrepticement la chambre de Wendy.

« Je ne parle pas d'un choix de ce genre. La femme en question, c'est la mienne. Ce jeune homme… c'est comme si je l'avais assassiné. Je l'ai tué. »

Choucas but et rendit la flasque.

« Ouais, je connais. On finit par surmonter tout ça. »

Peter but une dernière gorgée puis ouvrit sa veste pour ranger la flasque dans une poche intérieure. Ce qui permit à Choucas d'entrevoir un pistolet au canon imposant glissé dans un holster, sous son aisselle.

« Mais laissez-moi vous dire une chose, ajouta Peter. Peu importe à quel point tout va mal, peu importe qui vit et qui nous quitte, peu importe la gravité des blessures reçues… L'homme a en lui la capacité d'encaisser tous les coups du sort. Votre femme vous quitte ? Vous vous en remettez.

« Votre fils est mêlé à des histoires de drogues et de sectes bizarres ? Vous vous en remettez. Votre père perd la boule ? Vous vous en remettez. Vous marchez sur une mine qui bousille vos deux jambes et vous devrez tirer un trait sur le jogging, l'escalade et la danse ? Vous surmontez cette épreuve. La seule chose qui compte, c'est d'avoir la conscience tranquille. C'est l'équivalent d'un blindage de dix centimètres d'épaisseur qui vous sépare du monde extérieur. Quoi qu'il arrive, rien ne peut vous atteindre tant que cette protection reste intacte. Mais si vous avez quoi que ce soit à vous reprocher, alors tout est foutu. La grenade se dégoupille au tréfonds de votre être et les éclats vous criblent de toutes parts. Il est impossible de lui échapper, car vous l'avez en vous. Celui qui a la conscience tranquille peut endurer n'importe quoi, même s'il perd tout ce qu'il possède ; alors que celui qui a mauvaise conscience est si fragilisé qu'il finit par se briser, même s'il a tout ce qu'il désire. Il se rompt comme une brindille. Vous me suivez ? »

Choucas ne bougea pas et ne dit rien. Mais son regard s'égara et il blêmit sous sa barbe.

« Parlez-moi de la femme que vous avez sauvée », demanda à brûle-pourpoint Peter.

II

« Elle a un grain, déclara Choucas. Elle n'est ni dépressive ni folle furieuse, mais elle a un problème. Une sorte de folie douce, si vous voyez ce que je veux dire. Elle court nue dans les bois pour essayer de se rappeler comment on vole. Elle parle aux animaux et, si on lui fait remarquer qu'ils ne peuvent pas lui répondre, elle rit et rétorque que ce n'est tout de même pas leur faute. Sans oublier qu'elle vante constamment les mérites de ses parents.

« À l'entendre, sa mère est la femme la plus belle et la plus sage de la planète. Pleine de grâce et de bonté, elle ne se met jamais en colère. Quant à son père, il n'a pas son égal, c'est un des plus grands avocats du pays, un inventeur, un architecte et un médecin hors pair. En bref, un génie ! Elle pourrait parler de ses exploits pendant des heures ! Elle m'a toujours promis que nous irions le voir dans sa grande propriété, mais ce voyage est systématiquement reporté. L'amour qu'ils ont les uns pour les autres la transporte de joie et elle est intarissable à ce sujet.

« J'ai tout d'abord cru ces histoires, vous savez ? Ne sommes-nous pas en Amérique ? Le pays de Jefferson. Il y a ici des individus qui excellent dans tous les domaines. Alors, pourquoi pas lui ? Un expert dans tant de disciplines... Inventeur comme Edison, architecte comme Jefferson...

– Ça me fait penser à ce type qui vit en Californie, intervint Peter. Il s'appelle comment, déjà ? Un chirurgien inventeur qui est devenu avocat parce qu'il en avait assez d'être constamment attaqué en justice et qui a lancé sa société de presse parce qu'il était pris à partie dans certains journaux. Un parfait exemple de réussite sociale, un vrai héros. C'est drôle, j'ai oublié son nom. Ce ne serait pas lui, par hasard ?

– Je doute qu'ils aient le moindre lien de parenté.

– Comment ça ?

– Je vous l'ai dit. Wendy a invité des étudiantes de l'université où elle faisait ses études pour célébrer son prochain mariage. J'allais m'éclipser pour les laisser entre filles quand une de ses camarades m'a retenu pour me demander où se trouvait le père dont elle avait tant entendu parler. Un si grand homme ! Assisterait-il au mariage ? Je n'ai pas su quoi répondre... »

Choucas n'acheva pas sa phrase. Sa voix avait été emportée par ses tourments.

« Serait-il décédé ? hasarda Peter.

– Non. C'est bien pire. Wendy n'a ni père ni mère. Aucun génie incomparable ni reine de beauté pleine de douceur. J'ai recherché son père pour l'inviter à notre mariage. J'ai téléphoné partout dans l'espoir de remonter jusqu'à lui. Il n'était pas membre du barreau, il n'avait fréquenté aucune faculté de médecine, il n'avait pas de diplôme d'architecte. S'il existe une demeure à l'adresse fournie par Wendy, personne n'y vit depuis très longtemps. Je l'ai naturellement interrogée à ce sujet. Elle a ri et répondu qu'il devait être en voyage, qu'il avait dû aller rendre visite à sa mère. Et après notre mariage... après notre mariage, elle a déclaré...

– Quoi ?

– Elle me soutient qu'il est venu à notre réception, que je lui ai serré la main et que je me suis entretenu avec lui. Elle ajoute que j'ai dû oublier et je lui rétorque qu'elle est orpheline, qu'elle se raconte des histoires. Et après ? qu'elle me répond. Ne faut-il pas être complètement cinglée pour épouser un type dans mon genre et être toujours aussi joyeuse ? Je la cite : "toujours aussi joyeuse". Il est vrai qu'elle rit à longueur de temps. J'ai cessé de rechercher son père en me disant que c'était après tout sans importance. »

Choucas secoua tristement la tête.

« Qui a financé ses études, en ce cas ?

– Ah... c'est assez bizarre. Je n'en sais rien du tout. Elle possède des choses de prix, comme si sa famille était effectivement aisée. Je ne sais pas. Je ne sais plus quoi penser. Mais je l'aime comme un fou. Je... »

Il faillit dire qu'il aurait fait n'importe quoi pour elle, même tuer, mais il ne put prononcer ces mots.

« Ce n'est pas parce qu'une personne n'a pas toute sa tête que ça change quoi que ce soit à l'amour qu'on lui porte, déclara Peter. Je le sais. J'ai quelqu'un comme ça, dans ma famille. »

III

« On raconte que les hommes cherchent une femme qui leur rappelle leur mère. Pas moi. J'ai cherché une femme qui avait du bon sens, la tête sur les épaules. Emily, c'est son prénom. Pragmatique. Mon vieux est cinglé, cinglé mais très riche, et je voulais l'empêcher d'influencer mon fils. Quand j'étais en garnison outremer, Emily a élevé le petit sans moi. Pendant des mois. Des années. Finalement, il a fallu le mettre en pension pour qu'il bénéficie d'une vraie éducation. Dans le coin où nous vivions, il n'y avait aucun lycée valable. Nous voulions l'envoyer à l'école militaire mais nous n'en avions pas les moyens. Emily a pensé que mon père financerait peut-être ses études, mais ce vieux salopard n'a accepté de lui avancer l'argent que si elle s'engageait à aller passer chaque été chez lui, avec l'enfant. Je m'opposais à ce qu'il fréquente mon fils. J'avais des principes. Pas Emily. Elle était pragmatique et je me trouvais à l'étranger. Je n'ai rien pu y changer.

« Vous savez ce qui arrive à un certain âge, quand les mômes se rebellent contre leurs parents ? Ils se mettent à lire des bouquins qui leur démontrent qu'ils n'existent pas ou encore que tout équivaut au néant, et ils s'imaginent qu'ils sont les premiers à avoir des pensées de ce genre. Parce qu'ils voudraient se forger une opinion personnelle. Vous l'ignorez peut-être, mais c'est généralement salutaire. Généralement. Mon père a pris mon fils en charge juste à cet âge.

« Et il lui a bourré le crâne d'un fatras de conneries. C'est sa religion. Un culte satanique bizarre, des trucs New Age. Nos ancêtres ont été chassés d'Angleterre en compagnie des Pères Pèlerins [1], il y a longtemps. Mais ils n'étaient pas des puritains, certainement pas, loin de là.

« Et voilà que ce môme croit toutes ces conneries, qu'il se drogue et qu'il commence à scruter les profondeurs de leurs boules de cristal, qu'il étudie de vieux grimoires.

« J'ai eu un sacré choc, quand je suis rentré au bercail à la fin de ma dernière affectation. Je m'étais toujours dit que je pourrais compter sur Emily, mais perdre mes jambes avait changé la donne.

« Après tant d'années vécues dans l'enfer du Vietnam sans subir une seule égratignure, voilà que je pars pour un trou merdique du Moyen-Orient – pas même dans une zone de combat – et que je me fais bousiller les rotules. Bordel ! Je resterai assis jusqu'à la fin de mes jours. Emily ne l'a pas accepté. Elle était plus jeune que moi et avait encore de beaux restes. Elle ne tenait pas à s'occuper d'un invalide jusqu'à la fin de ses jours. C'est bien plus fréquent qu'on ne le pense.

« Moi, je me suis toujours dit qu'il fallait être solidaire de ses hommes, de ses amis, de sa famille. J'estime qu'on ne doit lâcher personne, même quand ça ne rapporte rien et que ça oblige à faire quelques sacrifices. Emily est différente. J'ai déjà précisé qu'elle a du bon sens. Elle a pris un avocat et obtenu le divorce.

« Elle a dû se dire que je ne réagirais pas. Et elle a eu raison. Ça m'a brisé le cœur. À moi, un combattant !

« Je ne sais pas où elle a dégoté de quoi régler les honoraires de cet avocat, mais je ne serais pas surpris d'apprendre qu'elle a trouvé des fonds auprès de mon père. Toujours est-il qu'elle s'est vu attribuer la maison, une part non négligeable de ma pension de vétéran et la garde du gosse. Et, comme elle était encore jeune et jolie, elle a expédié notre fils chez son grand-père pour ne pas avoir dans les pattes un ado qui ferait fuir ses prétendants. C'est comme ça que mon fils a plongé jusqu'au cou dans ces balivernes religieuses, qui ont fini de le déboussoler. Je n'ai aucun moyen de le tirer de là. Le juge m'a dit que si je rouvrais l'affaire, la décision ne serait pas rendue avant que mon fils soit devenu adulte. Les procédures de ce genre, ça dure des années.

– Être seul est épouvantable », commenta Choucas.

Peter hocha tristement la tête. « Des mois se sont écoulés avant que j'apprenne ce qui se passait ici.

– Ici ?

– Cet établissement. Personne ne m'a téléphoné. Je ne savais même pas qu'il avait été hospitalisé. Il se peut que mon nom ne

1. Séparatistes anglais qui fondèrent en 1620 la colonie de Plymouth en Nouvelle-Angleterre. *(N.d.T.)*

figure plus nulle part. Toujours est-il que mon fils est dans le coma depuis le printemps. Je l'ai appris en août et je suis venu chaque jour m'asseoir dans sa chambre pour lui parler ou lui lire quelque chose. Ils disent que ça a un effet positif, mais j'ignore s'il m'entend ou pas. Il reste là, branché à ces machines. La seule chose que je sais, c'est que le reste est sans importance. Ses croyances. Sa folie. Ça ne compte pas, vous saisissez ? Je veux seulement qu'il vive, qu'il se réveille. Même s'il doit me haïr jusqu'à la fin de ses jours parce que je me suis opposé à ses projets, il faut qu'il se rétablisse. J'ai compris que même ça, c'était secondaire. » Il tapota ses jambes.

« Je n'ai fait que m'apitoyer sur mon sort, pendant un an. C'est peut-être ce qu'Emily n'a pas pu supporter. Mon attitude. Mais voir mon fils qui gisait à moitié mort, maintenu en vie par des machines... Enfin, il respirait et j'étais près de lui. Se morfondre relève de l'égoïsme et je sentais tout ça se diluer, en sa présence. Vous savez... J'aurais pris sa place sans hésiter si cela lui avait permis de s'en sortir. Je me serais sacrifié pour n'importe lequel de mes hommes, sur un champ de bataille, alors en faire autant pour mon fils aurait été la moindre des choses. Et quand on est disposé à donner sa vie pour quelqu'un, on cesse de râler à cause de ses idées bizarres. C'est la preuve qu'on l'aime. J'aurais tant voulu qu'il se réveille pour pouvoir lui dire ce que je ressens pour lui.

– J'espère qu'il va se rétablir, déclara Choucas. La maladie est encore plus affligeante quand elle s'en prend à quelqu'un d'aussi jeune...

– Ouais. Les toubibs m'ont téléphoné il y a quelques heures pour m'annoncer que son état évoluait, qu'ils avaient relevé un regain d'activité cérébrale. Que le tracé de l'électroencéphalogramme était très différent du précédent. Il a eu une attaque. Il se réveillait, quand il a fait un arrêt cardiaque et a dû être admis aux soins intensifs. Vous avez pu le voir, là-bas. Il s'appelle Galen. Galen Waylock. »

IV

Choucas se leva, horrifié. « Il m'a dit que ce serait un inconnu ! Il m'a menti ! »

Il enfouit son visage entre ses paumes et se détourna.

« Qu'est-ce qui cloche, docteur ? »

Peter baissa les mains vers les roues du fauteuil, pour les faire tourner en sens inverse et pivoter vers Choucas.

Choucas, qui voyait entre ses doigts les portes de l'hôpital s'ouvrir sur une Wendy souriante, radieuse. Elle portait son ensemble beige et ses bottines noires, et elle tenait le sac de voyage dont elle s'était munie pour son hospitalisation. Le vent faisait danser ses longs cheveux bruns en bataille.

Ce fut en esquissant des pas de danse qu'elle vint déposer un baiser sur sa joue.

« Je suis rétablie ! Arrête de te ronger les sangs, voyons ! Et, eh ! Devine un peu ! Nous devons trouver des talismans magiques pour repousser les forces des Ténèbres qui déferlent du royaume des cauchemars avant qu'elles ne détruisent le monde. C'est un fantôme qui me l'a dit, mais il a été emporté loin d'ici et il faudra le sauver lui aussi. » Elle se tourna vers Peter. « Salut ! Moi, c'est Wendy ! »

Une jeune femme à l'air hagard apparut sur le seuil. Elle portait un chemisier à rayures rose et blanc et agitait une liasse de papiers. À pas rapides, elle rattrapa Wendy en lui criant que rien ne prouvait qu'elle était guérie et qu'elle ne pouvait pas quitter l'établissement sans l'aval d'un médecin.

Wendy pinça sa joue en lui disant : « Allons, allons ! Je me sens très bien, merci. Retournez vous occuper des gens qui en ont vraiment besoin. Choucas ! Ils veulent que je signe tout ça avant de rentrer à la maison. Dis-lui que tu as horreur des paperasses !

– Peter Waylock, madame. Enchanté de faire votre connaissance.

– Croyez-vous à l'autopersuasion ? Aux miracles ? Je viens d'en bénéficier ! Regardez ! »

Elle tourna sur elle-même, ce qui souleva ses cheveux et sa jupe, paumes orientées vers l'extérieur et visage levé vers le ciel.

L'employée s'avança. « Madame, il faut absolument...

– Donnez, je vais signer tout ça ! fit Choucas. Là, et là, et là, en triple exemplaire ! Maintenant, laissez-nous ! »

Il griffonna son nom au hasard sur diverses feuilles.

La jeune femme recula, intimidée. « Euh... oui, docteur... »

Elle fit demi-tour et s'enfuit.

« Qu'est-ce qui t'arrive, Choucas ? Tu n'es pas content de me voir ? »

Wendy poussa un petit cri de joie et prit son mari par le cou. Elle était si petite, par rapport à lui, que ses pieds se détachèrent du sol lorsqu'elle referma ses bras sur sa nuque.

Elle déposa des baisers sur ses joues velues tout en lorgnant Peter. « Waylock, avez-vous dit ? Votre fils est entré dans ma chambre à cheval sur un rayon de Lune et il m'a raconté la plus merveilleuse des histoires ! L'aiderez-vous à sauver le monde ? Pourquoi est-ce un fantôme ?

– Un fantôme ? répéta Peter en se figeant. Qu'est-ce que ça signifie, docteur ? »

Choucas recula et repoussa Wendy, qui le dévisagea en ouvrant de grands yeux, la bouche ovalisée par la surprise. Il haletait, l'expression hagarde, quand il pivota vers Peter et s'exprima d'une voix tremblante : « Je regrette, je regrette tant. Ça concerne votre fils. J'ai une pénible nouvelle à vous annoncer. Il est mort.

– Non, certainement pas ! rétorqua Peter en contenant son irritation.

– Je crains que si. Je... J'ai...

– Ne dites pas de bêtises, ajouta Peter. Il est juste derrière vous. »

Choucas se retourna pendant que Wendy saluait de la main un jeune homme qui sortait à son tour de l'hôpital. « Salut, Galen ! Tu te souviens de moi ? »

Il écartait les bras pour tenir les portes ouvertes et regardait de tous côtés en cillant.

Choucas gardait le poing crispé sur sa poitrine, dépassé par les événements. Ses yeux étaient rouges de larmes contenues, mais un fol espoir le transfigurait. *J'ai eu une hallucination. C'était un cauchemar. Je n'ai rien fait...*

Le regard que le jeune homme porta sur Wendy était distant ; ce fut d'une voix sèche et glaciale qu'il répondit : « Ayez la bonté de me le pardonner si je ne me souviens pas de vous, madame. Ma longue maladie a effacé moult souvenirs, je le crains.

– Mais, nous venons de nous parler !

– C'est impossible, car je me remets à l'instant d'une affection aussi longue qu'éprouvante. » Il souriait, par politesse, mais gardait ses distances.

« Mon fils..., chevrota Peter. Ils ont dit que ton cœur s'était remis à battre mais que tu ne te réveillerais pas avant demain, et que tu serais dans l'incapacité de faire un seul pas. »

Le jeune homme le dévisagea posément. « Ah, père ! Vous revoir me ravit. » Il s'avança en laissant les portes automatiques se refermer derrière lui. « Venez, ne restons pas ici. Je n'ai aucun désir de m'attarder en ce lieu, car il m'emplit de malaise. Regagnons de ce pas le Bastion de l'Éternité, je vous prie. »

Wendy le suivit sur quelques mètres et lança avec colère : « Vous êtes Azraël de Gray, n'est-ce pas ? Vous avez embobiné Galen pour qu'il sorte votre âme de cette cage avant de l'envoyer là où ces phoques pourraient façonner un manteau à vos mesures avec sa dépouille ! »

Le regard que lui adressa le jeune homme était si froid, si reptilien, que Choucas s'interposa par réflexe. Galen ne dit mot mais se tourna pour dévisager son père, qui cilla de confusion avant de remarquer l'expression de Choucas, hocher la tête et tapoter sa tempe. « Je comprends ce que vous avez voulu dire, mon gars. Mais il est incontestable qu'elle est très gentille et mignonne à croquer. »

Les yeux mi-clos, Galen surveillait Peter, qui lui lança : « Viens, ne restons pas ici. » Avant d'ajouter par-dessus son épaule : « Ravi d'avoir fait votre connaissance... »

Ils les laissèrent.

« Il faut les suivre, décréta Wendy.

– Quoi, mon pinson adoré ? demanda Choucas. C'est quoi, cette lubie ?

– Ce type n'est pas Galen ! Des phoques ont subtilisé son âme et mis quelqu'un d'autre dans son corps ! »

Choucas caressa sa barbe et lorgna le jeune homme qui s'éloignait en compagnie de son père, avant de baisser les yeux sur son épouse, profondément déconcerté.

V

Nombreuses étaient les merveilles et les splendeurs auxquelles Azraël de Gray Waylock avait assisté dans les royaumes du sommeil profond, au fil d'une existence extrêmement longue. Il avait été témoin de la magnificence du lever de Soleil sur Zimiamvia, là où vivent les immortels ; il avait survécu à la puanteur et aux horreurs des caveaux de Zin ; il avait vu les rivages de Nastrond, où les Selkies folâtrent dans des monceaux d'ossements humains ; il s'était promené dans les rues pavées d'or de Celebradon et, à travers des yeux rendus larmoyants par la luminosité des êtres ailés qui parcourent ces avenues au sein d'un silence surnaturel, il avait admiré les jardins discrets, les allées ombragées, les parcs paisibles et les cathédrales de cette cité endormie couronnée d'étoiles.

Azraël de Gray Waylock pouvait se targuer d'être un des trois hommes à avoir contemplé les dômes hermétiques de la cité des tortures d'Uhnuman, sur un des plateaux de la face cachée de la Lune. Il était un des deux visiteurs humains de l'immense citadelle d'onyx des Grands Anciens, qui ressassent de sombres pensées au sommet de la montagne sans nom du désert crépusculaire glacial du nord de Rêvemonde ; ils lui avaient révélé la raison de leur réticence auguste, et pourquoi ils n'avaient pas prêté allégeance à Achéron après avoir été bannis de Mommur. Et lui seul savait où se trouvaient les prairies miroitantes que parcourt la licorne solitaire, là où ses pas gracieux agitent les herbes aux fleurs éternelles qui ne se fanent jamais ; là où elle vit au cœur d'une douce beauté qui ne peut toutefois soulager son chagrin.

Malgré sa grande expérience et sa maîtrise de la science des rêves, un savoir acquis à un prix élevé, Azraël de Gray Waylock resta pantois lorsqu'il sortit des salles du temple thérapeutique pour inhaler une fois de plus l'air nocturne du monde de l'éveil, emmitouflé dans la dépouille d'un jeune homme.

VI

Car ce qu'il découvrait était bien plus étrange et merveilleux qu'il ne s'y était attendu.

Sous ses pieds, le sol était noir et dur comme les coulées de lave refroidie des pentes d'Inquanok illuminées par le feu des volcans, mais par endroits hachuré de lignes blanches dont les motifs géométriques lui rappelaient certaines œuvres des maîtres-artisans de Nidvellir. Au-dessus de sa tête, de grandes perches ou lances forgées dans un alliage elfique inconnu soutenaient des lanternes de cristal renfermant en leur cœur un feu pur et figé qui se consumait avec une telle magnificence qu'il n'aurait pu dire si c'était le jour ou la nuit. Il avait vu des choses plus ou moins comparables flotter au ras des plafonds du temple thérapeutique, échanger entre elles de doux murmures dans un langage constitué de grésillements et de bourdonnements proche de celui des abeilles.

Sous ces gaules extraordinaires, accroupies ici et là sur le sol de basalte, il voyait d'étranges cabanes ou boîtes métalliques posées sur des disques verticaux. Ces refuges n'étaient pas assez grands pour que des hommes puissent y mener une existence normale, mais on y trouvait des fenêtres aux panneaux de cristal magnifiques, si purs et si grands qu'Azraël n'aurait pu en estimer le coût ; et si limpides qu'il voyait tout ce qu'il y avait à l'intérieur... autrement dit des sièges trop rapprochés les uns des autres pour qu'il soit possible de s'y asseoir confortablement. Ils étaient en outre tous orientés du même côté, avec des sangles sur certains d'entre eux.

Il découvrait au-delà un alignement d'arbres ainsi qu'une rivière de feux mouvants qui scintillaient et clignotaient comme des étoiles filantes. Il s'en élevait un murmure et un grondement ininterrompus laissant supposer qu'on trouvait là-bas des hardes de bêtes fauves.

Plus loin encore se dressaient des tours festonnées de lumières limpides et stables, si hautes qu'Azraël de Gray les prit de prime abord pour des falaises. Elles étaient encore plus grandes que celles de Nineveth et de Babylone. Lorsqu'il se détourna et glissa une main sous sa veste pour tracer sur son cœur le signe de Koth, rien ne se passa. Il sut ainsi que ces édifices n'avaient pas été construits par des dieux ou des elfes mais par des hommes, ce qui le fit sourire.

Trois personnages se dressaient à l'extérieur du palais de guérison : un titan à la barbe noire, trop jeune pour avoir une taille supérieure à celle d'un humain et vêtu de blanc tel un prêtre ; une fée et un invalide dans un chariot en forme de fauteuil. L'utilité de ce moyen de locomotion était évidente. Il lui permettait de se déplacer en restant autonome. Azraël ne put s'empêcher d'admirer le travail de l'artisan.

Il avait reconnu dans le barbu vêtu de blanc un individu

originaire du Caucase, ces monts où résident les plus beaux des mortels. Le signe du feu visible sur ses sourcils indiquait qu'il avait été confronté à une des plus anciennes puissances du monde, une entité bien plus vieille qu'un dieu. La seule force de ce genre dans sa région d'origine étant Prométhée, le père de l'humanité, Azraël en conclut que ce titan – si petit qu'il passait inaperçu parmi les hommes – était un agent envoyé pour contrecarrer ses projets.

Le papillon de nuit qui voletait au-dessus de sa tête dessinait dans les airs le triple signe des tibias ; l'indication certaine qu'il s'agissait d'un chasseur venu des grandes forêts, versé dans les arts du pistage et de la poursuite.

Azraël s'était attendu à ce que ses adversaires réagissent, mais pas à ce qu'ils retrouvent si rapidement sa trace. Puis il remarqua la pâleur de la main droite du titan et il sut qu'elle s'était refermée sur la poignée de l'épée de Koschei le Non-Mort. C'était un signe de faiblesse, une malédiction. Pour cette raison, il fut presque tenté de ne plus l'assimiler à une menace. Presque, seulement.

Quand la fée prit son envol pour aller se suspendre au cou du titan (ils formaient de toute évidence un couple mixte), Azraël étudia attentivement ses pieds pour déterminer avec quelle rapidité ou lenteur leurs ombres les rejoindraient lorsqu'elle regagnerait le sol. Elles montèrent à leur rencontre comme à contrecœur, ce qui lui révéla qu'elle savait voler.

Néanmoins, les pissenlits d'un étroit parterre engazonné proche de la porte ne réagirent pas quand elle les piétina. Azraël en fut intrigué. La pureté de son sang laissait-elle à désirer ?

Des signes prémonitoires l'avaient incité à penser qu'une des trois personnes présentes en ce lieu le conduirait jusqu'au Bastion de l'Éternité. Laquelle serait son guide ?

Il resta sur place et ferma les yeux pour voir la lumière de Muspel, incolore et métallique, flotter dans les Ténèbres. Il n'eut ensuite qu'à ciller très rapidement en regardant tour à tour chaque silhouette pour découvrir son ombre véritable.

En les dévisageant, il se reconnut dans l'inclination des yeux et la forme du menton de l'invalide. Cet homme était donc un Waylock. À en croire la couleur de l'image due à la persistance rétinienne lorsqu'il battait des cils et d'après la puissance qu'il irradiait, Azraël détermina qu'il ne s'agissait pas de n'importe quel Waylock mais du Gardien de l'Éternité en personne.

Comment un impotent avait-il pu hériter de la Clé d'Argent ? Il paraissait toutefois trop jeune pour être le grand-père dont Galen avait parlé et, lorsqu'il se le représentait mentalement, Azraël voyait un individu avec du sang sur les mains et suivi par une multitude d'ombres noires qui se vidaient de leurs fluides vitaux par des blessures mortelles, des spectres qui criaient vengeance. Il s'agissait donc d'un guerrier au service d'Arès le Sanguinaire.

Chose étrange, cependant, il pouvait le regarder sans frissonner ni sentir ses cheveux se hérisser sur sa nuque. Il en déduisit que cet homme ne bénéficiait pas de la protection d'une amulette ou d'un des esprits tutélaires que les Gardiens de l'Éternité avaient la possibilité de mobiliser en se prévalant de leur statut. La danse des grains de poussière qui flottaient derrière lui révélait par ailleurs qu'il avait de l'acier sous sa veste, une arme puissante qu'il assimilait à un talisman alors qu'elle donnait la mort sans posséder la moindre force spirituelle.

Ce qui emplit Azraël de mépris. Si cet individu avait été investi de la charge de Gardien, cela indiquait que son prédécesseur avait sombré dans des profondeurs que la clarté du Soleil ne pouvait atteindre. Il s'agissait d'un apostat qui ne savait rien du Grand Art et errait en ce monde tel un enfant venant de naître, sans dague d'argent qui lui eût permis de repousser les assauts nocturnes des harpies, sans sachet de sel qui eût mis en fuite les diablotins et encore moins une des amulettes ou esprits protecteurs qui lui revenaient de droit et qui auraient mis en fuite les plus vieux champions des Ténèbres.

Son irritation l'étonna. Il n'avait pas eu conscience d'être fier à ce point de sa grande famille, de sa patience et de sa fidélité millénaire, de sa puissance et de ses traditions, avant de constater que cet illettré, un de ses lointains descendants, ignorait tout de son prestigieux héritage. Il n'avait aucune raison d'en être affecté à ce point.

La fée s'adressa à lui puis déclara à ses compagnons qu'il n'était pas Galen Waylock. Mais, étant de simples mortels, ils n'assimilèrent pas le sens de ses paroles… bien qu'elle se fût exprimée sans ambages. Conscient que contredire une fée portait malheur, Azraël s'en abstint. Il savait pouvoir compter sur l'ignorance de l'invalide pour le tirer de ce mauvais pas.

Ils firent leurs adieux puis s'éloignèrent, Azraël marchant à côté du siège mobile. Il jubilait en pensant à son retour dans le Bastion de l'Éternité, mais il sentait que le titan barbu s'intéressait à lui et le suivait des yeux.

VII

Peter Waylock s'inquiétait pour son fils. Il était préoccupé, irrité et surpris. Pour monter dans le van aménagé, Galen s'était déplacé avec une lenteur déconcertante et avait demandé où se trouvait la table à laquelle tous ces sièges étaient destinés. Il avait oublié comment boucler sa ceinture et lorsque Peter avait mis le contact il avait tressailli et grondé en entendant le moteur, tout en dirigeant sa main droite vers sa hanche gauche. Lorsqu'ils s'étaient insérés dans la circulation, il était resté tétanisé, figé comme s'il luttait contre une panique irraisonnée.

Il parut finalement se détendre et tirer une joie quasi enfantine de ce déplacement. Après maints tâtonnements, il baissa la glace de sa portière et tendit la tête à l'extérieur, ébahi, souriant, comme si Peter – qui roulait pourtant en bon père de famille – avait appuyé sur le champignon pour leur offrir l'équivalent d'un tour de montagnes russes. Galen alla même jusqu'à faire un commentaire appréciateur sur l'artiste à la « main sûre et précise » qui avait peint les panneaux de signalisation.

Peter crut qu'il s'intéressait aux lueurs des lampadaires et des feux de position, puis la sombre pensée qui l'assaillit emporta son impatience et son irritation.

« Il y a effectivement longtemps que tu n'as pas vu le monde, mon fils. Les arbres avaient toujours leurs feuilles, quand ça t'est arrivé. »

Des propos qu'il trouva aussitôt déprimants, pour ne pas dire terrifiants. Il marmonna un juron à peine audible et s'essuya les yeux.

Galen rentra la tête dans l'habitacle pour le dévisager, sans que son expression traduise le moindre sentiment. « Il me paraît évident que le monde a grandement changé depuis que je m'y suis promené pour la dernière fois. Je vous prie par avance d'excuser tout comportement étrange que je pourrais avoir, père. »

Plongé dans ses pensées, Peter ne réagit pas.

Ils roulèrent un long moment sans échanger une parole. Galen retenait à l'occasion son souffle, comme sidéré ou surpris, et Peter le lorgnait pour constater qu'il regardait en ouvrant de grands yeux des panneaux publicitaires pour des marques de sous-vêtements ou les feux d'un avion qui traversait le ciel. Mais ils se retrouvèrent bientôt en rase campagne, là où il n'y avait plus que des arbres sur les côtés de la route, et Galen parut se détendre.

« Ça ne me pose aucun problème, répondit finalement Peter. Je parle de ton comportement. Il est vrai que même ta façon de parler a changé. Ton grand-père a dû te déteindre dessus. Ça n'a jamais collé, entre nous, mais je tenais à te dire que... Eh bien, tout ce qui s'est passé pendant le divorce, et... Merde, mon garçon, ce que je voudrais te faire comprendre c'est que, eh bien, quand tu étais là-bas dans ce lit, impuissant comme un nouveau-né... »

De l'affliction voila les yeux de Galen.

« Ça m'a rappelé quand tu venais de naître, ajoutait son père. Tu me vomissais dessus et il fallait changer tes couches, ce qui est normal à cet âge, mais ça ne m'ennuyait pas du tout. Je n'étais ni dégoûté ni irrité. Puis tu as grandi et je me suis souvent absenté.

Ensuite tu es allé vivre chez ton grand-père. Et ça, ça m'a vraiment travaillé. Mais c'est le passé, tu vois ? J'avais oublié que, même quand votre gosse cesse d'être un enfant et qu'il fait des bêtises, ça ne modifie rien au fait que... eh bien, on continue de s'inquiéter pour lui. Tu saisis ?

– Je n'en suis pas certain, répondit sèchement Galen. Il est probable que grand-père (un nom prononcé en articulant avec soin, comme s'il s'agissait de deux mots séparés) connaissait parfaitement les traditions et la science de notre Grande Maison, et qu'il était plus à même de pourvoir à mon éducation puisque, comme vous l'avez dit vous-même, vous étiez parti guerroyer. »

Il dévisagea Peter avec attention, pour jauger sa réaction.

Ce dernier crut déceler en lui de la colère contenue, du mépris et de la fierté blessée. « C'est ce que j'essaie de te dire, fiston. Tu as fait des trucs que je n'ai pas appréciés. Quand tu es parti vivre avec ton grand-père pour profiter de son argent, par exemple. Mais j'ai compris que j'avais eu tort. Ça y est, je l'ai dit. Désolé, je n'aurais jamais dû t'en vouloir. »

Galen hocha la tête et son expression perdit de sa dureté. « Votre contrition est une excellente chose. Je sais que vous avez rejeté nos traditions ancestrales et oublié le vœu de patience et de fidélité que les Gardiens ont l'obligation de respecter. Mais la tradition de l'Éternité équivaut à un appel auquel tous ceux de notre sang doivent tôt ou tard répondre... »

Galen se perdit dans des rêveries et, pendant un moment, culpabilité et remords adoucirent ses traits.

Ils restèrent assis côte à côte à l'intérieur du véhicule, sans échanger un regard. Ils avaient la même attitude, la tête inclinée en avant sous un angle identique, profondément troublés.

« Avoir gardé mon calme quand tu m'as craché au visage démontre que je suis de bonne composition, déclara finalement Peter. J'essaie de te dire que tu m'inspires toujours de tendres sentiments, de l'amour... »

Galen avait un air hagard et de la culpabilité se lisait dans ses yeux. Ses lèvres frémissaient. « J'ai moi aussi un aveu à vous faire. Un terrible aveu. Mais je n'ai pris conscience de la gravité de mes actes qu'après avoir pu contempler les traits d'un membre de ma famille. Je ne sais pas ce que ressent celui qui a trahi notre Maison, mais nous sommes confrontés à des adversaires redoutables et il n'y a personne à qui je pourrais prodiguer mes conseils. Votre fils a survécu mais je ne suis pas votre fils. »

Peter se raidit. « Je m'abaisse à te présenter des excuses et tu me balances des choses pareilles ? Ton grand-père m'a tenu des propos du même genre, autrefois. Il m'a renié, mais il ne s'est jamais permis de me qualifier de traître ! Traître envers quoi, d'abord ? ! Un ramassis d'histoires absurdes et complètement bidon ?

– Tiens donc ? fit sèchement Galen, avec morgue. J'ai dû me méprendre sur le sens de vos excuses.

– Je n'ai jamais dit que je regrettais de m'être dissocié de toutes ces conneries ! Je n'ai jamais dit que je croyais ces sornettes, même si tu es convaincu de leur véracité.

– Absolument, répondit Galen en souriant presque.

– La seule chose que j'ai voulu te faire comprendre, c'est que je regrette de m'en être pris à toi. Tu vois ? Si tu souhaites passer ta vie à attendre le retour du roi Arthur et à veiller des nuits complètes avec ton grand-père au cas où une Cloche marine annoncerait la fin du monde, c'est ton droit le plus strict. Vas-y, ne te gêne pas... » Peter inhala à pleins poumons, ce qui parut le détendre, et ce fut posément qu'il ajouta : « Où je veux en venir, c'est que je l'accepte. Ça ne change absolument rien à ce que tu m'inspires.

– Vous refusez de sauvegarder l'honneur de notre famille mais vous condescendez à ne pas maudire votre fils parce qu'il respecte les règles que vous bafouez ? Vous vous dites disposé à lui pardonner sa fidélité et sa constance ? Tant de tolérance me confond ! »

Il aboya un rire sarcastique puis se tut.

Saisi de colère, Peter s'empourpra ; il sentait son pouls battre dans ses joues et ses tempes. Mais il parvint à se dominer et conclut : « Quand je me trouvais dans cet hôpital, je me suis dit que je risquais de te perdre. C'est une chose que je ne supporterais pas. J'aimerais qu'il n'y ait plus de dissensions entre nous. Les membres d'une même famille doivent se serrer les coudes. »

Galen semblait s'être coupé du monde extérieur, mais il finit par poser la main sur l'épaule de son père et la comprimer. « Vous avez raison : la loyauté est tout ce qui nous reste, seuls parmi des hordes d'adversaires et de faux amis. Nous sommes du même sang, et c'est un lien que rien ne pourrait rompre. Il est probable que nous nous offenserons encore et peut-être même me haïrez-vous au cours des jours à venir. Mais si les circonstances nous dressent l'un contre l'autre, j'espère que l'amour paternel et filial ne sera pas emporté par la tempête. »

Peter tapota la main posée sur son épaule, réconforté. « Ce serait parfait, mon fils. Mais mieux vaudrait encore ne pas nous affronter.

– Soyons d'humeur joyeuse ! Nous regagnons notre domaine ancestral. Un lieu qui, j'en ai la conviction, n'a guère dû changer depuis mon départ.

– Ce qui est indéniable, c'est que ton grand-père a eu une sacrée influence sur ta façon de t'exprimer. Tu lis trop de vieux grimoires.

– La route est-elle encore longue, jusqu'au Bastion de l'Éternité ?

– Ce n'est pas notre but. »

L'expression de Galen resta sereine, mais son regard se fit songeur et menaçant.

« Tiens donc ? Nous nous en rapprochons néanmoins.

– Eh bien, j'ai pensé que nous pourrions nous installer chez Emily. C'était notre maison, autrefois. Elle n'y habite plus. Elle a emménagé chez Wilbur. Ils m'ont donné la clé pour que je sois plus près de l'hosto. Comme si permettre à un homme de vivre dans sa demeure était un acte d'une incommensurable bonté ! » Le mépris le fit renifler.

« Il ne fait aucun doute que mon grand-père souhaite me revoir au plus tôt, avança Galen avec prudence. Pour s'assurer de ses propres yeux que je suis rétabli.

– Nous ne serons pas loin et tu le verras sans doute. »

Mais l'intonation de Peter indiquait clairement qu'il ferait son possible pour l'en empêcher.

Galen plaça sa main sur le tableau de bord, comme pour percevoir les vibrations du véhicule. Il paraissait assimiler les rugissements étouffés du moteur à ceux d'un fauve, tout en s'intéressant aux mouvements compliqués et rapides qui permettaient à Peter de lui imposer ses volontés. Il avait un regard à la fois solennel et étrange, comme si tous ces voyants et cadrans étaient pour lui incompréhensibles, un mystère qui le dépassait.

Galen soupira et se tassa sur son siège. « Ah ! Eh bien, peut-être pourrez-vous m'apprendre à m'exprimer comme je le faisais avant d'aller résider chez mon grand-père ? »

Mais Peter avait cessé de lui prêter attention. Il jetait constamment des coups d'œil dans le rétroviseur. « Nous sommes suivis. Il y a plus d'une heure que cette bagnole nous colle au train ! »

8

Une vieille maison, étrange et immuable

I

Assis sur le siège du passager, Choucas regardait les reflets des réverbères défiler sur le capot de la voiture. Wendy lui narrait les aventures de ce Galen Waylock dans une cité onirique située au bout du monde. Il ne pouvait suivre la logique de ce récit ; d'ailleurs il ne s'en donnait pas la peine. Il se sentait très las (il s'était comme à son habitude levé à l'aube) et laissait les mots s'écouler sur lui comme les vagues d'une mer chaude et agréable auxquelles nul n'aurait pu résister.

Il se surprenait par instants à piquer du nez dans des songes inspirés par les paroles de Wendy, d'étranges images qui voletaient sous ses paupières.

Il voyait un alignement de guerriers coiffés de casques de forme ogivale, bardés de cottes de mailles argentées et armés de lances de lumière ; ils montaient la garde sur les remparts d'une immense muraille surplombant des flots agités. Loin en contrebas, sous les vagues de cet océan glacial, il discernait des créatures noires aux yeux lumineux qui paraissaient attendre, surveiller quelque chose. Bien plus bas, sous ces hommes phoques, s'ouvraient des abysses dans lesquelles se profilaient les contours de sept tours de diamant noir incrustées de bernaches et festonnées d'algues. Et au sommet du plus haut de ces édifices brillait une lumière, aussi vive que celle de l'étoile du berger.

Dès que Choucas baissait la tête, il revoyait les guerriers de faction sur les remparts, à chaque fois moins nombreux. Tout d'abord une vingtaine, ils ne furent bientôt plus qu'une douzaine puis seulement quelques-uns. Finalement, il n'en resta que deux : un jeune homme et un vieillard, seuls défenseurs de ces fortifications démesurées.

C'était à présent la marée montante, et les créatures marines gagnaient du terrain à chaque vague, de plus en plus proches.

Choucas vit ce qui se passerait si les hommes phoques entamaient l'ascension de la roche glissante pour prendre les remparts d'assaut, en gloussant et riant, aboyant et jappant. Certains portaient les haillons ruisselants de marins noyés, d'autres avaient des masques constitués de visages d'humains écorchés, soigneusement prélevés sur des cadavres et appliqués sur leur mufle moustachu.

Quand Wendy décrivit la main démesurée qui se tendait pour saisir Galen et l'emporter, Choucas somnolait entre le rêve et l'éveil. Il vit un géant encapuchonné et ceint de Ténèbres traverser à grands pas le monde de la nuit. Il enjambait arbres et maisonnettes, avec dans une main une faucille de fer noir, dans l'autre une cage contenant un feu mourant à la clarté vacillante. Il n'y avait absolument rien, sous la capuche, et de ce néant jaillissaient par intermittence des rais d'une pâleur aussi maladive que celle de la Lune vue à travers un épais brouillard. Et tous les arbres effleurés par cette luminescence grisâtre s'étiolaient, l'herbe se desséchait et les petits animaux proches de la route tombaient pour ne plus se relever.

Le géant franchit la muraille en délogeant quelques pierres avant de s'avancer dans l'océan et laisser un sillage de poissons morts sous l'ombre de son manteau. Lorsqu'il atteignit le bord du monde, il gravit les marches d'une grande ziggourat perchée sur la falaise avant de désigner ses pieds.

Il y avait là, debout près de ses chevilles, un personnage bardé d'une armure constituée d'os humains qui criait d'une voix glaciale dans les Ténèbres : « Sulva, lieu de résidence des farfadets déchus ! Lève vers moi tes cornes de glace, tes plaines stériles et ta mer sans vie, pour me permettre de gagner la face que tu dissimules en permanence ! Je sais quelles sont les causes de ton inconstance et pourquoi ta clarté vacille et meurt ; je connais un ange planétaire qui encourage le péché. La sphère la plus basse tombera la dernière, aussi oublie ta pudeur et révèle-moi ta nudité. »

Dès que Koschei eut prononcé ces paroles, la Lune apparut, sphérique et morte, tel un crâne démesuré. Choucas ne l'avait jamais vue aussi grosse. Elle était si proche de la Terre que le géant put, d'un mouvement du bras qui fit tourbillonner sa cape, lancer la lumière encagée sur sa surface dénudée.

Aussitôt, une horde de lépreux adipeux aux yeux crevés, aux joues flasques striées de larmes de pus exsudées de leurs cavités oculaires vides, sortirent avec lourdeur des cratères et des puits pour s'emparer de la cage et la fixer avec des chaînes sur un chariot qu'ils entreprirent de tirer sur les monts et dans les cuvettes vers l'autre face de l'astre des nuits. Un de ces aveugles à l'obésité grotesque leva un bras pesant et scabieux pour désigner Choucas, en ululant d'une voix faussée par la terreur.

Koschei se tourna vers ce dernier. « Il y a ici un rêveur qui vient de la Terre. Je le suspecte d'avoir entendu nos propos. »

Choucas s'éveilla en sursaut. La voiture accélérait sur une portion de route déserte, vers l'est et la pleine Lune qui grimpait entre les arbres sur le côté de la chaussée.

Ce fut à la fois irritée et (un peu) amusée, que Wendy lui lança : « Alors, on rêve ? Tu n'as pas écouté un seul mot de tout ce que j'ai dit ! »

II

« Si, si ! protesta-t-il en se frottant les yeux. J'ai tout suivi. Tu penses que les hommes phoques ont appris à Azraël encagé comment changer de peau et dissocier son âme de son enveloppe charnelle. Il ne peut pas sortir physiquement de sa prison mais il a la possibilité de projeter son esprit entre les barreaux. Galen est parti pour... comment s'appelle cette plage d'ossements, déjà ? Nastrond ? Nastrond. Et les Selkies ont transféré l'âme d'Azraël dans le corps de ce jeune homme. C'est bien ça ? » Choucas bailla encore.

« Absolument ! » reconnut Wendy avant de lui sourire.

Ils se dévisagèrent avec amour. C'était pour Choucas une chose inestimable qu'il avait redouté de perdre à jamais. Puis il se souvint qu'il s'agissait d'un trésor volé, obtenu en commettant un crime de sang.

« Regarde la route ! » s'exclama-t-il. Puis, quand ils eurent regagné la voie de droite : « Où est le van que nous suivons ? »

Il se demandait pour quelle raison il lui avait laissé le volant, alors qu'elle venait juste de sortir de l'hôpital.

« Il a dû nous repérer ! Il a accéléré et viré pour nous semer. » Wendy secoua la tête et ses boucles brunes dansèrent. « C'est une catastrophe ! Si Azraël atteint le Bastion de l'Éternité avant nous, le pire est à craindre ! Je n'arrive pas à croire que tu aies pu t'endormir pendant la première course-poursuite de mon existence ! Comme dans un film ! Il a fait demi-tour pour repartir dans l'autre sens, et tout et tout ! Les pneus crissaient et dégageaient une épaisse fumée noire, et j'ai dû mettre le pied au plancher pour lui coller au train. C'était super !

– C'est bien vrai, tout ça ? »

Choucas ne pouvait se représenter l'invalide rencontré à l'hôpital exécutant des manœuvres aussi périlleuses.

« Bien sûr que non ! Il a simplement changé de direction avant que je puisse réagir. Le temps de faire marche arrière, il avait disparu. Mais l'autre version est plus romanesque, c'est celle qui figurera dans mon journal intime. Considères-tu indispensable de s'en tenir aux faits ? Ce qui m'a le plus surprise, c'est qu'il devra rouler sur une bonne vingtaine de kilomètres avant d'atteindre un embranchement d'où il pourra repartir dans la bonne direction. »

Choucas loucha et se massa les yeux et le front. « Comment sais-tu où il va ?

– Facile ! Galen m'a expliqué la route à suivre, quand il était un fantôme !

– Pour aller où ?

– Au Bastion de l'Éternité. Il est possible que la maison soit verrouillée, mais je compte sur toi pour nous faire entrer. Nous devons absolument mettre la main sur la Clé d'Argent avant Azraël, parce que je suis prête à parier qu'il veut ouvrir les portes du monde des songes pour permettre aux hordes noires d'Achéron de gagner la Terre et de la conquérir ! Je te demanderai seulement de ne pas faire trop de dégâts, là-bas. Nous ne serons pas chez nous.

– Hmm. Je ne te le fais pas dire. Par ailleurs, je dois être de retour à mon poste après-demain. Je suis de nuit. De dimanche soir à lundi matin. Je dois compter les troncs que les exploitants forestiers ramènent du secteur nord.

– Nous avons donc le week-end devant nous. Ce sera plus que suffisant pour contrecarrer les projets d'une multitude d'anges déchus venus d'au-delà de l'espace et du temps pour conquérir le monde.

– Ah ! »

Elle lui lança un regard oblique. « Qu'est censé signifier ce "ah" ?

– "Ah", tout simplement. C'est un "ah" comme tous les autres "ah".

– On ne me la fait pas, Choucas. Je connais bien tes "ah" et celui-ci était un "ah" sarcastique.

– Certainement pas !

– Si ! Je dirai même que c'était le "ah" le plus sarcastique qu'il m'a été donné d'entendre. Comment peux-tu ?

– Comment puis-je quoi ?

– Ne pas me croire ? »

Il ouvrit la bouche pour répondre mais jugea préférable de s'en abstenir.

III

Croyait-il sa femme ? Il la savait un peu folle, mais c'était la première fois qu'elle lui posait une telle question. Peu importait qu'elle s'imagine avoir un père tout-puissant et une mère reine de beauté, ou encore qu'elle soit persuadée d'avoir un jour su voler. Que ces croyances soient ou non fondées n'imposait pas à son mari de prendre parti.

Même à présent, qu'elle eût ou non été contactée par un spectre ne l'obligeait pas à s'engager de façon irrévocable. Ils pourraient fureter dans cette maison (à condition que Wendy réussisse à la trouver) sans que cela ne tire à conséquence. Et, dans l'hypothèse où ils s'embarqueraient dans une aventure plus longue que prévu, Choucas avait un statut de fonctionnaire. Il ne risquait donc pas de perdre son emploi s'il s'absentait quelques jours. D'autant plus qu'il était originaire de Géorgie et que ses compatriotes devaient être une minorité, en Amérique. Il savait que le responsable de leur secteur avait récemment déclaré qu'ils atteignaient à peine leur quota de minorités.

Croire ou ne pas croire les affirmations de Wendy était donc secondaire, non ?

Mais...

Il prenait conscience que si toutes ces histoires étaient fausses, alors rien ne s'était produit. Il avait fait un rêve, eu des hallucinations. En cet instant même Galen Waylock rentrait chez lui en compagnie de son père et Wendy avait bénéficié d'une guérison spontanée miraculeuse. C'était tout.

Rien n'aurait pu lui être plus agréable. Il lui suffirait d'effacer de sa mémoire sa rencontre avec un grand escogriffe bardé d'os et l'arme du crime qu'il avait placée dans sa main grisâtre et décharnée...

Il secoua la tête à contrecœur, s'inspirant brièvement du mépris. « Évidemment, je te crois. Je sais qu'il se passe des choses que les hommes ne peuvent expliquer. La méthode employée par mon père pour venir en Occident, par exemple. Je ne peux pas oublier qu'il y a de la magie en ce monde, pas plus que je ne pourrais oublier mon nom ! Et je sais que nous devons aller dans cette demeure.

– Entendu ! Ce que je me demande, c'est où va Azraël... »

Choucas ne put s'empêcher de rire. C'était pour lui une évidence. « Qu'il sache conduire m'étonnerait, et on voit que tu n'as pas parlé à son père. Moi, si ! Ha ! Quoi qu'il advienne, il n'est pas disposé à emmener son fils dans ce Bastion de l'Éternité. Il a dû opter pour un motel ou l'endroit où il vit actuellement. Il n'ira pas là-bas. Il a horreur de cet endroit.

– Il a perdu la foi, à ce qu'on dirait. »

Choucas haussa les épaules. « Se débarrasser de ses croyances est facile. C'est souvent la solution la plus commode. Que celui qui n'a jamais péché lui jette la première pierre... »

Elle rit. « Tous se moquaient de moi, quand j'étais gosse. Ma vie aurait été plus simple si j'avais fait comme si de rien n'était. Et je parie que Jésus aurait mené une petite vie bien peinarde s'il avait dissimulé à son entourage qu'il pouvait changer l'eau en vin et guérir les malades. Mais la voie de la facilité n'est pas toujours la meilleure. »

Choucas tapota sa barbe. Il aurait dû se douter qu'elle n'éprouverait pas de pitié pour quelqu'un qui trahissait ses convictions ou cédait aux pressions extérieures. Aucune pitié.

Elle le regarda de côté. « Il nous reste peut-être une semaine.

– Avant quoi ?

– Avant qu'Azraël ne trouve une solution pour y aller par ses propres moyens. S'il voit à la télé quelqu'un héler un taxi, il en fera autant... S'il n'a pas entre-temps convaincu un voisin de lui servir de chauffeur. »

Choucas piqua du nez. Son menton s'affaissait vers sa poitrine lorsqu'il entendit une voix féminine, cristalline et adorable, lui murmurer : « *Tu as vu ces choses dans un but bien précis. Uhnuman, voilà où a été emportée la vie de Galen. En cet instant, les Eech-Uisge ont atteint le plateau gelé qui surplombe les plaines de Luuk...* »

Il redressa brusquement la tête. « Hein ? »

Le véhicule s'était arrêté sur une petite route secondaire. La Lune lui révélait de grands piliers de brique sombre. Au-delà du portail ouvert un chemin de terre s'éloignait entre des rangées d'arbres paraissant assoupis. La mer était audible dans le lointain.

« Nous sommes chez Galen, déclara Wendy. Regarde ! »

IV

Les lieux n'étaient pas tels que Choucas les avait imaginés. Il découvrait une petite construction de plain-pied, un simple parallélépipède de maçonnerie avec un garage en tôle attenant construit sur une pente et cerné de grands arbres, comme si l'emplacement avait été choisi pour la dissimuler aux regards. Il humait une fragrance d'herbes aromatiques et entendait les martèlements des vagues, les bruissements des feuilles mortes agitées par la brise venue de l'océan. Mais il ne pouvait voir d'ici ni le rivage ni un jardin.

Cette bâtisse était invisible de l'allée bordée d'arbres, et il fallait avoir des yeux aussi perçants que les siens pour remarquer dans l'herbe les empreintes de pneumatiques conduisant à ce lieu isolé. Le chemin se poursuivait vers la mer ; il leur restait à découvrir ce qui se trouvait plus loin.

Choucas, qui s'était agenouillé pour examiner le sol devant le seuil, se redressa. Se prononcer était difficile, même en utilisant la lampe torche prise dans la boîte à gants, mais il déclara : « Personne n'a dû venir ici depuis des mois. Regarde, de nouvelles pousses sont sorties en été dans le chemin de terre et aucune n'a été piétinée, alors que nous sommes en automne.

– Oh, bon sang ! » Wendy passa près de lui d'un pas léger pour atteindre la porte, poser la main sur le bouton, le tourner et pousser le battant. « Ohé ! Ohé ! Il y a quelqu'un ?

– Attends... » murmura Choucas.

La porte s'ouvrit sans bruit.

Wendy s'immobilisa sur le seuil obscur et regarda derrière elle par-dessus son épaule en haussant un sourcil. Une fossette creusait par intermittence un côté de sa bouche incurvée par un sourire.

« Alors ? chuchota-t-elle d'une voix rauque. Qu'est-ce qu'il y a encore ? »

Choucas savait qu'essayer de la raisonner quand elle arborait cette expression dédaigneuse eût été peine perdue.

« Il est mal élevé d'entrer chez les gens pendant leur absence, rappela-t-il malgré tout.

– C'est ouvert.

– Les gens qui vivent à la campagne ne ferment pas toujours leur porte à clé.

– Galen s'en fiche !

– Tu oublies qu'il est mort. »

Elle battit du pied et secoua la tête. « Tu es vraiment le roi des imbéciles ! Tu hésites à enfreindre la loi quand le monde est sur le point d'être envahi par les forces de l'Empire des Ténèbres, la Mort et la Dévastation ? Qu'est-ce qui peut nous arriver de pire, si nous entrons par effraction ? Nous faire tirer dessus ou jeter en prison ? Bon sang, tu n'as parfois aucun sens des proportions ! »

Sur ces mots, elle se glissa dans le vestibule, fit la lumière et lança à tue-tête des appels joyeux.

V

Les luminaires étaient alimentés par un circuit que coupait l'ouverture des volets. Wendy trouva cela si amusant qu'elle consacra un moment à pousser et à tirer ces panneaux pour que tout clignote.

« On se croirait dans un frigo ! » commenta-t-elle.

Un plan de travail séparait une cuisine moderne d'un séjour caractérisé par des étagères qui croulaient sous les livres, une chaîne stéréo aussi imposante que coûteuse et un canapé-lit. En cillant face aux papillotements des ampoules, Choucas franchit une porte coulissante entre deux bibliothèques. « Il y a un gymnase, ici. Et des vieilles armes comme des piques et des épées. Ainsi qu'un cheval-d'arçons et des lances pour les joutes. Il ne manque que des montures véritables. »

Wendy ne s'intéressait plus aux volets mais à un réduit au sol de béton brut dans lequel il y avait une machine à laver et un séchoir.

Tout au fond, une porte donnait dans le garage, totalement vide. Ils trouvèrent dans la cuisine un accès à une salle de bains où trois placards en verre étaient pleins de matériel médical dernier cri.

« Seulement trois pièces, résuma Choucas en prenant un réveille-matin posé sur une table basse. Une cuisine, un gymnase et une bibliothèque avec un canapé-lit. Qu'est-ce qu'on peut en déduire ?

– Qu'il serait impossible d'y vivre à deux. Ce que je veux dire, c'est que ce n'est pas l'habitation principale. Viens.

– Un instant. Je n'ai pas ouvert la porte du fond du gymnase. »

Il y avait au-delà une salle peinte en blanc où des tuyaux et des câbles électriques reliaient un réservoir à des batteries d'instruments médicaux. Ici, les étagères étaient occupées par des liasses d'électroencéphalogrammes, de cardiogrammes et d'autres enregistrements.

« Je commence à trouver tout ça plutôt bizarre, Wendy, déclara Choucas pendant qu'elle tournait sur elle-même dans le gymnase obscur.

– Comme une salle de danse classique ! Regarde, il y a des miroirs, des barres et le reste. Hmm. Je ne savais pas que les escrimeurs utilisaient des boucliers. Cette pièce est si grande et immaculée ! Je parie qu'on y vient pour méditer. Ça me rappelle le monastère zen où j'allais autrefois. Le plancher est magnifique. Tu crois qu'il pourrait servir de piste de danse ? »

Choucas avait entre-temps ouvert la cuve et regardait à l'intérieur un matelas gonflable flottant sur de l'eau à l'odeur saline. Wendy vint se tenir sur le seuil, affublée d'un masque d'escrimeur et munie d'une masse d'arme.

« Prêt à repartir ? gazouilla-t-elle.

– C'est vraiment bizarre, Wendy. Comment appelle-t-on ces machins, en anglais ? Je ne connais pas le nom. Je sais que le KGB en utilisait pour briser la volonté des suspects, leur faire perdre toute perception du temps écoulé et de la réalité.

– C'est un caisson de privation sensorielle. Je ne trouve pas ça étonnant. Les gens viennent ici pour rêver et apprendre à se battre. C'est en tout cas ce qu'on peut attendre de types qui consacrent leur vie à se bagarrer dans le royaume des songes, non ? Mais je suis certaine que nous verrons des trucs encore plus étonnants dans la maison proprement dite ! »

VI

Ils découvrirent le Bastion de l'Éternité dans les meilleures conditions possibles, de nuit, sur un décor de nappes de brume mystérieuses et luminescentes qui paressaient à l'arrière-plan.

La Lune teintait d'argent le tapis de vapeurs et les nuages noirs qui le surplombaient. La construction était assiégée par les ombres denses et murmurantes des arbres à feuilles persistantes ; il y avait dans l'air une légère odeur, une senteur d'herbes aromatiques. Le silence de la demeure plongée dans l'obscurité était souligné par les battements étouffés de la mer.

Ils se garèrent devant deux piliers, à l'extrémité de l'allée. L'un était noir et l'autre blanc, et l'espace les séparant n'autorisait pas le passage du véhicule. Quand Wendy et Choucas se glissèrent entre eux, la jeune femme soupira. « N'est-ce pas merveilleux ? J'ai l'impression de m'être assoupie ou d'être devenue un personnage de roman ! Peut-on passer de l'éveil au rêve sans s'endormir au préalable ? »

Un toit d'ardoises grises très pentu chapeautait de sa pointe acérée des murs menaçants et privés d'ouvertures. Au-delà se dressait une tour centrale composée de blocs massifs, solide et très ancienne. Des treillages de lierre, de rosiers grimpants et de vigne tapissaient l'extérieur de cette construction en adoucissant ses contours avec leurs ombres odoriférantes. Des gargouilles et des faces de gnomes les lorgnaient entre les feuilles de la couronne de l'édifice, un dôme au sommet duquel la statue d'un cheval ailé se cabrait sous le clair d'étoiles pour donner des coups de sabot à la nuit.

Choucas avait sur sa gauche et sur sa droite les ailes ouest et sud de la demeure, des corps de bâtiment qui venaient vers lui sur la pelouse pour prendre la conciergerie et les piliers en tenaille. L'aile ouest s'achevait par ce qui avait probablement été une forteresse aux murs crénelés et aux lourdes portes renforcées de barres métalliques. Ici, les fenêtres étaient de simples archères.

Nul ne réagit lorsqu'ils martelèrent les lourds battants avec leurs poings. Wendy grimpa sur les épaules de Choucas pour regarder par les meurtrières. Elle vit des collections d'armures et de lances, des panoplies d'épées exposées en éventail sur les murs comme les plumes d'une queue de paon, mais pas âme qui vive.

Sur leur droite, l'aile sud donnait sur une grande serre dont le toit et les nombreux panneaux de verre brillaient comme s'il s'agissait d'une pagode de cristal. Ils discernaient derrière ces surfaces vitrées les ombres de branches et de brindilles qui dessinaient des veinures comparables à celles d'un bloc de marbre.

Ils contournèrent l'aile sud et virent des jardins d'herbes aromatiques à la beauté symétrique, un alignement d'arbres en pots disposés le long d'un muret noir croulant. Ici et là, ce mur leur arrivait aux épaules ; ailleurs, il s'était entièrement effondré. Les odeurs et les bruits de la mer le franchissaient pour venir jusqu'à eux.

« Eh bien ! fit Wendy, les mains sur ses hanches rebondies. C'est plus conforme à ce que j'imaginais ! Je sais reconnaître une maison magique, quand j'en vois une ! »

Choucas tira sur de grandes portes en verre taillé et constata qu'elles étaient fermées à clé. « Dois-je en conclure que ses habitants entrent et sortent également par magie ? Les accès sont condamnés. Tous sont peut-être rentrés chez eux et je commence à me dire que nous devrions en faire autant. Ce n'est pas un endroit qui convient à des gens ordinaires. »

Wendy prit sa main en souriant. « Quoi qu'en dise mon père, je ne t'ai jamais trouvé ordinaire. Allons jeter un coup d'œil à l'aile est, d'accord ? »

Il hocha la tête, la mine sinistre.

Ils se faufilèrent en silence entre les parois de verre de l'arboretum et le jardin d'herbes aromatiques, pour atteindre une cour à l'angle des ailes sud et est. Il y avait ici une fontaine aux murmures paisibles, au centre d'une ronde de statues. Deux portes imposantes flanquées de piliers de cuivre terni dominaient les lieux.

Sur leur droite, cette aile s'achevait sur ce qui devait être une chapelle au clocheton surmonté d'une lourde croix celtique en pierre, tachetée de lichen au-dessus d'un toit d'ardoise. Les murs de brique brune étaient entrecoupés d'étroits vitraux dont les images renvoyaient des reflets de la Lune lointaine. S'il s'agissait d'une chapelle, car trois balcons surplombaient le mur érigé du côté de la mer. Wendy déclara voir des gens aux fenêtres ; Choucas discerna des silhouettes aux casques empanachés et aux très longues lances qui surveillaient l'horizon sans faire le moindre mouvement.

Arrivée dans la cour, Wendy s'adressa avec désinvolture à la fontaine, les yeux écarquillés par l'émerveillement devant les douze statues qui agrémentaient le pourtour du bassin. Elle se hissa entre un personnage qui tenait une cruche et un centaure qui tendait son arc.

« Regarde, Choucas ! » Elle désigna du doigt le fond du bassin doublé d'une sorte de miroir argenté très lisse. « C'est moi ! »

Choucas lorgna par-dessus l'épaule d'un lion accroupi et vit une naïade aussi belle que son épouse en suspension la tête en bas, avec des étoiles et des nuages noir et argent emmêlés dans sa chevelure. Une pièce de monnaie quitta sa main et monta en tournoyant à la rencontre de celle que Wendy venait de lâcher. Les deux petits disques disparurent à l'instant où ils se rejoignaient ; la beauté inversée et le ciel qui s'étendait sous elle furent alors emportés par des ondes concentriques et engloutis par le chaos.

9

La bibliothèque des Seigneurs du Rêve

I

Les grandes portes d'acajou, incrustées de panneaux où étaient représentés les profils d'un homme bicéphale portant une cuirasse impériale romaine, étaient fermées à clé.

« Les lieux sont déserts, déclara Choucas en levant les yeux sur la demeure obscure et silencieuse.

– C'est impossible ! Ce serait une catastrophe ! Nous ne réussirons pas à trouver ces talismans sans l'aide du grand-père !

– Regarde l'herbe de ce chemin, les feuilles mortes accumulées sur le perron, la rouille sur les gonds. Personne n'est passé par ici depuis longtemps. »

Il n'y avait aucune lumière derrière les fenêtres, pas un bruit ou un mouvement.

Dressée sur la pointe des pieds, Wendy collait sa joue à un vitrail, comme pour donner un baiser au saint qui y était représenté. Elle referma ses mains autour de ses yeux, pour s'isoler des lumières parasites. « Je vois quelque chose. Une lueur qui monte et qui descend. C'est peut-être un *elfe* ! »

Ils attendirent en silence devant les portes closes, se tenant par la main. L'expression de Choucas était sinistre, mais Wendy sautillait de surexcitation. Constatant sa joie, il serra plus fermement sa main dans la sienne. Lorsqu'elle leva les yeux et lui sourit, ce fut presque suffisant pour dissiper sa morosité.

« Que sommes-nous venus faire ici, déjà ? demanda-t-il. J'ai oublié. »

Elle regarda le ciel et soupira. « Trouver les sortilèges qui feront rebrousser chemin aux Ténèbres. Galen ne sait pas où se trouvent la Clé, le Cor et tout le bataclan, mais son grand-père doit en être informé. Et dès qu'il saura ce qui s'est passé, nous pourrons redresser la situation et sauver Galen ! »

Ils entendirent bouger derrière la porte et se turent.

Le silence s'éternisa.

Puis des gonds corrodés grincèrent ; la porte fut entrebâillée. « Écoute ça ! s'exclama Wendy. On se croirait dans un film ! »

L'homme qui avait tiré le battant s'était muni d'une lanterne fumante et il battait des cils, de toute évidence déconcerté par ce commentaire.

Ce personnage empreint de dignité se tenait bien droit. Il avait des cheveux drus devenus poivre et sel, une moustache et des sourcils bruns et anguleux qui lui donnaient un air vaguement démoniaque. Des poils plus sombres striaient son bouc blanc de chaque côté de la bouche. Il portait une houppelande complétée d'une petite cape, comme un officier de la guerre civile américaine, et avoir remonté le col de ce vêtement pour se protéger de la froidure le faisait paraître compassé, d'un autre âge. Choucas crut tout d'abord avoir affaire à un ecclésiastique.

L'homme leva sa lanterne et utilisa l'autre main pour prendre des lorgnons aux verres en demi-lune suspendus à son cou par une chaînette. Il les pinça sur son nez pour examiner les visiteurs avant de demander :

« Êtes-vous les Envoyés ? »

Il avait un accent anglais nasal et récitatif, et avalait la moitié des mots. Choucas n'eut qu'à voir ses yeux ternes et le manque d'assurance de sa démarche pour savoir qu'il était épuisé.

Wendy hocha vigoureusement la tête. « Nous arrivons de l'hôpital ! »

L'homme regarda la blouse blanche de Choucas. « Et vous n'avez pas eu le temps de vous changer, à ce que je vois. C'est secondaire. Il y a longtemps que je veille, deux jours sans m'accorder de repos alors que j'en ai grand besoin. Par ici, je vous prie. Et veuillez vous abstenir d'utiliser votre lampe électrique. »

À pas lents, cet homme les guida dans une salle si grande que la clarté de sa lanterne ne la révélait pas dans sa totalité. De vagues reflets trahissaient la présence d'un lustre loin au-dessus de leurs têtes et de diverses armures aux formes arrondies alignées contre la paroi du fond.

Il emprunta un large escalier.

« Comment vous appelez-vous ? Moi, c'est Wendy ! Je parle de votre prénom, bien entendu. Je ne peux tout de même pas dire "papy" ! »

Ils atteignirent un grand couloir qui s'incurvait des deux côtés, sans doute pour suivre le périmètre de la tour centrale. L'homme prit à droite.

Ils avaient d'un côté un mur de pierre nue et de l'autre des voûtes gardées par de grandes statues. Devant eux, un barbu armé d'un trident soufflait dans une conque. Sous l'arche suivante de ce circuit, un roi était assis sur un trône constitué d'aigles ; il tenait un sceptre crochu paraissant symboliser un éclair. Plus loin se trouvait un personnage portant une robe très ample, au visage dissimulé par un grand heaume noir. Au-delà, sous la voûte adjacente à celle de la divinité marine, se dressait un jeune homme muni d'une harpe et d'un arc. Sous les ombres mouvantes qu'engendraient les balancements de la lanterne, les yeux vides de tous ces personnages semblaient se déplacer pour les suivre.

« Je suis le Dr Du Lake. Je vous tairai mon prénom, car je ne supporte plus les allusions prétendument spirituelles à Camelot. »

Il tourna sous la voûte gardée par le porteur de trident et tous trois s'engagèrent dans un couloir décoré de gravures sur bois représentant des navires et des monstres marins. Dans les poutres du plafond avaient été sculptées des représentations de mouettes et de balbuzards.

« Une seconde ! s'exclama Wendy, à la fois surprise et attristée. Vous n'êtes pas le grand-père de Galen ? Un Waylock ?

– Certainement pas. »

Le Dr Du Lake s'arrêta devant la grande porte de l'extrémité du passage. Elle était flanquée de tridents et sur le chapiteau de la voûte avait été ciselé un œil qui surveillait toute chose. D'après les calculs de Choucas, ils devaient se trouver dans l'aile est, du côté de la mer.

Du Lake se tourna pour la dévisager. « Qui vous envoie ?

– Galen. Et vous ?

– La Fiducie de Sauvegarde historique royale de Sa Majesté.

– Vous ne savez donc pas où sont dissimulés les talismans qui nous permettront de repousser les suppôts de l'Empire des Ténèbres et de sauver le monde ? »

Le médecin cilla ; ses lorgnons glissèrent de son nez pour se balancer au bout de leur chaînette. « J'ignorais que le monde était en péril, mademoiselle. Menacé par des dangers autres que ceux auxquels on s'est habitué, cela va de soi. La situation aurait-elle brusquement dégénéré ? »

Il les regardait en arborant un sourire posé qui n'engageait à rien. Certain d'y déceler de la méfiance tout autant que de l'ironie, Choucas lui répondit : « Je regrette, mais je ne pense pas que nous soyons autorisés à rester dans cette demeure. Je doute que ce soit légal...

– C'est fort possible, mon brave. Malheureusement, il n'y a ici que nous. »

Choucas en fut décontenancé. « Quoi ?

– La Fiducie historique a pour consigne d'empêcher quiconque de faire sortir M. Waylock de la pièce où il repose, sous aucun prétexte. Des instructions précises et conformes, ai-je cru comprendre, aux directives laissées par l'intéressé lui-même.

– Attendez… Ce n'est pas M. Waylock qui vous a invité à venir ?
– Pas plus que vous, semble-t-il.
– Alors, nous sommes tous des intrus. »

Le médecin sourit, avec lassitude. « Je vous proposerais volontiers d'alerter la police, mais on ne trouve pas un seul téléphone dans cette maison. Cependant, s'il est exact que vous êtes des amis de M. Waylock, votre aide me sera précieuse. Je le surveille depuis un certain temps déjà et me trouver des remplaçants devient urgent.

– Bien sûr, que nous vous aiderons ! accepta Wendy.

– Pas si vite, marmonna Choucas. Si cette personne va mal, nous ne pouvons pas rester les bras croisés. Il faut avertir les autorités, faire venir une ambulance… »

Elle lui donna une tape sur l'épaule. « Oh, sois sérieux ! Depuis quand un individu un tant soit peu sensé s'adresserait-il à des agents du gouvernement ? Quelles possibilités s'offrent à nous, docteur ?

– Vous devrez en premier lieu aller garer votre véhicule en un endroit invisible de la maison. Les instructions étaient claires. Laissez-le près d'un des bâtiments extérieurs. Si vous voulez vous rendre utiles, exécutez mes ordres à la lettre, même s'ils vous paraissent arbitraires. Bénéficier de votre aide ne serait pas un luxe. J'ai besoin d'assistance pour veiller sur mon patient.

– Votre patient ? » répéta Wendy, inquiète.

Le médecin poussa la porte.

II

La pièce avait de grandes fenêtres qui donnaient sur le nord, l'est et le sud. Des armures étaient suspendues à des chevalets devant chaque ouverture, orientées vers l'extérieur, leurs armes prêtes à l'emploi. Chaque côté de la salle avait une décoration différente. La paroi du fond était de style oriental avec des dragons et des meubles laqués encadrant la tenue de samouraï placée en face de la fenêtre qui s'y ouvrait. Ils voyaient sur leur gauche des totems et des boiseries nordiques, ainsi qu'un casque avec des cornes, et sur leur droite des motifs dorés d'Afrique du Nord entourant le casque à turban emplumé et la cotte de mailles drapée de soie qui gardait cette fenêtre. (Et Choucas reconnut une des silhouettes aperçues à leur arrivée dans la cour.) La porte qu'ils venaient d'emprunter était flanquée de chevalets portant un haubert et un tabard orné de dragons d'armoiries galloises. Si l'armure de gauche, rouillée, semblait se trouver là depuis des siècles, celle de droite était brillante et bosselée, comme de facture récente et utilisée peu auparavant.

Il y avait au centre des lieux un lit à baldaquin dans lequel reposait un personnage totalement immobile. Le clair de Lune se reflétait sur sa tête chauve et ses sourcils blancs broussailleux faisaient penser à deux petits nuages de passage au-dessus de sa face ridée.

Wendy s'avança sans faire de bruit pour contempler avec solennité l'homme endormi. Elle s'intéressa à son nez et à son menton.

« Il ressemble à Galen », déclara-t-elle.

Elle tendit la main pour le toucher, un geste qui devint hésitant lorsqu'elle vit les tuyaux et les électrodes reliés à sa poitrine et à ses bras.

« Inutile, dit le médecin. Rien ne pourrait le réveiller. »

III

Wendy descendait les marches en sautillant, ce qui imprimait des balancements à sa lanterne. Sa flamme tressautait et vacillait, vive et papillotante, tant son pas était alerte. Des ombres massives bondissaient au-dessus de sa tête, filant comme des comètes ; elle laissait derrière elle une traînée irrégulière de fumée pâle et translucide. Elle pensait avoir atteint l'aile nord en empruntant un raccourci.

Il existait des conversations qu'elle qualifiait de « rétrogrades ». Ce qui s'appliquait à celle entamée par son mari et ce médecin qui leur avait demandé de veiller sur le vieillard (afin qu'il puisse s'accorder un peu de repos) juste avant de déclarer qu'il souhaitait les voir quitter les lieux au plus tôt étant donné qu'ils ne faisaient pas partie de la Fiducie historique et qu'il ne savait même pas à qui il avait affaire (bien qu'elle eût à plusieurs reprises cité leurs noms de façon claire et précise).

Son mari accepta de rester puis voulut savoir pourquoi ce médecin (« Qu'est-ce qui me prouve que vous n'êtes pas un imposteur ? ») n'avait pas fait transférer le malade dans un hôpital. C'était la seule décision sensée, et il décida de repartir sur-le-champ selon le principe contestable qu'un praticien digne de ce nom n'eût jamais confié son patient au premier venu. (« Et surtout pas à un inconnu tel que moi ! – Mais, mon ami, les propos que vous me tenez démontrent que vous êtes digne de confiance. ») Ce qui vaudrait au vieil homme de se retrouver seul et loin de tout centre de soins, à l'encontre du but recherché.

Ils tournaient en rond. Ils venaient de convenir qu'il leur était possible de se faire confiance quand Wendy prit la lanterne pour sortir garer leur véhicule et récupérer les affaires qui leur seraient utiles pendant la nuit.

Elle avait tout son temps. Il leur faudrait une bonne vingtaine de minutes avant de remonter au début de leur conversation et conclure que Choucas et Wendy devaient rester veiller sur le vieillard.

Elle traversait le vaste vestibule obscur et sa lampe ne révélait qu'un cercle de carrelage noir et blanc, quand une lueur attira son attention sur un point situé sur sa gauche. Un vague miroitement et, peut-être, un son à peine audible. Non, elle n'avait pas rêvé. Elle entendait les accords d'une douce musique.

« C'est peut-être un *elfe* ! » murmura-t-elle.

Ayant oublié le but de son escapade, elle obliqua sans faire de bruit vers la mystérieuse lueur voletante.

IV

Il y avait là une voûte dont les piliers en bois avaient été sculptés pour représenter deux arbres dont les branches entrelacées servaient de perchoir à des hiboux solennels et des dryades souriantes, parmi des feuilles de chêne et de laurier. Au-delà s'élevait une bibliothèque, des alignements de livres entrecoupés de panneaux sur lesquels étaient reproduits des événements historiques. Au sommet de chaque colonne d'étagères, un cadre contenait le portrait d'un roi ou d'une reine d'Angleterre et, encore plus haut, on pouvait voir les signes et maisons du zodiaque.

Sur la droite, de hautes fenêtres laissaient entrer le clair de Lune. L'une d'elles était ouverte, et la brise faisait voleter des tentures claires qui renvoyaient la lumière blafarde dans la salle. Wendy allait fermer les vantaux lorsqu'elle constata que les sons étaient produits par un carillon éolien, des tubes d'une trentaine de centimètres tenus par une des statues de marbre du jardin : un homme ailé aux joues dilatées, vêtu de fourrures et suivi par deux plantigrades, un ours adulte et un ourson.

Elle poussa les battants puis se détourna, le souffle court, dans l'expectative. Elle était certaine de découvrir sous peu des merveilles.

Elle aimait les livres, et plus particulièrement les livres de contes. Elle voyait sur les panneaux de nombreux navires qui coulaient en pleine tempête, la décapitation d'une reine, des batailles. Il y avait un portrait d'Elizabeth Ire au-dessus d'une étagère où trônait un buste de Shakespeare.

Elle prit un ouvrage en se disant que son contenu devait être aussi passionnant que ces scènes. La reliure en lourd cuir marron repoussé portait l'emblème du cheval ailé et des clés entrecroisées.

Mais les pages usées et jaunies étaient écrites en latin, une langue pour elle indéchiffrable. Elle trouva néanmoins entre ce livre et le mur un opuscule à la reliure rouge de facture plus récente. Jetant un coup d'œil à d'autres ouvrages, elle découvrit un tel livret derrière chacun d'eux.

Elle en sortit un, en posant l'ouvrage en latin correspondant sur la tranche afin de marquer son emplacement.

Puis elle posa la lanterne sur une table et fit tourner l'ajutage de cuivre pour augmenter l'apport de pétrole vers la mèche. Quatre petits miroirs encastrés sur le pourtour du plateau reflétaient la lumière pour faciliter la lecture. Après s'être accordé le temps de savourer son bonheur, elle ouvrit l'opuscule.

Ainsi qu'elle l'avait espéré, c'était un livre de contes.

V

« De retour de Virgo en pleine Nouvelle Lune, moi, John Dee, mage et conseiller spirituel de Sa Très Gracieuse Majesté, Élisabeth la Reine vierge, ai regagné la Grande Maison de l'Éternité, la demeure des vrais rêves, à la demande de Son Altesse, qui souhaitait que j'apaise les lutins trublions irrités par les conjurations de Sir F. Drake. Deux semaines se sont écoulées depuis la Magistrale Victoire que la tempête due à l'Anneau d'Or et au miroir de Sir F. Drake a permis de remporter sur l'Armada espagnole, un déchaînement des éléments au cours duquel la plus grande flotte jamais vue dans toute la chrétienté a été totalement anéantie par *Fulgratorian*, Prince des Éléments, pour la plus grande gloire de notre bien-aimée souveraine. À ces fins, Sa Majesté, Reine de notre Cercle magique, m'a octroyé trois cheveux de la tête de Bran, champion d'Annuwin, qui repose sous la tour de Londres gardée par les corbeaux pour protéger ce royaume contre toute invasion et empêcher tout ennemi de fouler son sol sacré. Il s'agissait là d'un trésor inestimable ; j'ai jeté le premier cheveu dans le feu et le second dans la mer, conformément aux instructions figurant dans d'autres ouvrages, avant de placer le troisième sous mon oreiller et de m'endormir en ayant près de moi ce fidèle E. Kelley, qui s'était muni de feuilles de laurier afin de pouvoir faire tomber la fièvre et rappeler mon âme au cas où je m'aventurerais trop loin en songe.

« Le rêve que je fis cette nuit-là (Mercure était dans la Vierge, en opposition avec Vénus) était la suite et la conclusion du songe du Vingt-Quatrième Gardien de l'Éternité (*Quod vide Oneirolibrum Anno 871*), lui-même la suite du rêve débuté par le Septième

Gardien (*Anno 599*) et dont ils ont retranscrit le récit dans les volumes correspondants de cette bibliothèque.

« Je couche ci-après les conclusions de ces songes où il est révélé quel peut être le véritable nom du fils du Roi d'Irlande, comment le Géant aux Deux Brandons a été terrassé et par quel moyen il sera possible de lever la malédiction des Sept Frères... »

À ce stade, Wendy s'était pelotonnée dans le fauteuil, totalement absorbée par sa lecture.

VI

Le récit de ce John Dee ne fit qu'aiguiser la curiosité de Wendy, qui chercha ensuite les écrits du Vingt-Quatrième Gardien, Alfwise le Grand, et du Septième Gardien, Corbenec de Carabas. Ces hommes avaient rêvé les divers composants du même récit. En outre, les coups d'œil tentateurs jetés à d'autres ouvrages pendant qu'elle furetait en quête de l'histoire du fils du Roi d'Irlande lui avaient démontré que tous les livres de cette bibliothèque, du premier au dernier, contenaient des narrations de songes. Et il ne s'agissait pas de songes ordinaires, ces rêves ennuyeux que font la plupart des gens, comme se rendre à son travail tout nu ou courir dans des couloirs sans jamais arriver où que ce soit. Non. Il s'agissait de songes de grands rêveurs.

On y trouvait des monstres issus des grandes profondeurs, des créatures sorties de marais inhospitaliers, de cavernes obscures et de déserts battus par le vent. Ces êtres se prosternaient pour prier au pied d'une citadelle sous-marine en métal inaltérable érigée sur des collines de boue et de crasse où régnait un froid mordant, dans une crevasse du fond de l'océan. Le maître de cette place forte avait été un prince de noble extraction au service des forces de la Lumière, le plus grand avant sa chute, mais il avait été banni dans les Ténèbres et il concentrait depuis son esprit développé, son génie et sa puissance, à assouvir sa vengeance. Il ruminait sa haine dans des puits que la Lumière n'atteindrait jamais.

Mais des champions luttaient contre le Mal absolu. En tournant au hasard les pages de divers livres qu'elle remettait ensuite à leur place, Wendy entrevoyait des mots, des phrases et des fragments de rêves admirables, de grandes guerres, épreuves, sacrifices et tragédies des Seigneurs du Rêve.

Elle lut tout un paragraphe décrivant un duel avec le Roi des Bois, à Nemi ; le jeu de devinettes opposant un Chevalier de l'Éternité à un Dragon mangeur d'hommes ; une brève description de la découverte du Graal dans un désert de sel ; l'histoire d'un autre Gardien qui se guida sur les tintements de la Cloche marine pour traverser les abysses ténébreux et atteindre Vindyamar, la cité flottante des elfes.

Elle prit connaissance de l'épilogue d'une quête où un jeune écuyer et un vieux chevalier renversèrent un géant à sept têtes dans le pays d'Ar et érigèrent la Tour d'Ar-Mennar à l'intérieur de son armure vide, en utilisant des briques façonnées avec le calcaire obtenu en broyant ses ossements.

Wendy n'avait aucune certitude, mais à en juger par sa description, l'écuyer en question aurait pu être Galen. Le vieux chevalier était-il son grand-père ?

Par curiosité, elle alla prendre le premier volume de la première étagère, sous le bas-relief représentant une épée plantée dans une enclume, une table ronde, un sorcier endormi au pied d'un chêne avec du gui et du lierre dans les cheveux, et une bataille qui se déroulait à Stonehenge.

Il était écrit sur les premières lignes du premier livre : « Pour la gloire de la Dame de la Terre, qui lui impose de suivre sa trajectoire circulaire et assure sa renaissance chaque printemps après son trépas hivernal, et pour la gloire du Seigneur des Cieux, dont la foudre est la lance qui terrasse le Mal, moi, Bleys d'Avalon, relate ici dans la langue de Rome les visions de mon élève Merlin et, plus particulièrement, celles de la tour qu'il a vue à trois reprises en songe, édifice sous lequel deux dragons, un blanc et un rouge, se sont lovés et affrontés lors d'un combat impitoyable, au point de faire crouler cette construction en dépit de tous les efforts consacrés à tenter de la redresser. Car le Roi a ordonné qu'une tour soit érigée, en tout point semblable à celle que Merlin a vue en songe. Et la Dame du Lac a prophétisé ou promis que sa bénédiction lui serait accordée, aussi longtemps qu'elle resterait présente dans les souvenirs, que la tour et les terres sur lesquelles elle se dresserait demeureraient identiques tant dans le monde du rêve que dans celui de l'éveil. Amen. Amen. Vous trouverez ci-après le récit de ce songe... »

VII

Il y avait dans cette histoire de nombreuses références à un « cédant » qui avait offert la Tour de l'Éternité aux élèves de Merlin, Donbleys et Alfcynnig, en les chargeant de monter à tout jamais la garde en prévision de l'invasion à venir. Mais l'auteur ne précisait pas qui était ce cédant. Sans doute l'avait-il jugé inutile, tant cela lui paraissait évident.

Ce fut en bâillant que Wendy trouva l'opuscule le plus récent de la bibliothèque, sous un portrait de Neal Armstrong dressé avec un drapeau à la main sur l'étendue désolée et piquetée de cratères de la Lune.

Il était peu épais et fermé par un cadenas miniature, dans lequel Wendy plongea une épingle à cheveux jusqu'à ce qu'il s'ouvrît. « J'espère que ça ne froissera personne ! s'exclama-t-elle. Mais celui qui a fait ça devrait savoir que ce genre de choses n'a pas d'autre effet que de décupler la curiosité des gens ! »

C'était le journal du grand-père de Galen.

Elle le lut en hochant la tête, à l'aise dans son fauteuil, mi-éveillée mi-somnolente. Elle n'aurait toutefois pas pu dire si ce qu'elle lisait se rapportait à son enfance, à des souvenirs de cette période ou encore à des songes...

VIII

Lemuel Waylock était né et avait grandi à une époque qu'il considérait avec du recul moins compliquée, vulgaire, irréfléchie et téméraire. Et, surtout, moins sujette aux bouleversements. Si confort et commodités y étaient moindres, elle se révélait bien plus riche en d'autres domaines. Il se rappelait un temps où les promeneurs saluaient les dames qu'ils croisaient en levant les doigts à leur chapeau. Dignité, retenue, dur labeur, honneur et respect étaient des termes qui avaient alors eu un sens. À présent, les hommes ne portaient même plus de couvre-chef.

Il avait reçu son héritage à l'âge de trente-deux ans, alors qu'il ne s'y attendait pas. Après les funérailles de son père, il s'était retrouvé dans une pièce sentant le renfermé avec ses frères et leurs épouses ainsi que les plus âgés de ses cousins. Tous avaient mis leur tenue du dimanche la plus discrète ; les hommes, des cols empesés et les femmes, des chapeaux à fleurs. Il se souvenait que c'était un chaud matin de juillet et que nul n'avait eu la présence d'esprit d'entrebâiller les fenêtres.

Le notaire venu en vapeur d'Angleterre disparaissait presque derrière les piles de documents qui encombraient le bureau du cabinet de travail de leur père, pour certains récents et dactylographiés, pour d'autres très anciens, rédigés sur des parchemins et du vélin cachetés de sceaux en cire et ruisselants de rubans décolorés. On pouvait lire sur ces derniers des noms que Lemuel avait découverts dans les manuels d'histoire.

Il y avait parmi eux le testament de leur père. Le notaire le lut d'une voix sèche et cassante, privée d'émotion ; il annonça (même des années plus tard, Lemuel se demanderait encore pourquoi) que lui, Lemuel, recevrait la rente et le titre de propriété de la vieille maison du bord de mer.

Troisième de dix frères, Lemuel n'était ni le plus intelligent ni le plus fort de la famille (Thomas avait fait des études universitaires à l'étranger ; contremaître dans une ferme voisine, Georges était musclé comme un cheval) ; ni le plus docile (Abraham n'avait jamais mis leur père en colère, jamais contesté ses décisions) ; pas même le plus courageux (le jeune Théodore avait sauvé les vies de tous les membres de l'équipage du chalutier sur lequel il travaillait, quand les vents du nord-est s'étaient levés au large des côtes du Maine).

En outre, Lemuel avait toujours pensé que le patrimoine reviendrait au plus jeune de la famille, Benjamin, comme dans les histoires bibliques.

Mais l'honneur lui revenait. Tous sortirent lentement de la pièce étouffante, les femmes pour gagner la cuisine et préparer un brunch, et Lemuel resta seul avec l'officier public qui lui expliqua patiemment ce qu'étaient les fiefs taillés, les modalités, conventions et limitations de ses droits de propriété.

Il ne pourrait par exemple vendre la demeure qu'à un proche parent, et il lui serait interdit de négocier ou simplement changer de place tout meuble ou objet... ce qui s'appliquait même aux assiettes décoratives du manteau de la cheminée, aux coupes exposées dans les vitrines et aux livres de la bibliothèque. Tout déplacement était prohibé, y compris d'un point à l'autre de la même pièce. Tout dommage serait réparé de telle sorte que chaque chose retrouve son aspect d'origine, les travaux en question étant financés grâce à un compte ouvert à cet effet. Il était strictement interdit d'apporter des modifications ou des ajouts à la demeure.

Chaque nuit de l'année, chaque nuit de sa vie, sans la moindre exception, lui, un membre de la famille ou un remplaçant formé par ses soins devrait dormir sous le toit de la Grande Maison, dans une pièce dont les fenêtres surplombaient la mer.

La propriété serait transmise en fief taillé par ordre de primogéniture sans aucune division ou douaire, au cas où il décéderait, deviendrait invalide, tenterait de modifier ou de vendre les lieux ou leur contenu, et s'il devenait insomniaque.

Et ce fut sans ciller que le notaire conclut : « Cette cession est révocable au gré du cédant ou de toute personne par lui désignée, jusqu'à l'événement cité dans la charte et la concession d'origine, l'événement en question étant la fin du monde telle que définie dans le susdit document ou le retour du Roi en ce monde. »

La charte originelle était gravée sur une plaque en or massif que le notaire sortit d'une valise fermée à clé. Et Lemuel put lire tout en bas, en latin, vieil anglais, français et gallois :

ARTHURUS PENDRAGON REX QUONDAM ET REX QUE FUTURUS

IX

Mais tout au fond de son cœur, Lemuel avait toujours su que cette vieille demeure lui était destinée.

Un jour d'été, alors qu'il avait neuf ans, il avait pénétré sur les terres d'un voisin pour escalader le plus grand pin de la plus haute colline du secteur en compagnie d'Andrew, son frère aîné. D'après le savoir partagé dans la cour de l'école, il s'agissait du summum en matière d'escalade car les branches des pins ont des aiguilles et sont très rapprochées ; sans oublier la surexcitation supplémentaire apportée par le risque de se faire surprendre sur les terres du vieux Teeldrum.

Maculés de résine et leurs vêtements à tout jamais tachés, les deux garçons avaient finalement pu s'agripper aux plus hautes branches de ce pin en feignant d'être insensibles à la peur, malgré la brise qui faisait craquer leur perchoir et lui imprimait des balancements.

Ils avaient tous les champs et collines qu'ils connaissaient à leurs pieds, jaunes et verts sous le Soleil ; et plus loin s'étendaient des terres inconnues et le trait d'une mystérieuse route de terre menant ils ne savaient où.

Ils consacrèrent un moment à débattre de géographie, à essayer de déterminer si la brume visible à l'horizon était ou non la mer. (Toujours d'après les légendes de cour de récréation, il s'agissait de l'océan.) Puis une rivalité subtile incita chaque frère à se hisser vers une prise un peu plus élevée. Plus léger et téméraire que son aîné, Lemuel alla un peu plus loin sur la branche qui ployait dangereusement.

Pour satisfaire aux convenances et réaffirmer le principe voulant qu'un cadet ne peut supplanter son aîné, Andrew lança avec dédain qu'il avait appris la magie nocturne de leur père, des secrets que Lemuel était trop jeune pour se voir confier. Des capacités qui lui auraient permis d'atteindre des hauteurs bien plus vertigineuses s'il avait jugé utile de les utiliser.

Par d'habiles railleries, Lemuel soutira ce secret à son frère et, avant qu'ils ne soient redescendus, il connaissait le chant de convocation d'une pouliche des songes.

Et cette nuit-là, après avoir récité ses prières, Lemuel murmura ces incantations, à voix basse pour ne pas réveiller Andrew, qui dormait dans l'autre lit.

Rongé par l'impatience et les yeux grands ouverts, il resta allongé dans le noir, à surveiller l'étoile Polaire par la fenêtre. Il tressaillait chaque fois que le vent faisait crisser une branche contre la maison, car il était certain – fort d'une conviction propre à l'enfance – qu'il s'agissait de bruits de sabots.

Entre minuit et l'aube, entre l'éveil et le sommeil, le clair de Lune se déposa comme de la gelée blanche sur les vitres et, sous cette clarté, une tête de faon se pencha par la fenêtre pour le regarder avec ses grands yeux sombres et limpides. Sa robe brillait comme de la neige, mais Lemuel constata qu'elle était merveilleusement chaude au toucher lorsqu'il tendit timidement la main pour caresser sa truffe. Puis il se souvint qu'il se trouvait au premier étage et prit conscience que la pouliche flottait dans les airs.

Elle s'adressa à lui d'une voix mélodieuse. « Si jeune ? Si jeune pour m'avoir fait venir des hauteurs de Celebradon. Je me dresse dans cette citadelle cernée d'étoiles, éveillée à jamais, pour monter la garde et veiller sur mon maître, en comptant les années qui le séparent de l'instant où la trompette le réveillera, lorsqu'il prendra ses armes et son armure pour sauter sur mon dos en s'exclamant : *En route ! Car Achéron remonte de la mer ! La Terre est en péril et l'heure de la Dernière Bataille a sonné !* »

Après quoi elle rejeta la tête en arrière pour libérer un hennissement farouche et fougueux.

Lemuel en resta bouche bée.

Puis la pouliche des songes inclina son encolure et ajouta avec solennité : « Je ne peux interrompre ma veille que lorsque les nécessités de leur charge imposent aux Gardiens de l'Éternité de me convoquer. Et je ne réponds pas à ces appels par plaisir, jeu ou fierté. Tu viens de m'humilier, mon enfant, car j'ai abandonné mon poste sans raison valable. Qu'adviendrait-il si l'Appel retentissait pendant mon absence ? Mon maître pourrait-il se rendre à Ragnarok en marchant ?

– J'espère n'avoir rien fait de mal...

– Patience et Fidélité, tel est le serment que prêtent les tiens, tout comme mes semblables, car nous sommes liés par les engagements de la Cité sans fin. Or, tu manques singulièrement de patience pour oser me faire venir ici avant l'heure ! Quelle est ta loyauté à notre cause ? Les Gardiens de l'Éternité constituaient autrefois un ordre puissant dans lequel se retrouvaient de nombreuses familles et non une seule, et ils avaient tout un royaume pour les soutenir. Mais ces derniers temps, combien de fois le rempart est-il resté désert sans personne pour monter la garde ? Ta famille connaît les anciennes formules auxquelles se soumettent les puissances de Celebradon, la Tour des Étoiles automnales, mais à quoi bon ? Les tiens nous ont oubliés ou, s'ils se souviennent de nous, ils ne pratiquent plus les rites et ne croient plus en leur bien-fondé. Ils n'ont plus foi en l'Éternité, je le crains. »

Des paroles qui indiquèrent à Lemuel que son frère n'avait jamais appelé une pouliche des songes. Soudain déconcerté et presque apeuré, il se demanda si son père l'avait fait un jour. N'était-il pas le seul à croire encore en ces choses ?

« Je regrette. Je regrette vraiment. Attendez ! Ne partez pas ! Je vous ai apporté un présent. Vous voyez ? C'est une pomme. Je l'ai chipée dans la cuisine et cachée sous ma chemise de nuit. »

La pouliche garda un moment le silence, les naseaux frémissants. « Peu de gens priant pour que tombe la pluie se munissent d'un parapluie, déclara-t-elle doucement d'une voix chaleureuse et basse, comme si elle s'adressait à elle-même. Et quel est ce renflement que j'aperçois sous ton oreiller ? »

Cette question avait été plus sonore.

« C'est mon manteau.

– Nous sommes en été.

– Je me suis dit que, vous savez... qu'il ferait sans doute moins chaud dans les hauteurs.

– Tu devrais avoir honte de ton impatience, et pour cette raison il ne faudra jamais dire à ton frère ou à ton père que j'ai répondu à ton appel. Mais tant de foi mérite récompense. Grimpe sur mon dos et je t'emporterai en n'importe quel pays dont tu citeras le nom, et nous ferons le tour du monde pour être de retour avant le lever du jour. Eh oui, je peux devancer l'aube, car je suis plus rapide que le Soleil ! Enfile ce vêtement. »

L'appui de fenêtre était froid sous ses pieds nus, lorsqu'il l'enjamba.

À califourchon sur la pouliche des songes, le ventre tendu par la surexcitation et ses tremblements, Lemuel se pencha et referma les bras autour de l'encolure de sa monture en collant sa joue dans sa douce crinière.

« Je ne voulais pas brûler les étapes, murmura-t-il. Vous êtes simplement arrivée avant que je puisse vous démontrer que je savais attendre. Je l'aurais fait. Je vous aurais attendue jusqu'à la fin des temps. Juré. »

10

Captif en Achéron

I

Wendy redressa soudain la tête. Elle somnolait sur le bureau, avec le livre en guise d'oreiller depuis un laps de temps indéfinissable et la lanterne s'était éteinte. Quelque chose l'avait réveillée. Un bruit ?

Elle l'entendit de nouveau. Il y avait le fracas des vagues qui se jetaient contre la falaise, un grondement irrégulier mais ininterrompu, et des sons distincts, plus rapides, plus sonores. Tout était simultané et il était difficile de les distinguer les uns des autres.

Intriguée, Wendy sortit par la fenêtre. Elle vit la statue de Borée et, au-delà, les constellations de la Grande et de la Petite Ourse qui brillaient sous un croissant de Lune.

Elle se hissa dans un orme proche du mur du bord de mer avant de ramper le long d'une branche, surprise par le vent qui tiraillait sa jupe et faisait battre sa chevelure tel un pavillon noir. Loin au-dessus d'elle miroitaient des étoiles.

Elle découvrait une section du mur qu'elle n'avait pas encore remarquée, plus large et bien entretenue, avec de grands remparts crénelés où s'ouvraient des embrasures et des mâchicoulis, de hautes tours de guet à chaque extrémité.

Elle prit appui sur les blocs de pierre des merlons et se pencha pour regarder en contrebas. La mer était un désert de vagues et d'écume rugissantes. Des collines de flots noirs, ourlées de moutons blancs ou verdâtres, qui venaient se jeter en grondant contre la falaise.

Il y avait sous ces flots un banc de poissons luminescents, d'horribles choses aux yeux globuleux rivés sur elle et aux crocs évoquant des faisceaux de couteaux blancs ; des méduses à la blancheur surnaturelle et des calmars géants aux yeux pleins de sagesse et au manteau chatoyant lui aussi phosphorescent.

Au-dessous et entre ces essaims d'étranges créatures, dans le halo glacial qu'elles diffusaient, deux géants avaient saisi un tronc d'arbre tel un bélier. Au jusant, ils ramenaient leurs bras en arrière. Quand les vagues repartaient vers les terres, ils inversaient aux aussi le mouvement pour projeter leur bélier dans un nuage d'écume sous un angle qui leur permettait d'atteindre la muraille. L'impact de la machine de guerre et celui de la vague étaient simultanés.

Des phoques jouaient entre leurs jambes. Ils nageaient et plongeaient avec un fol abandon. Certains se laissaient flotter en gardant la tête hors de l'eau pour chanter ou aboyer des hymnes à la gloire des Ténèbres.

Plus bas encore, sur le fond de la mer, se déplaçaient des rangées de chevaliers noyés qui tenaient leur lance sous un angle identique. Chacune de leurs montures souffrait d'un mal différent, mais toutes étaient déformées et boursouflées, couvertes de plaies purulentes ; du sang rougissait les flots autour du défilé.

Dans les airs, au-dessus de la mer, se dressait un personnage cerné de sombres nuages qui portait un kilt et avait des cheveux longs en bataille. Le vent faisait battre les basques de son manteau noir et gris comme des ailes de chauve-souris, et des rubans de nuages s'échappaient des tuyaux de sa cornemuse.

Derrière lui venait un guerrier grec armé d'une longue lance ; lorsqu'il fit claquer son arme sur son bouclier rond et doré comme la Lune, un grondement de tonnerre se répercuta d'un bout à l'autre des cieux.

Pendant le bref instant où Wendy fut témoin de cette scène, des nuages d'orage se regroupèrent comme s'il s'agissait d'une flottille de grandes Nefs noires. Ici et là, dans les nuées, arrivaient de véritables navires qui naviguaient tous feux éteints, une rangée après l'autre de clippers aux voiles distendues. Il s'en élevait des appels et des chants qui se mêlaient au tonnerre.

Derrière eux, sur l'horizon, marchant lourdement dans l'océan comme un petit enfant l'eût fait dans une mare peu profonde, approchaient d'énormes silhouettes noires. Les vagues tourbillonnaient autour de leurs cuisses et de leur taille. La distance était trop importante pour que Wendy pût relever des détails, si ce n'est que le personnage encapuchonné du centre tenait une lampe contenant une multitude de petites lumières magnifiques qui voletaient tels des papillons ignés.

Le bélier percuta les pierres de la muraille, en soulevant une gerbe d'écume.

Les vents hurlèrent, comme de souffrance.

Wendy se détourna et s'enfuit en chancelant, assaillie par les rafales.

II

Déséquilibrée par les coups de bélier des titans, elle tomba à quatre pattes. Le bloc sur lequel elle se trouvait gémit et un ruisselet de poussière s'envola, subtilisé par la tempête à la maçonnerie qui se fissurait.

Puis elle chut ou plana vers le bas d'une longue volée de marches, jusqu'à la cour. Dans le profond bassin que cernaient des constellations, des ondes concentriques bouleversaient la carte du ciel qui s'y reflétait chaque fois que le sol était pris de convulsions. Les arbres du jardin craquaient, le vent agitait en tous sens leur ramure.

Derrière elle, un bloc démesuré bascula avec un fracas de séisme ponctué par un coup de tonnerre ; les aboiements des phoques et les hurlements de joie s'élevaient des profondeurs en même temps qu'un tintement triomphal de trompettes.

Les portes les plus proches étaient verrouillées. Mais elle se retrouva sur l'appui d'une haute fenêtre, sans se rappeler si elle avait sauté jusque-là, escaladé le mur ou fait un simple pas.

La crémone n'était pas fermée. Elle entra.

Dans un couloir obscur et silencieux.

III

Le temps de s'accoutumer à la pénombre, Wendy s'adossa aux vantaux, les paumes à plat sur le mur de chaque côté de la fenêtre, respirant doucement.

« Me suis-je rappelé comment on vole ? se demanda-t-elle. Après tant d'années ? Non, j'ai dû escalader la paroi et imaginer le reste. Ou voler et me dire le contraire. Il n'est pas à exclure que cette maison soit effectivement magique, après tout ? Pourquoi n'y a-t-il plus un seul bruit ? »

Elle n'entendait plus ni les coups de bélier ni les hurlements du vent. Elle regarda autour d'elle avant de s'engager dans l'étrange couloir, en effleurant du bout des doigts les tentures murales et les encadrements des portes.

Des corbeaux blancs avaient été sculptés dans le linteau de chacune d'elles, comme s'ils étaient venus nicher au-dessus des seuils. Leur nombre changeait chaque fois. Il y avait sur les tapisseries des scènes qu'elle ne faisait qu'entrevoir dans la pénombre, et seulement en face d'une fenêtre qu'atteignait la lumière de la Lune gibbeuse : une petite fille jouant dans un jardin, deux petits garçons qui couraient, des funérailles, quatre femmes qui levaient leurs coupes pour porter un toast, un bateleur jonglant avec des pièces de monnaie.

Wendy chercha son chemin pour regagner la chambre du grand-père, là où l'attendait son mari. Un peu plus tard, après avoir poussé diverses portes et pris d'autres couloirs aux décorations tout aussi bizarres, elle se retrouva dans une salle où la faible clarté lunaire révélait des dollars encadrés au-dessus de coffres débordant de pièces. Un placard dissimulait une petite porte donnant sur une courte volée de marches incurvées qu'elle emprunta pour rejoindre le couloir aux corbeaux, en face d'une tapisserie où un dragon se lovait autour d'un monceau de richesses, sa queue de scorpion effleurant ses naseaux fumants. Six corbeaux étaient perchés sur le linteau de la porte la plus proche.

« Ah ! J'ai compris ! C'est une demeure du souvenir où tout est mnémotechnique. Ces motifs sont là pour remettre diverses choses à l'esprit, comme dans ce livre où il était écrit que la Dame du Lac veillerait sur ces lieux. Que leurs occupants ne soient pas autorisés à déplacer quoi que ce soit n'a rien d'étonnant. Ce couloir est en soi une comptine. Voyons voir...

Un corbeau amène une fille,
Et deux annoncent un garçon,
Trois sont une source d'affliction,
Quatre font de nous de joyeux drilles,
Cinq nous dispensent beaucoup d'argent,
Six, des tas d'or, de vrais monceaux,
Sept révèlent un secret qu'il faut
Garder jusqu'à la fin des temps...

Elle s'immobilisa pour examiner les tapisseries. Sur la suivante, qu'elle trouva à côté de la porte aux trois corbeaux, au bout du corridor, des funérailles étaient représentées. Derrière cette porte, au bout d'un petit passage incurvé, Wendy rejoignit le couloir circulaire central. Elle en sortit à côté de la statue d'un personnage casqué tenant un fruit, une grenade.

« C'est bien ce que je pensais ! Les quatre ailes de cette maison symbolisent les éléments : la terre, l'eau, l'air et le feu. Sud, est, nord et ouest. Chaque section est placée sous l'égide d'un dieu grec. Je suppose qu'Hadès, le Dieu des Enfers, représente la terre. Apollon pourrait-il être le feu ? »

Lorsqu'elle était venue ici la fois précédente, la lanterne lui avait révélé ces statues de très loin. Ce n'était plus le cas. Le clair de Lune pénétrait par de petites lucarnes ouvertes dans la partie supérieure des murs pour illuminer les oiseaux en vol des fresques du plafond.

Elle leva la tête. « Ça y est, j'ai pigé ! »

Des corbeaux surplombaient la statue d'Hadès, avec seulement un faucon, un aigle et une mouette. Wendy suivit cette dernière et trouva une nuée de ses semblables. En baissant les yeux, elle tomba sur une statue de Poséidon soufflant dans une conque.

La lucarne se trouvant au-dessus du Dieu des Mers lui révélait la pleine Lune ; ce qu'elle jugea étrange étant donné qu'elle avait vu la Lune aux trois quarts pleine dans le couloir aux corbeaux, au sud. Et elle crut se souvenir d'un simple croissant lorsqu'elle l'avait regardée par les fenêtres de la bibliothèque.

Elle passa près de la statue. Pour une quelconque raison, le couloir au-delà lui paraissait indistinct et envahi par des ombres qui dissimulaient les grandes portes de son extrémité. Puis elle remarqua la décoration : des navires peints ou représentés sous forme de maquettes exposées sur des socles. Un dériveur avait une voile, un sloop en avait deux, un yawl trois, une goélette quatre.

Elle trouva le tableau d'un Yankee Clipper entre une photographie du *Dawn Trader* et une autre du *Naglfar*. Elle se tourna et vit les grandes portes flanquées de tridents, sous un œil écarquillé.

Un rai de lumière blanche et crue filtrait sous les battants. Cette clarté avait quelque chose d'étrange et la regarder lui donnait le tournis. Elle frappa.

« Choucas ! Es-tu là ? Les méchants franchissent le mur ! Des Selkies, des géants et le reste !

– Chut ! Chut ! répondit-il. Ne fais pas tant de bruit ! »

Elle entendit les crissements des pieds d'une chaise, puis des pas très légers. (Que son mari sache se déplacer si discrètement en cas de besoin était pour elle une source de fierté.)

Quand la porte s'ouvrit, l'étrange lumière se déversa dans le couloir et s'empara d'elle pour la projeter au loin.

Ce qui la réveilla.

IV

Elle redressa la tête de la pile de livres sur lesquels elle s'était endormie et cilla de surprise en découvrant qu'elle se trouvait toujours dans la bibliothèque. Elle se précipita vers la fenêtre, pour découvrir le muret du bord de mer au-delà d'un alignement d'arbres. C'était un assemblage de briques étroit et peu solide qui ne devait par endroits lui arriver qu'aux épaules, s'il n'était pas encore plus bas. Pendant qu'elle s'y intéressait, la tempête qui se levait emporta les briques descellées d'un secteur croulant, ce qui s'accompagna d'une pluie de paillettes de pierre désagrégée par l'érosion.

Puis elle entendit le tonnerre gronder et, dans le lointain, un chien aboyer puis japper gaiement. Vint ensuite une plainte suraiguë, peut-être le cri d'une mouette dérangée dans son sommeil, un son qui n'évoquait que vaguement une trompette.

V

Lorsqu'elle se leva, Wendy vit une lumière, peu vive mais très nette, qui se consumait dans les ombres séparant deux rayonnages. En s'avançant, elle constata qu'il y avait là une voûte donnant sur une pièce qu'elle n'avait pas remarquée avant cet instant.

Ici, de grands piliers soutenaient un plafond qui disparaissait dans la pénombre. Le clair d'étoiles entrait par de grandes fenêtres étroites, et un vent saturé de brume par un panneau laissé ouvert.

Au-dessus de sa tête miroitaient les dessins argentés de croissants de Lune et d'étoiles aux nombreuses branches. Elle voyait indistinctement à l'autre bout de la grande salle deux statues de guerriers qui flanquaient un lit à baldaquin sur lequel gisait une silhouette.

L'étrange lueur s'élevait du pied du lit, un point d'où partaient des rayons argentés ceints d'un léger halo. N'y avait-il pas là un individu minuscule, accroupi tel un chat ?

« C'est peut-être un *elfe* », se dit Wendy en avançant sur la pointe des pieds.

VI

Choucas avait pris la dague d'un des guerriers qui protégeaient les fenêtres et, après s'être assuré qu'elle était émoussée, l'avait sanglée sur sa poitrine à l'aide de sa ceinture pour qu'une piqûre le réveille chaque fois qu'il piquerait du nez.

Assis dans la pénombre depuis de nombreuses heures, il avait les yeux injectés de sang et les traits flasques. Veiller sur Lemuel Waylock devenait de plus en plus difficile. Par instants, il rabattait les couvertures pour étudier à la lueur de sa lanterne les machines chargées de vérifier le pouls, la respiration et la pression sanguine du vieillard. Conformément aux instructions du médecin, il n'utilisait pas sa torche électrique et recouvrait les instruments dès la fin de son inspection.

Mais le praticien avait omis de lui indiquer où il pourrait trouver du pétrole pour remplir la lampe dont la flamme vacillait.

Choucas avait réduit la mèche, qu'il ne rallongeait que pour procéder à l'examen périodique du dormeur.

Du Lake avait été irrité d'apprendre qu'il n'appartenait pas au corps médical, une réaction que Choucas considérait excessive. Il se demandait par ailleurs ce qu'il faisait dans une maison qui n'était pas la sienne, à veiller sur un inconnu au lieu de rentrer chez lui et se coucher auprès de son épouse. Où était-elle passée, au fait ?

Il finit par se dire que cette veille n'était ni aussi longue ni aussi dangereuse que les quarts qu'il avait assurés à bord d'un navire. Mais il aurait aimé avoir de la dentelle ou du macramé pour occuper ses mains. L'oisiveté lui pesait.

Vers trois heures du matin (à en croire la position des étoiles), la flamme s'éteignit. Ce fut en utilisant sa lampe torche qu'il examina une fois de plus l'homme endormi, environ une heure plus tard.

Il voyait le clair de Lune ramper des fenêtres est gardées par les samouraïs aux fenêtres sud, quant à elles placées sous la protection des mamelouks.

Un fragment de Lune entrevu par une de ces ouvertures l'emplit de frayeur. Les mers de cet astre avaient tout d'océans véritables, de flots dont les vagues venaient mourir sur les berges de déserts de rocaille stériles et glaciaux.

Il se représenta un dôme privé de fenêtres dominant un haut plateau gelé, cerné d'obélisques et de tours aux murs nus dans lesquelles résonnaient sans discontinuer des hurlements aigus et des gémissements assourdis. Il imagina une file d'individus obèses au point d'en être grotesques, blancs comme des limaces, aux cavités oculaires vides, qui traversaient à pas lents des étendues de sable gris balayées par la neige en direction des portes noires de cette construction ; ils étaient munis de tenailles et de fouets métalliques, de cuillers à énucléer les yeux et de crochets d'étripage, de poinçons et de fers à flétrir ; et tous arboraient des sourires de simples d'esprit chaque fois qu'ils entendaient un cri de souffrance.

Une piqûre au menton le réveilla.

Choucas se pencha et secoua le bras du vieillard endormi. « Je n'ai pas tué votre petit-fils ! Je ne voulais pas qu'il meure ! Je n'avais pas le choix ! J'ai fait cela pour sauver ma femme ! Elle est toujours en vie et c'est la seule chose qui compte, pour moi. Pourquoi devrais-je m'apitoyer sur votre sort, hein ? Dites-le-moi ? »

Mais les remords étouffèrent sa voix, n'en laissant subsister qu'un murmure. « Non, je connais la réponse. Vous aimez votre petit-fils autant que j'aime Wendy. »

Il se leva, alla vers la fenêtre et se retint avec lassitude à l'épaulière d'un mamelouk. Détournant le regard de la Lune, il baissa les yeux sur la cour et le bassin argenté que cernaient les douze statues représentant les signes du zodiaque.

« Eh, vous, dans la piscine ! murmura-t-il. Au cas où Wendy n'aurait pas exprimé un souhait quand elle a jeté sa pièce, je vais le faire à sa place. Dites-moi comment réparer le mal que j'ai fait. C'est sans doute trop réclamer en échange d'une simple pièce. Il n'y a pas suffisamment d'eau en ce monde pour laver le sang que j'ai sur les mains. Mais ce n'est pas ce qui m'empêche de le souhaiter malgré tout. »

Il se rassit à côté du vieillard endormi, alluma sa lampe et jeta un coup d'œil aux machines. Le pouls et la respiration de Lemuel Waylock étaient plus rapides. Il remarqua alors que ses yeux se déplaçaient sous ses paupières. Il ne l'avait pas vu plus tôt, sans doute à cause de la piètre clarté de la lanterne.

« Il rêve ! Je me demande bien de quoi. »

Il rapprocha sa lampe du visage du vieillard, sans le réveiller.

« Il voit quelque chose... »

Le médecin lui avait dit que Lemuel passait en sommeil paradoxal une ou deux fois par nuit, mais qu'il était impossible de le ramener à la conscience même en ces moments-là.

« Observe ses yeux... avant, arrière, arrière, arrière... gauche, gauche, droite, pause, droite, gauche... »

Il se pencha.

« Par sainte Catherine... C'est un message codé ! C'est du morse ! »

Et il épela les mots : AIDE-MOI GALEN JE SUIS CAPTIF EN ACHÉRON.

VII

Aide-moi Galen je suis captif en Achéron Vindyamar est tombée aux mains de l'Ennemi avant mon arrivée les trois Reines étaient des Selkies elles m'ont emmené à Nastrond puis lié par des chants pour me conduire vers mon lieu de détention et m'enfermer dans une cellule que surplombent cinq tours noires et mes geôliers ont tranché mes mains pour m'empêcher de faire le signe de Koth avant de me suspendre par les poignets à des crochets et des anguilles entrent par les fenêtres pour venir sucer mes blessures et quand j'ai voulu appeler une pouliche des songes l'eau a pénétré dans ma bouche et je n'ai pu émettre aucun son tout ici engendre la folie ils m'ont traîné devant Astre du Matin et il est si lumineux et beau que je ne peux m'empêcher de répondre à toutes ses questions c'est pour cette raison que je me suis tranché la langue d'un coup de dents Galen va dans le salon et cherche le Cor derrière le tableau d'Azraël utilise-le pour réveiller les Dormeurs je perçois des tremblements qui m'indiquent qu'Achéron monte des profondeurs le pire s'est produit et nous sommes perdus trouve le Cor et sers-t'en sans te soucier de mon sort car mes blessures disparaîtront à mon réveil et un nouveau monde nous a été promis je continue de me dire que c'est un cauchemar je ne sais pas si tu recevras ce message j'ai oublié tant de choses de ma vie éveillée et j'ignore depuis combien de temps je dors Galen réveille-moi Dieu réveillez-moi je suis captif en Achéron et la musique des séraphins déchus sape ma volonté et mon courage je ne pourrais même plus te reconnaître Galen mais tu dois prendre le Cor derrière le tableau et l'utiliser sache aussi que les verges qui démasquent les Selkies et les autres talismans t'attendent dans le Pays d'Or mais le Cor est dans le salon derrière le portrait du Fondateur et tu n'auras qu'à souffler dedans pour réveiller les Dormeurs Achéron monte des profondeurs et les Ténèbres les Ténèbres recouvrent tout.

VIII

Choucas trouva dans sa poche un chicot de crayon mais rien sur quoi écrire, à l'exception du dos de la carte de donneur d'organes glissée dans son permis de conduire. Il nota tout cela avec une hâte frénétique, en lettres microscopiques. Quand le sens du message devint évident, il se mit à suer et à trembler. Il ne savait pas de quoi Lemuel voulait parler, mais lorsqu'il tenta de se convaincre qu'il s'agissait de simples cauchemars, il eut conscience de se mentir.

Les mouvements oculaires de Lemuel épelaient LES TÉNÈBRES LES TÉNÈBRES RECOUVRENT TOUT quand Choucas entendit marcher dans le couloir puis frapper à la porte.

« Choucas ! Es-tu là ? Les méchants franchissent le mur ! Des Selkies, des géants et le reste ! »

Il oublia que rien n'aurait pu réveiller Lemuel. « Chut ! Chut ! Ne fais pas tant de bruit ! »

Il se précipita pour ouvrir mais ne vit personne. Déconcerté, il balaya le passage avec le faisceau de sa lampe torche. Il n'y avait aucun endroit où Wendy aurait pu se rendre pendant les quelques secondes nécessaires pour venir jusque-là.

Il regagna le chevet du vieillard. Tout était terminé. Lemuel avait replongé dans un sommeil profond ; ses paupières restaient immobiles.

Choucas regarda les pattes de mouche sur le petit rectangle de carton.

« Vous m'en direz tant..., chevrota-t-il. Il doit y avoir une explication logique à tout ça. Ce n'est pas parce qu'elle m'échappe qu'elle n'existe pas. »

Il inhala à pleins poumons pour se détendre et leva le texte minuscule devant ses yeux, presque au ras de son nez. « Il est où, ce salon ? Et comment suis-je censé savoir à quoi ressemble ce Fondateur ? »

Il se redressa en cillant.

« N'a-t-elle pas dit que les géants arrivaient ? »

Une voix lui parvint du couloir, derrière la porte. « Éteignez cette lampe, que diantre ! Auriez-vous perdu l'esprit ? ! »

Choucas s'exécuta. Une fois entré, le médecin posa sa lanterne avant de lancer sèchement : « Comment osez-vous transgresser ainsi nos règles ? »

Ses yeux étaient brillants et sa petite moustache hérissée.

« Pourquoi n'ai-je pas entendu vos pas dans le couloir, docteur ? Alors qu'il a un plancher et que vous portez des chaussures.

– Vous n'y avez pas prêté attention, mon ami. Que regardiez-vous, dans votre main ?

– J'aurais dû vous entendre, insista Choucas. J'ai une ouïe très fine. »

Et il lui présenta une main vide, car il avait glissé la carte dans sa poche pendant que le médecin lui tournait le dos.

11

Les cinq noms d'un mystère mineur

I

Peter Waylock jura à voix basse quand la machine rugissante (Azraël de Gray connaissait sa véritable nature depuis qu'un test discret lui avait confirmé qu'elle n'avait pas d'âme) s'arrêta dans l'allée devant une bâtisse de plain-pied. Azraël se demandait toujours quelles menaces avaient justifié que Peter réclame l'intervention de ses dieux. Bien qu'il y eût un fanal à la clarté plus vive que la Lune suspendu à un mât proche, une vision qui inspirait bien évidemment du respect et de la crainte, tout indiquait qu'il s'agissait ici d'objets usuels. Il en découlait que Peter avait dû maudire autre chose.

Mais lorsqu'il l'aida à mettre pied à terre, Azraël remarqua cinq corbeaux qui dormaient dans un pin à quelques aunes de là ; trois pour une fille et deux pour un garçon. Il fit discrètement choir un bout de ficelle en descendant du van ; quand il se pencha pour le ramasser, il put constater qu'il s'était recourbé deux fois en sens inverse du mouvement apparent du Soleil : la preuve incontestable que des familiers se trouvaient à l'intérieur de la demeure. La marguerite la plus proche du point de chute de la ficelle avait six pétales tombants. Un nombre pair qu'on effeuille : pas du tout. Ils étaient donc attendus. Par un homme, avec une femme qui connaissait bien Peter mais qui n'avait pour lui aucun amour.

« Merde ! marmonna ce dernier. Regarde ça. Qu'est-ce qu'elle fiche ici ? » Puis, tournant la tête vers Azraël : « Ta mère a débarqué avec son connard de mari. Sa bagnole condamne l'allée. Elle doit vouloir faire un esclandre parce que je t'ai récupéré, alors qu'ils ne se sont pas une seule fois déplacés quand ça avait de l'importance. Ceux de l'hôpital ont dû leur téléphoner. »

Azraël, qui ne voyait aucun chariot ou autre moyen de locomotion auquel des chevaux pouvaient être attelés, dissimula la surprise que lui inspirait la capacité de Peter à interpréter les signes les plus subtils. Il avait appris autant de choses que lui, sinon plus, d'un seul regard.

Azraël contourna le gros coffre métallique aux parois vitrées posé sur son chemin, puis il leva les yeux vers les étoiles, les nuages et les arbres proches pour y chercher ce qui avait fourni tant d'informations à Peter. Mais il ne releva que des évidences (la maison n'était pas protégée par des charmes ; il y avait dans les bois des cervidés mais aucun loup, ce qui indiquait que quelqu'un verserait des larmes avant la fin de la soirée) et il se dit une fois de plus qu'il ne devait pas sous-estimer cet homme. S'il avait refusé son héritage, la vieille magie de l'Éternité ne l'avait pas abandonné pour autant et les puissances qui gouvernaient le monde n'avaient pour lui aucun secret.

II

Azraël de Gray ne mémorisa pas les noms des deux individus qu'il rencontra dans l'étrange demeure. Les considérant sans importance, il ne gaspilla aucun sortilège pour associer leur identité à des images ou les loger dans une des innombrables pièces du palais des puissances qui l'accompagnaient en pensée.

Il y avait sa mère (ou plus exactement la mère de Galen), qui avait trahi la maison de l'Éternité bien plus gravement encore que Peter, car elle avait abandonné son seigneur et maître pour forniquer avec un autre homme. Azraël se méprit tout d'abord sur les raisons de sa venue.

Elle commença par l'étreindre, l'embrasser et lui débiter une multitude de petits mots se voulant tendres et affectueux (mais tous insincères), et il supposa que la peur de perdre son fils l'avait incitée à sortir de sa réclusion. Un repentir qui lui valait d'être autorisée à revoir une dernière fois son enfant avant qu'on la livre aux magistrats. Mais ces conclusions étaient de toute évidence erronées. Au sein de cette société, cocufier son maître n'était apparemment pas passible de la peine capitale.

Il s'était attendu à voir Peter empoigner ce damoiseau pour le traîner à l'extérieur et l'occire. Lui trancher la gorge et non se battre en duel, étant donné que ce misérable n'avait à première vue aucune arme sur lui. Cela signifierait qu'il n'était pas un chevalier. Et s'il n'était qu'un gueux, il faisait montre d'une présomption et d'une effronterie inadmissibles tant dans son comportement que ses familiarités envers des gens de noble condition. Azraël en conclut que, par faiblesse de caractère ou trop grande bonté, Peter avait accordé la vie sauve à cet être odieux qui, enhardi par tant de magnanimité, en profitait pour afficher son mépris de façon éhontée.

La surprise d'Azraël grandit lorsqu'ils décidèrent de prendre un repas et que ce manant s'assit à la même petite table qu'eux ; plus sidérant encore, plus près que lui de la salière !

Il avait attendu le dîner avec impatience car tout indiquait qu'il serait servi dans une pièce à l'extrémité de laquelle se trouvait une cheminée. L'âtre était bien trop petit pour qu'il soit possible d'y rôtir ne fût-ce qu'un mouton et il n'y voyait aucun crochet auquel suspendre des bouilloires, mais c'était l'esprit du feu qu'Azraël souhaitait voir au plus tôt ; les flammes lui apprendraient plus de choses, et bien plus rapidement, que la plupart des autres formes de divination.

Mais il fut profondément déçu car le repas fut préparé sur une boîte en métal dans laquelle des éclairs se déplaçaient en suivant un parcours identique à celui du Labyrinthe, cette spirale protégeant la frontière entre la Lumière et les Ténèbres, un sortilège qui diffusait une chaleur sans flammes capable de cuire les aliments. Azraël en conclut que ces gens l'avaient démasqué et voulaient se gausser de lui. Dans le cas contraire, pourquoi se seraient-ils donné tant de mal pour le priver de la vision de toute flamme vive ?

Des soupçons que son appétit relégua au second plan ; car c'était, si on exceptait quelques poissons crus, le premier repas qu'il prenait depuis d'innombrables girations des cieux.

Les assiettes étaient rondes comme la Lune et aussi belles et bien faites que tout autre objet qu'Azraël avait pu voir ici, mais elles n'avaient aucune décoration ou touche d'or qui leur eût apporté un peu d'éclat. Il y avait au menu de la viande bien que ce ne fût pas, jusqu'à preuve du contraire, un jour de fête ; et des fruits frais furent servis alors que l'hiver venait de débuter.

Mais si les mets étaient savoureux, ils n'avaient ni accortes servantes ni échansons pour pourvoir à leurs besoins, pas même des chiens pour les débarrasser des restes. Les dieux lares, ou lutins du foyer, avaient apparemment imposé aux occupants des lieux des obligations très contraignantes car tous parurent surpris lorsqu'il fit tomber à ses pieds les reliefs de son repas. Ils allèrent jusqu'à prétendre que son geste était accidentel (ils employèrent le terme « renverser ») et sacrifièrent un rouleau de parchemin qu'ils débitèrent en menus morceaux afin d'essuyer le sol comme s'il était sacré. La raison pour laquelle ils avaient décidé de profaner ce document, ou dans quelle bibliothèque ennemie il avait été pris, restait pour Azraël du domaine des pures conjectures. Il ne pouvait voir ce qui y était écrit mais il discernait un motif floral très minutieux, répété avec beaucoup de soin feuille après feuille, des enluminures auxquelles des moines avaient dû consacrer des années de leur existence.

Mais tout devint évident lorsqu'ils réunirent la totalité des déchets et les mirent en sécurité dans une urne sur laquelle ils rabattirent un couvercle. Il sautait aux yeux qu'ils redoutaient d'être ensorcelés par un mage qui pourrait dessiner des runes sur les os que leurs lèvres avaient effleurés. Cela expliquait pourquoi ils les éliminaient avec tant de minutie et de peine. Pour la énième fois, il se dit qu'il aurait eu grand tort de sous-estimer ces personnes.

Azraël était à présent impatient de se mettre à l'ouvrage. Il avait commis tout au long du repas de nombreuses erreurs, importantes ou insignifiantes, et les hésitations et regards inquisiteurs des membres de son entourage démontraient qu'ils se demandaient si sa maladie n'avait pas altéré ses facultés mentales.

Puis le manant prit un tout petit tube de papier blanc qu'il pinça entre ses lèvres, avant de sortir de sa poche une gemme et d'en faire jaillir une flamme. Un feu qu'il utilisa pour embraser l'extrémité de cet étrange cylindre. Sitôt après, une odeur d'encens se répandit dans la pièce. Azraël révisa le jugement qu'il avait porté sur l'homme occupé à inhaler la fumée. Comme bon nombre de ses semblables, ce rural était entré dans les ordres. C'était pour cela qu'il n'avait pas d'arme, qu'il n'était pas soumis aux codes du duel et qu'il maîtrisait plus ou moins le feu.

Azraël ne fit qu'entrevoir cette petite flamme avant qu'elle ne soit mouchée. Regard toutefois amplement suffisant pour lui révéler que cet individu n'était pas non plus un religieux. Il n'avait pas plus de magie qu'un animal, aucun sortilège protecteur et pas le moindre talisman. Azraël apprit par la même occasion que l'Empire des Ténèbres avait lancé ses troupes contre le Bastion de l'Éternité, que la fée et le titan envoyé par Prométhée avaient entre-temps atteint. (Que d'habileté ! Pendant qu'il perdait son temps en compagnie de ces sous-fifres, les forces d'Obéron œuvraient à sa perte !) Il apprit encore qu'il y avait là-bas un être très puissant qui s'était travesti en prêtre – non, en médecin – et qui...

Mais la flamme venait de s'éteindre et le rustre soufflait de l'encens par ses narines.

Azraël se leva et les pria de l'excuser, se disant très las et en retard de sommeil. La mère de Galen l'escorta jusqu'à sa chambre et lui parla longuement. Elle n'avait, elle non plus, aucun charme protecteur, même si de nombreux indices indiquaient qu'elle avait séjourné au moins une nuit dans le Bastion de l'Éternité.

Son discours était interminable. Azraël n'était pas certain de comprendre ce que voulait cette catin, et il n'en avait cure. Puis il comprit soudain. Elle refusait de l'exprimer par des mots, mais elle l'implorait de lui accorder son pardon. Elle se reprochait de l'avoir confié à son grand-père, ce qui – imaginait-elle – avait été à l'origine d'une affection psychique autant que physique.

« Madame, lui répondit-il. Je vous suis grandement reconnaissant de m'avoir laissé aux bons soins de mon aïeul. Il est vrai que les maux dont je me suis récemment remis ne m'auraient point affecté si vous aviez fait montre de plus de discernement, mais n'allez pas croire que vos agissements m'ont nui. Non, vraiment, j'irai même jusqu'à dire que j'ai tout lieu de m'en féliciter.

– Tu sais, c'est ton père qui nous a abandonnés. Il partait en mer et restait au loin pendant des mois ou des années. Nous avons toujours été très proches, toi et moi. Mais je n'ai rien à me faire pardonner ! Il était si violent ! Oh, je ne parle pas de violence physique, bien sûr ! Il n'a jamais levé la main sur moi. Il s'agissait de cruauté mentale. Il ne s'est à aucun moment soucié de ton éducation et j'ai dû m'en remettre à ton grand-père parce qu'il avait les moyens de t'envoyer dans une école valable. Ce qui fera très bon effet sur ton CV. »

Azraël était déconcerté par ces divagations. Il présumait qu'en affirmant n'avoir rien à se faire pardonner elle voulait dire le contraire ; que ne pas recevoir de corrections pourtant bien méritées lui avait fait perdre tout sens de la mesure. Mais qu'elle reconnaisse la valeur de l'éducation que son lointain descendant avait dispensée à celui dont il occupait le corps emplissait Azraël de satisfaction.

Puis il finit par comprendre. Bien que de mauvaise vie, cette femme avait toujours de tendres sentiments pour son fils. Elle se souciait de son sort. Ce jeune homme dont il avait cruellement pris la place. Qui était-il, avec tous les crimes qu'il avait perpétrés et ceux, bien plus abominables, qu'il projetait de commettre, pour porter un jugement sur les faiblesses d'une pécheresse ? S'il était vrai qu'elle avait commis une infâme trahison, qu'était-ce en comparaison de ce qu'il avait fait ?

Il prit ses mains dans les siennes et baissa humblement la tête. « Peut-être y a-t-il un pardon pour nous tous, mère. Je prie pour qu'il en soit ainsi. Car, autrement, nous n'aurions devant nous que les Ténèbres, les Ténèbres qui recouvrent tout. »

Elle se leva et déposa un baiser sur sa tête. « Tu ne dois pas te laisser abattre ! Je viens de lire un guide de pensée positive où il est bien précisé qu'il ne faut jamais renoncer à l'espoir. Je me représentais constamment ton retour de l'hôpital, en parfaite santé... Et vois ! Tu es ici ! J'en suis folle de joie, même si ton grand-père ne se préoccupe apparemment pas de ton sort. Dors, à présent ! »

Elle ressortit.

Il avait lu les lignes de ses mains, pendant qu'il les tenait dans les siennes, et savait désormais que sous ses jérémiades et ses paroles en l'air elle avait de l'affection pour son fils, un garçon qui était, par-delà maintes générations, également un de ses descendants.

Azraël cilla, s'étonnant de découvrir que les larmes annoncées par les signes prémonitoires étaient les siennes.

III

Wilbur Randsom se considérait dans l'ensemble comme un homme comblé... bien plus qu'il ne le méritait. Il n'aurait jamais espéré à son âge qu'une femme aussi jeune et jolie tombe amoureuse de lui. Et, après leur mariage, il ne s'était pas attendu à ce qu'elle soit une experte pour gérer les finances familiales. Elle prenait constamment les devants, réalisait presque toujours d'excellentes affaires et essayait de rendre sa vie très agréable – et y réussissait.

Il n'y avait que quelques ombres au tableau. Sa brute épaisse d'ex-mari, par exemple. Wil aurait dû prévoir qu'une telle femme intéresserait d'autres hommes, y compris Peter. Sans oublier leur fils débile. Wil faisait de son mieux pour dissimuler à quel point il était exaspéré par ce grand dadais introverti et rêveur, ce fainéant qui traînait dans la maison en se tournant les pouces. Le plus difficile consistait à dissimuler son soulagement lorsqu'ils l'expédiaient chez son grand-père.

Mais il n'en laissait rien paraître. Non, Wil veillait à cacher ses sentiments derrière la bonhomie d'un frère aîné prêt à faire n'importe quoi pour lui. Il était certain d'avoir trompé son monde.

Si Galen avait su ce qu'il lui inspirait, les ondes de rébellion et de dégoût qu'il diffusait comme une odeur nauséabonde auraient été pleinement justifiées... Ce n'était pas le cas, puisqu'il ne savait rien de ses véritables sentiments à son égard. Ce môme était un ingrat. Un insupportable enfant gâté. Ce qui, estimait Wil, légitimait son animosité.

Il revenait de la salle de bains, moins de cinq minutes après que Galen eut trouvé un prétexte pour aller s'isoler dans sa chambre (alors que ce faux-cul n'avait visiblement pas sommeil), quand il entendit échanger des paroles assez vives dans la pièce située à l'extrémité du vestibule. La voix d'Emily était aiguë. Elle criait presque alors que Peter répondait par des grognements sarcastiques, comme en contrepoint.

Wil se trouvait à la hauteur de la chambre de Galen ; un trait de lumière filtrait sous la porte. Il n'avait rien d'un lâche, mais il préférait éviter les confrontations inutiles. En outre, c'était le moment idéal pour souhaiter une bonne nuit à ce sale môme.

« Eh, mon pote ! Ça baigne ? Tu dors... heu... »

Il crut un instant que Galen flottait dans les airs, flanqué par des chevaliers en armures de lumière, dans une vaste salle en clair-obscur au plafond décoré de croissants de Lune et d'étoiles aux branches innombrables soutenu par de gros piliers d'argent. De larges fenêtres et des balcons donnaient sur une mer démontée qui se poursuivait à perte de vue ; un océan de noirceur et d'écume. Seul Galen, toujours vêtu et dormant avec la tête orientée vers l'entrée sur un lit à baldaquin, avait quelques couleurs.

Puis Wil prit conscience de regarder le miroir de la porte du placard, désormais installé au-dessus du lit et couvert de lignes et de hachures tracées au crayon blanc. C'était un motif délicat et complexe, à la perspective parfaite, comme un projet d'architecte. Galen était allongé sur les couvertures, la tête tournée vers la porte, les yeux clos et les bras croisés, et les quatre piliers dessinés sur le miroir qui le surplombait encadraient parfaitement son reflet.

Et cependant, Wil ressentit un profond malaise en ayant la sensation que le personnage de chair n'était qu'une image de celui couché sur le lit à baldaquin.

Galen ouvrit les yeux.

IV

Surpris par l'expression de son visage figé, Wil eut un mouvement de recul. Sans dire un mot, Galen riva sur lui un regard glacial, avec une morgue qui allait bien au-delà de la haine.

Wil ne pouvait toutefois s'éclipser ainsi. Il se redressa et fit un effort pour lui adresser une grimace qui se voulait amicale. « Eh, mec ! Ça va mieux, à ce que je vois... C'est sûr ! »

Galen n'avait pas déplacé un seul muscle, mais ses yeux l'empalaient.

« Écoute, fiston, tu sais que je ne pensais pas ce que j'ai dit à table, pas vrai ? Je plaisantais. C'est pas parce que ton vieux n'a aucun sens de l'humour... »

Le silence.

« Eh, ha ha, chouette dessin ! Je ne te savais pas si doué. On croirait une pièce de la maison de ton grand-père, tu sais ? Une de ces vieilles salles hyperbizarres.

– Il s'agit de la Chambre des Songes centrale, dans le domaine d'Hermès le Héraut, sous le Capricorne, dans l'aile nord de la

Grande Maison de l'Éternité. Il est inconsidéré de s'en moquer devant une de ses images, car ces dernières ont d'incommensurables pouvoirs. Le monde m'est témoin que j'ai fait le serment de châtier quiconque insulte ma demeure, et je n'ai jamais manqué à ma parole. » Après quoi il retrouva son silence posé et menaçant.

« Eh, écoute... Je suis désolé.

– J'accepte vos excuses et, le moment venu, je prendrai le wergeld [1] qui me conviendra. Le monde pourra alors constater que toutes les obligations ont été satisfaites. »

En ayant l'étrange impression que Galen s'adressait à un autre que lui, Wil prit conscience que ce môme avait complètement disjoncté. Que ce séjour à l'hôpital eût fini de le déboussoler l'emplit de joie et de soulagement, car il serait désormais plus facile de convaincre Emily qu'il fallait le placer dans une institution, là où était sa place.

Ce fut pour cette raison qu'il sourit et recouvra son assurance avant de poser la main sur le bouton de porte. « Je n'avais pas l'intention de te réveiller, mon garçon. Désolé.

– J'accepte derechef vos excuses. Je prendrai un autre wergeld quand je le jugerai opportun, et le monde en sera également témoin.

– Ouais, heu... Je n'aurais jamais cru que tu t'étais déjà endormi. J'aimerais pouvoir en faire autant, tu sais ? Piquer un roupillon sans avoir à attendre...

– Je t'accorde ton souhait ! »

Galen n'eut qu'à détendre les jambes pour se retrouver debout à côté du lit. Il s'avança et prit Wil par le coude, avec une force surprenante, sans jamais le quitter des yeux.

« Eh, heu... »

Wil fut attiré dans le rectangle de clair de Lune qui entrait par la fenêtre. L'ombre pentagonale d'une étoile à cinq branches que Galen avait dessinée sur le verre avec un crayon blanc tombait sur sa poitrine et son visage.

« Regarde la Lune », lui ordonna Galen d'une voix basse mais autoritaire. Il désigna l'astre en suspension au-dessus des arbres obscurs, au centre exact des cinq lignes du pentacle. « La vois-tu ?

– Oui...

– Son nom secret est Sulva, et elle est la Reine de la Magie nocturne, des rêves, des illusions et des créatures d'ombre. Ne t'es-tu jamais interrogé sur sa stérilité, ses plaines de cendres nues et privées d'air, ses mers de lave refroidie ? Quel pêché ont donc commis l'Adam et l'Ève de ce monde blafard pour que les

1. Dans le droit germanique (et en France, à l'époque franque), indemnité que l'auteur d'un dommage devait verser à la victime ou à ses ayants droit. *(N.d.T.)*

représailles divines aient été si sévères ? Même la lumière réfléchie par sa face glacée est porteuse de folie. Parcourir ses steppes sans vie et ses pics de granite est bien plus éprouvant encore. Mais j'ai volé là-bas sur un vent de tempête pour arracher aux Maîtres noirs d'Uhnuman que servent les Grands Aveugles les cinq noms secrets qui régissent les rêves mineurs. Vois ce pentacle ! C'est la porte de ces songes, et voici les cinq noms ! »

Galen désigna les pointes de l'étoile, l'une après l'autre ; les lignes blanches frémirent et parurent devenir incandescentes. « Morphée ! Phantasmos ! Somnus ! Oneiros ! Hypnos ! Chacun d'eux régit un des aspects du rêve. Voici Morphée, qui plonge instantanément dans l'inconscience ceux qu'il prend dans ses rets, ce qu'il fait à présent pour exaucer tes souhaits.

« Et voici Phantasmos, qui prive de bon sens et rend les images les plus déconcertantes familières. Et pour cette raison, rien de ce que je fais ou exige ne pourra t'étonner. Tu es désormais convaincu que tout ceci est normal.

« Voici Somnus, qui gouverne les émotions des hommes afin qu'ils ne s'éloignent pas en dormant, et dont je suspens présentement les pouvoirs. Tu es somnambule, capable de parler, marcher et agir en somme comme en éveil.

« Voici Oneiros, maître des eidolons et des images. Quand les éléments acoustiques et visuels des choses de l'éveil pénètrent dans tes rêves, il permet à tes yeux et à tes oreilles de les percevoir.

« Voici Hypnos, le grand régisseur des souvenirs. Il te laisse un libre accès à tout ce qui s'est passé avant que tu ne t'endormes mais il efface tout ce qui a eu lieu en songe quand tu rouvres les yeux.

« Le sortilège est à présent tressé, et l'acte consommé. Ainsi soit-il. Pour satisfaire le premier wergeld qui m'est dû, tu vas accepter ce charme et devenir mon esclave. Dis les mots : "Je consens."

– Je consens...

– Esprits du monde, vous en êtes témoins ! »

À l'extérieur, le vent hurla à trois reprises, et Galen s'inclina.

« Maintenant, révèle-moi ton nom secret, celui que tu ne confierais à personne et qui est l'essence même de ton âme.

– Eh bien, quand j'étais gosse, ma mère m'appelait Winkie. Quand j'étais tout môme, évidemment. P'tit Willie Winkie. Bon sang, j'avais horreur de ça ! Mais à l'école tous l'ont appris et... ils disaient... ils disaient... »

Sa gêne était telle qu'il en eut des larmes aux yeux.

« Détends-toi, Winkie. J'ai un message à transmettre à divers individus qui vivent sur ton monde, mais je ne sais comment procéder. Où puis-je trouver un postillon qui se chargera de distribuer mes missives ?

– Eh, mec, il y a le téléphone !

– Dis-moi de quoi il s'agit. »

Les explications manquaient de clarté, tout comme les explications apportées aux explications, et Galen déclara finalement : « Écoute-moi, à présent. Tu viens de découvrir que ton corps est plus solide que le fer et que rien ne pourrait le détruire. En outre, tu as fréquemment sauté de lieux très élevés pour atteindre le sol avec fracas au sein d'un nuage de poussière, sans te blesser pour autant. C'est une activité que tu pratiques en secret, car la longue chute s'accompagne d'une ivresse folle. Tu sais que tous envient ton invulnérabilité et qu'ils t'empêcheraient de t'octroyer de tels plaisirs s'ils en avaient la possibilité, sans autre raison que la convoitise et le dépit. Comme ton humeur est maussade, tu vas monter au sommet d'un donjon ou d'une falaise pour te détendre ainsi. Va, sans perdre plus de temps. Et ne révèle ceci à personne, car tous s'ingénieraient à gâcher ton plaisir. Je te l'ordonne en tant que second wergeld. Va ! »

Wil sourit et lui souhaita bonne nuit avant de sortir de la pièce.

Wilbur Randsom se considérait dans l'ensemble comme un homme comblé… bien plus qu'il ne le méritait. Non seulement il avait épousé une femme très belle mais il avait découvert que son corps était si résistant qu'il pouvait sauter d'une falaise sans se blesser. Seule ombre au tableau : son épouse n'appréciait guère qu'il s'adonne à ce passe-temps (sans doute par jalousie).

Et c'est pourquoi il se contenta de répondre d'un signe de la main aux questions que lui posèrent Emily et Peter, lorsqu'il passa devant eux pour aller se distraire.

12

Il est ensorcelé, et condamné à mort

I

« Je le trouve bizarre, marmonna Peter. Il a l'air encore plus abruti que d'habitude !

– Il prend la voiture ! » s'exclama Emily, qui regardait par la fenêtre.

Elle se tourna à temps pour découvrir sur les traits de son ex une expression qu'elle avait eu l'occasion de voir un bon millier de fois. Et elle sut qu'il ne laisserait pas passer cette occasion d'en rester là. Il n'avait pas son pareil pour se défiler en plein milieu d'une discussion.

Il roula vers la porte et ne se donna même pas la peine de répondre quand elle lui cria : « Où penses-tu aller comme ça ? Tu t'esquives toujours avant que nous ayons réglé quoi que ce soit ! L'appel du devoir, c'est ça ? Et qu'est-ce que tu comptes faire ? Le rattraper en courant ? »

Elle lança d'autres remarques tout aussi désobligeantes mais il était déjà sorti. Le voir s'éloigner était pathétique, tout comme la lenteur et la maladresse avec lesquelles il manipula le système élévateur pour hisser son fauteuil roulant à l'arrière du van. Peter devait se redresser en prenant appui sur deux cannes pendant l'opération. Mais Wil se trouvait déjà si loin que tout ceci était sans objet.

Il ne renonça pas pour autant. Ce jour-là n'était pas différent des autres. Emily laissa retomber le rideau de la fenêtre, qui lui dissimula la scène. Le voir tenter de compenser son handicap par de l'obstination était trop affligeant.

Le tissu se balança, et elle entrevit brièvement les feux de position de la camionnette, deux taches rouges qui disparaissaient dans l'allée.

Elle frissonna, croisa les bras et s'étonna d'être irritée et inquiète à ce point.

Puis un cri rauque lui parvint du vestibule et elle s'y précipita. La porte de la chambre de Galen était ouverte mais il ne se trouvait pas dans son lit. Les sons provenaient de la chambre principale.

Elle vit le téléphone sur le sol, enchevêtré dans son cordon. Agenouillé à l'opposé de la pièce, Galen le désignait d'un doigt tremblant, les traits déformés par la terreur. Il faisait un geste étrange avec l'autre main : majeur et annulaire pliés, auriculaire et index tendus.

Une voix mécanique s'élevait du combiné. « Le numéro que vous demandez n'est pas attribué. Veuillez consulter le service des renseignements... »

Un gazouillis ininterrompu lui succéda ; la frayeur raidit Galen.

Emily s'avança pour ramasser l'appareil, avant de se tourner lentement vers son fils en essayant de garder une expression neutre.

« Est-ce que ça va, Galen ? Tu veux t'allonger ? »

Il restait immobile, sous le choc. « Ce n'est pas un être vivant qui s'est adressé à moi. Même les vampires ont des intonations bien plus humaines ; au moins ont-ils vécu, autrefois ! Ce que j'ai entendu n'a pas d'âme ! Pas d'âme ! Pas d'âme !

– Galen... »

Il parut se ressaisir, se détendre un peu.

« Mère, je dois charger un de ces téléphones de porter un message à quelqu'un.

– Galen... ? Tu as oublié comment ils fonctionnent ? » Elle lui tendit le combiné, d'un geste hésitant.

« Mère, vraiment, ce n'était rien. »

Elle agita l'appareil. « Non, vas-y. Quel est le numéro ?

– Le numéro ? » répéta Galen, déconcerté.

Azraël était pourtant convaincu d'avoir compris comment fonctionnait ce mécanisme. N'y avait-on pas reproduit un carré magique ? Il avait soigneusement composé le nom de la personne qu'il désirait joindre, une lettre après l'autre.

« Si tu ne le connais pas, il suffit de s'adresser aux renseignements. » De l'inquiétude transparaissait dans la voix d'Emily, qui le considérait avec méfiance. « Dans quelle ville vit-il ?

– La capitale de ce pays. J'ai oublié son nom mais je me souviens qu'on y trouve un obélisque à l'extrémité d'un grand bassin et une construction en forme de pentacle qui sert d'amulette pour protéger cette nation. »

Emily décrocha le combiné, composa un numéro et demanda les renseignements de Washington DC avant de tendre l'appareil à son fils. « Dis à la dame à qui tu veux parler. »

Galen rapprocha le téléphone de son oreille, l'en éloigna aussitôt puis rit doucement. Surpris, il leva sa main droite devant son visage pour regarder l'objet entre ses doigts, tout d'abord entre l'index et le pouce, puis l'index et le majeur, le majeur et l'annulaire, etc., comme si ces jours étaient des microscopes. Ses yeux acquirent un étrange éclat de triomphe. « Il y a une magnétite dissimulée à l'intérieur, c'est ça ?

– Vous n'êtes pas Galen ! » s'exclama Emily en reculant.

L'inconnu qui ressemblait tant à son fils riva sur elle des yeux sombres et brillants. Un sourire menaçant incurvait ses lèvres. « On trouve dans cet objet du métal qui s'oriente systématiquement vers l'étoile du Nord, n'est-ce pas ?

– Tous les haut-parleurs contiennent un aimant. Qui êtes-vous ? Comment diable avez-vous pris l'apparence de mon fils ? Où est-il ?

– Tous ? Tous ? Ils seraient donc nombreux ? » Azraël tira sur un des renflements des extrémités du combiné, et un disque tomba dans sa paume.

Il se redressa, leva la membrane métallique devant ses yeux et eut un autre rire.

« Le plus puissant de tous les accessoires magiques ! Le plus merveilleux et le plus rare ! Et ce serait ici une chose courante ? Le champ d'influence de la magnétite va de ma main à l'étoile du Nord. Tout ce qui est à sa portée est également à la mienne ! Finies la recherche fastidieuse d'une mèche de cheveux ou l'attente d'une opportunité de poignarder une ombre dans un miroir ! Je dispose d'un glaive qui m'ouvre la totalité des cieux ! »

Emily fit demi-tour et s'enfuit dans le couloir.

« Pensez-vous pouvoir vous débarrasser de moi aussi aisément que vous vous êtes débarrassée de vos scrupules et des liens sacrés du mariage, madame ? lança l'inconnu sur un ton moqueur. Somnus ! Que tes vapeurs lient ses membres ! »

Elle atteignait le séjour quand l'engourdissement lesta ses bras et ses jambes. Elle s'agenouilla, puis tomba. C'était une sensation cauchemardesque, étrangement familière. Elle était à la fois éveillée et incapable de se mouvoir.

Le jeune homme entra dans la pièce après avoir pris un manche à balai dans le placard du couloir. Il enjamba Emily comme un vulgaire sac de voyage. Le cylindre de bois frétilla dans sa main et désigna le téléphone de la cuisine.

Le pseudo-Galen recula en tenant le combiné au bout de son cordon, puis il préleva une poignée d'allumettes géantes dans la grande boîte posée sur l'étagère du manteau de la cheminée.

Il vint s'accroupir près d'Emily et gratta une allumette, avant de regarder sa flamme avec fascination. Ce fut en gardant les yeux rivés sur la petite langue de feu et non sur elle qu'il lui dit : « Somnus te rend le don de la parole. Phantasmos efface ton sens critique. Tu as l'impression de vivre un rêve, mais rien ne te paraît étrange pour autant et tu répondras à toutes mes questions. Tu m'assisteras tout au long de ce rituel téléphonique. Nombreux sont les hommes qui m'ont fait en rêve serment d'allégeance, des individus puissants et influents, des rois et des barons. Voyons s'ils sont toujours disposés à se prosterner devant moi, à présent que leurs rêves se réalisent. Nous convoquerons leurs voix dans cette pièce et la flamme me révélera s'ils s'expriment ou non avec sincérité. Puis-je compter sur toi pour les attirer jusqu'ici ?

– Où est mon fils ? »

Elle croyait sa voix trop faible pour être audible, comme si elle n'avait fait que penser et non prononcer ces paroles, mais il lui répondit : « Il est sur la face sombre de la Lune, dans l'Hermitage d'Angoisse, là où les Aveugles apportent la souffrance des autres en offrande à ces divinités hideuses que sont Phaleg, Bethor et Aratron. Mais ne désespère point, femme, car j'ai l'intention de regagner ma propre enveloppe charnelle ; et je sais que la Reine des fées diffuse des rêves (en secret, croit-elle, bien que je l'aie découvert) pour réclamer l'intervention du sauveteur de ton fils. Ah ! Tu ne me crois pas ? » Il sourit et gratta une autre allumette qu'il baissa à la hauteur de ses yeux. « Tu vois ? »

II

La route étroite montait en zigzaguant dans des collines couvertes de bois touffus. Des branches hérissées de brindilles dessinaient des silhouettes palmées contre les étoiles du ciel hivernal. Par moments, la noirceur de la scène était rompue par la lampe d'un porche ou le reflet du clair de Lune sur la rivière qui coulait en contrebas.

Penché sur le volant, Peter surveillait les ovales de lumière qui fuyaient devant lui en repoussant les Ténèbres sur les côtés de la chaussée. Il avait vu Wil prendre à gauche, au lieu de filer droit vers la route principale. Et il n'y avait dans cette direction aucune bifurcation avant le réservoir.

Il négociait un virage d'où la route surplombait un instant le canyon, lorsqu'il entrevit des phares loin au-dessus de lui. Wil s'était arrêté juste à côté de la station de pompage.

Peter écrasa l'accélérateur ; ce fut en oscillant et en faisant des bonds que le van franchit l'épingle à cheveux puis une succession de dos d'âne. Ici, les arbres étaient drus, non entretenus, et les rameaux crissaient sur le toit et les flancs du véhicule.

Puis la végétation s'écarta, et le champ de vision de Peter s'élargit. Il avait devant lui le barrage et sur sa droite l'étendue du réservoir, froide et noire sous le clair d'étoiles. Sur sa gauche, une vanne laissait un torrent tumultueux plonger le long de la paroi de béton, vers la rivière lointaine, dans un grondement de tonnerre ininterrompu.

Il y avait un bosquet et des halliers, là où le barrage s'ancrait à la falaise. En cet endroit, le sol s'inclinait de façon inquiétante avant de devenir vertical. Wil se penchait au-dessus du vide, une main levée derrière lui pour se retenir à une branche, paraissant fasciné par ce qu'il voyait loin en contrebas.

Peter savait qu'il s'écraserait sur les rochers au terme d'une très longue chute.

Il continua de se rapprocher, en ralentissant pour ne pas effrayer Wil. La route s'interrompait à seulement quelques mètres de lui.

Une comptine que son père l'avait contraint à apprendre lui revint à l'esprit, se répétant en boucle.

Oui, le voici qui rêve, même en pleine journée ;
Celui qui le croirait éveillé aurait tort ;
Car un puissant sorcier, son esprit a volé ;
Il est ensorcelé et condamné à mort.

Les roues du van broyèrent des buissons puis une barrière de troncs l'obligea à s'arrêter. Peter ouvrit la portière.

« Eh, Wil, qu'est-ce que tu fabriques ? » appela-t-il en cherchant ses prothèses sous le siège du passager.

Wil se tourna, agitant sa main libre. Il avait un regard vitreux et un sourire absent. « J'ai l'intention de sauter, d'un donjon ou d'une falaise. Tu sais, pour me changer les idées. J'ai découvert que mon corps est plus résistant que le fer et que je suis invulnérable. Je l'ai fait très souvent, tu sais ? » Le sourire débile fut remplacé par un froncement de sourcils qui traduisait de la préoccupation. « Eh... tu ne le diras pas à Emily, j'espère ? »

Peter tâtonnait toujours sous le siège, sans trouver sa deuxième attelle. « Bien sûr que non. Mais procédons par ordre. Tu pourrais me rendre un petit service ?

– À savoir ? » Wil avait un pied sur le sol et l'autre dans le vide. La branche oscillait sous son poids.

Peter se pencha hors du véhicule pour poser ses cannes sur le sol, avant de se laisser basculer en avant et de se retenir en mettant tous ses muscles à contribution. Il grogna.

« Eh... Je présume que ma plaque d'immatriculation est visible, d'où tu te trouves ? »

Wil leva les yeux, comme à contrecœur. « Hein ? Bien sûr, que je peux la voir ! »

L'effort modela les épaules de Peter, qui s'avança en laissant traîner ses jambes inertes dans la poussière et les buissons. « Lis-la !

– Quoi ? »

Une autre avancée. L'angle de la pente était déjà inquiétant.

« Lis les putains de lettres de ma plaque d'immatriculation !

– Heu... »

Un autre pas. Il avait devant lui un fouillis de branches, une déclivité, et ensuite Wil. Puis une autre dénivellation, celle-ci vertigineuse. Il était déjà en danger.

« Que tu ne saches plus lire ne t'étonne pas ? Pourquoi, d'après toi ? Réfléchis, mec ! »

Avec une main refermée sur la branche et un pied sur la pente, Wil regardait toujours la plaque minéralogique, l'air hagard. La concentration plissa ses sourcils, puis il leva la tête pour s'intéresser à la Lune, comme s'il écoutait des voix inaudibles. Son cou finit par redescendre lentement ; ses yeux semblaient attirés par le gouffre.

Les paupières mi-closes et la bouche grimaçante, Peter se déplaça d'un autre mouvement d'épaules. Ses cannes glissèrent, lui faisant perdre l'équilibre. Des branches le cinglèrent et il grimaça de souffrance en ayant des vertiges, comme il s'effondrait et roulait avant de percuter un arbre. Une de ses cannes plongea dans le vide, en tournoyant au sein d'un profond silence.

Il serra les dents pour ne pas gémir.

Wil s'adressa à lui. Il était proche. « Tu as mal quand tu tombes ? Pas moi. Mon corps est résistant comme le fer et je peux sauter d'un donjon ou d'une falaise... »

Allongé sur le ventre dans les aiguilles de pin et l'herbe drue, Peter ne quittait pas des yeux la poignée de feuilles mortes qu'il serrait dans son poing. La concentration déformait son visage et ses lèvres se mouvaient, comme pour se remémorer une phrase ou un mot oublié.

Il pensait à une autre chose que son père lui avait fait apprendre par cœur, longtemps auparavant. Une comptine idiote qui s'était depuis effacée de sa mémoire.

Puis il se détendit ; ses yeux retrouvèrent leur éclat.

« L'arbre que tu tiens, cria-t-il. Regarde-le ! Regarde ce putain d'arbre, Wil ! Peux-tu nier que c'est un laurier ? »

Il s'agissait d'un érable, mais Peter espérait que Wil ne ferait pas la différence.

« Hein ? Je n'en sais fichtre rien ! Tout ce que je sais, c'est que je peux sauter loin, très loin...

– Esprits du monde, soyez témoins qu'il n'a pas refusé le soutien du laurier ! Eh, Wil, écoute ! Mon père m'a appris une chanson qui parle de ces arbres ! Tu ne veux pas l'entendre ?

– On verra ça quand je serai remonté. Pour le moment, salut... »

Peter récita :

Daphné ! Toi la plus belle de toutes les dryades
Attire la clarté, donne-lui l'accolade,
Car la nuit ne vient pas là où fut courtisée,
La Dame que la Lumière trop hardie a aimée.

Les illusions des rêves fuient la brûlure du jour,
Entravé par les fils des songes qui l'entourent,
Aucun homme ne peut sa folie maîtriser,
Sauf celui que couronnent les feuilles du Laurier.

Apollon, Hypérion, Hélion et Aurore !
La démence de la Lune vous savez maîtriser,
Des dragons de la Nuit vous nous débarrassez !

Et Wil agrippa brusquement la branche à deux mains, en hurlant de panique.

Pendant qu'il remontait vers le salut, Peter restait empêtré dans le buisson et tapait du poing dans la poussière en grimaçant, les larmes aux yeux. « Bordel de merde, ça a marché ! Sacré vieux, ça a marché ! Sacrée baraque, ça a marché ! Ça a marché ! Tout est donc vrai, bon sang ! »

Ce ne fut que bien plus tard qu'il trouva la force dont il avait besoin pour se hisser à son tour vers le haut de la pente.

13

Des hommes que ne lie aucune loi de la magie

I

Le caporal Nat Furlough se tenait au garde-à-vous pour la dernière fois, du moins l'espérait-il. Sur le bureau du sergent se trouvaient les formulaires qui le renverraient à la vie civile. Des documents peu honorables, car il avait bu plus que de raison et fini une fois de trop la nuit dans la salle de police.

L'officier installé à ce bureau n'était cependant pas son sergent, mais un premier lieutenant. Son nom était écrit sur sa poitrine : MOCKLEAR. Ses insignes étaient étranges ; Furlough ne connaissait ni l'écusson ni le numéro de son unité. MORSE. Qu'est-ce que c'était ? Et il avait un béret bleu au lieu d'une casquette : le couvre-chef d'aucun corps de troupe connu.

Ce n'était pas la seule chose que Furlough trouvait bizarre. Il était également surpris par sa façon de se tenir assis et de gesticuler. Affalé sur ce siège sous un angle inconfortable, il semblait avoir une colonne vertébrale complètement déformée, et il déplaçait constamment ses doigts pour tout toucher, incapable de rester immobile plus d'une seconde. Son attitude et son sourire tors ne collaient pas avec son statut. Furlough ne réussissait pas à l'imaginer en train de défiler. Tout en lui sonnait faux. Malgré son uniforme, ce type n'avait rien d'un militaire.

Ils se trouvaient dans une cabane en bois où régnait un froid engourdissant. La salle de police avait été plus confortable. Sur la droite, les fenêtres ouvertes donnaient sur le champ de manœuvre où le drapeau était en berne, à la suite de la mort accidentelle du commandant de la base, victime d'un crash aérien. Des rumeurs voulaient que le pilote et le copilote s'étaient endormis sur leur manche à balai avant de se faire aplatir comme des crêpes. Furlough n'était pas du genre à croire tout ce qu'il entendait. Qui pouvait prétendre savoir ce qui s'était passé dans le cockpit de cet appareil, dès l'instant où tous les témoins étaient morts ? Il se demandait qui avait lancé de tels bruits.

Le lieutenant leva les yeux. « Je présume que nous quitter vous ravit. Vous pourrez partir dès que votre sergent aura signé ces papiers.

– Lieutenant ! Oui, lieutenant !

– Hmm, repos, soldat ! Asseyez-vous. Un beignet ? Du café ? »

Furlough s'assit sur la chaise vert olive à dossier droit qu'il avait derrière lui. Il décida de renoncer au café pour en venir à l'essentiel. « Qu'avez-vous à me proposer, lieutenant ? »

Les yeux de l'homme pétillèrent de malice. C'était déconcertant. L'étrange rictus réapparut sur son visage étroit. « Rien, peut-être... Ou bien un avenir radieux. Qu'espérez-vous obtenir, une fois rendu à la vie civile ? Ne craignez-vous pas que peu d'employeurs souhaitent embaucher quelqu'un qui s'est fait expulser de l'armée ?

– Vous êtes venu me débiter un boniment de sergent recruteur ? C'est bon, allez-y. Dites-moi tout. »

Mocklear garda un moment le silence, puis : « Cooke vous a-t-il fait des confidences ? »

Furlough conserva une expression qui ne trahissait pas ses pensées. Il ne voulait pas attirer des ennuis à Cooke. Après avoir fait connaissance dans la salle de police, les deux hommes étaient allés se saouler derrière le stand de tir.

« Il n'a tenu que des paroles en l'air, lieutenant. J'ai d'ailleurs presque tout oublié. Il faut avouer que nous étions bien partis...

– Partis ?

– Nous avions pas mal picolé, lieutenant.

– Mais que vous a-t-il dit ? »

Cooke lui avait murmuré des trucs aussi bizarres que louftingues.

II

Ils s'étaient planqués après l'extinction des feux dans le fossé situé derrière le stand de tir. Les sentinelles ne venaient jamais dans ce secteur à la fois excentré et assez proche des baraquements pour qu'il soit possible de retourner rapidement se pieuter (un parcours à petites foulées entre deux baraques préfabriquées où s'entassaient des caisses de pièces de rechange) si des casse-pieds rappliquaient.

« Toutes les gonzesses que tu veux, Furlough, affirma Cooke d'une voix mal assurée. Dans ton lit et dans la tenue qui te plaît, aussi souvent que tu le souhaites. Tu peux les choisir dans un magazine ou à la télé. Même si elles sont mortes. Tu flashes sur Marilyn Monroe ? Miss décembre 1968 ? La fille qui te faisait bander quand t'allais au lycée ? Elle aura le même âge qu'à l'époque. D'ailleurs, il n'est même pas nécessaire qu'elle ait existé. Johnson se serait envoyé Catwoman.

– Ce ne sont que des rêves, rétorqua Furlough. Alors, ça rime à quoi ?

– À quoi ça rime ? Ça rime à *ça* ! Une vraie dame, tu dois faire gaffe à ne pas l'engrosser, la rendre heureuse, te méfier de ses ex et de ses vieux, toutes ces complications. Mais avec la fille de tes rêves... Aucun souci. Pas un...

– Je n'arrive pas à croire que tu aies employé le mot "dame". Plus personne ne parle comme ça, mec.

– Tu oublies la comédie musicale *South Pacific*. *Y a pas de livres comme une dame, rien qui ressemble à une dame !* chantonna Cooke en contenant un rire. Mais attention, faut pas faire un truc qui leur déplaît. Merde ! Ne les mets jamais en crosse. Sinon, c'est pas des filles qu'ils t'expédient mais des araignées. Et des maousses ! Ou des ciseaux pour te couper le zizi, tous les trucs qui te foutaient les jetons quand t'étais môme ! Tu t'en souviens ? Si je meurs pendant la nuit, ce genre de conneries... La peur que l'oreiller bascule sur ta figure et t'étouffe. Sans oublier le Monstre du Placard et l'Homme au Crochet, qui attendaient que maman éteigne la veilleuse. Ouaip, écarte-toi de la voie qu'ils ont tracée et ils t'envoient les pires cauchemars que tu peux imaginer ! Tu te retrouves enterré vivant ou des rats viennent te bouffer la gueule. J'ai horreur de ça, quand ils déchiquettent tes joues avec leurs petites dents pointues et que ta langue sort par le trou... Ou encore, tu te décomposes. Ouais, il y a un rêve où tu te désagrèges, tu te recroquevilles et tes dents tombent... tes yeux aussi. Non, t'as pas intérêt à les mettre en pétard. Tu t'y prendrais comment, pour leur échapper ? Impossible. Faut bien dormir à un moment ou à un autre.

– Mettre en pétard qui ?

– Ils l'ont enfermé dans une cage, mais il en est sorti.

– Qui ? Qui est sorti ?

– Le Sorcier.

– Quoi ?

– Le merveilleux magicien d'Oz, voyons ! »

Après quoi, leur conversation était devenue encore moins cohérente.

III

Furlough jugea préférable de la boucler. « Cooke ne m'a rien dit, lieutenant. »

Mocklear se pencha sur un coude et inclina la tête.

« Je constate que vous êtes capable de garder un secret. J'apprécie. Et sachez qu'il n'est pas dans nos intentions de sanctionner votre camarade. C'est nous qui l'avons chargé de vous dire deux mots au sujet de notre nouvelle unité, de tâter le terrain pour savoir si ça pourrait vous intéresser.

– Si je n'irais pas en parler au commandant, voulez-vous dire ? »

Furlough avait immédiatement deviné leur tactique. S'il racontait cette histoire à qui que ce soit, les propos de Cooke seraient assimilés aux divagations d'un ivrogne. S'il la fermait, ils le contacteraient.

Ce qu'ils venaient de faire.

« Cooke m'a seulement dit qu'il allait rempiler. J'ai trouvé ça plutôt bizarre, vu qu'il se faisait virer comme moi. »

Mocklear oscilla du côté opposé et baissa plus encore la tête. Ses yeux ne restaient jamais rivés sur le même point. Avait-il une maladie nerveuse ou un autre problème de ce genre ?

« Nous recrutons, déclara Mocklear.

– Pour quoi ?

– Le Module opérationnel de Réserve pour Situations exceptionnelles. La tension grandit sans cesse avec tous ces terroristes, ces étrangers et le reste, sans parler des dealers, dont l'arsenal est de plus en plus performant... Vous seriez surpris d'apprendre où nous retrouvons le matériel de l'ex-armée soviétique. Nous devons nous tenir prêts à faire face à des manifestations, des émeutes et des soulèvements. Des tas de gens perdent les pédales. Savez-vous que le nombre de déments est en augmentation constante ? Toxicomanie, meurtres. Voilà pourquoi les hauts responsables, en coopération avec le BATF, ont constitué une unité d'intervention modulable indépendante des filières de commandement habituelles. Des troupes d'élite qui peuvent être déployées très rapidement en n'importe quel point des États-Unis pour contrer les menaces inhérentes à la société actuelle. Rébellion, insurrection, révolte, ce genre de choses.

– Qui menace le pays ? »

Mocklear esquissa un geste désinvolte.

« Oh ! Cette unité d'élite a été formée à des fins préventives.

– Vous avez dit "élite" ? Il y a erreur sur la personne. » Furlough désigna les papiers posés sur le bureau. « Vous n'avez pas consulté mon dossier ?

– Oh, mon ami ! répondit l'homme d'une voix aucunement amicale. Nous ne cherchons pas des individus possédant ces qualités banales que sont la discipline, le courage, le patriotisme ou la loyauté. Il existe d'autres facteurs, des facteurs psychologiques, auxquels nous accordons bien plus d'importance. Cooke vous a-t-il énuméré ce que nous offrons ? A-t-il décrit l'avenir que nous voulons bâtir ?

– Il m'a parlé d'un tas de trucs apparentés à des actes de trahison.

– Oh, quel terme péjoratif ! Quel mot prêtant à confusion, désuet et inélégant ! Trahison envers quoi ? Envers qui ? Nous vivons dans une grande nation, la plus puissante de tous les temps, en une période où nul ennemi digne de ce nom ne la menace. Quiconque ose s'opposer ouvertement à nous est aussitôt anéanti. J'ai bien dit ouvertement. Par conséquent, qu'avons-nous à redouter ? Les ennemis de l'intérieur. Ces étrangers qui franchissent illégalement nos frontières. Trahison. Terreur. Dissidence. Voix qui s'élèvent pour nous dissuader d'utiliser notre puissance militaire. La faiblesse, voilà le véritable ennemi. Désordres. Émeutes. La seule chose que nous ayons à craindre, c'est de trahir le peuple. Et que veut le peuple, sinon être en sécurité ? Ah ! Vous ne paraissez pas convaincu, caporal Furlough ! Nous vous avons peut-être mal jugé. »

Il réunit les documents et prit son stylo, comme pour y apposer sa signature.

« Attendez une minute », intervint Furlough.

Son interlocuteur avait rapproché son visage du bureau en inclinant l'oreille pour le lorgner d'un œil brillant.

« Cooke a mentionné la possibilité de faire classer mon dossier...

– Il était censé employer le terme “effacer”. Nous ne nous contentons pas de demi-mesures.

– Qui sont ces “nous”, plus exactement ?

– Les vainqueurs. N'est-ce pas le camp auquel vous souhaitez appartenir ?

– Aucune guerre n'a été déclarée, que je sache ?

– Il y a constamment des conflits.

– Entre... ?

– Ceux qui suivent le mouvement et ceux qui prennent les devants. Alors, quel camp choisissez-vous ? » Mocklear entreprit de réunir avec nervosité les documents éparpillés sur le bureau. « Vous savez que vos futurs employeurs consulteront votre dossier. S'ils ne vous ont pas éliminé avant, bien entendu. Oh, il vous restera toujours l'aide sociale mais, eh bien, vous aurez affaire à des fonctionnaires et assimilés ! On trouve également parmi eux ceux qui suivent les règles et ceux qui savent en tirer profit. »

Furlough ne disait rien. Il se demandait si cet homme ne lui adressait pas des menaces et, si c'était effectivement le cas, quelles possibilités s'offraient à lui. Lui balancer un direct en pleine figure l'eût défoulé, mais il n'avait aucune envie de passer six mois à l'ombre... surtout à seulement quelques minutes d'échanger sa tenue caca d'oie contre des fringues civiles.

Si j'avais une once de bon sens, je ferais demi-tour et sortirais sur-le-champ. Ces types sont des bandits. Ils portent un uniforme mais ce ne sont pas des militaires. Les rats qui vivent dans la cale d'un navire voyagent en compagnie des membres de son équipage mais nul ne pourrait les confondre.

« Cooke a dit que vous vouliez améliorer le monde, déclara-t-il finalement. Serrer la vis aux nantis, éliminer la corruption au sein de la classe politique et des grandes sociétés, veiller à ce que les chances de tous soient égales. Faire en sorte que les pauvres aient de quoi manger. Mais d'après Johnson... »

Mocklear grimaça. Un sourcil s'incurva vers le haut, l'autre vers le bas. « Vous avez parlé de ces choses avec Johnson ? Voilà qui est intéressant. »

Il fallait en déduire que Johnson n'était pas censé aborder le sujet avec lui. Merde ! Furlough n'avait pas eu l'intention de lui attirer des ennuis. Il se targuait de savoir cacher son jeu ; or il venait de trahir un camarade.

« Johnson semblait penser que votre unité spéciale aiderait à restaurer la loi et l'ordre, qu'elle rappellerait à l'ordre certaines personnes et chasserait les clodos des rues et la vermine d'Hollywood, qu'elle enverrait les traîtres et les trublions croupir derrière les barreaux. Je constate que vous ne leur avez pas raconté la même version des faits, et je commence à me demander si miser sur tous les tableaux correspond à une stratégie de vainqueurs. Il suffit d'écouter les deux sons de cloche pour savoir à qui on a affaire. »

Mocklear écarta les mains en souriant. « Oh, il faut dire à certains ce qu'ils souhaitent entendre. Que pourrions-nous faire d'autre, avec des gens pareils ? »

Puis il ajouta, sur un ton de confidence : « Mais les individus de notre trempe – ceux qui refusent d'être des losers – ne se bercent pas d'illusions, n'est-ce pas ? » Et, après lui avoir accordé le temps d'assimiler ses propos : « Je vais mettre cartes sur table. J'ai un quota à respecter et les délais ont été réduits. Notre patron, un homme d'action qui ne va pas tarder à se manifester, veut passer aux actes plus tôt que prévu. Je dois trouver des hommes, et vite. Des battants conscients de leurs intérêts et capables d'exécuter les ordres reçus, mais aussi des gens intelligents et habiles qui connaissent les règles du jeu. Des personnes réalistes, sans idéaux ou obligations merdiques. Des individus qui ne se laissent pas embobiner par des flatteries ou des faux-semblants. Estimez-vous entrer dans cette catégorie, Furlough ? »

Que cet homme le considère comme immunisé contre les leurres qui faussaient le bon sens de la plupart des gens était très agréable. Et s'entendre dire qu'il n'était pas sensible à la flatterie le flattait au plus haut point.

Quelque chose parut se consumer à l'intérieur de son être. Il ressentait une satisfaction primitive, celle d'avoir trouvé un foyer, des individus de sa trempe, des personnes suffisamment lucides pour savoir que tout n'était que mensonges et que les dés étaient pipés, mais qui réussissaient malgré tout à tirer leur épingle du jeu.

(La possibilité qu'il s'agisse d'un autre boniment, d'un speech qu'on lui débitait parce que c'était ce qu'il voulait entendre, rôdait sous ses pensées telle une marmotte qui sortait furtivement la tête de son terrier. Mais cette idée était trop peu flatteuse pour qu'il la retienne.)

« Je vais réfléchir à votre proposition. À qui devrai-je m'adresser, si j'accepte cette affectation ? »

Mocklear cita une solde presque dix fois supérieure à celle de miséreux qu'il touchait actuellement. « Sans parler des autres avantages. Cooke a dû en mentionner certains. Nous sommes aux petits soins pour nos troupes. Ça vous intéresse ? »

Furlough aurait aimé feindre l'indifférence, mais il savait que c'était peine perdue. Jouer à la vierge effarouchée eût été sans objet. « Eh bien, peut-être qu'il n'y a pas grand-chose à étudier, après tout. Ouais. Ça m'intéresse.

– Nous vous mettrons à l'épreuve, bien entendu.

– Une initiation ? »

Furlough connaissait les méthodes des gangs. Une fois que le nouveau avait commis un acte trop horrible pour que les autorités puissent passer l'éponge, sa loyauté était acquise. Il n'avait plus personne à qui s'adresser, et le chantage permettait de le rappeler à l'ordre.

« Rien d'aussi élémentaire. Wentworth cherche un groupe d'hommes triés sur le volet et ayant un certain... profil psychologique. » Il sortit une liasse de documents d'un tiroir du bureau. « Il suffit de répondre à ce questionnaire et de demander votre transfert.

– Je resterai dans l'armée ?

– Vous conserverez un statut de militaire, mais cette unité spéciale interviendra partout où cela s'avère nécessaire, tant sur le territoire national qu'à l'étranger. En uniforme ou en civil. »

Furlough jeta un coup d'œil aux questions. « Je constate que la vie privée des gens vous intéresse.

– C'est un élément de l'évaluation psychologique.

– Croyez-vous que la loi vous autorise à poser des questions du genre : “Trouvez-vous le terme ‘sodomie’ choquant ?” L’armée n’est donc plus la grande muette ? »

Mocklear écarta les mains, haussant les sourcils avec innocence et détachement.

« Nous tentons de tout englober, et nous souhaitons enrôler dans cette nouvelle unité des personnes aux orientations sexuelles différentes dans le cadre d’un vaste programme de diversification.

– Pourquoi m’interrogez-vous sur mes partenaires sexuels ? Et je lis là : “... si vous êtes marié, avez-vous célébré religieusement cette union ?”

– Simples informations d’ordre sanitaire. À cause des MST, vous comprenez. Il y a aussi le fait que, eh bien, les couples unis de cette manière sont généralement plus stables que les autres. Nous devons le savoir car cela joue sur le montant de nos primes d’assurance, étant donné que nos services juridiques prennent en charge les divorces et les questions soulevées par la garde des enfants. Ça grève nos frais généraux, si vous me suivez.

– Mais à quoi rime ce : “Avez-vous eu des relations sexuelles ou des contacts physiques intimes avec une juive, une païenne ou une femme non baptisée ?” Qui s’intéresse encore à des trucs pareils ? Vous ne trouvez pas que vous poussez le bouchon un peu loin ?

– Nous respectons scrupuleusement le principe de la séparation de l’Église et de l’État. À ce sujet... Pourriez-vous vous lever, s’il vous plaît ? »

Mocklear sortit d’un tiroir un crucifix suspendu à une chaînette et le laissa tomber sur le plancher. C’était une petite croix de bois poli sur laquelle un Christ en ivoire souffrait le martyre. Une œuvre belle, simple et délicate.

« Nous remplirons votre demande de transfert dès que vous l’aurez piétiné », lança Mocklear avec désinvolture.

Furlough baissa les yeux sur l’objet se trouvant à ses pieds.

« Ça vous pose un problème, caporal ?

– Vous voulez plaisanter ?

– Simple test psychologique. N’allez pas chercher midi à quatorze heures. »

Furlough secoua lentement la tête. « Vous n’êtes pas... des gens comme les autres, pas vrai ? Ça fait plutôt penser à un de ces trucs... »

IV

Furlough avait une tante que tous appelaient Jane la Timbrée. Il présumait qu’il y avait des gens bizarres dans toutes les familles. Les uns se passionnaient pour la philatélie, les autres pour l'ornithologie. Elle était pour sa part fascinée par l'Ordre du Temple et jonglait avec des théories de conspiration pour médiévistes. Jane la Timbrée était convaincue qu'un trésor fantastique, peut-être même l'Arche d'Alliance, avait été dissimulé quelque part dans un des vieux monastères européens : le trésor des Templiers.

Elle exposait ses idées à quiconque lui prêtait une oreille attentive. Et même aux autres personnes, puisque Furlough n'avait pu y couper. Quand l'Ordre du Temple de Jérusalem fut dissout par Philippe le Bel, les chevaliers reconnurent s'être adonnés à des pratiques bizarres, tout ce qui pouvait choquer le bourgeois moyenâgeux, afin que le roi de France passât pour un bon monarque aux yeux de l'opinion publique et non pour un vulgaire bandit qui voulait s'approprier les richesses de cet ordre. Il va de soi que les Templiers dirent sous la torture tout ce que leurs bourreaux voulaient leur faire avouer : actes de sodomie et satanisme, fornication avec des juives, des sorcières ou des prostituées orientales. En d'autres mots, des choses qui les discréditaient aux yeux du commun des mortels de l'époque mais auxquelles nul homme moderne n'eût prêté attention : relations sexuelles, culte de la nature, irrespect envers l'Église.

Rien de ce que les Templiers avaient confessé n'aurait pu indigner Furlough. Bon sang, il ne connaissait pas un seul homme de son unité qui assistait aux offices autrement que contraint et forcé ou qui refusait une partie de jambes en l'air lorsqu'elle se présentait. Les putes, c'était fait pour ça, non ? Il ne fallait pas tourner bien rond pour se soucier de conneries de ce genre. Seule une fille qui avait de sérieux problèmes psychologiques ou physiques restait vierge jusqu'à son mariage, et il n'aurait pas pu citer un seul puceau dans son entourage. Pas un.

C'étaient des tabous d'un lointain passé. Piétiner une croix ? Seuls des barjos faisaient des trucs pareils, non ?

Il avait cru les étrangers semblables aux Américains ou désireux de devenir comme eux. Il n'aurait pu citer aucun lieu, chez aucun peuple, où on aurait demandé à quelqu'un de piétiner un tel symbole et, surtout, où on aurait accordé de l'importance au fait qu'il s'exécute ou non.

Ça avait tout l'air d'un rite vaudou. Comme tante Jane, ce type et son employeur sortaient tout droit de Barjoland.

Et Furlough resta planté là, la bouche entrouverte et les yeux mi-clos, pour essayer de prendre du recul. Ils venaient d'où, ces types ?

V

« Si vous ne vous en sentez pas capable, inutile d'insister, déclara Mocklear avec lassitude. Vous êtes libre de votre choix, mais je m'avoue un peu surpris. Je pensais que vous aviez une personnalité hors du commun, que vous connaissiez la signification véritable des rituels, des icônes et des simples objets.

– Avez-vous vraiment un sorcier à votre tête ? C'est ce qu'a dit Cooke. »

La question lui avait échappé, comme indépendante de sa volonté.

Alors qu'il prononçait ces mots, l'idée qui lui avait paru si extravagante cessa soudain de l'amuser. Une créature qui pouvait plier la trame de la réalité à ses désirs, un être qui n'était pas soumis aux lois des hommes et de la nature, une entité capable de transformer les choses et de les altérer de façon inconcevable... Quel nom convenait-il de lui donner, sinon un terme puisé dans un conte de fées ?

Furlough avait lu quelque part que ces récits étaient à l'origine bien plus macabres que les versions édulcorées transposées en dessins animés pour les mômes de l'époque actuelle.

« Nous sommes en contact avec quelqu'un qui fait des choses difficilement explicables, ou compréhensibles, répondit posément Mocklear. Je suis certain que la parapsychologie apportera un jour des réponses à tout cela. Les non-initiés l'assimilent à de la magie mais de nombreuses réalisations de la science et de la technologie sidéreraient les hommes des temps primitifs ou des contrées reculées. La différence est-elle si grande ? Il ne fait aucun doute que Cooke voit en notre Maître un personnage impressionnant et terrifiant, capable de réaliser des prodiges. Compte tenu de son intellect limité, il est logique qu'il utilise le terme de "sorcellerie" pour décrire ce qu'il ne peut appréhender. C'est d'ailleurs un facteur qui contribue à la guerre psychologique.

« Mais... » Le sourire tors de Mocklear s'élargit pour révéler des dents apparemment trop nombreuses entre des lèvres étroites et incolores. « Mais supposons que le monde soit plus bizarre qu'on ne l'imagine. Supposons qu'il y ait autre chose... sur la face cachée de la Lune ou dans les profondeurs de l'océan. Supposons que les expériences des Soviétiques en matière de télépathie et de partage de rêves n'aient pas été fondées sur du vent, tout comme les visions de ces lueurs dans le ciel. Que feriez-vous, en pareil cas ?

– Que voulez-vous dire ?

– S'il y avait des êtres capables de jouer avec les lois de la nature à leur guise, ne les assimilerions-nous pas à des sorciers ? Nous n'aurions plus le choix. Et mieux vaudrait les avoir de son côté… ou tout au moins en chercher un qui serait disposé à nous protéger contre les autres. Ce serait une simple question de bon sens. Et, naturellement, il faudrait que tout cela reste confidentiel.

– Pourquoi ? Les médias en parleraient. Ce serait le plus grand scoop de tous les temps, comme découvrir de la vie sur d'autres planètes.

– Le secret s'impose parce que ces êtres vivent sur le même monde que nous, parce que ce sont des créatures nocturnes qui se dissimulent depuis l'aube des temps. Et aussi parce que les personnes qui manquent de discrétion disparaissent et sombrent dans l'oubli. Le monde a ses mécanismes de défense.

– Vous avez éliminé le commandant, c'est ça ? Vous avez endormi l'équipage.

– Ne dites pas de sottises, répondit Mocklear sur un ton manquant de conviction. Des gens capables d'accomplir un tel exploit pourraient faire n'importe quoi. À n'importe qui. N'importe où. Qui leur échapperait ? Tous ont besoin de dormir, tôt ou tard. » Son sourire dénuda d'autres dents. « Et si nous réalisions des prodiges de ce genre, qui refuserait de s'allier à nous ? »

Furlough marcha sur la croix.

« Bienvenue parmi nous, camarade, lui dit Mocklear. Je précise que nous offrons une prime à quiconque nous recommande un postulant valable. »

VI

Plus tard, après avoir retiré le masque qui lui donnait une apparence humaine pour laisser l'air rafraîchir son pelage, Mocklear (son nom véritable était Mac y Leirr, mais il en avait assez d'entendre les humains le massacrer) s'assit pour expédier ses tâches administratives. Il avait éteint la lumière (il ne supportait pas le système d'éclairage des hommes), mais le clair de Lune était plus que suffisant pour des yeux comme les siens. Il s'était fait enseigner l'art de la lecture et de l'écriture par un marin captif dont l'exécution avait été reportée d'un jour chaque fois qu'il trouvait une nouvelle chose à lui apprendre.

Il écrivit :

> *Le sujet était prêt à baiser le cul de Baphomet mais pas à cracher sur un exemplaire de la Constitution des États-Unis. Il paraît toutefois un peu trop curieux et intelligent, et il pourrait se retourner un jour contre nous.*

Il fronça les sourcils et ses dents blanches acérées mordillèrent son stylo. Il avait un quota à atteindre mais il ne voulait pas être pénalisé en envoyant des recrues de qualité inférieure à cet humain de Wentworth ou à la cour de Nastrond. Il ajouta :

C'est pourquoi je conseille de l'affecter aux secteurs les plus « chauds » des EUCON (États-Unis Continentaux), où il lui sera demandé d'ouvrir le feu sur des civils ou de commettre d'autres actes compromettants afin de resserrer ses liens avec nous. Il conviendra de le faire participer à l'assaut contre l'Éternité en veillant toutefois à ce qu'il reste dans le rayon d'action des « manipulateurs ». Néanmoins, il suffirait que sa loyauté actuelle envers son souverain se dilue quelque peu pour qu'il devienne un excellent officier.

Puis Mocklear se remémora quelque chose et biffa les mots « son souverain » avant d'écrire avec soin au-dessus, en petites lettres, « sa république ».

Sa patte s'immobilisa au-dessus de la question posée sous la fenêtre réservée aux commentaires, là où était demandé : CONVERTIR EN PELISSE DÈS QUE POSSIBLE ? O/N

Ses semblables étaient moins courageux et disciplinés que les humains ; de plus, contrairement à ces derniers, ils étaient assujettis aux lois de la magie. Par ailleurs, Mocklear avait vu la petite amie de Furlough et la trouvait attirante. Le Selkie qui se mettrait dans sa peau n'aurait pas à s'en plaindre...

Il encercla le O.

Puis il leva le document vers le clair de Lune, la gueule ouverte par la satisfaction. C'était fait.

Il prit le formulaire suivant. La hauteur de la pile ne le surprenait pas. Si un humain sur mille se laissait soudoyer, les chances d'en dénicher cinquante sur cinquante mille étaient supérieures à la moyenne.

Il fallait simplement les sélectionner sans attirer l'attention. À présent qu'ils s'étaient emparés du planétarium de Vindyamar, que les astrologues captifs surveillaient les étoiles et que le Sorcier analysait les rêves des hommes pour découvrir leurs terreurs et leurs faiblesses les plus secrètes, les risques de contacter des éléments douteux étaient minimes.

Après avoir terminé ses travaux d'écriture, Mocklear sortit une petite pipe d'argile, la bourra de tabac prélevé dans sa blague et reprit un visage humain pour gratter l'allumette (le feu lui semblait moins redoutable vu à travers les yeux d'un homme), avant de s'adonner à un des nombreux vices qu'il avait découverts depuis qu'il était dans la peau d'un mortel.

Puis il retira cette face pour laisser le vent nocturne qui entrait par la fenêtre caresser son poil noir. Inclinant sa tête étroite en arrière, il souffla un anneau de fumée vers le plafond.

Même si l'appel lui parvenait ce soir-là (ce qui n'était pas à exclure), ils étaient déjà assez nombreux pour lancer une opération de moyenne envergure. Ils auraient tout de soldats de l'armée américaine, avec leurs uniformes. La plupart des membres de l'unité étaient, comme Furlough, conscients d'avoir vendu leur âme et trahi leur patrie. Mais les plus stupides, comme Cooke, réussissaient à se convaincre qu'ils n'avaient rien à se reprocher.

C'était une des méthodes qu'affectionnait son peuple : diviser pour régner en dressant le frère contre le frère, l'homme contre l'homme. L'innocent avait le choix entre tuer un autre innocent ou perdre la vie. C'était ce qui rendait tout cela si jouissif ! Que les traîtres connaissent ou ignorent leur véritable statut, leurs victimes mouraient de la même façon, ce qui souillait l'honneur de tous les militaires. Les civils devraient alors se méfier de ceux dont ils avaient un pressant besoin. La méthode était infaillible.

VII

Plus tard, certains signes qu'il avait appris à reconnaître l'informèrent qu'il allait recevoir de la visite. Quand la Lune passa derrière un nuage, des ombres noires emplirent la pièce et il perçut la froide caresse de la peur, qu'il attribua au fait de scruter les Ténèbres par les yeux d'un mortel. Il pela la face humaine qui dissimulait son poil noir.

La grande ombre squelettique se dressait dans l'angle opposé à la fenêtre, comme si elle avait toujours été présente à cet endroit.

« Oui ? marmonna Mocklear.

– Ce soir, annonça l'être bardé d'os. Le Tueur du Cerf blanc s'est levé.

– Et le Gardien ? S'il utilise son maudit Cor... »

C'était une pensée si effrayante qu'il s'étrangla, incapable de terminer sa phrase. Il n'avait aucun désir de subir jusqu'à la fin des temps la brûlure d'une Lumière aveuglante et impitoyable.

Le visiteur sans vie ni respiration ajouta : « Le Cor se trouve dans la maison où seuls de simples mortels peuvent pénétrer. En as-tu à ta disposition ?

– J'ai des hommes, et les hommes sont mortels. Où ?

– Dans le Maine. Connais-tu cet endroit ?

– Ha ha, ne me fais pas rire, vieux tas d'os ! Je connais toutes les épaves coulées par les vents de tempête du Nord-Est. Je connais chaque écueil où des femmes de marins ont attendu en vain le retour de leur époux. Et je connais mieux encore le point où le mur qui sépare l'éveil du cauchemar peut être franchi.

– Alors, tu dois y envoyer tes troupes, des individus qui ne sont pas soumis aux lois de la magie, et mettre dans leurs mains le fer glacial des armes de leur peuple. Ainsi s'est exprimé Wentworth. »

Wentworth ! Un des trois humains qui s'étaient rendus en rêve jusqu'au Sorcier et Lui avaient parlé sans perdre la vie. S'il existait une dépouille valant son pesant d'or, c'était la sienne. Le Sorcier l'avait comblé de présents sans le soumettre à de pénibles obligations.

Il en allait toujours ainsi, au sein de son peuple.

La Lune sortit de derrière un nuage. Il constata que Koschei le Non-Mort avait disparu. N'en subsistaient que des relents de tombeau.

Mocklear remit son visage humain pour décrocher le téléphone. Il tendit sa patte velue (car il n'avait pas renfilé ses gants en peau d'homme) et enfonça une touche qui se mit à clignoter comme une luciole.

Après avoir fourni le mot de passe dès qu'il entendit une voix geignarde, il attendit la réponse dont ils étaient convenus.

« Une opération va être lancée ce soir même. Oui, elle comporte des dangers. C'est pourquoi je vais emballer ma peau et la déposer à l'endroit convenu. Si tu souhaites revoir ta femelle et tes petits, tu n'as pas intérêt à ternir l'honneur des Mac y Leirr ! »

Il y eut des pleurs, des cris et des grincements de dents, mais son remplaçant finit par accepter. Suivirent d'autres paroles et sanglots, ainsi que des échanges de menaces, puis ils décidèrent d'un nouveau mot de passe pour leur prochain entretien.

« Et prends bien garde, chien servile ! N'oublie pas de brosser ma fourrure quand tu porteras ma face ! Je ne tolérerai plus de poils emmêlés ou une seule brûlure de cigarette sur ma peau ! Ar ! Pas un seul mauvais tour ! Si tu me ridiculises encore, par Setebos, tu le regretteras amèrement ! »

Mocklear trouva un goût désagréable à la fumée de sa pipe, après ce dernier appel. Il lui arrivait d'être irrité par les usages de son peuple.

14

La lanterne des elfes

I

Deux hommes se dressaient dans le cercle de clarté jaunâtre diffusé par la lampe à pétrole que le médecin avait posée sur le sol, au pied de l'armure installée à gauche de la porte, celle qui n'était pas rouillée.

« Vous n'avez aucune raison de me dissimuler quoi que ce soit. Vous êtes ici mes invités.

– Et si vous êtes vraiment un médecin, vous n'avez aucune raison de ne pas nous dire ce que vous faites ici. J'ignore en quelles circonstances vous avez pénétré dans cette demeure. Qu'est-ce qui me prouve que vous n'avez pas drogué ce vieillard ?

– Et qu'est-ce qui me prouve que vous n'êtes pas un... »

Il regarda par la porte laissée ouverte, en même temps que Choucas. Un point de lumière argentée venait d'apparaître dans le lointain.

Et il approchait dans le couloir, telle une étoile du soir vue à travers une nappe de brume transparente, cernée d'un halo. Des bruits de pas légers et rapides l'accompagnaient.

Sans quitter le corridor des yeux, Choucas chercha à tâtons le bras du médecin.

« C'est quoi, ça ?

– Une chose d'origine surnaturelle. Je n'en connais pas la signification. Je ne suis pas un spécialiste de cette maison et de ses secrets. Ceux qui m'ont envoyé ne m'ont pas fait de confidences... »

La lumière se dirigeait droit sur eux et Choucas finit par reconnaître Wendy, qui courait dans le passage. Elle souriait. Ses cheveux bruns dansaient autour de son visage, et sa jupe battait comme des ailes. Elle tenait une lanterne miniature pas plus grosse que son auriculaire, avec de minuscules panneaux de verre et un anneau de suspension bien trop petit pour qu'il soit possible de le glisser à un doigt. Il y avait à l'intérieur un prisme de cristal qui diffusait une clarté incandescente, comme s'il reflétait la lumière d'une source invisible. Un tout petit objet qu'elle gardait dans sa paume.

« Salut, vous deux ! appela-t-elle. Vous ne me reconnaissez pas ? C'est Wendy !

– Où avez-vous trouvé cette lampe, jeune femme ? » demanda le médecin.

Mais elle s'était entre-temps tournée vers Choucas.

« ... des géants et des phoques, des chevaux morts et le reste ! Ils tentent de défoncer la muraille ! Il faut faire quelque chose ! » Elle répondit finalement à la question du médecin. « Je l'ai dénichée dans la bibliothèque. Je pense qu'ils utilisent des lanternes de ce genre pour ne pas risquer de brûler les livres. Vous voyez ? Aucune flamme vive. »

Elle la montra avec fierté.

« C'est une lanterne elfique, déclara le médecin. Elle vient d'Alfhiem et ne peut s'allumer dans les mains d'un simple mortel.

– Il n'y a rien, là-dehors ! dit Choucas. Seulement un vent violent et une mer déchaînée. Et avec quoi peut-on lutter contre des vagues ?

– La magie ! expliqua Wendy avec irritation avant de s'adresser au médecin. Tenez ! Attrapez ! »

Elle lui lança la lampe miniature.

Et le résultat fut sidérant. Plus vif qu'un serpent qui attaque, trop rapide pour être suivi des yeux, l'homme tendit la main vers le ceinturon de l'armure exhibée sur le chevalet le plus proche de la porte, dégaina son épée et smasha la lanterne qui ricocha sur le sol en laissant derrière elle des tintements cristallins et un sillage d'étoile filante.

Comme si le temps avait interrompu son cours, Du Lake resta en équilibre, privé de poids, sa blouse déployée et ses lunettes à l'apogée de leur trajectoire au bout du cordon qui les assujettissait à son cou, une main tenant l'épée miroitante et l'autre levée derrière son épaule avec grâce et élégance. Il avait un regard menaçant alors que son expression était, pour une fois, détendue et alerte.

L'impact du métal sur le métal fut aussi sonore qu'un carillon et résonna longuement.

L'instant suivant, le médecin se dressait devant eux avec gêne, bouche bée de surprise, paraissant sidéré par ce qu'il venait de faire... comme si cette démonstration de dextérité avait été involontaire, instinctive. La lanterne miniature roula et finit par s'immobiliser à ses pieds.

L'esprit ailleurs, il se pencha pour la ramasser.

Elle s'éteignit au contact de ses doigts.

Le temps qu'il se redresse, il avait retrouvé son sourire sardonique et, sous la clarté de la lampe à pétrole posée sur le sol (qui paraissait très faible et brouillée par contraste), Wendy vit de petites rides d'amertume creuser les commissures de sa bouche et les côtés de ses narines.

« Ça alors ! s'exclama-t-elle. Je ne m'y attendais pas ! »

II

« Moi non plus, avoua sèchement le médecin en lui rendant la petite lanterne.

– Vous êtes donc humain », commenta-t-elle.

Un point lumineux réapparut dans les profondeurs de l'objet, tout d'abord très léger.

« Trop, sans doute. La magie qu'on trouve ici ne peut me servir, car elle m'assimile à un traître et à un parjure.

– Qui vous a envoyé ? demanda Choucas. Qui... qu'êtes-vous ?

– Un médecin doublé d'un comptable, un avocat, un matelot et un tuyauteur. Il y a très longtemps, j'ai également exercé les activités de prêtre et de guerrier, entre autres choses. Je porte le fardeau de nombreuses existences sans attraits consacrées à l'exercice de talents inutiles. Mais je dois à présent assumer ma charge. »

Il leur tourna le dos et s'éloigna vers la porte. Choucas lui emboîta le pas. « Attendez !

– Vous devez rester ici pour veiller sur le patient.

– À condition que vous répondiez à mes questions !

– Je n'en ai pas le temps ! » D'un moulinet de son épée, le médecin désigna les fenêtres situées à l'est. « Les créatures de Nidhogg sont là.

– Trois seulement, intervint Wendy.

– Je vous demande pardon ?

– Nous ne vous poserons que trois questions en vous aidant à endosser votre armure. Car c'est la vôtre, n'est-ce pas ? Il n'y en a qu'une pour le nord, le sud et l'est, mais deux pour l'ouest et la seconde est rouillée, pas rutilante comme celle-ci. »

Le médecin s'inclina, avec une élégance princière. « Allez-y, ma dame... »

Il se débarrassa de sa houppelande et désigna le haubert.

« Qui vous a envoyé ? » insista Choucas en soulevant la cotte de mailles pour la passer autour de son cou.

Une rafale de vent assaillit les fenêtres et le tonnerre gronda.

« Je me trouvais dans la Tour des Étoiles automnales, là où repose mon seigneur, quand j'ai été convoqué par les bonnes fées qui protègent l'Angleterre. Ouch ! Doucement ! Non, ça c'est pour le bras. Je précise qu'elles sont trop âgées et impotentes pour venir jusqu'à moi. L'une est documentaliste dans un petit musée... Ne pourriez-vous pas tendre un peu plus cette sangle ? Merci... l'autre s'occupe de ses plantes vertes et vit en compagnie d'une centaine de chats... L'épaule gauche, l'épaule gauche... et la dernière s'est retirée dans le couvent de Sainte-Anne, à Oxford. Ce sont elles qui m'ont procuré cette tenue, la plus moderne qu'elles pouvaient mettre à ma disposition.

– Pourquoi ont-elles fait appel à vous ? s'enquit Wendy en souriant.

– Parce que je suis invincible. Mais... » Il leva les yeux vers le plafond, inhala à pleins poumons et cilla. Lorsqu'il baissa le visage, sa bouche était pincée. « J'ai trahi la confiance de mon meilleur ami, qui était de surcroît mon souverain. Et je ne parle pas d'un roi comme les autres – la plupart sont des fripouilles et des lâches, des menteurs et des tricheurs, à l'instar de la majorité des puissants – mais du plus juste et du plus équitable des hommes... Enfin ! Assez perdu de temps en bavardages. Mon châtiment, c'est que je ne prendrai pas part à la Dernière Bataille. Lors de l'Apocalypse, mon épée, la vaillante Durandal, rouillera sans servir quand d'autres hommes se couvriront de gloire. Ils dorment pour l'instant du sommeil du juste et sourient en faisant de doux rêves. Et, pendant que le temps ralentit son cours, je dois veiller et ouvrir l'œil, monter la garde tel un petit enfant qui ne peut qu'admirer le sapin de Noël, seul la veille du jour béni, en sachant qu'il sera renvoyé quand sonneront les cloches ; celui qui surveille les présents destinés à d'autres que lui. Mais il suffit ! J'ai répondu à l'équivalent d'une douzaine de questions ! »

Il prit le casque emplumé des mains de Wendy et alla pour s'éloigner.

« Attendez ! fit-elle. Laissez-moi boucler votre ceinturon. »

Il se tourna lentement. « Ma dame, je... Ce n'est pas un acte que peut accomplir une femme, hormis pour celui qui... celui qui est... »

Elle s'agenouilla puis glissa les bras autour de sa taille pour la ceindre de la longue lanière de cuir, à deux reprises. « Oh, fermez-la cinq minutes ! Je fais ce que je veux. Et vous allez friper votre visage, si vous n'arrêtez pas de froncer les sourcils ! Ne comptez pas sur moi pour vous prêter mon mouchoir, si vous faites une tête pareille !

– Vous avez un mouchoir ?

– Disons, des Kleenex. Il faudra s'en contenter. »

Il sourit à son tour, debout avec les bras écartés pendant qu'elle passait pour la troisième fois la ceinture autour de sa taille.

Puis elle la boucla et lui dit : « Et voilà ! Dernière question : C'est quoi, cette maison ? »

Il inhala à pleins poumons. « Ma dame, c'est la dernière demeure de la magie. Elle reste identique en rêve et en éveil. Il s'agit du seul lieu en ce monde où les deux royaumes se juxtaposent. Pour cette raison, c'est la porte que les créatures qui hantent les cauchemars des hommes doivent emprunter pour conquérir la Terre. Tout ce qui change dans cette demeure, même une chose aussi insignifiante que la clarté d'une lampe de poche, l'éloigne de sa contrepartie de l'autre royaume. Mais c'est également la porte par laquelle arrivent les beaux rêves et, si elle tombait aux mains de l'ennemi, tous les songes disparaîtraient.

– Si cette maison a tant d'importance, pourquoi n'êtes-vous pas plus nombreux pour la défendre ? Toute une armée ?

– Ma dame, qui se soucie encore d'entretenir les rêves des hommes ?

– Et vous ?

– Je vais franchir une porte du rêve, à présent que vous m'avez harnaché comme il convient de l'être, pour aller guerroyer dans le monde éthéré. Au lever du jour vous ne me verrez pas, mais sachez que je serai là-bas pour tenir nos ennemis à distance. Si Dieu le veut, la terreur qu'inspire mon épée dissuadera ces démons d'avancer pendant que le Chevalier à la Croix-Rouge et la Reine de Guerre veilleront sur moi.

– Pas d'imprudences, d'accord ? »

Choucas lui tendit son bouclier orné de trois fleurs de lis en champ d'azur.

Wendy tira un mouchoir en papier de sa boîte et le fourra dans son gantelet, avant de se hausser sur la pointe des pieds pour déposer un baiser sur sa joue.

Du Lake sourit et les rides d'amertume du pourtour de sa bouche s'effacèrent pour ne pas revenir. Son visage irradiait jeunesse, hardiesse et dignité.

Il s'agenouilla et dégaina sa rapière qu'il tint par la lame, la poignée vers le haut, afin que son ombre tombe entre eux. « Puissent saint Georges, Malen Ruddgoch Ren et tous les anges guerriers du Paradis de Trajan veiller à ce que tous ceux qui prennent les armes pour défendre une noble cause restent sains et saufs jusqu'à la fin des combats ou trouvent un doux repos aux Cieux ! »

Il se redressa en retournant son arme, avant de la lever une dernière fois en geste de salut. Puis il pivota sur ses talons et s'éloigna en faisant cliqueter ses éperons, l'épée au clair dans une main et son bouclier scintillant dans l'autre. Il s'amenuisa dans le couloir et disparut ; enfin les échos de ses pas décrurent et moururent.

III

Au nord de la chambre du maître se trouvait une petite pièce dont les fenêtres donnaient sur l'est. Une paroi était constituée de panneaux coulissants qui, une fois repoussés, permirent à Wendy et à Choucas de s'asseoir à une petite table sans quitter des yeux le vieillard alité ni cesser d'entendre ses ronflements légers et paisibles.

Posée au centre du plateau, la lanterne miniature de Wendy diffusait d'étranges rayons argentés. Un éclat qui dansait sur leurs traits et leurs mains en laissant le reste des lieux dans l'ombre, ce qui assombrissait cheveux et vêtements. Pour contrer la fraîcheur, Choucas s'était approprié la houppelande du médecin et l'avait boutonnée jusqu'à la gorge. (Wendy jugeait ce vêtement très seyant, assorti à sa chevelure et à sa barbe ; cela mettait en valeur les nuances grises de ses yeux.) Sur le mur, l'ombre de Choucas était démesurée ; celle de Wendy, plus menue, ne restait pas en place, elle dansait constamment. Les bas-reliefs des panneaux qu'elle avait derrière elle apparaissaient et disparaissaient en fonction de ses allées et venues : un manchot qui liait un loup avec des fils de la Vierge, un archer aux yeux bandés qui tirait une flèche de gui en direction du Soleil.

« Devine un peu ! dit-elle en se penchant vers lui, les yeux brillants. Devine qui j'ai rencontré !

– Non, ma tourterelle, laisse-moi d'abord te dire que je sais où sont les talismans. Le grand-père de Galen me l'a révélé pendant son sommeil. Regarde. »

Il lui présenta la petite carte.

« Tu l'as découvert ! C'est merveilleux !

– Pas tant que ça. Ce vieillard se trouve dans un monde peuplé de cauchemars. »

Il tentait de déchiffrer le texte sous la clarté de la lanterne, mais les lettres paraissaient se déplacer et s'entremêler pour se changer en charabia incompréhensible. Il n'eut toutefois qu'à utiliser sa torche électrique pour lire sans peine ce qu'il avait écrit, bien que sa lumière jaunissante fût moins vive que celle de la lanterne d'argent.

Il lut le message horrifiant (en sautant tout ce qui se rapportait aux tortures et aux démembrements) à Wendy, qui ouvrait de grands yeux.

« C'est épouvantable, dit-elle lorsqu'il eut terminé. Quelle cruauté ! Il faut essayer de réveiller ce malheureux ! Une des histoires que j'ai lues parlait d'un moyen de tout arranger avec des feuilles de laurier. »

Mais Choucas contemplait la lanterne miniature. Elle avait cessé de diffuser sa clarté quand il avait allumé sa lampe pour retrouver tout son éclat dès qu'il l'avait éteinte. Il actionna rapidement l'interrupteur avec le pouce, et les ombres bondirent comme s'il y avait des projecteurs stroboscopiques.

Wendy posa sa petite main blanche sur la sienne, bien plus grosse et musclée.

« Arrête ça !

– Désolé. Ça te donne la migraine ? » Il se frotta les yeux. « Je suis crevé, tu sais ?

– Mon ami ne se montrera que lorsque tu auras rangé ta lampe. »

Choucas redressa la tête. « Ton ami ?

– Je l'ai rencontré dans la chambre du bas, à côté d'un couple de chevaliers. Il y avait un homme brun qui dormait et ce petit bonhomme dressé sur la colonne du lit. » Elle tapota sa chevelure en arborant un sourire espiègle, les yeux pétillants de malice tournés sur le côté. « Viens, petit ! Viens ! Il ne te fera aucun mal. »

Choucas crut voir bouger des mèches, comme si une créature de la taille d'un écureuil s'agrippait à son épaule, dissimulée derrière un rideau de cheveux.

« Infâme traîtresse ! Tu t'étais engagée à taire mon existence ! Ne me touche pas, gueuse, ou ma lame te pourfendra ! »

Il y eut du remue-ménage dans la chevelure de Wendy, qui leva les deux mains, tressaillit et cria « ouille ! » comme si un chat l'avait griffée.

Choucas se redressa d'un bond, en cillant et écarquillant les yeux, dépassé par les événements.

Wendy baissa les mains pour lâcher au-dessus de la table un petit homme qui chut avec un bruit mat avant d'opérer un vif rétablissement sur ses pieds minuscules.

Cet être en pourpoint et hauts-de-chausses verts, qui ne devait pas mesurer plus de vingt centimètres, était coiffé d'un bonnet rouge vif piqué d'une plume. Il portait en outre des souliers à la poulaine et brandissait une épée miniature pour fendre l'air en direction de Wendy avec un air farouche.

Wendy, qui porta un doigt égratigné à sa bouche, pour le sucer.

« Laisse-moi, ribaude ! Tu avais pourtant pris l'engagement solennel que nul ne me verrait ! Par l'Œil de Balor, je fais quant à moi serment de te le faire chèrement payer ! Oui, chèrement ! Tu maudiras sous peu ce jour funeste !

– C'est Choucas, expliqua Wendy. Il ne compte pas. »

Choucas, qui s'inclina vers la table en louchant un peu puis avança sa main droite en réunissant l'index et le pouce. D'une pichenette, il fit sauter l'épée du poing de la demi-portion et l'envoya tournoyer à l'autre bout de la pièce, où elle tinta comme une épingle en percutant le mur.

Puis il posa ses grosses mains sur la table, une de chaque côté de l'inconnu, avant de se pencher vers lui en grondant : « Présente des excuses à ma femme et promets de ne rien faire ou dire qui pourrait lui nuire ! Jure-le ou je t'écrabouille comme un cafard ! »

Le petit homme leva les yeux au ciel et dilata ses joues pour souffler, en faisant claquer la main qui avait tenu l'épée sur sa cuisse comme pour soulager une douleur cuisante. Puis il retira son couvre-chef et s'inclina devant Wendy, avec tant de grâce qu'elle ne put s'empêcher de glousser. « Vous me voyez profondément désolé, gente dame. Je me suis emporté, mais je m'engage à ne rien faire, ou dire, qui vous porterait préjudice.

– Qui êtes-vous ? » demanda Choucas en essayant de dissimuler sa surprise.

L'individu miniature remit son chapeau puis fit une profonde révérence : une main sur la hanche, une jambe pliée en arrière, celle de devant bien droite, la plume de son bonnet descendant effleurer le plateau de la table. « S'il plaît à sa seigneurie, elle peut m'appeler Tom O'Lantern, grand cordonnier à la cour de sa majesté Finn Finbarra, le Roi sous la Montagne. Je précise que je ne fabrique que des chaussures gauches. »

Wendy se pencha vers la table, les yeux brillants, pour dire en un aparté théâtral : « Je crois bien que c'est un *elfe* ! »

IV

« Ne sauriez-vous pas où se trouve le salon, petit homme ? demanda Choucas. À quoi ressemble le fondateur de cette maison et où est suspendu son portrait ? »

Tom O'Lantern retira son bonnet pour gratter le sommet de son crâne. Il leva les yeux au ciel et dilata ses joues, avant de feindre de se creuser les méninges en forçant les effets. Autant de mimiques qui firent encore rire Wendy.

« Ce pauvre Tom n'a pas grand-chose dans la tête, seigneur. Je n'étais encore jamais venu dans cette grande demeure car je respecte le bien d'autrui (comme la plupart des petites gens qui n'ont pas un poids suffisant pour se permettre de mécontenter qui que ce soit, si vous suivez mon raisonnement) et j'ai pour principe de ne me rendre nulle part sans y avoir été expressément invité. »

À l'extérieur, le vent se calmait. Il y eut un dernier coup de tonnerre puis le silence. Les martèlements des vagues contre la falaise décrurent.

Wendy battit des mains. « Le seigneur Lancelot a repoussé les géants et la tempête !

– Le temps qu'ils reconstituent leurs forces, marmonna Tom.

– Allons chercher ces talismans ! gazouilla-t-elle.

– Mais où sont-ils ? lança Choucas. Laquelle de ces pièces est le salon ? »

Wendy se leva d'un bond. « Je vais partir en reconnaissance ! Restez ici pour surveiller le grand-père ! »

Choucas regarda tristement la silhouette du vieillard qui dormait dans l'autre pièce. Il avait les épaules tombantes et les yeux rougis par la fatigue. N'était-il pas, après tout, debout depuis le début du jour précédent ? Et l'aube se lèverait sous peu.

Wendy s'éloigna en emportant sa petite lanterne. Ses pas décrurent rapidement sur les lattes du plancher du vestibule. La lueur s'amenuisait encore et n'était pas plus brillante qu'une étoile quand Wendy se tourna pour les saluer de la main, avant de disparaître à l'angle du passage.

Choucas s'affala dans le fauteuil, à côté du lit du vieil homme. « Pourquoi monter la garde ? Je n'aurais pas dû la laisser partir seule... Mais qu'y a-t-il à craindre, ici ? Seulement des cauchemars. Et ils ne peuvent pas nous atteindre dans le monde réel. Bah ! Je ne crois même pas ces absurdités ! Magie et cetera... Foutaises ! »

Tom O'Lantern se hissa sur le pied du lit. « Ouaip, mais quand vous avez raison, vous avez raison ! La magie est une sale affaire et il faudrait toujours rester loin de ses rets. Bon sang, je peux vous aider à ne pas piquer du nez ! Savez-vous jouer aux échecs ? »

15

Rumeurs de guerre

I

« Ohé, du bateau ! Ohé ! Il y a des nouvelles du front !

– Ohé, matelot ! Monte me rejoindre sur la plage, loin des assauts du ressac. Il peut y avoir des oreilles indiscrètes, si près des vagues et de l'écume.

– Hoo, ah ! Bel endroit et jolie vue ! J'aperçois une éminence, là-bas, de quoi nous dissimuler aux deux autres. Mais parle plus bas car ils pourraient bien nous entendre !

– Ils n'apprendront que trop de choses avant longtemps. Les capitaines de toutes les compagnies se présentent au rapport devant le Grand Maréchal ; voilà la rumeur qui circule.

– Rumeur ?

– Disons les ordres. Les ordres qu'on m'a rapportés.

– Ah, aha ! Ah ! Ha ! Tu me parais en pleine forme ! Tu n'as pas changé d'un poil depuis notre dernière rencontre, mon vieil ami !

– À quand remonte-t-elle, si tu n'as pas oublié ?

– Tu m'as dit de ne pas répondre à ce genre de questions. T'en souviens-tu ? Tu as décrété que nous n'utiliserions aucun mot de passe, parce que c'est ce qui permet aux argousins de la police secrète de boucler les délateurs.

– Aha ! Ha ! Haha ! Je plaisantais, voyons ! C'est d'autant plus évident que la police secrète n'existe pas ! C'est son chef qui me l'a affirmé.

– Ou quelqu'un qui avait son apparence, si tu saisis le fond de ma pensée ?

– Hoho ! Tordant ! Tu n'as pas ton pareil pour débiter plaisanteries et boutades. Oui, monsieur. Je m'en souviens parfaitement.

– Je ne plaisante jamais.

– Je m'en souviens également, mon brave. Bon, alors, qu'as-tu à m'apprendre ?

– Moi ? Tu voudrais que je te fasse un rapport ? Depuis quand les capitaines disent-ils tout ce qu'ils savent à leurs subordonnés ?

– Ils s'en abstiennent, évidemment ! Ha ! Voilà pourquoi j'attends la suite, matelot.

– Oh, il ne faut pas y compter ! J'ai appris de source sûre (par quelqu'un bien informé, vois-tu ?) que j'avais été nommé capitaine.

– Oh ?

– Tu parais dépité. Qu'est-ce qui te chagrine, matelot ?

– J'ai été moi-même nommé à ce poste, par Mannannan en personne, juste avant que nous levions l'ancre.

– Devant témoins ? Je parle de témoins dignes de foi, cela va de soi.

– C'est difficile à dire, très difficile. L'un d'eux se donnait beaucoup de mal pour ne pas jurer dans le décor. On peut en déduire qu'il ne s'agissait pas d'un des sbires de Mannannan mais d'un témoin authentique, un phoque honnête qui se trouvait là par hasard ou qui feignait de l'être, si tu suis mon raisonnement.

– Mannannan m'a nommé capitaine, moi aussi.

– Mannannan ou quelqu'un qui avait son aspect ?

– Ar ! Arrgh ! Mannannan et ses tours tordus ! Il en paiera le prix lorsque nous découvrirons l'identité du véritable Roi phoque ! Il ne pourra pas se dissimuler éternellement ! Je suis pour ma part convaincu que c'est le chambellan. Il lui a adressé un coup d'œil de connivence, lors de mon dernier passage sur la lande de Blether.

– Le Gardien de la Cassette royale. Autrement, comment aurait-il la certitude que ses ordres ont été exécutés ?

– Nar ! Gar ! S'il est le véritable Roi phoque, nous ne le saurons jamais ; aucun des véritables Rois phoques démasqués à ce jour n'était le bon.

– Moi, je pense qu'il s'agit peut-être de Mannannan.

– Ressemblant au Roi phoque au point d'avoir une couronne d'or sur la tête, ses moustaches, ses crocs ensanglantés et le reste ? Voilà qui est subtil. Bien trop subtil.

– Ce qui est certain, c'est que tant que nous n'aurons pas déterminé la véritable identité du Roi phoque, aucun d'entre nous ne sera capitaine et ne prendra connaissance du rapport pour le transmettre au Grand Maréchal.

– Hmmph. Ha ! Aha ha ! Il n'y a personne, ici. Si on me le demande, je dirai que je t'ai fait mon rapport. Si on te le demande, réponds que tu m'as fait ton rapport. Tant que nul ne sait qui est qui, il ne peut y avoir ni responsabilités ni sanctions !

– Oho ! Oho ! Tenir de tels propos est répréhensible. Qui me dit que tu ne veux pas tendre un piège au pauvre innocent que je suis ? Je dois le signaler à la police secrète.

– Je suis un de ses lieutenants ! Ne t'avise pas de me dénoncer !

– Oui, capitaine ! Est-ce un ordre, capitaine ? Ha !

– Oho Aha ! Ha ha ! N'espère pas me faire porter le chapeau ! Tu ne m'attribuerais pas le grade de capitaine si tu n'avais pas des choses à te faire pardonner ! Quelles sont les nouvelles du front ?

– C'est toi qui venais me les communiquer !

– Certainement pas.

– Tu l'as pourtant dit.

– Non.

– Si ! Ha !

– J'ai demandé : "Il y a des nouvelles du front ?" Mon intonation indiquait clairement une phrase interrogative.

– Les nouvelles sont donc mauvaises.

– Un affrontement assez violent. Heu... à ce que j'ai entendu dire.

– Arggh ! Haha ! Ha ! Tu sais, nous pouvons nous emparer d'Achéron, gouverner les mondes et tout le tremblement, à condition de remettre un peu d'ordre dans tout ça, mettre un terme au foutoir.

– Certes. Et si la Lune était un fromage, on pourrait en manger à s'en faire péter la sous-ventrière ! »

II

Ils restèrent assis dans un morne silence pour regarder les vagues de l'océan des rêves s'échouer sur le rivage, contempler les reflets du ciel crépusculaire dans les flots sombres.

« Ah ! J'aime la mer.

– Oui. Quand on l'a dans le sang, elle ne nous lâche plus. »

Dans le lointain, au-delà des lames, ils entendaient un grondement de tonnerre et le fracas des armes, des hurlements de souffrance.

III

« Ah, je viens d'avoir une pensée, camarade ! Les Kelpies de la colline ont dû recevoir un rapport. Montons en catimini jusqu'à eux et tendons l'oreille. Nous pourrons entendre ce qu'ils racontent et reprendre tout ça dans notre compte rendu. Si on m'interroge, je répondrai que c'est toi qui me l'as communiqué.

– Essaie un peu, et je te mordillerai jusqu'au sang !

– Ho ho ha ! Et comment me reconnaîtras-tu, demain ? Je ne suis pas moi-même, aujourd'hui. Je fais semblant. Et quand mon vrai moi découvrira que cette dépouille a disparu de sa garde-robe, il se dira que c'est toi qui l'as prise !

– Il ne sait même pas qui je suis.

– Son meilleur ami ! Tu l'as dit toi-même !

– Absolument pas ! Je prêchais le faux pour savoir le vrai. C'était une autre question.

– Peu importe, j'y vais. Reste ici. Tu peux compter sur moi pour tout te répéter.

– Tu imagines peut-être que je vais croire un menteur dans ton genre ? Écarte-toi ! Ne bouge pas ! Je viens aussi !

– Psst !

– Oui ?

– Est-il exact que le Voleur de Clé, le Tueur du Cerf blanc, Azraël de Gray, est l'un des nôtres ? On m'a dit qu'il a occis et dévoré Njord de Skule Skerry, et que le Sorcier s'est approprié sa dépouille.

– Il ne faut pas croire tout ce qu'on raconte.

– C'est donc faux ?

– Non, c'est vrai. Cela ne fait aucun doute. Mais ce n'est pas une raison pour tout gober. Le Sorcier est actuellement dans le Bastion, à moins qu'il se contente de rêver qu'il s'y trouve, ce qui lui permettra d'y introduire un des nôtres. Je l'ai vu faire des signes de la fenêtre, des signaux adressés au capitaine Aegai d'Atlantus.

– Aegai est mort. C'est Triton de Cantriff Gwylodd qui porte sa peau.

– Tu fais erreur, camarade. Je sais de source sûre qu'Aegai a fui avec une dépouille subtilisée dans la garde-robe de Mannannan et qu'il sert désormais à bord d'un navire, sous ce déguisement. Ha ! De source très bien informée, même ! Maintenant, silence ! Écoutons ce que disent les Kelpies. »

IV

Un personnage en armure argentée sortit des flots. Grand et d'une extraordinaire beauté, il restait bien droit sur un destrier agonisant dont les genoux vacillaient. Un cheval couvert de plaies et de furoncles qui vomissait tout en progressant avec peine. Sur le surcot du chevalier était brodée l'image héraldique d'une face purulente.

Un autre chevalier argenté se dressait sur la berge. Le grand panache d'un commandant oscillait au-dessus de son heaume couronné et son cheval lépreux, dont la peau desséchée couverte d'escarres pelait en longues squames, se tenait près de lui pour renifler l'herbe comme s'il était trop las pour paître. Sur le surcot de ce chevalier, et sur le caparaçon de sa monture, étaient répétées les effigies d'un lépreux.

Le chevalier des flots descendit de sa monture, releva la visière de son heaume et se prosterna sur le sol. Bien que livide, son visage était dur et beau, mais le doute voilait ses yeux.

Le chevalier présent sur la terre ferme remonta lui aussi sa visière ; ils étaient identiques, comme des jumeaux, sans rien de répugnant ou de difforme ; mais ses yeux étaient ceux d'un homme mélancolique, las et désespéré.

Le chevalier agenouillé, celui qui avait une face boursouflée pour blason, déclara : « Assistance et abnégation ! Indigne de vivre humblement, impur et déchu, moi qui n'ai plus d'autre nom que celui de Chevalier vérolé, je réclame céans le droit de m'exprimer. »

Son pendant se pencha pour le relever par l'épaule. « Redresse-toi, mon frère, au nom de l'entraide et du don de soi. Moi, qui ne mérite pas d'autre nom que celui du Chevalier lépreux, suis aussi indigne que toi pour ne pas dire bien plus. Seule la possibilité de servir cette armée grâce à l'autorité qui m'a été conférée me retient de commettre un suicide. »

Le chevalier agenouillé se leva. « Tes douces paroles ne font que planter des épines supplémentaires dans mon cœur, car je sais que je ne mérite pas tant de clémence.

– À tout péché miséricorde, frère chevalier, et c'est pourquoi la pitié est si précieuse. Réjouis-toi dans ta souffrance, car seuls les tourments procurent du bonheur. Donne-moi des nouvelles de la bataille.

– Un Fils de la Lumière (nous ne savons pas lequel, car sa vive clarté nous empêche de le dévisager) est descendu de la Cité des Étoiles automnales pour se dresser sur les remparts. Son arme est redoutable et impitoyable, inflexible et inhumaine. Il est le seul homme que nous ayons à redouter car il ne ressent aucune culpabilité ; nos armes ne peuvent entamer ses chairs. Le Chevalier typhoïdique et les trois Chevaliers pesteux – peste noire, bubonique et septicémique – ont été repoussés à la mer. Ils disent avoir été trahis par leurs montures. »

Saisi de dégoût, le Chevalier lépreux secoua sa tête majestueuse mais ce fut d'une voix posée qu'il déclara : « Qui sommes-nous pour critiquer les autres ? Nous n'avons pas à porter sur eux le moindre jugement.

– Les Paladins de la Fièvre quarte et de la Danse de Saint-Guy ont pu lui asséner de nombreux coups.

– Voilà qui est intéressant. Ce Fils de la Lumière n'est peut-être pas parfait, s'il est du genre à attribuer ses lacunes à ses emportements et à ses passions.

– Ils ont néanmoins échoué. Syphilis a fait couler son sang en sectionnant sa jambe. Mais il s'est agenouillé au sommet des remparts pour continuer le combat.

– Il s'est donc rendu coupable d'adultère. Je sais désormais à qui nous avons affaire. Il a également commis le crime de trahison, la maladie qui gangrène le corps politique.

– Ta maladie, mon seigneur. Nous t'invitons à participer à la bataille car, de tous les fléaux qui révèlent la petitesse des hommes, lequel est plus puissant que la grande lèpre ? De tous les péchés punis dans notre sombre demeure, lequel ronge plus douloureusement que la traîtrise ?

– Tes douces paroles m'emplissent d'humilité, car je n'en suis pas digne. Et cependant, cet homme doit tomber. Tu as dit que notre consœur Syphilis l'a blessé. J'en déduis qu'il sait les humains faibles et pathétiques, nous et lui inclus. Son arrogance et sa fierté se sont-elles transmuées en sagesse ?

– Non, seigneur. Le coup n'était pas mortel. Les Kelpies ont été balayés.

– Voici qui nous enseigne à tous l'humilité.

– Certes.

– Et ensuite ?

– Le géant Surtvitnir l'a chargé en tenant une torche embrasée dans chaque main, avant d'être à son tour repoussé. Le Fils de la Lumière a été aveuglé, ses cheveux ont été consumés par les flammes, mais il lutte avec plus d'acharnement que jamais.

– Il a fait reculer Surtvitnir ? Se croirait-il, par arrogance et pure stupidité, capable de dominer sa colère et ses passions ?

– Il convient de préciser que le géant Bergelmir a quant à lui réussi à lui faire mordre la poussière !

– Ah, voilà qui est mieux ! Le Fils de la Lumière nous en sera reconnaissant, car Bergelmir lui a enseigné que l'humanité est le fruit de la culpabilité et de la souffrance. Et ensuite ?

– Les Princes des Éléments l'ont chargé du zénith, dans toute leur puissance et leur gloire, des montagnes tourbillonnantes de vent et de feu. Tous les Selkies, Kelpies et les trois grands que sont la Mort, l'Échec et la Haine l'ont assailli simultanément. La mêlée était telle que la terre et la mer ont disparu sous leur nombre, et que les cris de guerre ont fait trembler les cieux.

– Et ?

– L'homme est destiné à la souffrance, mon seigneur. Arrogance et orgueil sont les pires des sottises et seule la défaite nous enseigne la sagesse.

– Aveuglé, agenouillé et broyé, il se serait donc relevé pour nous repousser ?

– Oui, seigneur.

– Aucun Kelpie n'a donc franchi la muraille ?

– Pas un. Et nos autres alliés n'ont pas obtenu de meilleurs résultats. Des armées complètes ont été massacrées, des flottes entières sont allées par le fond. Les Trois Grands ont reculé en chancelant, couverts de sang. Fendues par ses coups d'épée, même les vagues de l'océan se sont mises à saigner.

– Absolument personne ?

– Eh bien, seigneur, nous estimons qu'un Selkie en bas âge a pu franchir la muraille en mettant la confusion à profit. Par ailleurs, Bergelmir est porté disparu. Peut-être est-il passé de l'autre côté.

– Un Selkie en bas âge, dis-tu ?

– Et Bergelmir.

– À moins que son cadavre n'ait été projeté hors de notre champ de vision.

– Nul ne pourrait accomplir de pareils exploits.

– Il n'est pas à exclure, seigneur, que le Fils de la Lumière se berce d'illusions et s'imagine encore qu'un homme peut réaliser des miracles.

– Le malheureux ! Se tromper à ce point...

– Le fait est, seigneur, que nous ne sommes pas mieux lotis que lui.

– Et cependant, s'il était sans taches il se trouverait toujours dans la Citadelle étoilée de Celebradon. Et s'il est bien le traître de la vieille légende, sa culpabilité permettra à mon arme de le blesser là où tant d'autres n'ont fait que l'égratigner. Je vais aller lui donner une leçon.

– Que comptes-tu dire au Grand Maréchal ?

– La stricte vérité, car l'humilité n'est servie que par elle.

– Et les Selkies ?

– Ah ! Arrogance et fierté risquent de les aveugler, si nous leur révélons qu'un des leurs a peut-être réussi là où nous avons échoué. Si cet exploit se révèle exact, il convient de ne pas l'ébruiter.

– Que de sagesse ! Ils t'en remercieraient, s'ils en étaient informés.

– Et je me porterai personnellement à la rencontre du Fils de la Lumière. Sa cuirasse a un défaut, là où sa duplicité l'a craquelée. »

Après avoir consacré quelques instants à la prière, les deux personnages bardés d'argent se détournèrent et s'éloignèrent dans les embruns, en tenant leurs chevaux par la bride. Les flots se transmuaient en sang sous les nuages de mouches et autres insectes qui les suivaient.

V

« Psst, camarade. Parle-moi du moussaillon qui a pénétré sans faire de vagues dans le Bastion. Vient-il de la lande de Blether ou de Skule Skerry ?

– Ah ! Aha, ha, ha ! Peu importent ses origines, que je garderai pour moi. Demain soir il sera mort, écorché et mis à sécher ; sa dépouille ira grossir ma garde-robe avant que sonne midi. Le temps que Mannannan lui apporte une récompense, c'est moi qui l'empocherai !

– Oh non ! Nous ne devons en aucun cas exploiter nos semblables. Les Juges cachés sanctionnent de tels agissements par la peine capitale !

– Ah, les juges ! On raconte que leurs penderies croulent sous les pelisses. Et aussi que Mannannan est le pire de tous, et qu'un jour il se retrouvera seul en son royaume.

– Qui tient de tels propos ?

– Et qui a dit que la loi est la loi ? Ce sont tes oreilles qui t'ont appris cela, et les duper est facile !

– Je ne le nie pas, mais je ne crois pas que tu aies tenu de tels propos.

– Qui te prouve que je l'ai fait ? Tu connais nos principes. Tous sont présumés innocents tant que les pièces à conviction ne sont pas concluantes. Purs comme de l'eau de source. »

Ils restèrent silencieux, à contempler les vagues.

« Nous vivions dans des flots froids et inhospitaliers dont le goût est aussi salé que les larmes des hommes. Je soupçonne ma moitié de ne plus être le phoque que j'ai épousé il y a si longtemps. Mes bébés phoques ont grandi et certains sont devenus pour moi des inconnus, voire des adversaires. Et au cours de toutes les longues années que j'ai passées en mer, les vagues n'ont jamais trouvé le repos, jamais pris une forme à même de les satisfaire. Elles se soulèvent et retombent avec fracas, pour recommencer sitôt après, en proie aux affres de l'incertitude, sans conserver la moindre stabilité. Les Kelpies ne risquent-ils pas de nous priver de notre dû ? Nous ne pouvons être certains, absolument certains, qu'ils le souhaitent... ou encore que les choses sont telles qu'elles le paraissent.

– Je te trouve bien mélancolique, camarade. À quoi le doit-on ? Une femme, comme je le soupçonne ?

– C'est exact. Je l'ai vue de loin par la fenêtre de la bibliothèque, révélée par la clarté d'une lampe elfique, argentée comme la mer à minuit, belle comme une sirène, avec des cheveux aussi noirs qu'une peau de phoque et des yeux pétillants de gaieté ! Elle avait tout d'une fée, et je me suis promis qu'elle serait mienne ! Je franchirai le mur dès que le Chevalier lépreux aura chassé le représentant du Jour.

– Fais-le et je te dénoncerai à Mannannan. Je t'ai reconnu, vois-tu ? Tu es le capitaine Aegai des fonds d'Atlantus.

– Certainement pas. Aegai, c'est toi. Je suis quant à moi Mannannan. N'approche pas ou mes dents tresseront un collier avec ton sang rubis.

– Je n'ai pas l'intention de me mêler de tes affaires, messire, mais je t'impose un geas[1] pour que tu écoutes ma chanson. Passe outre et je tournerai ton nom en dérision de l'Islande au cap des Tempêtes.

– Je n'ai pas pour habitude d'embêter les poètes. Chante donc. »

Ce qu'il fit.

Un Selkie est un être étrange,
Sitôt qu'il est, des flots, sorti,
Voilà qu'en homme il se change,
Les Selkies viennent de Skule Skerry.

Devenu homme, il prend une femme :
Devenu bête, il prend sa vie ;
Méfiez-vous d'eux, ô gentes dames,
Les Selkies viennent de Skule Skerry.

Une jeune fille des îles d'Orkney,
Cible idéale pour le Selkie,
Avide d'amour, et pleine d'attraits ;
Connaissait ceux de Skule Skerry.

Et quand il voulut l'embrasser,
Son cou de plantes elle enduisit,
Car cette magie inégalée,
Tue les Selkies de Skule Skerry.

Puis il ajouta : « Il y a toujours un fond de vérité dans les vieilles complaintes, seigneur. Méfie-toi des gueuses qui ont les pieds sur terre.

– Ha ! Ha ! Et qui voudrait de nos filles glacées à l'odeur de marée quand il est possible d'avoir une enfant du Jour qui exhale les effluves des fleurs censées pousser là-haut ?

– Les plantes d'Orkney y poussent aussi, tout comme cette Moly dont ils font des baguettes. En outre, l'élue de ton cœur est peut-être moins fraîche et jolie que tu ne l'imagines. Tu ne l'as vue qu'avec tes yeux.

1. Geas ou geis : sortilège druidique par lequel certaines actions ou conduites entraînent d'autres actions ou effets. *(N.d.T.)*

– Las, las, c'est la vérité. » Il soupira et leva les yeux au ciel avant d'ajouter : « Eh bien, ne dit-on pas que lorsque les Ténèbres, les Ténèbres recouvrent tout, nos yeux cessent de nous duper ?

– Ha ! Et tu crois de pareilles sornettes ? »

16

Le géant de glace

I

Peter et Wil se chamaillaient toujours lorsqu'ils franchirent la porte d'entrée. Mais ils oublièrent leur différend dès qu'ils virent Emily gisant au milieu de la pièce, devant la cheminée. Près d'elle, les restes du téléphone démonté jonchaient le sol, ainsi que les haut-parleurs vandalisés de la chaîne hi-fi. Il y avait une douzaine de têtes d'allumettes usagées au centre des marques de brûlure qui piquetaient la moquette.

Wil se précipita pour secouer l'épaule de sa femme, qui ne réagit pas. Plus prudent, Peter regarda de toutes parts avant de pénétrer dans la pièce. Il vit trois mégots de cigarettes dans le cendrier, de marques différentes, et trois tasses à café posées sur le comptoir de la cuisine, dont une toujours fumante.

La colère rougit son visage et blanchit les jointures des doigts qu'il crispait sur les accoudoirs de son fauteuil. Il avait la sensation d'avoir été violé. Par de petits mouvements rapides, il se propulsa dans la pièce puis dans le couloir.

Un instant plus tard, Wil le rejoignait, en proie à la panique. « Il faut faire quelque chose ! Appeler une ambulance ! Mais quelqu'un a détruit les téléphones ! C'est encore un coup de ton cinglé de fils ! C'est ta faute ! Ta faute ! Où est-il allé ? Où ? »

Peter désigna le pentacle dessiné sur la vitre. « Il a utilisé ça contre toi, pas vrai ? Est-ce que tu te souviens des noms qu'il a récités ? Ne les prononce pas, si tu te les rappelles. Contente-toi de les écrire. Tant d'années se sont écoulées que j'ai presque tout oublié.

– Tu crois peut-être que j'ai retenu ce galimatias de sorcier vaudou ? Mais je vais vous attaquer en justice, toi et ton cinglé de fils ! Il a dû me droguer ! C'est ça ! Il a foutu une saloperie dans ma bouffe ! Et voilà qu'il s'en prend à sa mère, à présent ! »

Peter se pencha pour le frapper. Ce n'était qu'une gifle, mais il était musclé ; Wil recula en titubant jusqu'à la porte close contre laquelle il tomba. Il resta affalé, à se masser la joue, les yeux brillants et le souffle court.

Puis il se releva, les poings serrés.

« Vas-y, frappe-moi, gronda Peter. Je te laisserai ouvrir les hostilités et ensuite je te briserai les bras. Qu'est-ce que tu attends ? Tu as peur d'un invalide ? »

Wil fit un pas en arrière.

Peter roula vers lui. « Tu peux réveiller Emily en lui récitant la comptine que je t'ai apprise. Moi, je pars à la recherche de mon fils et des trois types qui l'ont emmené... s'ils ne sont pas plus nombreux. Je veux savoir quel nom il a utilisé pour te mettre hors circuit. C'est une partie des trucs que mon père voulait m'apprendre. Tu m'aideras à rattraper le temps perdu. »

Wil battait toujours en retraite. Blémissant, il regarda le pentacle dessiné sur la vitre, en proie à une terreur superstitieuse incontrôlable.

« Mais tu ne sais pas où est ton fils...

– Je sais en revanche où entamer les recherches. Les noms ?

– Il y avait Morphine ou un truc comme ça. Morphée...

– Ne le prononce pas ! »

Mais Wil perdait déjà conscience. Sans quitter son fauteuil, Peter tendit la main sans pouvoir le retenir. Wil s'effondra et sa tête percuta la moquette avec un bruit sourd.

Peter baissa les yeux sur le corps inerte. Peut-être se rappela-t-il que cet homme n'était pas redescendu l'aider lorsqu'ils étaient là-bas, près du barrage, car un rictus gauchit sa bouche. « Je t'avais pourtant bien dit de la boucler ! »

Puis il leva les yeux vers la Chambre des Songes intermédiaires dessinée à la craie en détail sur le miroir, précise jusqu'aux statues de saint Georges et de Malen, la Reine de Guerre, qui se dressaient près du lit.

« Ouais, je sais où entamer les recherches », marmonna-t-il.

II

Choucas se réveilla en sursaut et s'assit en refermant la houppelande grise. Il s'était endormi dans le fauteuil, au chevet de Lemuel Waylock. Qu'est-ce qui avait troublé son sommeil ? Il se rappelait vaguement avoir joué aux échecs avec le petit homme et posé des questions sur sa vie et son existence, sans obtenir autre chose que des histoires ampoulées, des mythes et des énigmes... de longues narrations monotones entrecoupées de digressions oiseuses, plus soporifiques qu'une berceuse.

Un chant d'oiseau l'incita à gagner la fenêtre. Le ciel était pâle, bien que le sol fût toujours plongé dans la nuit. Le Soleil n'avait pas franchi l'horizon mais à l'est les nuages se teintaient de rose devant des étoiles qui perdaient leur éclat.

Comme à l'accoutumée, l'aube avait été plus forte que sa lassitude.

« Le Dr Du Lake n'est pas encore rentré, fit-il en bâillant. Et où est ma femme ? Où ? »

Il regarda l'extérieur, une main sur l'épaulière de l'armure de samouraï et l'autre sur l'appui de la fenêtre.

Une section du mur s'était effondrée. Il voyait des empreintes de pas, plus grosses que celles d'un éléphant, dans la poussière et les fragments de briques.

Il se pencha tel un chat en chasse, et ses cheveux se hérissèrent sur sa nuque. Il portait les yeux sur différents éléments de la scène, mais rien d'autre en lui ne bougeait si ce n'est, peut-être, les poils de sa moustache que déformait une grimace.

Sans le moindre bruissement de sa houppelande grise, il s'écarta de l'ouverture puis sortit silencieusement de la pièce. L'obscurité régnait toujours dans la demeure, mais il avait un regard assez perçant pour trouver son chemin. Il descendit un escalier en hélice en partie dissimulé sous une voûte et atteignit une salle aux poutres sculptées d'étoiles et de croissants de Lune argentés.

La grande fenêtre de son extrémité était grisée par une vague clarté. Choucas décrocha du mur un épieu à ours puis tourna brusquement la tête.

Deux statues flanquaient le lit à baldaquin : un homme en cotte de mailles et une femme casquée portant un kilt et une cuirasse. L'homme avait le pied sur un serpent qui s'enroulait autour de sa jambe et qu'il embrochait avec son épieu.

Juché sur l'épaulière de la statue de la guerrière, Tom O'Lantern était occupé à nouer un linge sur ses yeux. Son pendant masculin avait déjà un tel bandeau.

« Tom ! lança Choucas, la main sur la poignée de la porte à la française. Va chercher Wendy et assure-toi qu'elle est en sécurité. Dis-lui que je dois sortir et demande-lui de veiller sur le vieux ! Je pars en chasse. Quelque chose de maléfique a réussi à franchir la muraille pendant la nuit.

– Vraiment ? Quelque chose de maléfique ? Tu m'en diras tant ! »

Mais Choucas était déjà loin.

III

Il se pencha pour effleurer du bout des doigts les brins d'herbe écrasés. La marque était circulaire comme celle d'une patte d'éléphant mais d'un diamètre encore plus grand, alors que les enjambées correspondaient à celles d'un bipède. Ses narines se dilatèrent lorsqu'il huma une odeur étrange, à peine perceptible.

Il suivit ces traces vers le haut et le bas de la colline, métamorphosé en ombre silencieuse par la houppelande grise. Si les empreintes avaient été moins profondes, il les aurait probablement perdues tant la clarté des étoiles était faible.

L'irrégularité des pas lui indiquait que l'intrus avait été blessé. Des gouttelettes d'une blancheur verdâtre disséminées ici et là sur le sol l'intriguèrent ; il en préleva une sur une feuille, du bout de son index qu'il porta ensuite à ses lèvres. Ce sang était épais et amer, aussi salé que l'eau de mer et à l'odeur cuivrée. En raison de la pénombre (car le Soleil ne s'était pas encore levé), Choucas cessa de voir la piste sur la pelouse s'étendant derrière le jardin ; mais il n'eut qu'à continuer en ligne droite jusqu'au bois pour trouver des branches et des brindilles repoussées, pliées et brisées à une hauteur deux fois plus importante que sa taille.

Cette piste était bien trop importante pour qu'il risque de la perdre. Il se mit à courir, l'épieu à la main. La cape voletait sur ses épaules et il sentait la morsure du vent dans sa barbe et sa chevelure.

Puis tout s'obscurcit. Choucas leva les yeux en se demandant si le temps n'avait pas inversé son cours, si la nuit n'allait pas succéder à l'aube. Une chose froide et légère comme une plume effleura son visage, un premier flocon puis un deuxième. Il se mettait à neiger et les nuages s'opposaient au lever du jour.

Le ciel devint noir comme la poix. Choucas tourna la tête d'un côté et de l'autre. Il entendait des oiseaux chanter de toutes parts, à une exception près. Là-bas, ils poussaient des piaillements apeurés et battaient des ailes. Son ouïe développée lui apprit qu'un lièvre frappait le sol avec ses pattes arrière pour alerter ses congénères.

Il poursuivit son chemin en tapotant le terrain avec son épieu à ours comme un non-voyant l'eût fait avec sa canne. Puis, dans le lointain, il vit une lumière.

Lorsqu'il atteignit son point d'origine, il fut témoin d'une scène déconcertante.

IV

Sur une route goudronnée qui traversait ces bois, une camionnette qu'il avait déjà vue était allée au fossé. Elle avait deux roues en l'air et un projecteur brisé, alors que l'autre dardait son faisceau dans la neige tombante sous un angle surprenant. Le pare-brise était fissuré, le toit défoncé et affaissé.

Sur une douzaine de mètres alentour la neige tassée rendait la chaussée glissante. Des glaçons pendaient des branches et tout était ourlé de givre, mais le phénomène était circonscrit à cette zone. Un peu plus loin, le sol était totalement dégagé.

Une silhouette claire et massive se dressait dans la pénombre, derrière le véhicule. Un court instant, pendant qu'elle contournait le van, les reflets de l'unique projecteur l'illuminèrent. Sans pénétrer dans ce faisceau, la créature leva une branche rompue qu'elle tenait comme un gourdin pour briser le projecteur.

Choucas vit un être monstrueux à la peau brillante comme de la glace, deux fois plus grand qu'un athlète, ou plus encore. Ce qu'il prit tout d'abord pour des moustaches n'était que des glaçons pendant sous la fente buccale d'une tête sphérique sans cou. L'apparition n'avait pas de face. Plus exactement, Choucas ne voyait qu'une visière de glace épaisse percée de deux fentes pour les yeux et d'une autre, plus grande, pour la bouche.

Le dernier phare cessa de fonctionner ; seuls les clignotements réguliers des feux arrière éclairèrent la scène. Quand Choucas entendit une détonation ; son cœur fit un bond de joie car cela démontrait que Peter était toujours en vie.

L'ombre démesurée recula. Un vent arctique se leva ; la froidure qui saisit Choucas était si mordante qu'il en eut des larmes aux yeux et qu'il hoqueta pour reprendre son souffle.

La lumière jaune s'éteignait, s'allumait, s'éteignait. Tout était obscur, vaguement perceptible, obscur. Il lorgna l'énorme silhouette aux formes arrondies, les bouffées de vapeur qui s'échappaient de son masque de glace. Le géant soufflait sur le véhicule et des tourbillons de neige se répandaient sur ce qu'il y avait alentour : camionnette défoncée, route, herbe et arbres.

Choucas attendit le retour des Ténèbres puis s'élança sans bruit sur la chaussée pour pénétrer dans les halliers du côté opposé. Il ne lui fallut qu'un court instant (obscurité, semi-pénombre, retour de l'obscurité) pour traverser un enchevêtrement de buissons et de brindilles sèches et se retrouver derrière la silhouette accroupie du monstre, aussi discret qu'un renard en chasse.

Dans le dos du géant, Choucas ne se trouvait plus sur la trajectoire de son souffle, et s'il avait toujours froid, respirer n'était plus une torture. Il savait que Peter ne survivrait pas longtemps au cœur de cette tourmente.

Les feux de position s'éteignirent et il bondit hors de sa cachette, l'épieu à ours au poing. Il courait sans faire de bruit, la cape de sa houppelande grise battant comme des ailes. Les feux se rallumèrent. Il écarta les jambes pour améliorer son assise avant de rugir et de porter un coup.

La pointe de l'arme ripa sur les plaques de glace qui protégeaient le dos arrondi du titan, mais elle remonta et se planta sous son aisselle.

Tout devint obscur. En hurlant, Choucas appuya de tout son poids sur la hampe pour enfoncer son arme.

Sans un bruit, le monstre tourna lentement sa tête massive. Choucas vit son profil privé de nez avant que tout ne s'obscurcisse. La face sans trait réapparut. La tête de la chose pivotait comme celle d'un hibou.

Ténèbres. D'un coup de gourdin, le géant fit sauter l'épieu de ses mains. Les paumes cuisantes, il entendit le fût de l'arme se rompre.

Lumière. La pointe de l'épieu était toujours fichée sous l'aisselle du monstre dont le bras pendait, inerte et inutilisable, contrairement à l'autre qui brandissait l'énorme massue.

Ténèbres. Choucas recula, glissa, recouvra son équilibre et se rétablit du bout des doigts avant que ses genoux ne touchent le sol avec bruit. Il avait pour l'instant esquivé tous les coups.

Lumière. Les fentes oculaires s'abaissèrent vers le point où il s'était accroupi, sur l'herbe enneigée.

Choucas leva les yeux vers le visage sans traits, inhumain. Une inspiration du géant s'accompagna d'un interminable sifflement.

Du pied, l'homme sonda le terrain qu'il avait derrière lui et trouva une pierre que la neige n'avait pas rendue glissante. « Je sais à présent ce que doit ressentir l'elfe de Wendy. »

Ténèbres. Le blizzard soufflé par la fente buccale du géant le transit. Choucas entendit la massue fendre l'air.

Il détendit la jambe calée sur la roche pour éviter le coup. Mais le gourdin s'empêtra dans sa cape et le déséquilibra. Il se retrouva de l'autre côté de la route.

Lumière. Aussi massif et silencieux qu'un iceberg, le monstre glissait sur la chaussée, massue levée, en direction de Choucas, qui se tira vers le fossé en griffant le bitume gelé.

Ténèbres. Il bascula dans la tranchée puis roula sous le van où, espérait-il, son adversaire ne pourrait pas le saisir.

Silence.

Lumière. Le titan se dressait au milieu de la route, gourdin baissé, sa tête sans visage inclinée comme pour tendre l'oreille.

Ténèbres. Transi, Choucas attendait que d'énormes mains retournent le véhicule ou plongent sous les roues comme une ménagère qui passe un manche à balai sous son lit pour déloger une souris s'y étant réfugiée.

Lumière. Le géant se détourna et s'éloigna lentement. Il y eut un retour des Ténèbres, puis de la clarté. Un rideau de neige venait de le dissimuler, mais Choucas discernait encore ses mouvements pesants et douloureux. Il s'interrogea sur la gravité de sa blessure.

Ténèbres. Les feux arrière avaient été coupés.

Le faisceau d'une lampe de poche descendit des hauteurs. « Ça va ?

– Ça va.

– Parfait. Il va falloir m'aider à sortir de là. J'ai perdu une de mes cannes et je doute que l'élévateur de mon fauteuil puisse fonctionner sous un angle pareil. »

V

Choucas se redressa. Il était contusionné et souffrant, mais miraculeusement indemne. Par les glaces brisées il vit Peter allongé sur le ventre, une torche électrique dans une main et un pistolet dans l'autre. Une canne métallique était suspendue à son poignet, du côté de la lampe.

« Merci. Je vous dois la vie. Je ne l'oublierai pas. Juste à temps.

– Que se passe-t-il ? C'est quoi, ce cirque ?

– Eh bien, le géant de glace a poussé mon van hors de la route quand j'ai voulu le charger. L'arbre de transmission a dû y rester. Pour pouvoir m'atteindre à l'intérieur du véhicule il aurait fallu que je l'invite à entrer (car il devait l'assimiler à une habitation), mais il a brisé les glaces et attendu que je meure de froid.

– Mais c'est quoi, ce machin ?

– Un géant.

– Oh ! » Choucas tapota sa barbe. « Pourquoi l'épieu l'a-t-il blessé alors que les balles ne lui faisaient ni chaud ni froid ?

– Je n'en sais fichtre rien. Sans doute parce qu'il savait ce qu'était un épieu mais qu'il n'avait encore jamais vu d'armes à feu, qu'il connaissait la dangerosité des armes blanches, ce genre de choses. Je ne pourrais pas non plus vous dire pourquoi il a renoncé juste au moment où il allait nous avoir. Vous comptez m'aider à sortir ou rester planté là à bayer aux corneilles ? »

Le temps que Choucas porte Peter hors de l'épave, le pose sur le sol, aille récupérer le fauteuil roulant, le soulève et l'y installe, un point de lumière jaune papillotante venait vers eux dans la forêt... Il s'agissait apparemment d'un homme muni d'une torche.

Lorsqu'il fut plus proche, Choucas reconnut Galen Waylock en jean et chemise de flanelle, avec un couvre-lit rouge en guise de cape. Il avait autour du cou un collier composé de six petits disques métalliques passés dans une ficelle et il tenait d'une main un manche à balai, de l'autre une poêle à frire contenant des haillons enflammés qui puaient le pétrole. Galen jetait constamment des regards à sa torche improvisée, les lèvres plissées par la concentration.

« Père, dit-il en levant les yeux. Le Bastion subit une attaque. Nous devons nous rendre sur place. M'autorisez-vous à vous y précéder ?

– Cette baraque peut aller au diable, en ce qui me concerne ! »

Galen cilla. « Vous renonceriez aux droits que vous avez sur elle ? »

Choucas posa la main sur l'épaule de Peter pour le mettre en garde, mais l'invalide lança avec colère : « J'ai dit que cette maudite maison pouvait aller au diable ! J'exige que tu m'expliques ce qui t'est passé par la tête, ce que tu as fait à ta mère !

– Ce n'est pas Galen ! lui murmura Choucas. Un certain Azraël de Gray a pris possession de son corps !

– Hein ? Comment le savez-vous ?

– Wendy me l'a dit ! Ma femme déjantée.

– Alors, je vous crois », grogna Peter en prenant son arme.

Galen le visa avec son manche à balai. « Morphée ! Somnus ! »

Peter sentit sa main droite s'engourdir et le pistolet lui glisser des doigts. Tout en bâillant, il lâcha sa lampe et leva la main gauche, majeur et annulaire recourbés, index et auriculaire tendus. La torche électrique s'éteignit au contact du sol, pendant que Peter criait : « Apollon ! Hypérion ! Hélion ! »

Sans se laisser intimider, Choucas s'élança sur la route, les mains levées pour plaquer au sol le jeune homme.

Galen lança la poêle dans la neige et la nuit revint. Choucas le chercha à tâtons, sans le trouver.

Il s'accroupit, tendant l'oreille. Nul ne pouvait se déplacer sans faire de bruit sur un sol enneigé, mais il n'entendait rien.

Le temps que Peter retrouve sa lampe et la rallume, Galen avait disparu.

« Il nous reste combien de temps avant le lever du jour ? demanda Peter.

– En cette saison ? » Choucas renifla. « Une demi-heure... un peu moins, peut-être ? Pourquoi ?

– L'aube réduira d'autant plus ses pouvoirs que nous sommes dimanche. Il sait que le temps presse. Il doit pénétrer dans le Bastion avant qu'il fasse jour. Je présume que des humains l'assistent. Arriver là-bas les premiers s'impose. Avez-vous de bonnes jambes ? »

Ils s'élancèrent sur la route. Choucas avait piqué un sprint et poussait le fauteuil roulant dont les roues se mettaient à vrombir. Quant à Peter, il se penchait en avant en tenant dans une main son pistolet, dans l'autre la lampe, dont le faisceau dansait avec les flocons.

Puis Choucas s'exclama : « Wendy ! »

Avant d'aller encore plus vite.

17

La mort de la licorne

I

Wendy trouva une pièce qui pouvait être le salon avec ses grands fauteuils confortables, sa table basse et son canapé. Au-dessus d'une cheminée imposante trônaient les armoiries d'un cheval ailé survolant deux clés entrecroisées. Il y avait en face le portrait d'un homme brun au regard sévère et aux traits durs qui tenait un crâne sur son giron. Le crâne en question était aussi délicat que celui d'une biche, avec une corne spiralée qui se dressait au milieu du front.

Le tableau semblait fixé au mur sur tout son pourtour ; Wendy leva la lanterne miniature pour chercher un loquet ou un verrou dissimulé. Ce fut peine perdue, car la clarté argentée ne lui révéla rien.

Ne sachant trop quelle conduite adopter, elle gagna un angle de la pièce pour faire le poirier. Laissant sa jupe lui tomber sur les épaules, elle attendit que son visage soit cramoisi pour se redresser, s'asseoir en grimaçant et tapoter ses tempes.

« J'y suis ! » Elle rouvrit les yeux. « Le talisman doit se trouver dans le royaume des rêves, au-delà de ce tableau. Il faut donc que je m'endorme pour traverser la toile et poursuivre mes recherches de l'autre côté ! (Avoir le sang qui me monte à la tête a toujours stimulé mes neurones.) »

Bien que très lasse, elle estima qu'un feu égaierait les lieux. Il ne lui fallut que quelques minutes pour découvrir des fagots empilés dans un petit placard du couloir, ainsi qu'un briquet à amadou en forme de dragon rieur.

Elle s'était peu après installée sur le canapé et recouverte d'une peau d'ours qui servait de tapis ; une fourrure lourde, chaude et douce.

Couchée en chien de fusil devant l'âtre, elle voyait l'homme dont les yeux sombres terrifiants paraissaient se déplacer au rythme de la danse des flammes. Wendy finit par détourner la tête et la caler sur l'autre accotoir, pour avoir le cheval ailé en face d'elle.

La lanterne scintillait telle une étoile sur le manteau de la cheminée. « Je me demande comment on l'éteint, fit-elle en bâillant. Bon sang, j'aurais dû prendre un livre dans la bibliothèque ! »

Puis elle ajouta : « Ne serait-ce pas amusant, si Choucas me trouvait comme ça ? "Femme, tu n'as pas honte de dormir quand le temps presse ? – Voyons, mon chéri, je cherche les talismans !" Eh, eh... »

Elle avait les yeux mi-clos, et ses cheveux défaits s'étalaient sur la fourrure blanche du plantigrade.

« J'aimerais qu'il soit là pour me border, me donner un baiser et me bercer. Il est si fort ! Il peut me soulever d'une seule main. Hmm. Et me tenir dans son poing pour m'empêcher de m'éclipser. Mon Choucas ! »

Sur quoi elle s'endormit.

II

Wendy trouva le loquet métallique qui bloquait le tableau dès qu'elle se leva, alors que toutes ses recherches avaient été vaines dans le monde de l'éveil. Mais le crochet était là désormais ; il reflétait les flammes. Elle le souleva et le cadre pivota sur ses gonds.

III

Il y avait derrière la toile une forêt d'arbres argentés aux feuilles effilées aussi blanches que la neige ; un bois beau et lumineux comme un verger de cerisiers en fleurs aux senteurs subtiles. Ici, l'air était si frais et pur que chaque inspiration la transportait de joie, et la lumière paraissait aussi vive qu'en plein jour ; mais il n'y avait aucune ombre, et tout était net et immaculé... ce qui n'empêchait pas les étoiles de briller comme des diamants éparpillés dans le ciel.

Ce n'était pas une forêt de la Terre.

Et tout – arbres, brins d'herbe, affleurements de gemmes – était parfait, en tout point conforme à ce qu'il devait être ; ce qu'on trouvait dans le monde de l'éveil n'en était qu'un pâle reflet, ou un simple pense-bête permettant à l'œil de voir ce dont l'âme connaissait l'existence en des mondes supérieurs, comme la photo que contient un médaillon sert à se remémorer l'être aimé dont on est séparé.

Wendy avait pénétré de quelques mètres dans cette forêt magnifique quand son bonheur se changea en horreur. Effacé par des nuages, le ciel s'assombrit et les pétales à la blancheur virginale commencèrent à se ratatiner et à se détacher des branches. Comme les feuilles des érables en automne, ils devenaient rouge sang et l'herbe fut rapidement jonchée par ce qui évoquait d'innombrables rubis.

Et Wendy avait la conviction qu'aucun printemps ne succéderait à cet automne ; que, contrairement aux arbres de la Terre qui mouraient pour pouvoir renaître, ceux-ci avaient été destinés à connaître un printemps ininterrompu et ne sortiraient jamais d'un hiver éternel.

Elle en fut émue au point de se mettre à pleurer, des larmes aussi nombreuses que les feuilles qui se détachaient des branches.

Puis, pendant que ces dernières descendaient en voletant, Wendy vit une silhouette délicate se découper sur les arbres les plus proches, jusque-là dissimulée par l'arrière-plan de blancheur immaculée mais de plus en plus distincte au fur et à mesure que les troncs se dénudaient.

Cette créature était aussi gracieuse qu'une biche, aussi puissante qu'un pur-sang arabe, avec sa robe blanche comme la neige, sa crinière et sa queue évoquant un clair de Lune et sa corne unique, une rapière spiralée dressée au centre de son front.

D'autres feuilles moururent derrière elle, et quand leur blancheur eut disparu, la beauté surnaturelle de cette bête devint plus manifeste encore, ainsi mise en valeur par les ombres anguleuses de la ramure dénudée.

L'animal se rapprocha dans un bruissement de feuilles roussies soulevées par ses sabots, alors que celles qui n'avaient pas encore perdu leur blancheur s'attardaient pour danser langoureusement tels des flocons de neige à la fois doux et chauds, à la fragrance suave. Une brusque rafale de vent fit ployer la cime des arbres et dissimula la scène derrière un blizzard de feuilles claires, à l'exception de la silhouette majestueuse qui approchait toujours, la tête basse.

Puis l'apparition inclina sa corne vers l'épaule de Wendy, pour l'effleurer telle une reine adoubant sa championne. La tristesse se dissipa aussitôt, remplacée par de la sérénité, de la gaieté et une énergie intarissable. Il semblait à Wendy que les puissances qui avaient créé ce lieu auraient pu – si elles en avaient eu le désir – reconstituer leur œuvre une fois toutes les plaies cicatrisées. Des entités peut-être aussi proches que l'avait été la licorne quand les feuilles s'étaient épanouies, venues contempler la scène en restant invisibles aux simples mortels.

La licorne fit reposer sa tête sur le giron de Wendy, qui la caressa doucement et gloussa. « Qu'en dirait Choucas ? Il le prendrait très mal, s'il savait que tu me croyais vierge. »

La licorne redressa son encolure. Wendy fut attristée de voir deux larmes de cristal couler de ses yeux lavande. « Oh... Que t'arrive-t-il ? Qu'est-ce qui ne va pas ? »

Ne pas pouvoir réconforter la licorne, qui avait tant fait pour elle, l'attristait.

L'animal s'écarta, incurva son cou si gracieux et désigna avec sa corne les troncs en décomposition de deux arbres aux feuilles rousses. Entre ces fûts qui noircissaient et dégageaient une immonde puanteur apparut un homme ceint de pénombre crépusculaire à l'origine de toutes les ombres de cette forêt. Une cape en renard blanc était jetée sur ses épaules et une pointe d'acier surmontait son heaume, qui avait pour visière le crâne d'un équidé. Wendy vit au-dessous son visage...

Et elle reconnut l'homme aux yeux sombres et à l'expression sévère dont elle avait vu le portrait.

Une corne spiralée argentée était glissée sous son ceinturon.

Un objet qui diffusait une légère luminescence, comme s'il avait été prélevé sur un être vivant seulement quelques minutes plus tôt et n'avait pas encore perdu sa vitalité. Ce personnage serrait dans son poing un couteau ensanglanté d'un rouge soutenu tirant sur le pourpre, et partout où des gouttes tombaient, même sur un sol corrompu par ses pas, des fleurs naissaient et s'épanouissaient.

Quand la licorne s'adressa à lui, sa voix évoquait un instrument à vent. « Pourquoi as-tu tué mon compagnon, le seul autre représentant de mon espèce en ce monde ? Nous n'avons pas éliminé Adam, lorsqu'il a été chassé du jardin d'Éden, alors qu'il le méritait pour avoir goûté au fruit qui n'était destiné qu'à mes semblables.

– Les licornes peuvent passer d'un monde à l'autre et y résider, répondit le nouveau venu. C'est un privilège que je veux offrir aux hommes. J'ai vidé ton compagnon de son sang et prélevé sur lui la clé de ce pouvoir. »

La licorne baissa la tête ; sa corne miroita comme le clair d'étoiles sur la neige. « Tu te rengorges de ton crime mais... vois ! Les rois, gouverneurs et potentats des cieux descendent assurer ma protection. Je sens déjà mon sang se transmuer en ichor, car les divinités m'accordent l'immortalité afin que mon espèce ne puisse disparaître même si me voici sa seule représentante. Tu as perdu ton ancien nom. L'oiseau qui en avait la garde ne viendra plus se poser dans ta main, mais je t'en donne un autre. Tous t'appelleront désormais Azraël, comme l'Ange de la Mort.

– Ce nom m'apportera la gloire, femelle du Cerf blanc ! Car j'apporterai le trépas aux puissances célestes et une nouvelle vie à l'humanité ! »

Il avait des intonations de défi mais l'épouvante voilait ses yeux.

La licorne recula en faisant battre sa queue de lionne. « Si tu tentes d'arracher le sceptre du Très-Haut, il deviendra un bâton qui s'abattra sur ton dos. Car tous servent le Père, ceux qui se rebellent contre Lui comme ceux qui se plient à Ses volontés.

– Je me contenterai, pour l'heure, du sceptre qui se dresse sur ton front. »

Il s'avança en brandissant le couteau laqué de sang encore fumant. Arbres et fleurs noircissaient et se flétrissaient sous son ombre.

La licorne se tourna pour regarder par-dessus son épaule. « Si tu veux te battre, vois ceci ! L'Étoile du Matin, qui est l'Impératrice de la Nuit, descend des cieux pour me défendre, la princesse la plus lumineuse de toute la voûte céleste. »

Des rais de clarté dorée, blanche et bleue, filtraient entre les arbres, des rayons qui se faufilaient jusqu'à eux comme ceux de l'aube, mais Wendy avait l'impression que le Soleil baguenaudait dans la forêt. Elle entendit une musique en crescendo et tout devint trop lumineux pour qu'il soit possible de garder les yeux ouverts, alors que le point d'origine de cette clarté n'avait pas encore pénétré dans leur champ de vision.

Mais il venait vers eux dans un fracas d'avalanche, ou d'énormes engrenages, et une sonnerie de trompettes ébranla tant la terre que les cieux.

« Restitue ton butin, fais amende honorable et assure ton salut ! » lança la licorne d'une voix qui tintait au sein de ce vacarme.

Mais Azraël affermit sa prise sur la corne argentée glissée sous sa ceinture et tendit son couteau vers l'ouragan de lumière en approche.

« Monte sur mon dos et je te ramènerai dans le monde et l'époque qui te conviennent, conseilla la licorne à Wendy. Car nous sommes ici bien loin de ton temps. Tiens-toi fermement, je suis rapide et dois t'éloigner de l'oubli qui finira par te terrasser. Si ces choses t'ont été révélées, ce n'est pas sans raison. Es-tu prête ?

– Oh, oui ! »

Et Wendy rêva de vitesse, une vitesse enivrante, ce qui la fit rire et hurler de plaisir.

Les bras refermés autour de l'encolure de sa monture, elle se pencha pour lui adresser des murmures à l'oreille pendant qu'étoiles et nuages défilaient en contrebas. « Oh, je t'en prie, je t'en supplie, pourrais-tu m'aider à me rappeler comment on vole ? »

Puis elle enfouit son visage dans la douce senteur de sa crinière.

IV

Une crinière qui changeait de nature sous ses doigts, devenant une peau d'ours pesante et douce. La clarté de la corne décrut et fut remplacée par celle de la minuscule lanterne posée sur l'étagère du manteau de la cheminée. Wendy était allongée sur le canapé ; la chaleur rougeoyante du feu se diffusait dans la pièce assombrie, mais des sensations fugaces subsistaient au tréfonds de son être.

Elle se leva et trouva le crochet de métal incurvé qui assujettissait le tableau au mur, alors que ses précédentes recherches n'avaient rien donné. Mais il était là, et reflétait les flammes. Par curiosité, elle prit la lampe stellaire miniature pour la rapprocher ; le système de fermeture devint indistinct, à peine visible.

Elle posa la lanterne et souleva la clenche. Le tableau pivota sur ses gonds.

V

Ledit tableau avait dissimulé un petit coffre contenant une corne d'ivoire spiralée à la pointe d'argent posée sur un coussin de velours.

Wendy se remémora les propos de Galen. « La corne de la licorne a été façonnée en Clé d'Argent par Cadellin le sage artisan. Il nous l'a donnée ; elle permet d'ouvrir la porte. »

Elle tendit la main et prit l'objet, qui picota légèrement ses doigts.

« D'accord. J'ai récupéré l'accessoire de magie le plus important de ce monde. Mais qu'est-ce que je dois en faire, bon sang ? »

Un bruissement attira son attention vers la fenêtre. En se tournant, elle vit de nombreux personnages lorgner dans la pièce. Une foule de marins portant casquette, maillot rayé et foulard autour du cou, mais aux yeux noirs de bêtes fauves. Elle voyait aussi, collées contre la vitre, des créatures en longs manteaux sombres aux boutons astiqués, coiffées d'un tricorne, à la face noire velue et aux longues moustaches de chat.

« Ohé, du bateau ! fit l'une d'elles. Alors, ma jolie, tu nous invites à entrer ? »

Un large sourire dénuda des dents blanches et acérées.

« Non ! Restez dehors ! » s'exclama Wendy.

Elle tira les tentures avec tant de brusquerie qu'elle se retrouva orientée du côté opposé, face à la pièce.

Et du portrait qui s'était tourné à l'intérieur de son cadre pour la regarder droit dans les yeux.

« Donne-moi la Clé de Clavargent », ordonna-t-il.

VI

Elle pointa vers lui la corne.

« N'approchez pas ! »

Le personnage se figea aussitôt. Il était redevenu un simple tableau, si ce n'est que sa pose n'était plus celle qu'il avait gardée des siècles durant.

Cette vision emplit Wendy de frayeur.

« Et maintenant, ma belle, on peut entrer ? fit une voix derrière les rideaux. Nous avons un tas de jeux à t'apprendre, et des tours passionnants ! »

Elle prit la lanterne d'argent et s'enfuit en chaussettes sur le sol de pierre.

Elle courait sans savoir où aller. Elle monta à l'étage, où un grand balcon surplombait les jardins. Elle y vit un géant qui enjambait les arbres. Vêtu d'un manteau de cendres, il avait des cheveux et une barbe couleur fumée. Son visage était terrifiant ; un masque de haine révélant qu'il ne connaîtrait jamais la paix de l'âme. Pendant qu'elle l'observait, il tira deux gros morceaux de bois de sa ceinture et les foudroya du regard. Le feu qui consumait ses yeux se communiqua aux flambeaux.

Wendy se précipita dans un couloir rempli de tableaux représentant des scènes de chasse. Elle braqua la corne vers un sphinx accroupi sous l'ombre d'un myrte.

« Où est le Pays d'Or où sont gardés les talismans ? » lui demanda-t-elle.

Le sphinx peint se tourna pour porter sur elle un regard obsédant et lui adresser un sourire énigmatique. « Tu ne peux l'ignorer, car tu as dû toucher ses portes plus d'un millier de fois.

– Merci ! Tu peux te rendormir ! » Elle repartit au pas de course.

Pendant qu'une comptine résonnait dans sa tête. « Cinq nous dispensent beaucoup d'argent, six des tas d'or, de vrais monceaux... »

Elle cherchait le couloir aux corbeaux quand elle vit une torche sur sa droite, par une fenêtre. Là, des chevaliers en armure montés sur des chevaux en décomposition traversaient la charmille. Sang et sanie gouttaient de leurs épées, et ils répandaient autour d'eux une épouvantable pestilence.

Un de ces guerriers lui cria de ne pas être égoïste ou orgueilleuse au point de vouloir défendre le Bastion à elle seule. Elle continua de courir, sans répondre.

Elle avait devant elle une fenêtre ouverte où apparut la face moustachue d'un phoque aux dents acérées dénudées par un large sourire. Il agita sa main palmée avec affabilité. « Par ici, ma jolie ! »

Wendy poussa un cri aigu et repartit en appelant Choucas.

Elle atteignit un balcon qui surplombait un toit.

La plate-forme suivait l'aile sud jusqu'à une porte lointaine derrière laquelle elle voyait les tapisseries et les corbeaux du passage qu'elle désirait atteindre. Mais si elle sortait de la maison, plus rien ne la séparerait de l'armée qui grouillait en contrebas, pas même une vitre, rien à l'exception d'un alignement de piliers soutenant un auvent.

Un titan revêtu d'une robe enjamba le bâtiment et se retrouva dans la cour. Bien plus grand que le géant igné, il emplissait le ciel de son visage métallique aux traits féminins. Derrière cette femme qui tenait un fléau d'armes constitué de fers et de chaînes, un énorme individu encapuchonné et armé d'une grande faux approchait en pataugeant dans l'océan. Il avait une lanterne dans laquelle étaient gardées captives de petites lueurs rappelant celle qu'avait tenue Galen.

Une enjambée suffit à ce personnage pour se retrouver de l'autre côté de la maison.

Wendy fourra sa lampe dans sa poche et s'avança sur le balcon en redoublant de prudence. Elle retenait sa respiration, se déplaçant sur la pointe des pieds...

« Ohé, camarades, la voilà ! »

Un cri salué par une grande clameur, des ululements, des hurlements et des rires. Wendy se mit à courir en appelant Choucas. Elle se demandait pourquoi aucun des monstres réunis en contrebas ne lui tirait dessus, alors que plusieurs chevaliers avaient un arc et que des phoques déguisés en pirates étaient munis de pistolets et de mousquets.

Le vacarme décrut quand elle atteignit le milieu de la galerie. Elle tenta d'aller encore plus vite, mais les planches glacées engourdissaient ses pieds à travers ses chaussettes et elle avait le souffle court.

Dans le silence, elle entendit un hennissement de tristesse et de souffrance.

Le Sorcier, qui occupait le corps de Galen, descendit lentement du ciel, monté sur une pouliche ailée, pour se poser entre Wendy et son objectif sur le toit proche du balcon. Il brandissait un manche à balai et avait un jeté de lit pourpre sur les épaules, un collier d'amulettes autour du cou.

Wendy s'arrêta en glissant, les yeux écarquillés.

Quand le Sorcier mit pied à terre, elle put constater qu'il n'avait pas ménagé sa monture. Des sangles noires comprimaient sa tête, tandis que ses flancs étaient entaillés et ensanglantés, balafrés par les coups d'éperons et de fouet. L'animal leva mélancoliquement ses yeux, de la même nuance lavande que ceux de la licorne.

Colère et pitié insufflèrent du courage à Wendy.

Elle se redressa et reprit sa lanterne. En tenant la corne telle une rapière, elle s'avança en tremblant vers le Sorcier.

Il s'adressa à elle. Sa voix était identique à celle du personnage du tableau. Il avait des yeux de braise si magnétiques et pénétrants qu'elle s'étonna que des proches de Galen aient pu les confondre.

« Ce que vous tenez m'appartient, jeune dame. En douteriez-vous ? »

Arrivée près de lui, Wendy prit conscience qu'il ne se trouvait pas sur le balcon mais sur le toit voisin. Elle devrait le frôler pour atteindre la porte, mais il ne barrait pas véritablement son chemin.

« Vous n'avez aucun droit sur cet objet ! fit-elle. Allez au diable !

– Pourrions-nous, au moins, en discuter ? Ne souhaitez-vous pas savoir où est votre mari ? »

Il esquissa un pas entre les piliers.

« Non ! Nous n'avons rien à nous dire ! Je ne veux pas vous adresser la parole ! »

Il ramena son pied en arrière, avec désinvolture, mais Wendy le vit trembler comme s'il venait de se faire piquer par des frelons.

Elle se rapprocha de lui en riant, au point qu'il n'aurait eu qu'à tendre le bras pour la saisir. Ce qu'il ne fit pas. Tout d'abord hésitants, les pas de Wendy acquirent de l'assurance comme elle passait devant lui.

Il resta à sa hauteur, toujours sur le toit et à portée de main. Il n'aurait eu qu'à lever le bras pour saisir son épaule.

« Je vous ai apporté un présent...

– Je n'en veux pas !

– Vous êtes entrée chez moi sans autorisation...

– Certainement pas ! Cette maison ne vous appartient plus !

– Sachez que je repartirai sans insister si vous me présentez des excuses pour... »

Elle pivota vers lui et le foudroya du regard. « L'oiseau qui garde votre nom ne regagnera pas votre main quand vous l'appellerez ! »

Une expression de chagrin et de répugnance déforma les traits de l'homme ; ce fut en titubant qu'il recula. Il lâcha le manche à balai, une main crispée sur son ventre et l'autre levée vers son visage.

Wendy courut jusqu'à la porte, avant d'entendre sangloter et de se retourner.

Azraël se tenait à seulement quelques pas. Comme il se redressait, son expression de fierté et de morgue emportait les remords qui avaient pu l'assaillir. D'une voix cruelle et majestueuse, il rétorqua : « J'ai agi ainsi pour le bien de l'humanité ! J'ai défié les dieux et je les maudis ! Leurs esprits et leurs anges seront nos esclaves comme nous avons été à leur service !

– Je connais les types dans votre genre ! Je suis prête à parier que vous songez avant tout à vos intérêts personnels !

– Je tiens le pari ! Je réclamerai mon dû au moment et de la façon qui me conviendra, ainsi que le monde en sera témoin. »

Et il passa sur le balcon pour tendre une main vers elle, l'autre refermée sur son collier.

« Interdisez-lui cette porte », conseilla la pouliche.

Wendy franchit le seuil à reculons. « Je déclare que ce balcon se situe hors de la maison ! Vous ne pourrez pas emprunter cet accès, pas plus que toute autre porte, fenêtre, cheminée ou ouverture de cette demeure.

– Prenez les esprits du monde à témoin », souffla encore la pouliche.

Azraël referma les doigts sur son collier. « Silence, Euryale. Je te l'ordonne par les anciens noms qui te lient.

– Esprits du monde, soyez témoins de ceci, cria Wendy. Celui que la licorne a appelé Azraël ne devra pas entrer dans cette maison et y envoyer qui ou quoi que ce soit ! À aucun moment, et par aucun moyen !

– En vertu de quelle autorité l'as-tu décrété ? » demanda Azraël, qui approcha du seuil sans le franchir pour autant.

Derrière lui, la pouliche secoua vigoureusement la tête.

« Je ne suis pas tenue de vous répondre ! » lança Wendy en tapant du pied.

Azraël arbora un sourire cruel. « C'est exact, mais j'ai dans le monde de l'éveil des serviteurs qui ne sont pas liés par les lois de la magie. Ils vont s'occuper de toi, ne les entends-tu pas ? »

Quelque part, des bruits sourds révélaient que des gens défonçaient une porte à coups de pied. Un homme cria : « Ouvrez ! Police fédérale ! Vous êtes tous en état d'arrestation ! Dispersez-vous, les gars ! Nettoyez-moi le secteur ! Les suspects sont armés et dangereux, alors tirez sans sommation ! »

Il y eut une deuxième voix, plus éloignée mais tout aussi nette. « Suivez-les. Nous raflerons les objets et le fric ! Laissez les flics passer les premiers et se faire descendre. Nous sommes venus ici pour rigoler, massacrer les hommes et violer les femmes. »

D'une autre partie de la maison s'élevait un fracas de verre brisé et des voix avinées qui beuglaient : « En avant, les enfants, en avant ; car c'est la volonté du Messie noir ! Alléluia ! »

Des cris résonnaient dans toute la demeure.

« Je te protégerai contre ces brutes ; je retrouverai et te rendrai ton époux », promit Azraël, les yeux brillants.

Il tendit la main.

« Donne-moi la Clé d'Argent.

– Jamais ! » s'écria-t-elle avant de fuir à toutes jambes.

18

À l'assaut de la Grande Maison

I

Tout était obscur, malgré les nuages roses annonciateurs de l'aube. Choucas et Peter suivaient l'allée principale qui conduisait à la maison entre des alignements d'arbres qui murmuraient sous les caresses du vent nocturne. Le Bastion se dressait dans le lointain.

On pouvait voir des feux autour de la demeure. Des gens avaient accroché des torches aux tonnelles, des panaches de fumée noire en ébullition s'élevaient des murets du jardin et un incendie se propageait vers l'aile sud.

La neige avait épargné ce secteur, comme s'il n'y avait eu des précipitations que dans le voisinage immédiat du géant de glace. Choucas s'accroupit dans l'herbe, la lampe électrique de Peter à la main.

« Trois groupes sont venus ici. Les membres du premier portaient des bottes et marchaient posément ; ceux du deuxième avaient des baskets de bonne qualité et ils allaient et venaient en plastronnant comme des individus qui font les bravaches pour dissimuler leur frayeur ; et on trouve dans le troisième des hommes et des femmes vêtus de grandes robes qui descendent jusqu'au sol. Leur chef a des mules et ses pieds déformés révèlent qu'il est plus âgé que les autres. Tous se déplacent lentement, en file indienne. Certains titubent un peu. »

Choucas tendit la main. « Ils sont allés vers l'aile nord, là-bas. Vingt hommes et cinq femmes. Le deuxième groupe s'est dirigé vers l'aile sud. Dix hommes. Le premier a continué tout droit sur cette route. Trente-cinq hommes, dont deux lourdement chargés. Je pourrais en dire plus si j'y voyais un peu plus clair.

– Je regrette vraiment de ne pas avoir eu quelqu'un dans votre genre à mes côtés, quand je partais en patrouille.

– Là, des traces s'écartent des autres. Six hommes sont partis et sept sont revenus. Le nouvel arrivant est jeune, il a des baskets et une robe – ou une cape qui descend jusqu'au sol – et il tient une canne. Mais son pas est… majestueux. C'est leur chef. Azraël.

– Nous ne pouvons pas continuer tout droit, s'ils ont laissé des types surveiller leurs arrières. Mais ils reçoivent leurs ordres de diverses sources, probablement sans contact radio, et ils attaquent une forteresse.

– Cette maison est fortifiée ?

– Non, mais s'ils ont un tant soit peu de jugeote, ils se comporteront comme si elle l'était. Ils vont donc reporter leur attention sur ce qu'ils ont devant eux et essayer d'empêcher les gens de sortir et non d'entrer. Si leur système de communication n'est pas au point, la répartition des hommes laissera peut-être à désirer. Il faut chercher une brèche. Je suggère de tenter notre chance entre les ailes nord et est, vers la Chambre des Songes intermédiaires. Il y a là-bas une entrée secondaire, et ce n'est pas un point où l'ennemi devrait concentrer sa puissance de feu.

– Vous oubliez qu'Azraël, ou Galen, connaît les lieux aussi bien que vous. »

Ils virent une énorme silhouette se déplacer devant les flammes, sur leur droite… un géant qui tenait une torche dans chaque main.

Choucas éteignit sa lampe.

Peter dégaina son arme et jura. « Je ne peux pas tirer sans révéler notre position. »

Il tendit le bras dans les buissons qui arrivaient à la hauteur de sa poitrine.

« Allons par là. Si vous êtes assez costaud pour me faire traverser ces halliers, n'hésitez pas. Autrement, larguez-moi. J'atteindrai la maison par mes propres moyens.

– Ha ! La force est bien une chose dont je ne manque pas ! »

Choucas souleva le fauteuil roulant et l'homme qui y était assis, avant de s'avancer dans les buissons qu'il broyait au passage.

Puis il poussa Peter sur la pelouse, sans pouvoir cependant aller plus vite car l'herbe était si haute qu'elle les ralentissait.

« Laissez-moi, je vous retarde. »

Choucas perçut des tremblements dans sa voix, comme si cet aveu le mettait au supplice.

« Je… », commença Choucas, qui fut interrompu par un hurlement. Il provenait de la maison et c'était la voix de Wendy. « Désolé, Peter ! »

Et il piqua un sprint.

« Bordel ! Prenez mon arme ! » cria Peter avant d'appliquer une main sur sa bouche.

Choucas courait vers le nord de la maison, sans faire plus de bruit qu'une feuille morte charriée par le vent. Il franchit un muret dans un tourbillon de sa cape et se retrouva dans le jardin situé au-delà.

Peter cessa de le voir.

Il remarqua de l'agitation dans les ombres, un bruissement dans les halliers qu'il avait derrière lui. Mais Choucas avait emporté la torche électrique et il ne pouvait discerner ce qui approchait.

II

Près du portillon du jardin, Choucas trouva les traces de six hommes qui allaient dans une direction et sept dans l'autre. C'était là qu'Azraël avait rencontré les responsables des trois groupes.

Courant le risque de faire brièvement de la lumière, il vit des feuilles piétinées et ensanglantées. C'était étrange. D'autres empreintes convergeaient vers celles du premier groupe ; des créatures aux pattes palmées ou portant des chaussures à bout carré qui n'étaient pas à leur pointure. La répartition du poids dans ces empreintes indiquait à Choucas qu'elles n'étaient pas dues à des êtres humains. Ces créatures avaient rejoint et grossi l'équipe d'Azraël dans le bosquet situé au-delà des massifs de rhododendrons.

Il y avait en outre des marques laissées par de petits sabots, comme si un cerf s'était matérialisé au milieu du chemin de terre, issu de nulle part. En s'y intéressant de plus près, Choucas trouva des gouttes de sang vermeil dans la poussière, mais pas de traces de la venue ou du départ du cervidé. La piste d'Azraël s'éloignait du point d'apparition de l'animal mais n'en approchait pas. Un autre mystère.

Il éteignit la lampe, s'avança en rampant et écarta les buissons qu'il avait devant lui.

Il vit une ombre noire très mince bardée d'ossements, puant la terre de cimetière et couronnée de mains squelettiques. Penché sur les cadavres ensanglantés et écorchés de six hommes étendus dans des flaques de sang frais, Koschei lui tournait le dos.

Les veines et les muscles de ces hommes étaient bien visibles sur leurs corps à vif, et du sang suintait encore entre leurs os et leurs organes. Ces cadavres entassés les uns sur les autres avaient conservé l'attitude de souffrance et de terreur qui avait été la leur à l'instant de leur trépas.

Des lueurs faisant penser à des lucioles s'élevaient des mains de Koschei. Elles étaient, avec les faisceaux émanant des têtes d'épingles de ses yeux, les seules sources de clarté qui révélaient la scène. D'où il se cachait, Choucas voyait deux cercles de lumière spectrale caresser les cadavres partout où le Non-Mort portait le regard.

Koschei utilisa un ongle pour fendre une jambe et subtiliser le fémur, qu'il ajouta à sa cuirasse.

Puis il se pencha pour débiter une cage thoracique par des coups d'ongle souples et précis.

« Froid ! Toujours si froid..., marmonnait-il d'une voix sifflante et solennelle. Pourquoi la chaleur de leur moelle est-elle à l'intérieur ? Pourquoi ne puis-je pas en bénéficier ? J'ai constamment besoin d'os supplémentaires. Toujours plus. Ceux de la petite Wendy sont débordants de chaleur et de joie... Et j'ai besoin des calories de la vie pour repousser cette froidure infinie et profonde...

– Ar ! Espèce de vieux chacal ! Rien ne pourrait réchauffer celui dont les os sont constitués de glace », lança un personnage dissimulé dans le bosquet situé juste en face.

Un humanoïde sortit d'entre les arbres avec un fardeau ensanglanté. Il avait une tenue de marin à la coupe irréprochable, avec deux rangées de boutons astiqués sur sa large poitrine où s'entrecroisaient des écharpes auxquelles étaient suspendus un sabre et un pistolet à silex. Un bicorne d'amiral liseré d'une collerette de plumes surmontait sa perruque poudrée, au-dessus d'une face au pelage noir et aux longues moustaches, aux yeux de fauve et aux dents blanches pointues.

L'être laissa tomber son fardeau : la carcasse d'un bébé phoque qui roula sur le sol.

« Mannannan est parmi nous, sous un déguisement ou un autre. Il est le seul de notre espèce à tuer ses semblables ! C'est bien lui ! Regarde la taille des morsures sur le cou.

– Que veux-tu que ça me fasse, voleur d'apparence ? »

Le Selkie balança un coup de pied à Koschei, qui s'effondra dans un fracas d'ossements et s'étala devant lui telle une araignée géante ou une flaque de Ténèbres anguleuse.

« Ohé ! fit l'homme phoque. Ha ha ! Il est probable que Mannannan ne souhaite pas nous informer de sa présence, charognard profanateur de sépultures. Tu prélèves des os sur le corps de mon ami, et comment pourrais-je le prouver ? Tous ne sont-ils pas innocents jusqu'à preuve du contraire ? Telle est notre loi. Mannannan l'apprécierait sans doute.

– Le Tueur du Cerf blanc a dit qu'il ne devait pas participer à cette bataille.

– Garn ! Lui ! Il n'a même pas réussi à passer les défenses extérieures, alors que nous avons déjà quelqu'un dans la place. D'après ce que j'ai entendu dire, à tout le moins. Ha Har ! Alors qu'il a une goutte de Sang de l'Étoile du Nord dans sa poche, il ne peut même pas franchir le seuil d'une demeure tant que ses occupants ne l'invitent pas à les rejoindre !

– Les barrières ne sont que la première des trois protections du Bastion de l'Éternité, usurpateur d'identités.

– Ferme-la, rongeur d'os, pilleur de tombe, suceur de charogne ! Aucune formule de puissance n'a encore été prononcée par ceux de l'intérieur et, à ce qu'on raconte, ils ne sont pas nombreux. Dont la beauté que convoite le Roi phoque. Ces ignares ne savent pas réveiller la foudre ou ordonner aux rochers de se lever et de marcher. Non, monsieur ! Ils ont tout oublié ! Ha ! Nous autres, les Selkies, nous contournerons ces défenses et nous festoierons dans la grande salle pendant que le Sorcier sera toujours occupé à gratter les vitres en sollicitant humblement une invitation ! Ha Har ! Nous préparerons notre festin sur des feux de joie que nous alimenterons avec des grimoires. Nous brûlerons ces livres et tout ce qui nous concerne, pour nous refaire une virginité. Là où il n'y a pas de passé, il n'y a pas non plus de crimes. Il suffit pour cela d'effacer les souvenirs de toutes les exactions. »

Il eut d'autres rires entrecoupés d'aboiements. « Hark ! N'est-ce pas un hurlement de la fille ? Le Roi phoque a dû la trouver, j'en mettrais ma nageoire à couper. Il manque de douceur dans ses joutes amoureuses, et il pourrait bien la mordiller jusqu'au sang avant de la prendre, ha ha ! »

Choucas entendit encore Wendy l'appeler, d'une voix suraiguë et terrifiée. Il n'avait pas d'arme et ne savait pas où se trouvait l'entrée par rapport à cette partie du jardin. Il aurait eu besoin d'un guide… comme Peter.

Aussi silencieux qu'une ombre, Choucas revint sur ses pas et franchit le muret en sens inverse avant de courir, le cœur emballé par l'angoisse et la colère, vers le point de la pelouse où il avait laissé l'invalide.

Et où il n'y avait plus personne.

III

Effacer les traces d'un fauteuil roulant eût été impossible. Choucas s'accroupit, courut le risque d'allumer brièvement sa lampe puis repartit au pas de course.

De retour dans l'allée principale, là où les hommes aux pieds bottés avaient poussé le siège, il éteignit la torche et continua son chemin dans la pénombre.

Il plongea à quatre pattes dans la haie, à côté des portes principales de l'aile ouest. Quatre personnages en treillis, casqués et équipés de fusils automatiques, montaient la garde. L'un d'eux tenait une lanterne.

Choucas baissa la tête pour se rapprocher sans révéler sa présence. Les feuilles lui cachaient la scène.

Mais il entendait à l'intérieur des bruits de bottes, le fracas du bois et du verre brisés, des cris rauques.

Peter se trouvait là, en pleine discussion. Sa voix était plus sonore que celles de ses interlocuteurs.

« Quelle police militaire fédérale ? Ça n'existe pas... Admettons... Bon, où est votre mandat ?... Vous n'en avez pas, hein ? Je l'aurais parié. M'arrêter pour quel motif ?... Elle n'était pas dissimulée puisque je la brandissais ! Et depuis quand est-ce un crime ? J'exige de parler à vos supérieurs ! Et soyez certains que j'en toucherai deux mots à mes représentants au congrès, ainsi qu'à vos fossoyeurs ! D'accord ! Donnez-moi vos noms !... Je suis un citoyen américain et vous êtes tenus de me répondre ! Qui me prouve que vous n'êtes pas des truands déguisés en militaires, si vous ne me montrez pas une putain de carte d'identité ? ! »

Un instant plus tard, Peter ajoutait d'une voix moins sonore : « Esprits du monde, soyez témoins que ces hommes viennent de me communiquer leurs noms ! Morphée ! Endors-les ! »

Quand il se releva, Choucas vit l'invalide se pencher pour ramasser les armes des hommes qui ronflaient sur le sol autour de lui.

IV

Il dénombra quatre silhouettes inertes. De plus près, il remarqua que ces militaires portaient la tenue des brigades antiémeutes, avec des gilets en Kevlar sanglés sur leur poitrine et leur dos. Ils étaient équipés de M-16, de casques bleus et de blousons sur lesquels était écrit le mot MORSE. Ils n'avaient pas d'insigne, plaque nominative, écusson ou autre symbole de leur unité. Chose étrange, tous avaient des feuilles brunes fourrées dans la poche de poitrine de leur chemise, et l'un d'eux en avait même tressé un collier.

« C'est qui, ces types ? demanda Choucas. Des membres des brigades antiémeutes ? Des militaires ?

– Non. Des bandits. Nous sommes en Amérique, mon gars. Les militaires ne sont pas habilités à interpeller des non-combattants sur le sol national. Regardez sous la clavicule, ce que la chemise ne couvre pas. Vous voyez ?

– Ces brûlures ?

– Des stigmates de la sorcellerie. Un des trucs de barjo que mon père m'a obligé à apprendre, et que je savais par cœur à l'époque. Une rime très courte se rattachait à chacune de ces marques. L'important, c'est que ça nous indique que ces gens ont juré fidélité à un sorcier.

– C'est quoi ? Qu'est-ce que ça signifie ?

– Qu'ils ont pris un engagement. Qu'ils ont signé un pacte avec leur sang. Tenez. Vous savez vous en servir ?

– Non, mais j'ai déjà utilisé un pistolet. »

Peter lui en lança un.

« Prenez ! Et récupérez le collier de ce type... C'est probablement une IAE magique. »

Choucas le prit et le renifla. « Je connais cette odeur. Vous appelez ça comment ? Yaeuh ? C'est du tabac !

– Identificateur Ami Ennemi. L'équivalent d'un mot de passe. Sans oublier que les feuilles de tabac sont radicales pour conjurer les sorts jetés par des elfes. C'est bon ! On y va ! »

Choucas souleva le fauteuil de Peter pour gravir les marches et passer entre les portes défoncées. Sitôt à l'intérieur, il fit descendre les roues du siège sur le plancher et ramena ses mains sur les poignées pour repartir, en faisant vrombir les moyeux, dans une vaste salle décorée d'épées et de lances.

« Peter ! J'espère que vous savez déclencher les trois protections de l'Éternité.

– Absolument pas, bordel ! Il y en a une pour la terre, une pour l'air et l'autre pour le feu. Je ne me souviens de rien d'autre. Je crois que celle de l'air est un sortilège qui empêche les méchants de pénétrer dans le Bastion. »

Ils se retrouvaient dans un vestibule où s'ouvraient de nombreuses portes et plusieurs couloirs. Certains étaient de simples trompe-l'œil encastrés de seulement quelques centimètres dans la paroi. La lumière était chiche ; l'aube ne se lèverait que dans quinze ou vingt minutes.

« De quel côté ?

– Levez les yeux et suivez les motifs qui évoquent la mer : mouettes, navires, etc. Ça nous conduira dans l'aile est.

– Les monstres n'entreront pas avant l'effondrement des protections.

– Ce ne sont pas ces putains de phénomènes de foire qui m'inquiètent mais cette bande de pseudo-fantassins. Même si ce sont des imposteurs, ils ont reçu une formation de commando et ils se couvrent les uns les autres comme... »

Des coups de feu résonnèrent, bien trop sonores.

Choucas piqua un sprint en poussant le fauteuil devant lui.

« Bordel ! commenta Peter. C'est du gros calibre, pas ce qu'utilisent les types de l'infanterie. Il doit s'agir d'un autre groupe. De tels projectiles traverseront ces parois comme des feuilles de papier ! »

Il arma les fusils automatiques qu'il tenait dans chaque main. Il avait posé le troisième sur son giron et fourré des chargeurs dans les poches de sa chemise.

Ils virent au-delà d'une succession de fenêtres un escalier qui donnait accès au premier étage.

« Allez-y ! cria Peter.

– Agrippez-vous ! Je vous monte !

– Vous n'y arriverez pas ! Ce fauteuil pèse une tonne !

– Regardez ! »

Choucas s'agenouilla et se détourna avant de tendre les mains derrière lui pour les refermer sur les poignées du siège, se pencher en avant et se lever. L'effort empourprait son visage, faisait briller ses yeux et dénudait ses dents au cœur de sa barbe brune.

« Je ne sais pas trop si... Oh, merde ! Oh, merde ! Attention à la tête ! »

Choucas se tourna pour gravir les marches à grandes enjambées pesantes, avec Peter et son fauteuil sur le dos.

Brusquement, il y eut un grondement dans les hauteurs et des faisceaux de lampes électriques dansèrent sur les murs, en provenance de l'extérieur.

« Quelque chose à la fenêtre, juste derrière nous ! beugla Peter. Attention ! »

Choucas ne ralentit pas sa progression. Le fracas des coups de feu tirés à trente centimètres de ses oreilles l'assourdit et le recul fit tressauter le fauteuil sur ses épaules. Peter lâchait de brèves rafales : du verre vola en éclats, des torches s'éteignirent et des hurlements s'élevèrent à l'extérieur.

Le recul imprimait des poussées à Choucas, qui trébucha sur les deux dernières marches. Le fauteuil lui échappa des mains, glissa en travers du palier mais resta droit jusqu'à la balustrade qu'il percuta violemment.

Choucas, qui s'était retrouvé à plat ventre, se releva lentement. « Ça va ? »

En tenant son fusil d'une main, Peter utilisa l'autre pour imprimer une rotation à une roue et se détourner du balcon craquelé. « Tout baigne, mon gars.

– C'était quoi, bordel ? »

Des éclats de verre tombaient des fenêtres défoncées et brisées. Tout le reste avait disparu.

« L'apprendre ne vous ferait pas plaisir, croyez-moi.

– Et maintenant ? »

Un couloir s'ouvrait devant eux. Sur leur gauche, trois portes vitrées donnaient sur une tribune surplombant une vaste pièce au plafond décoré d'étoiles et de lunes. La clarté de divers feux leur parvenait des fenêtres du rez-de-chaussée, avec les cris et les appels d'une foule importante, invisible d'où ils étaient.

Une clarté qui illuminait deux statues dressées à côté du lit.

« Oh, merde !

– Qu'est-ce qui se passe, Peter ?

– Quelqu'un leur a mis un bandeau !

– Le petit elfe. C'est ennuyeux ?

– Ce sont saint Georges et, comment s'appelle-t-elle déjà, la Reine de Guerre rouge. Deux protections du Bastion. Attendez ! Revenez ! »

Mais Choucas avait franchi les portes et sauté du balcon pour regagner le niveau inférieur. Il atteignit le plancher avec la souplesse d'un chat et bondit vers les statues. Des mots résonnaient dans son esprit : « La peur qu'inspire mon épée repoussera les monstres de la nuit, si Dieu le veut, pendant que saint Georges et Malen la Reine de Guerre rouge veilleront sur moi. »

Il arracha le bandeau de la première statue, en murmurant : « Tu as recouvré la vue, saint Georges ! Tu peux le protéger ! »

L'individu allongé sur le lit, dissimulé par les ombres qu'engendraient les flambeaux, gémit et s'agita.

Choucas entendit Wendy hurler une fois encore, presque à son aplomb. « Tom ! *Non !* Reviens !

– Ça se gâte », commenta Peter resté sur le balcon qui surplombait l'autre bout de la pièce.

Choucas l'entendit actionner la culasse mobile et se retourna.

Vers une scène de cauchemar qui se déroulait au-delà des grandes fenêtres. Il y avait là une meute de monstres et de démons qui faisaient des cabrioles en agitant des torches, d'hommes phoques et de chevaliers à la triste figure et aux épées ruisselantes de sang, de géants et autres abominations. Le petit elfe descendait d'un balcon invisible en se laissant glisser le long d'une corde. Il tenait un Lemuel Waylock toujours endormi par le col de sa chemise de nuit, réussissant contre toute logique à ne pas le lâcher en dépit de son poids.

« Eh, regardez ! firent des voix gutturales dans les hauteurs. Un vieux schnock armé ! Liquidez-le ! »

Choucas se tourna à temps pour voir Peter se découper entre les portes du balcon, avec un fusil dans chaque main, tirant en mode automatique sur une cible située dans le couloir de droite. Le recul renvoyait le fauteuil roulant vers la gauche ; peu après l'invalide dévalait l'escalier avec fracas.

À l'extérieur, Azraël de Gray gronda : « Esprits du monde ! Soyez témoins que Lemuel Waylock n'a pas dormi toute la nuit à l'emplacement qui lui a été attribué ! Son statut de protecteur est par conséquent caduc ! Il y a renoncé ! Moi, Galen Waylock, je revendique tous les droits, pouvoirs et avantages de ce poste ! Je me nomme nouveau Gardien de l'Éternité ! »

Une déclaration que ponctua une sonnerie de trompettes.

Choucas entendit Wendy crier dans les hauteurs, mais il ne put interpréter ses paroles et ce fut à Peter qu'il demanda : « Vous êtes vivant ?

« Voici mon premier ordre : que les protections magiques se lèvent devant les membres de ma suite ! » décréta Azraël.

La porte s'ouvrit en grand, et la horde de monstres se rua à l'intérieur en brandissant des torches, en jodlant d'épouvantables jurons, en poussant des cris de guerre et en chantant des hymnes abominables à la gloire des Ténèbres.

19

Le Champion de la Lumière

Choucas prit le pistolet que lui avait remis Peter à l'instant où la horde se précipitait dans la salle. De beaux chevaliers puants à l'expression affligée et à l'épée ensanglantée entrèrent, suivis par une multitude de matelots aux faces bestiales qui gloussaient et chantaient. Un géant agenouillé et grimaçant de colère tendit son bras dans la salle. Mur et fenêtres volèrent en éclats comme les flammes de l'énorme torche qu'il serrait dans son poing léchaient le plafond.

Choucas ne put se résoudre à tirer sur des hommes mais prendre le géant pour cible lui posa d'autant moins de problèmes moraux que ses projectiles ne lui faisaient aucun effet.

La silhouette allongée sur le lit s'agita, gémit et s'assit. Sous la clarté de la torche qui roussissait le plafond, Choucas reconnut le médecin à l'armure brillante. Sa jambe droite avait été tranchée à la hauteur du genou – il avait stoppé l'hémorragie à l'aide d'un garrot improvisé. Son visage brûlé était couvert de cloques suintantes, et ses yeux avaient été énucléés. La partie gauche de sa cuirasse était béante, révélant la totalité de son flanc ; le sang le maculait de l'épaule jusqu'au pied alors qu'autour de la blessure la chair se désagrégeait et se détachait en squames desséchées d'une blancheur spectrale, comme s'il avait la lèpre.

Choucas poussa un petit cri lorsqu'il vit le blessé se redresser puis qu'il entendit sa voix résonner dans la pièce, nette, puissante et majestueuse.

« Créatures des Ténèbres ! Fuyez ou périssez ! Car nul ne peut survivre aux coups que porte Lancelot du Lac, Champion invaincu de la Lumière ! » Et il tira son épée du fourreau.

La lame diffusait une clarté dorée, douce et magnifique, qui communiqua à Choucas l'agréable chaleur propre au soleil d'une belle journée de printemps. Mais les chevaliers et les Selkies levèrent les mains à leur visage et hurlèrent comme s'ils avaient été frappés de cécité, avant de courir en tous sens tels des déments.

Lancelot bascula et se retrouva à genoux sur le sol. Une main brandissait son épée miroitante, l'autre était crispée sur sa blessure. Du sang jaillit entre ses doigts quand il redressa son torse. Puis il inclina la tête comme pour tendre l'oreille et mania son épée, bien trop vite pour que l'œil pût suivre le mouvement. Trois monstres qui battaient en retraite s'effondrèrent et ne se relevèrent pas.

La torche du géant, qui avait la taille d'un tronc d'arbre, s'abattit sur Lancelot, qui roula sur le sol et s'agenouilla pour frapper par-dessus son épaule deux autres fuyards qui churent aussitôt. Il transperça le poignet du géant, qui ramena sa main vers lui, en beuglant, et tout fut plongé dans l'obscurité.

« Docteur ! C'est moi, Choucas !

– Aidez-moi à me lever, mon brave.

– Comment pouvez-vous vous battre dans l'état où vous êtes ?

– Nous le devons à ma réputation, l'ami. Connaissez-vous les histoires voulant que je sois invincible ? N'est-il pas logique que des êtres légendaires respectent les légendes ? »

Les assaillants avaient fui, certains en empruntant des portes intérieures, d'autres en se précipitant au-dehors. La ruée des monstres qui se bousculaient pour décamper était telle que le géant igné dut reculer avant d'être repoussé vers la muraille du bord de mer.

Et quand Choucas passa son épaule sous l'aisselle de Lancelot pour l'aider à sortir dans la cour en sautillant sur son unique jambe, il n'y avait plus aucune créature des Ténèbres au-dessous du corps inerte et ronflant de Lemuel Waylock, qui se balançait au bout de la corde à laquelle Tom O'Lantern était toujours agrippé.

Choucas courut vers lui en entraînant Lancelot. Il saisit la cheville du vieillard au moment où l'elfe, surpris et aveuglé par l'épée du chevalier, lâchait son captif puis remontait en toute hâte le long de la corde. Déséquilibré par le poids du vieillard, Choucas accompagna sa chute pour amortir l'impact sur les dalles du sol.

Lancelot oscilla mais resta debout. À cet instant, un groupe composé d'hommes et de femmes en robe pourpre, armés de fusils de chasse et de diverses armes de poing, surgit en psalmodiant : « Azraël ! Azraël ! Le Messie noir est parmi nous ! »

Demeurer allongé sur le sol près de Lemuel Waylock valut à Choucas de ne pas être atteint quand les nouveaux venus crièrent : « Mort aux infidèles ! » et ouvrirent le feu sur Lancelot. La grêle de balles n'eut aucun effet car les projectiles n'arrivèrent pas jusqu'à lui. En souriant, le chevalier déplaça son épée pour les faire ricocher sur sa lame. Les dévots ralentirent en hoquetant. Une femme jeta son pistolet et prit la fuite.

Un chevalier monté sur un cheval décomposé sauta le muret qui séparait cette cour de la fontaine aux statues zodiacales. Son heaume était surmonté d'un triple panache et une face de lépreux hideuse ornait son bouclier.

« Chevalier félon ! cria-t-il. Infidèle, débauché et traître à ton seigneur ! Tourne-toi et affronte-moi ! Ma lame, Corruption, a déjà goûté à ton sang. Cette fois, c'est ta vie qu'elle boira ! »

Il mit pied à terre et tira sa rapière. Du sang et du mucus coulèrent de la lame. « Tourne-toi et affronte-moi !

– Fuyez ! » hurla Choucas, toujours à terre.

Lancelot pivota vers le Paladin du Mal tout en répondant à Choucas : « Certainement pas, mon brave. Pour que les légendes se perpétuent, il faut s'en montrer dignes. »

Bien que privé d'yeux et strié de balafres, son visage parut juvénile lorsqu'il sourit.

Les deux chevaliers échangèrent rapidement quelques coups et, en dépit du fait que Lancelot ne pouvait ni se fendre, ni reculer, ni voir, son adresse et son courage suffisaient pour tenir son opposant à distance. À une ou deux reprises, l'épée empoisonnée de la Lèpre érafla son armure en y laissant des coulures de sang pestilentiel, sans toutefois entamer le métal.

Toujours sur le dos, Choucas vit Azraël arriver au-dessus du toit de l'aile sud, rapide comme une étoile filante, monté sur un destrier aux larges ailes resplendissantes de lumière.

À une fenêtre du haut, Wendy se pencha par-dessus l'épaulière d'une armure de samouraï pour lui crier : « Choucas ! Où étais-tu passé ? Attention ! Azraël rapplique ! »

Elle tenait un bâton blanc spiralé à la pointe d'argent.

Azraël cravacha sa monture avec un manche à balai, meurtrissant les flancs de la pouliche qui replia ses ailes pour piquer sur Wendy.

Il filait droit vers la fenêtre où elle se tenait, sans quitter la corne des yeux. Il accorda un bref regard à Lancelot puis tendit l'index vers le bas tout en effleurant son collier de l'autre main.

« Je lève la totalité des protections de cette maison ! Le fils du Lac est par conséquent renvoyé dans le monde de l'éveil et soumis à ses lois ! Morphée ! »

Wendy s'affaissa ; Choucas sentit une lassitude incommensurable clore ses paupières. Lancelot tituba et lâcha son épée. Il se serait effondré si le chevalier du Mal ne l'avait alors saisi à bras-le-corps pour le pourfendre, un coup porté avec tant de force que la lame empoisonnée se rompit et qu'une longueur de métal putride resta dans la blessure.

Pour avoir vu Peter agir ainsi à plusieurs reprises, Choucas leva la main, plia le majeur et l'annulaire, les autres doigts tendus, et répéta les noms qu'il avait entendu citer. « Apollon ! Hypérion ! »

Bâillant à tout rompre, il dut faire un effort pour ajouter : « Hélion... ! »

Un des dévots rata sa cible. Un autre utilisa son arme et la balle fora un trou sanglant dans le bras gauche de Lancelot.

Choucas tendit la main vers le chevalier, puis vers Wendy. Lancelot se réveilla, mais son adversaire l'immobilisait toujours contre son flanc et son pied unique ne touchait pas le sol. Tout en écartant les lèvres de la blessure ouverte dans son flanc, le Kelpie ordonna aux dévots : « Abrégez ses souffrances ! »

Lancelot redressa sa tête calcinée et ensanglantée. « Affrontez-moi en combat singulier, bande de pleutres ! Auriez-vous peur d'un unijambiste aveugle ? »

Les membres de la secte rouvrirent le feu. Leurs projectiles déchiquetèrent son armure et projetèrent son corps de l'autre côté de la cour... alors que cette grêle de balles épargnait le chevalier du Mal.

Wendy se réveilla à l'instant où Azraël se penchait par la fenêtre pour saisir son bras, toujours monté sur son destrier qui faisait du surplace.

« Donne-moi Clavargent ! »

Les dévots vidaient leurs chargeurs sur Lancelot ; leurs projectiles passaient en sifflant au-dessus de Choucas, qui jugea préférable de rester sur le sol.

Le chevalier du Mal venait d'entamer un monologue pieux et condescendant sur la sagesse de la mort et l'inexplicable égoïsme de ceux qui se raccrochaient sottement à la vie, quand Lancelot s'exprima d'une voix faible et chevrotante : « Ma dame ! Je meurs à votre service... C'est à vous que j'adresse ma dernière prière...

– Bastion ! cria Wendy. Aide-moi ! J'ai la baguette magique !

– Tu dois me la remettre de ton plein gré, précisa Azraël. Si tu ne veux pas que je t'envoie t'écraser sur les dalles de la cour, cela va de soi. » Il la tirait déjà vers l'extérieur, tête la première.

Une petite voix aiguë à l'accent irlandais s'éleva derrière elle. « Demande aux pierres de se lever pour défendre leur territoire au nom de la Corne du Cerf blanc, ma belle !

– Pierres ! Faites ce qu'il a dit ! » piailla Wendy.

L'armure de samouraï vide se trouvant près d'elle dégaina son katana et salua. Dans la cour, un lion rugit, des pinces claquèrent, une chèvre bêla, une corde d'arc vibra, un taureau meugla puis la pierre crissa sur la pierre, comme lors d'une avalanche.

Azraël rit, sans se soucier du samouraï. « Pauvres sots ! Les fruits de cette magie ne peuvent faire couler le sang de l'Éternité, pas plus que celui des destriers de Celebradon ! Ils sont impuissants contre moi ! »

L'armure se pencha malgré tout pour trancher les rênes que

tenait Azraël. Le katana ne l'effleura pas, seules les lanières de cuir furent sectionnées. Libérée, la pouliche ailée se cabra en hennissant et Azraël dut lâcher Wendy pour agripper sa crinière à deux mains.

« Emmenez-moi dans votre royaume, ma dame, au lieu qui m'a été attribué, murmurait Lancelot. Si votre indulgence le permet, afin que me soient prodigués les soins que réclament mes blessures. »

La pouliche ailée fit demi-tour et dansa dans les airs, plus follement qu'un flocon de neige emporté par la tourmente hivernale, loin au-dessus de l'océan.

« Euryale ! gronda Azraël. Par les serments prêtés lors de la Naissance du Monde, je te l'ordonne ! N'oublie pas que tu es au service du sang de l'Éternité !

– Des serments plus anciens nous mettent à la disposition des Champions du Jour ! hennit le cheval ailé. Nous attendons, avec patience et fidélité, que leurs besoins soient grands au point de nous faire négliger nos autres obligations ! »

Sur ces mots, la pouliche désarçonna Azraël, qui tomba en hurlant vers les flots.

Le géant aux deux torches se retourna pour assister à sa chute.

Une armée chimérique franchissait le muret de l'autre cour. Un lion de pierre, un personnage tenant une cruche, une femme qui avait un bandeau sur les yeux et une balance à la main, un scorpion de roche, un taureau de marbre et bien d'autres choses inconcevables.

« Ça alors ! On dirait que quelqu'un a su activer la deuxième protection de l'Éternité, murmura Choucas. Mais j'ai cru reconnaître la voix de Tom, qui est pourtant un traître... »

Les fidèles en robe pourpre tiraient sur le défilé de statues. Leurs projectiles ricochaient sur la pierre ou en emportaient des éclats. Deux dévots s'enfuirent. Les autres furent broyés sous des pattes, des pinces et des sabots de marbre. Choucas vit un lion bondir, déjà maculé de sang.

Choucas s'étira pour saisir la cheville du chevalier du Mal.

« Ne sois pas si orgueilleux ! Nous sommes tous destinés à souffrir ! » s'écria son adversaire en lui balançant un coup de pied au visage pour l'obliger à lâcher prise avant de taillader ses chairs avec le chicot de sa lame ensanglantée.

Choucas avait participé à diverses rixes, à l'époque où il était marin. S'il ne connaissait rien à l'escrime, ce tronçon d'épée était si court qu'il pouvait l'assimiler à un couteau.

Le chevalier se fendit. Choucas agrippa son poignet et son épaule pour lui briser le bras sur son genou. Le guerrier poussa un cri et devint flasque, s'évanouissant presque. « Merci ! » hoqueta-t-il.

Puis Choucas le prit par l'épaule et par la hanche afin de le hisser à bout de bras et de le projeter tête la première sur les dalles du sol. Un craquement répugnant se fit entendre ; Choucas n'aurait pu dire si l'homme vivait encore, ce qui était d'ailleurs le dernier de ses soucis.

« Ça va ? lança-t-il vers les hauteurs.

– Ne pose pas de questions idiotes ! répondit Wendy. Qu'est-il arrivé au toubib ? »

Le géant igné se tourna vers eux, levant ses torches pour traverser la cour d'une seule enjambée. Choucas ramassa l'épée de Lancelot et la brandit. Le monstre loucha, les mains devant ses yeux, pendant que la statue d'un énorme crabe sortait d'entre les arbres derrière lui pour venir sectionner ses jarrets d'un coup de pinces. Étincelles, fumée et sang jaillirent de la blessure, des fluides vitaux qui s'embrasèrent au contact de l'air. Quand le titan s'effondra, un scorpion approcha de son visage et un centaure armé d'un arc sauta sur sa poitrine.

Choucas entendit une détonation dans une autre aile de la demeure. Des appels et des cris s'élevaient non loin de là, mais il courut vers Lancelot.

Il baissait les yeux sur son corps inerte et ensanglanté quand une douce lumière parut l'envelopper : la clarté diffusée par les ailes de la pouliche des songes qui se posait près de lui avec autant de légèreté qu'un papillon.

« Hisse-le sur mon dos, lui dit-elle d'une voix cristalline. Vite ! L'aube n'est qu'à une prière de cet instant et je ne dois pas me laisser rattraper par les portes du jour ! »

Choucas plaça Lancelot en travers de la selle et entortilla les étrivières autour de sa taille pour l'empêcher de glisser.

Puis il regarda l'épée lumineuse qu'il serrait dans son poing. Il n'avait jamais rien vu d'aussi efficace pour occire des monstres. Son éclat suffisait à les terroriser.

« Rends-lui son arme ! ordonna sèchement la pouliche. Ce n'est pas pour toi qu'elle est venue du ciel, et elle ne retrouvera son éclat qu'une fois son maître rétabli. Le condamnerais-tu à connaître le triste destin de Freyr le Malchanceux, l'enverrais-tu livrer bataille à mains nues ?

– Mais, hmm, j'avais l'intention, vous savez, de la lui rendre tout de suite après...

– Voler une épée céleste est un acte impardonnable ! Tu es bien comme ton père. Avant que tout s'achève, c'est *son* arme que tu dois retrouver, car elle convient bien mieux à ceux de ton espèce.

– Hein ? Qui...

– Choucas ! cria Wendy par la fenêtre. Rends-lui ce machin et viens me rejoindre ! J'entends des types approcher ! Au demeurant, tu n'as rien d'un escrimeur. »

Choucas grimaça puis remit à contrecœur l'épée dans son fourreau.

Il y eut d'autres coups de feu et des chants à la louange des Ténèbres. Le géant igné se releva puis bascula en arrière par-dessus le rempart du bord de mer. Le centaure de marbre sauta sur le muret pour lui décocher une flèche de pierre.

Choucas laissa sa main reposer sur le dos ensanglanté de Lancelot. Le temps de lui murmurer un adieu, la pouliche des songes remontait dans le ciel au sein d'un halo de lumière et d'une douce odeur vivifiante. « Un monde meilleur s'apprête à l'accueillir, un rivage que la mort ne peut atteindre. Mets à profit le répit qu'il vous a obtenu au prix de son sang, car c'est le seul que vous accorderont vos adversaires.

– Attends ! Ne vas-tu pas nous aider ? Tu pourrais au moins m'emporter là-haut, pour m'éviter une interminable ascension le long de cette corde ! »

Avec majesté, la pouliche des songes déploya ses ailes et des arcs-en-ciel argentés dansèrent sur ses plumes. Légère comme du duvet de chardon, elle se laissa dériver loin de la Terre. Lorsqu'elle battit des ailes et s'éleva au galop vers les étoiles qui s'effaçaient, ce fut comme si les rais rubis de l'aube la prenaient en chasse. En filant à la vitesse d'une comète, elle s'amenuisa pour ressembler à une étoile, droit au nord dans la Petite Ourse, où elle papillota et finit par disparaître.

« Oh, Choucas, que c'est beau ! Mais Lancelot nous a quittés, dit Wendy en versant quelques larmes. Il s'en est allé et il ne reviendra pas ! Les vieilles dames anglaises seront si tristes, celles qui ont des chats, les employées des musées et les autres ! Il leur manquera tant... »

20

« *Je m'installe à Skule Skerry* »

I

Le fracas des combats s'élevait dans la maison et le reste de la propriété. Choucas entendait dans le lointain des balles ricocher sur la pierre, des hurlements.

Il y avait dans le ciel des serpentins de lumière rubis qui s'épanouissaient en dessinant des éventails entre les nuages noirs, mais le sol était toujours aussi sombre. Quelques minutes les séparaient encore du lever de Soleil.

Wendy gesticulait, lui désignant la corde. « Grimpe ! Monte vite me rejoindre ! Tu me manques ! »

Il se pencha pour agripper Lemuel Waylock et le hisser sur son épaule, avant de saisir la corde d'une main.

À cet instant, un chapelet de détonations indiqua qu'un fusil-mitrailleur était utilisé juste à côté, une brève rafale parfaitement contrôlée. La voix de Peter lui parvint d'une des brèches ouvertes par le géant.

« Faut jamais faire les poches de qui que ce soit avant de s'être assuré qu'il est bien mort, connard. »

Il y eut un cri de colère, un autre tir et la plainte d'un ricochet, la voix de Peter :

« Tu dois suivre ta cible, comme ça ! » Une autre brève rafale, puis les cliquetis d'une arme déchargée. « Alors, minable ? Tu tires ou quoi ? Tous tes copains sont morts. Quelque chose te gêne ? Tuer un type de sang-froid, c'est moins facile que tu l'imaginais, hein ? »

Toujours avec Lemuel sur l'épaule, Choucas se précipita dans la Chambre des Songes intermédiaires. Il découvrit sous la galerie une porte qui donnait en toute logique sur le bas de l'escalier que Peter avait dévalé.

Mais les parois du petit couloir incurvé qu'il emprunta étaient couvertes de masques, et il voyait au-delà une porte voûtée donnant dans une magnifique bibliothèque aux étagères sculptées où deux phoques en tenue de matelot alimentaient la cheminée avec des livres, lui tournant le dos.

Un autre coup de feu se fit entendre.

Choucas considéra les masques et réfléchit. Tragédie et Comédie le regardaient, l'une en fronçant les sourcils et l'autre en souriant ; il y avait aussi Scaramouche, Colombine, Arlequin, Pantalon et Pierrot. L'escalier devait se situer juste au-dessus de sa tête. S'il y avait un accès, il se trouvait...

Il leva la main vers le masque de la tragédie, qui se déplaça en ouvrant une porte dérobée, sur Peter, qui gisait dans les débris de son fauteuil roulant. Il avait près de lui deux cadavres, dont un encore agité de soubresauts. Sang et cervelle avaient éclaboussé les marches et les parois, imbibé et souillé les tapisseries. Un jeune homme au crâne rasé, en veste de cuir, lesté de boucles d'oreilles et de colliers en or, se penchait vers l'invalide en tremblant.

La gueule de son pistolet frôlait presque le visage de Peter, qui restait immobile, comme une statue. Allongé sur le dos, il se trouvait dans l'incapacité de se lever même s'il tendait une main vers le jeune homme.

Choucas voulut utiliser son arme, mais le vieillard qu'il avait sur l'épaule réduisait sa mobilité.

L'inconnu s'agenouilla et s'effondra tête la première en libérant un gargouillis. Lorsqu'il roula sur le dos en battant faiblement des bras, Choucas put voir le manche d'un couteau dépasser de son cou.

« Non, il n'est pas facile de tuer une personne qu'on regarde dans les yeux. » Peter s'étira pour refermer la main sur son arme et la remuer légèrement. Le jeune homme soupira, puis s'immobilisa. « Mais ça pose bien moins de problèmes quand on en a l'habitude. »

Une flaque de sang entrait en expansion autour du corps, alimentée par ce qui jaillissait au rythme des battements de cœur. Enfin, les pulsations ralentirent et le sang s'écoula plus paresseusement. Choucas fut surpris de constater que l'odeur était identique lorsqu'il tuait un animal dans la forêt, un cerf ou un grizzly. Sans pouvoir en déterminer la raison, il en fut choqué.

Peter retira le couteau, l'essuya sur la veste de sa victime et replia la lame. À présent qu'il avait l'apparence d'une boucle de ceinturon, il le remit à sa taille.

Puis il marmonna : « Port d'armes dissimulées, mon cul ! C'est quoi, comme catégorie de délit ? D'ailleurs, si elles n'étaient pas dissimulées, tout le monde les verrait... »

Puis il rampa avec difficulté vers un pistolet-mitrailleur tombé sur le sol.

Choucas se ressaisit enfin.

« Peter... » Il s'était exprimé à voix basse pour ne pas provoquer une réaction brutale.

« Hein ? Choucas ? Je suis en sale état, mon vieux.

– Les Selkies sont là. Venez, je vais vous porter.

– P'pa ? C'est mon père, que vous trimballez comme ça ? Qu'est-ce qu'il fiche ici, bordel ? »

Choucas s'avança sans répondre. Le fauteuil roulant était irréparable, Peter couvert d'ecchymoses et de sang. Déterminer à qui appartenaient ces fluides vitaux eût été difficile. Choucas avait suivi des cours de secourisme ; il savait qu'il ne fallait jamais déplacer un blessé, mais des êtres à la voix rauque entamaient une chanson de marin très près de là.

Il souleva l'invalide d'une main pour le hisser sur son épaule droite.

Désormais la tête en bas, Peter marmonna : « Eh bien... P'pa, je voulais te dire que je reconnais m'être trompé au sujet du Bastion. C'est difficile à admettre, mais je regrette vraiment...

– Il dort, murmura Choucas. Il est sous un charme. Son âme a été emportée en Achéron.

– Bordel de merde... Nous tombons comme des mouches, pas vrai ? » La voix de Peter fut emportée par son épuisement, ses blessures ou bien son chagrin.

II

Choucas se rappelait avoir vu un petit escalier en colimaçon qui reliait la Chambre des Songes intermédiaires au couloir passant devant la chambre du maître des lieux. Mais lorsqu'il s'engagea dans le passage aux masques, un gémissement de Peter incita les hommes phoques présents dans la bibliothèque à se redresser et se tourner vers eux.

Choucas avait entre-temps atteint la salle dont les lunes et les étoiles aux nombreuses branches étaient noircies et calcinées. Il trouva rapidement la petite porte de l'escalier. Il la refermait derrière lui quand leurs adversaires sortirent du couloir en dégainant leurs sabres. Les voyant par l'entrebâillement du panneau, il constata que l'un d'eux utilisait un livre enflammé en guise de torche. Il remarqua aussi qu'ils étaient suivis par un de leurs congénères, un individu de plus grande taille caractérisé par des dentelles et une perruque poudrée, un long manteau rouge et une culotte bouffante, ainsi que de grosses boucles carrées sur ses chaussures.

Les premiers Selkies rabattirent des capuchons de cuir clair sur leur face noire et velue, ce qui les métamorphosa instantanément en humains absolument normaux : un moustachu et un rouquin affecté d'un léger strabisme qui commençait à grisonner. Celui au manteau écarlate tendit la main et aboya un ordre. Ses congénères se précipitèrent vers la porte.

Choucas gravissait silencieusement les marches, avec un homme sur chaque épaule, quand il entendit des gonds grincer puis des pieds nus claquer sur les marches de bois.

Il n'y avait ni ouvertures ni paliers ici, aucune issue. Les bruits de pas le suivaient, accompagnés par ceux plus sonores d'une paire de grosses chaussures.

Il fit un autre tour d'hélice puis discerna un trait de clarté. Devant lui se trouvait une porte qu'il pourrait verrouiller une fois du côté opposé.

Il la franchit.

Les douzaines d'hommes phoques présents dans ce corridor pivotèrent pour le regarder. Il y eut un silence. Des yeux noirs au regard très doux restaient rivés sur lui sous des tricornes, des perruques poudrées et des foulards. Certains de ces personnages aux longues moustaches étaient armés de fusils à silex, d'autres de gourdins, de sabres ou de cabillots d'amarrage.

Choucas ouvrit la bouche pour crier avec son fort accent russe : « Ar, camarades ! Mannannan le Roi Phoque est parmi vous, puisque je suis ici ! Je dis que nous, les Selkies, nous devrions pénétrer dans les carrés de nos adversaires et faire ripaille pendant que le Sorcier gratte toujours aux vitres en les implorant de l'inviter à entrer ! »

Il s'avança hardiment.

Quelques Selkies se dévisagèrent, indécis, avant de libérer le passage. Mais un individu corpulent portant un manteau noir et un tricorne se plaça devant lui et sortit un pistolet à silex de sa large ceinture.

« Qui prouve que tu es Mannannan ? Où sont les témoins ?

– En l'absence de preuves concluantes, tous sont innocents, rétorqua Choucas. Telle est notre loi. Et où sont ceux qui pourraient démontrer que je ne suis pas celui que je dis être, hein ? » Sans attendre de réponse, il donna un coup d'épaule au gêneur pour le repousser contre le mur. « Écartez-vous ! Dégagez ! Quiconque barre mon chemin finira sur la planche ! »

Malgré les deux hommes qui lestaient ses épaules, Choucas se tint en équilibre sur une jambe pour balancer un coup de pied à l'estomac de l'homme phoque le plus proche.

Sa victime tituba, glissa sur le tapis et emporta dans sa chute un buste posé sur un piédestal. « Flûte ! C'est bien Mannannan, je peux en attester. Il est le plus fort. »

Un autre homme phoque désigna le collier de feuilles brunes qu'il avait confisqué au tueur en uniforme et passé à son cou. « Il a le signe de ralliement. Il est des nôtres. »

Tous s'écartèrent. Un couloir séparait Choucas de la porte flanquée de tridents. Il constatait que les assiégeants avaient tenté de la défoncer en utilisant un piédestal comme bélier. Le bois avait été abîmé mais Wendy s'était barricadée et il s'agissait de gros panneaux de chêne.

Choucas fit un pas, un deuxième puis un troisième.

« Ho ha ! Quelle bande d'idiots ! Ce n'est pas Mannannan, je vous le garantis. Ni un autre homme phoque ayant déjà navigué, d'ailleurs ! Je suis prêt à parier qu'il ne saurait même pas hisser un foc de poupe !

– Aucun des nombreux bâtiments sur lesquels j'ai navigué n'avait un foc en poupe, moussaillon ! Et pour envoyer le foc sur un navire digne de ce nom, il faut le crocher à la draille, frapper la drisse au point du même nom et capeler l'écoute. Je ne voudrais pas critiquer les rafiots sur lesquels tu as servi, l'ami, mais si tout y était à l'envers, ça explique bien des choses à ton sujet ! »

Tous rirent.

Quand Choucas atteignit la porte, il s'intéressa aux marques et éraflures visibles aux points d'impact du bélier.

Il cherchait quoi dire et quoi faire, son cœur s'emballait. Les hommes qu'il portait sur ses épaules lui semblaient de plus en plus pesants alors qu'il restait là, épuisé et l'esprit vide, à court d'idées.

Les Selkies qu'il avait derrière lui l'observaient.

Il entendit tousser, se déplacer avec nervosité. Il se tourna lentement.

« Qui... a eu... cette... idée ? fit-il avant d'ajouter, sans attendre une réponse : Ne sommes-nous pas des Selkies ? Seules des brutes épaisses peuvent se fatiguer à défoncer une porte ! Reculez, bande d'amateurs ! Reculez ! Tout de suite ! »

Ils obtempérèrent, à contrecœur.

« Wendy ! Mon oiseau adoré ! C'est moi, Choucas !

– Je ne vous crois pas ! rétorqua-t-elle. Je sais qui vous êtes ! Fichez le camp ! »

Il y eut des murmures ; un homme phoque chuchota : « Ce n'est pas Mannannan. »

Des propos suivis par le sifflement d'un sabre tiré de son fourreau.

Choucas pivota vers les assiégeants pour leur adresser un clin d'œil. « Regardez ça ! »

Le Selkie qui avait sorti son arme recula. Choucas se tourna de nouveau vers la porte.

« Tu as raison ! Je m'appelle Var Varovitch, ce qui signifie

Choucas, fils de Choucas dans ton langage. Je vais te raconter comment j'ai reçu ce nom... »

Le battant s'ouvrit. Wendy le tira dans l'autre salle et colla ses lèvres aux siennes juste après avoir fait claquer le panneau derrière lui, Choucas fut emporté par le poids de Peter et Lemuel et s'effondra.

Il y eut une ruée et des martèlements de poings, mais les armures vides de faction près du seuil avaient déjà soulevé la barre de fermeture pour la remettre en place.

Les Selkies ne réussissaient même pas à ébranler le lourd battant.

Auquel Choucas décocha un coup de pied, en jurant. Les hommes phoques se turent.

« Partez ! beugla-t-il. Laissez-moi seul avec ma petite chérie ! Et si elle crie un peu, c'est parce que je l'aurai mordillée... Je ne suis pas un tendre, aux jeux de l'amour ! »

Il y eut un rire bon enfant et quelqu'un aboya : « Ohé, matelots, c'est bien Mannannan ! Qui d'autre que lui dirait des choses pareilles, hein ? »

Des vivats s'élevèrent.

« Hourrah pour Mannannan ! Chantons, les amis ! » Et tous s'éloignèrent dans le couloir en entonnant avec des voix étranges et inhumaines :

Je suis un homme dans les auberges,
Et sur les mers un vrai Selkie ;
Car une fois loin de la berge,
Je m'installe à Skule Skerry !

III

Trois hommes se dressaient sur une petite colline située au nord de la demeure. Conformément aux instructions reçues, ils avaient laissé leurs véhicules à l'extérieur de la propriété. Il y avait dans le ciel des étoiles, mais l'aube qui allait poindre teintait les nuages de noir et d'écarlate. Si un bosquet les séparait de leur but, la colline était assez haute pour que la vue de la maison accrochée à la falaise soit dégagée. Dans l'obscurité qui précède l'aube, le bois s'était changé en ombres murmurantes et des colonnes de fumée s'élevaient des jardins incendiés que dissimulait la demeure.

Les blessés avaient été regroupés au pied de la colline. Des hommes ensanglantés allongés sur des couvertures et des bâches gémissaient ou juraient. Ici et là, des lanternes diffusaient des cercles de clarté sur l'herbe. Deux membres des services médicaux en uniforme noirs du MORSE avaient dressé la tente d'un hôpital de campagne. Ils s'apprêtaient à amputer la jambe broyée d'un homme mal rasé qui se débattait et hurlait. Sur la gauche, des prêtresses formaient un cercle pour veiller sur des cadavres encore chauds dont elles avaient dissimulé le visage sous l'ourlet de leur robe pourpre.

Un des trois individus grisonnants à l'expression sévère tenait un téléphone de campagne. Il avait enfilé sur son costume d'homme d'affaires un gilet noir sur lequel on pouvait lire l'acronyme MORSE.

« Azraël est tombé à la mer, annonça-t-il à ses compagnons. Nous avons subi de lourdes pertes. Je vais faire replier mes hommes et évacuer certains blessés vers l'hôpital le plus proche. Je laisserai ici de quoi assiéger les lieux...

– Wentworth », murmura le deuxième individu. Il s'agissait d'un vieillard atteint de calvitie et de strabisme qui avait un bec de lièvre et une face vérolée déformée en permanence par un rictus. Il portait une robe pourpre lestée de passementerie et un collier avec une croix retournée inscrite dans une étoile elle aussi renversée. « Je dois dire que je m'y attendais ! Vous vantez constamment les mérites de vos soldats et de leur armement, mais que peuvent-ils tenter contre des créatures du monde de la nuit ? Vous devriez écouter votre instinct et décamper. C'est moi qui mérite d'être le bras droit du Maître, pas vous. À son retour...

– Monsieur Coldgrave. Azraël s'est enfoncé dans l'océan au terme d'une chute de plusieurs centaines de mètres. Je sais qu'un spectre est immortel, mais le corps qu'il occupe a certainement été réduit en bouillie. Et, à moins que vous souhaitiez me confier sur-le-champ le commandement de vos troupes, nous nous retrouvons sans personne à notre tête. Azraël est sans doute vivant – si ce terme s'applique à quelqu'un tel que lui –, mais il ne nous a laissé aucune instruction. Partir à sa recherche est une nécessité. Comme le comité n'a toujours pas découvert à quoi j'affecte les fonds de fonctionnement, je dispose encore à Denver d'une équipe de spécialistes de la privation sensorielle. J'ai par ailleurs des expériences à faire sur un sujet venu de l'asile, et je peux contraindre cette femme à établir un contact avec Azraël dans le monde des rêves.

– Vous vous moquez de moi, gronda Coldgrave. Vous oubliez que je suis devenu le Père Malignus, héritier de Paracelse. Vos drogues expérimentales et vos caissons d'isolement sont pathétiques. Mes fidèles n'ont besoin que de leur foi pour se projeter dans l'univers des rêves, en utilisant la méditation et des secrets alchimiques cités dans de vieux grimoires. Nous participerons au sac du Bastion de l'Éternité, sachez-le. Quiconque détient la Clé d'Argent ouvre et ferme à sa guise les portes du sommeil. Le Messie noir, notre Maître, est immortel. Il ressuscitera d'entre les morts et nous récompensera pour notre patience et notre fidélité. »

Le troisième homme restait allongé sur l'herbe, à leurs pieds. Il avait des yeux vitreux et une tête rasée barbouillée de tatouages, des représentations de visages hurlants qui lui valaient d'avoir des bouches supplémentaires sur les joues et des yeux sur le front. Une douzaine de boucles d'oreilles se balançaient sous ses lobes, et c'était en tremblant un peu qu'il tripotait son revolver de gros calibre.

« Vous vous fourrez le doigt dans l'œil, pauvres taches ! Tout ce qui se passe ici nous rapportera que dalle, vu que nous n'en sortirons pas vivants. Ça vient. Ça vient des Ténèbres, du froid, des eaux dormantes des grands fonds. Les portes s'ouvrent comme les gueules de monstres qui ont la dalle. Des gueules hérissées de crocs. Et Il en sortira. Il en sortira. Il en sortira pour jouer avec le monde. Et que fait un môme d'un jouet qui a cessé de l'amuser ? Il le bousille. Il le balance et maman n'a plus qu'à le mettre à la poubelle. C'est ce qui m'est arrivé. Ma vie a été foutue et mise au rancart. C'est ce qui va vous arriver. Et, merde, ça me fera marrer ! C'est également ce qui attend le Maître, l'Homme des Cauchemars, Azraël de Gray. Parce que Celui qui se trouve là-haut est tout-puissant, et même Azraël en a la trouille. »

Coldgrave lorgna le jeune tatoué. « Angelo, pauvre punk camé jusqu'aux oreilles, que feront les paumés que vous avez sous vos ordres ? Resteront-ils avec moi ou s'enfuiront-ils avec Wentworth ? Vous ne pouvez même plus avoir des pensées cohérentes, pas vrai ? »

Angelo se leva et brandit son revolver. « Je suis lucide, je dirai même extralucide ! C'est le monde qui est tordu. Vous vous demandez ce que deviendront vos hommes ? Ils ont vu trop de choses. Ils étaient là quand les statues se sont animées ; ils ont progressé au coude-à-coude avec des phoques mangeurs d'hommes qui nous ressemblent. Ouais, ouais... bien trop de choses. On ne vous a jamais expliqué ce qui arrive à ceux qui en savent trop ? D'après vous, pourquoi oublions-nous ce que nous avons fait en rêve quand nous nous réveillons ? Vous n'êtes même pas au courant, pour la brume. Elle approche, et elle sert de paravent à des êtres qui ne peuvent pas nous sacquer.

– Vous parlez de Pendrake ? fit Coldgrave. L'Amnésie l'a emporté.

– Il est revenu. Je l'ai vu, pendant un trip. Mon esprit a reçu le don d'ubiquité, ce que des types appellent la voyance narcotique. C'est pour ça que mes gars se souviendront de ce qui s'est passé ici quand tous *vos* hommes, *vos* baroudeurs et *vos* adorateurs de Satan auront été bouclés chez les cinglés. Au fait, je vous recommande mon ancienne cellule. »

Coldgrave grimaça, visiblement inquiet. « Deux de mes hommes ont disparu, il y a deux nuits. Juste avant que je reçoive cette convocation onirique. Je ne serais pas étonné d'apprendre que Pendrake est toujours en vie... et qu'il nous a suivis.

– Ce n'est qu'un homme et il est seul, rappela Wentworth.

– Vous êtes stupide et bien trop bavard, gronda Coldgrave. Ignorez-vous qui il est et quel sang court dans ses veines ? Ne savez-vous pas quelle femme il a subtilisée au Roi des elfes pour l'épouser ensuite ? Certains de mes gens ont eu des visions d'Inquanok, là où se dresse le dôme de basalte du roi voilé, et ils savent qui Obéron avait emprisonné dans cette prison inexpugnable gardée par les oiseaux de Shantak. Votre matériel lourd, vos caissons de privation sensorielle et vos laboratoires d'étude des rêves ne vous ont donc été d'aucune utilité ? »

Sans en faire cas, Wentworth s'adressa à Angelo : « Votre gang se fera débiter en morceaux. Allez-vous laisser mes hommes assiéger seuls cette maison ? La prendre d'assaut est impossible, sans Azraël. »

Angelo renifla, s'assit sur l'herbe et haussa les épaules. « Mes gars sont de vraies bêtes. Je ne peux pas les rappeler, quand leur sang entre en ébullition. Je les ai remontés à bloc avant notre départ. C'est fou ce que quelques produits chimiques savamment dosés permettent d'obtenir de ceux qui ont confiance en vous. Ils deviennent insensibles à la souffrance.

– Alors, qu'attendez-vous, Wentworth ? lança Coldgrave. Le Messie noir sera informé de votre fidélité dès son retour triomphant. »

Wentworth grimaça. « Nous devons joindre le nécromancien. Je peux passer un coup de fil au Nevada et dire à mon équipe de... »

Angelo éclata de rire. « Vous êtes débile ou quoi ? Vous ne savez donc pas où vous êtes ? C'est le Bastion de l'Éternité. Cet endroit est comme moi, tour à tour éveillé et endormi, endormi et éveillé. Nul besoin d'être un hybride d'humain et d'autre chose pour voir ce qui se passe dans les dimensions du songe. Vous voulez vous entretenir avec Koschei, le mec au costard en os ? Regardez ! Regardez ! Il est là ! »

Angelo tendit le doigt ; les deux hommes virent au pied de la colline un personnage de brume, revêtu d'une armure d'ossements et couronné de doigts, qui rôdait à côté des prêtresses de Coldgrave chargées de veiller les cadavres. Cet être fantomatique les contournait lentement et en silence, comme s'il cherchait une brèche par laquelle pénétrer à l'intérieur de leur cercle. Une silhouette noire, grande et mince, que – de façon inexplicable – ni Wentworth ni Coldgrave n'avaient remarquée avant que ce camé d'Angelo n'attire leur attention sur elle.

Le Non-Mort fit pivoter vers eux son crâne étroit. Ils virent au fond de ses cavités oculaires deux minuscules points de lumière froide ressemblant à des étoiles. Puis il leva une main décharnée et orienta sa paume vers lui, pour les inviter à approcher.

« Nous devons lui livrer quelques-uns de vos hommes, déclara Wentworth à Coldgrave en désignant les corps qui gisaient dans l'herbe. Sinon, il refusera d'entamer le dialogue. »

Coldgrave ricana. « Quoi qu'en dise le nécromancien, nous poursuivrons l'assaut. Trouver un nouveau corps au Maître ne devrait pas être bien difficile, non ? »

Et il descendit la colline afin de s'incliner devant Koschei et s'entretenir avec lui.

IV

Angelo claquait des dents, les bras croisés comme s'il était rongé par la souffrance ou tenaillé par une faim dévorante.

Il riva un œil sur Wentworth et dit lentement, pour tenter d'oublier ses tourments : « J'arrive à comprendre le Père Machin-Chose... Il a besoin d'être constamment lavé de ses péchés, toutes ses sales petites manies répugnantes. Comme aucune religion ne lui accorderait son absolution, il s'est tourné vers Satan et le Sorcier, qui lui dit ce qu'il veut entendre. Ça, c'est compréhensible. Et moi je n'ai rien à perdre, vu que je ne possède rien. Quand je rêve qu'un homme enfermé dans une cage aux barreaux barbelés me demande de lui rendre un service, je n'ai aucune raison d'hésiter. Je m'exécute puis j'attends de recevoir en rêve des instructions pour aller récupérer le fric, la came et les armes. Mais vous, vous avez un tas de machins. Vous êtes plein aux as, vous avez un bon job et les gens vous saluent bien bas. Non, vos motivations me dépassent.

– Ce n'est pas suffisant.

– Qu'est-ce qui n'est pas suffisant ?

– Ce pays. Cette vie. Nos existences.

– C'est tout de même pas mal, comparé à – je ne sais pas, moi –, disons, Cuba. J'ai même un portable.

– Si Napoléon vivait à l'époque actuelle, que serait-il devenu ? Un simple employé ? Voilà ce que sont les hommes politiques : des individus mandatés par les électeurs. Et les médias sont comparables à des épouses acariâtres, des mégères dont ils ne peuvent divorcer et qu'ils doivent constamment satisfaire. Les pontes de l'armée sont aux ordres des politiciens. Les riches subissent les ponctions du fisc. Si on y réfléchit bien, tous doivent se soumettre aux volontés des autres. C'est exaspérant.

– Qu'est-ce qui pourrait satisfaire un type dans votre genre, alors ? N'avez-vous pas tout ce que vous voulez, ou presque ? »

Wentworth le dévisagea et s'autorisa un petit rire aigu. « Croyez-vous en la démocratie, Angelo ? Pas moi. Elle permet aux gens de mordre la main qui les nourrit et de cracher sur les soldats qui les protègent. Voilà ce qu'est ce système contraire à toutes les lois de la nature. L'univers est censé être ordonné. Les meilleurs doivent exercer le pouvoir et les autres se soumettre. Je m'avoue très conservateur, sur ce point. »

Il leva ses jumelles pour scruter le Bastion, visible dans le lointain.

« Cette maison abrite une porte. Une porte qui donne sur un autre monde. Un monde plus vaste que le nôtre. Plus sombre. Plus ancien. Moins rationnel. Il y a là-bas des êtres qui convoitent ce qu'on trouve ici. Des entités qui gouvernaient autrefois la Terre. Des créatures qui imposaient leurs volontés aux hommes, à l'époque où ces derniers n'étaient pour elles que des jouets impuissants. Eh bien, j'ai travaillé pour... disons, des gens informés de leur existence. Mais ils ne faisaient que des projets à court terme et jugeaient préférable de ne pas établir de contacts avec elles. Alors que moi, j'ai découvert un énorme potentiel. Des possibilités inouïes.

« J'ai appris que les Portes de l'Éternité n'étaient gardées que par un seul homme. Des Selkies avaient trompé sa vigilance, une poignée, moins d'une douzaine. Je les ai joints. Leurs capacités m'étaient utiles. Ils m'ont révélé des choses sur Azraël. »

Wentworth baissa ses jumelles.

« J'ai eu affaire à un homme phoque, moi aussi, déclara Angelo. Il venait de dévorer mon colocataire. Ils adorent les types dans notre genre, ceux dont personne ne signalera la disparition. Il m'a raconté un tas de trucs. Il m'a parlé de Lui. Savez-vous que je L'ai vu, à une occasion ? J'étais sorti de mon esprit, là-bas à l'asile, et voilà-t-il pas que je Le vois monter des Profondeurs. Il n'apporte jamais de récompenses, seulement de la souffrance, une torture dont la mort ne peut nous libérer.

– Le Sorcier dit ouvrir la route à un roi, rappela Wentworth. Quelqu'un qui rétablira l'ordre en ce monde. Un seigneur assez puissant pour nous protéger des périls du monde de la nuit. J'ai l'intention de me faire bien voir par nos nouveaux maîtres. » Il reprit ses jumelles et se détourna. « Je suis destiné à devenir un grand de ce monde. Il n'y a aucune place pour quelqu'un de ma trempe au sein de cette société exiguë, parmi ces imbéciles.

– Et si le Sorcier vous a menti comme vous mentez à vos hommes ? Ou s'il est mort ?

– La porte de cette demeure ne représente-t-elle pas une issue de secours ? Dans un cas comme dans l'autre, nous devrons nous en emparer. Et quand elle m'appartiendra… Je voulais dire, quand elle sera à nous…

– Vous nous éliminerez à la première occasion, c'est ça ? Vous vous débarrasserez du prêtre de Satan et de l'adepte de la défonce, pas vrai ? »

Wentworth ne jugea pas utile de le nier.

V

« Uhhhnn… Je me sens vraiment vaseux. Où est-ce que je suis ?

– Ne bougez pas, Peter, dit Choucas. Vous avez une balle dans l'épaule mais l'os n'a pas été touché. J'ai trouvé sous le lit la mallette du Dr Lancelot ; j'ai nettoyé et pansé la blessure. Votre pression sanguine est régulière. En toute logique, elle devrait baisser s'il y avait une hémorragie interne, non ?

– Ce salopard avait une .22… Un truc de pédé. Eh… ! Éloignez cette lumière, elle m'éblouit.

– Vos réflexes pupillaires sont normaux, malgré votre traumatisme crânien. »

Peter se redressa sur les coudes et vit son père allongé près de lui. « C'est quoi tout ce boucan ?

– Salut ! » fit Wendy en souriant et en agitant la main.

Elle se tenait derrière Choucas, qui ordonna : « Rallongez-vous ! Les statues se sont animées pour participer à l'affrontement. Azraël de Gray a fait un plongeon dans l'océan. Vous n'êtes pas au mieux de votre forme, alors recouchez-vous ! »

Un grand fracas s'élevait derrière les doubles portes, des rires rappelant des aboiements, des chants à la gloire des cauchemars, des Ténèbres et de la souffrance. Tout indiquait qu'un deuxième groupe d'hommes phoques s'était joint au premier.

« Seigneur ! C'est qui, ceux-là ? »

Peter venait de regarder par la fenêtre.

Deux hideux personnages noirs enveloppés d'amples manteaux, plus grands que le tourbillon d'une tornade, se dressaient hors des vagues de l'océan ; ils se découpaient sur les nuages teints en rose et en gris perle par l'approche de l'aube. Dans l'ombre de leur capuchon leur face était inclinée, baissée vers la maison et les falaises. L'un, muni d'un fléau, avait des traits féminins métalliques ; l'autre avait un crâne en ivoire noir et serrait dans son poing une faucille. Ils se trouvaient loin à l'est, aussi surnaturels et démesurés que les constellations d'un zodiaque extraterrestre ayant pris vie pour descendre du ciel.

« Couché ! Vous n'êtes pas rétabli », ordonna Choucas.

Wendy leva sa baguette d'ivoire spiralée couronnée d'argent. « C'est la Clé. Je voulais l'utiliser pour vous soigner, mais Choucas s'y est opposé. Je la crois magique ! Elle fait parler les tableaux de cette maison, en tout cas. Savez-vous vous en servir ? N'est-il pas possible de les foudroyer, avec ça ?

– Désolé, ma petite dame. Je devais somnoler, le jour où l'instit a abordé le sujet. Galen pourrait sans doute vous réciter la totalité d'un petit poème que j'ai quant à moi appris puis oublié. Tum de dum dum, la clé des songes, bla bla bla, porte de l'éveil, porte des illusions... Le problème, c'est que mon fils est parti...

– Ce n'était pas Galen ! C'était Azraël ! »

Peter se ressaisit. « Cette porte est-elle barricadée ? Parfait ! Il y en a d'autres sur la gauche et la droite, dissimulées derrière ces panneaux. Elles n'ont pas de verrou mais les pièces qui se trouvent au-delà sont plutôt difficiles d'accès...

– Rallongez-vous, fit Choucas. Tout est réglé. Nous avons découvert ces portes secrètes. Il y a également des Selkies dans le couloir nord, celui qui longe la salle lambrissée. Le couloir sud est moins dangereux. Un chevalier à l'armure d'argent et à l'épée ensanglantée est de faction après la salle des cartes, mais ce passage est envahi par la fumée. Nous avons verrouillé les portes du secteur et je pense que le feu a rasé la serre de l'aile sud, mais l'incendie se propage lentement. J'estime néanmoins que c'est de ce côté-là que nous aurons les meilleures chances de leur échapper.

– Appelons des pouliches des songes et décampons sans demander notre reste ! » suggéra Wendy.

Peter regarda par les fenêtres les titans qui se dressaient à l'est, plus hauts que des montagnes et pour l'instant immobiles.

« Je n'ai l'intention ni de me rallonger ni de fuir tant que tenir cette position est possible. J'ignore ce qui se passera si l'ennemi s'empare du Bastion, mais je suis convaincu que ce sera vraiment moche, comme la fin du monde ou une chose de ce genre. Il y a cette trompette que nous sommes censés trouver et utiliser pour attirer les foudres divines ou leur équivalent.

– Il faut s'en abstenir, intervint Wendy. En soufflant dans ce Cor nous donnerons le signal de l'Apocalypse. Mieux vaut nous en aller. C'est moins catastrophique. D'ailleurs, même Lancelot est parti. À cheval. Une fois mort, il a été emporté vers les étoiles. »

Elle avait apporté cette précision avec tristesse.

« N'avez-vous pas dit que les statues se sont animées ? se souvint soudain Peter. C'est la deuxième défense du Bastion de l'Éternité.

J'ai oublié quelles sont les dernières protections. Mon père le sait, il faut le réveiller. Touchez-le avec la corne, Wendy ! Apollon ! Hypérion, Hélion, Aurore !

– Je t'avais bien dit que ma baguette avait des pouvoirs de guérison ! » murmura Wendy à Choucas, tout en se penchant pour effleurer Lemuel avec le bout de la corne.

Mais le vieillard ne broncha pas.

Choucas montra à Peter sa carte de donneur d'organes et le message que son père lui avait transmis depuis Achéron.

Peter le lut en silence, avant de déclarer : « Une couronne de laurier est suspendue dans la rotonde centrale, derrière la statue d'Apollon. La prendre et réciter le texte qui l'accompagne pourrait, je ne sais pas, décupler les effets de la corne. Il faut aussi entamer des recherches dans le Pays d'Or.

– Une petite pièce de l'aile sud, à côté d'une tapisserie représentant un dragon ? demanda Wendy. J'en viens. Je n'y ai vu aucun talisman. »

Elle sourit puis haussa les épaules.

« Pas de tableaux ?

– Non. Pas vraiment. Il y a bien des billets encadrés sur les murs, mais... »

Ils entendirent au nord un rugissement assourdissant, un *craquement*, un hurlement. Les fragments d'un lion de pierre filèrent au-dessus du muret du jardin. Un géant, une ombre pâle deux fois plus grande qu'un homme, apparut à l'angle pour s'avancer en glissant dans une mare de givre en expansion. Des hommes armés dont l'haleine se condensait sitôt sortie de leur bouche, le col relevé pour se protéger du froid, le suivaient à petites foulées.

Du côté opposé, des flambeaux dansaient et un nuage de vapeurs sifflantes et embrasées grimpait de la mer. Une énorme main refermée sur une torche qui se consumait en grésillant comme du magnésium, bien qu'elle fût ruisselante d'eau de mer, s'éleva derrière le mur ; le bras se replia autour d'un petit arbre. Une face déformée par la rage surgit à son tour, avec une barbe et une chevelure évocatrices de fumée, des yeux comparables à des charbons ardents.

« Décrochez les cadres des parois de la pièce du Pays d'Or, dit Peter. Prenez la guirlande placée derrière Apollon et revenez immédiatement.

– Qui, moi ? » demanda Choucas.

L'expression de Peter traduisit de l'exaspération. « Qui voudriez-vous envoyer là-bas ?

– J'y vais ! » décida Wendy.

Choucas sentait la tension se dissiper dans son cou et ses épaules, quand ses muscles se nouèrent de nouveau et que son pouls battit dans ses tempes. Il trouva étrange que la peur du danger ne l'eût pas tourmenté lorsqu'il était en péril, mais seulement à présent, quand il avait du temps à lui consacrer.

Il inhala à pleins poumons et se redressa. « C'est à moi de m'en charger.

– J'y vais aussi ! insista Wendy. J'ai la baguette magique ! »

Choucas prit ses mains dans les siennes. « Femme, je te demande de m'obéir ; pour ne pas me contrarier, et parce que Peter a besoin de toi. Tu sais que je peux me déplacer dans l'obscurité sans faire plus de bruit qu'un loup, sans oublier que les hommes phoques me prennent pour leur roi. Tu ne dois surtout pas t'en mêler.

– Ils pourraient te blesser !

– L'appel du devoir. L'homme part et la femme reste. Compris ? Pas le temps d'en discuter.

– Si ce n'est pas le discours le plus macho qu'il m'a été donné d'entendre, je veux bien être pendue ! Ne va pas imaginer...

– Fermez-la cinq minutes ! lui intima Peter avant d'ajouter sèchement : Ce matin, j'ai dû admettre que je n'étais pas en état de continuer. Je n'en suis plus physiquement capable, vous saisissez ? C'est pénible à accepter. Mais si vous niez les évidences, vous ne pouvez pas remplir vos engagements. Écoutez votre bon sens plutôt que votre orgueil. Alors ? »

Wendy grimaça mais hocha la tête. Elle se tourna tristement vers Choucas, se haussa sur la pointe des pieds et déposa un baiser sur sa joue. « Tu vas me manquer !

– Et vous, ne vous adressez plus jamais sur ce ton à ma femme, compris ? lança Choucas à Peter.

– Attendez que nous ayons terminé tout ça pour me gifler, d'accord ? Pour l'instant, passez-moi une arme à feu. Non, la grosse carabine. »

Choucas s'exécuta puis déclara à Wendy : « Je reviendrai. »

Il avait voulu se montrer convaincant, mais il n'avait réussi qu'à paraître affligé et effrayé.

21

Le Seigneur du Jour

I

Après avoir bordé Lemuel et Peter, Wendy s'assura que ce dernier avait des munitions pour son arme, qu'elle rechargea avec des cartouches trouvées dans les poches de sa chemise avant qu'elle ne la plie sur une chaise. Elle allait lui parler de son père et des exploits dont son mari était capable lorsqu'elle entendit celui-ci crier. Le son lui parvint par les fenêtres du côté sud.

Elle traversa au pas de course la salle tapissée de cartes et encombrée de globes de la Terre et de Mars, de Vénus et de Midgard. Le pilier central représentait un titan nu qui soutenait le plafond sur ses épaules, le visage déformé par un rictus d'effort et les bras tendus le long des poutres. Une porte dérobée s'ouvrait dans la paroi entre des cartes de Pluton et du mont Purgatoire.

Sans faire cas de Peter, qui lui criait de ne pas s'en mêler, Wendy retira la barre de la porte qu'elle entrouvrit imperceptiblement pour lorgner au-dehors.

Des cirres de fumée flottaient dans le couloir à la hauteur de sa poitrine ; la clarté des torches qui bondissait et dansait à travers les vitraux du passage donnait l'impression que les Péris [1], les Anges et les Lios Alfar représentés sur le verre se balançaient et s'inclinaient.

Dans l'angle opposé du corridor, un chevalier en armure d'argent d'apparence banale avait enfoui son visage entre ses mains et pleurait doucement. Mais, en entendant les cris de Choucas, il leva son bouclier blasonné d'un visage boursouflé par la vérole et tira son épée d'où gouttaient du sang noirâtre et du pus.

Deux hommes en robe pourpre arrivèrent en courant. Il y avait Choucas avec un sac sur une épaule et un pistolet au poing. Sa robe était trop courte et, lorsqu'il lui tourna le dos, Wendy put constater que le vêtement était déchiré entre ses omoplates. Son

1. Génies chez les anciens Perses. *(N.d.T.)*

compagnon était un inconnu blond et musclé à la mâchoire carrée, armé d'une lance et d'un bouclier ; deux armes un peu rouillées comme s'il les avait subtilisées à une panoplie murale. L'écu portait l'emblème d'un cheval ailé qui se cabrait au-dessus de deux clés entrecroisées.

Des huées, aboiements, rires et bribes de chants saturés de colère s'élevaient d'un point situé derrière eux, au-delà de l'angle du passage.

Choucas utilisa son arme ; la détonation fut assourdissante. Une explosion invisible lui répondit, puis il y eut des jappements, des cris et des bruits de pas de plus en plus rapides et sonores.

« Eh, Ruskoff ! Problème droit devant ! cria le blond.

– Choucas ! s'exclama Wendy.

– La vie n'est que souffrances et toute sagesse est chagrin, déclara le chevalier à la tenue d'argent. Affrontez-moi ! L'oubli attend ! »

Choucas glissa son arme sous son ceinturon puis referma les mains sur une table basse. Le vase qui y était posé tomba et se brisa. « On le charge, Max ?

– Allons-y, Ruskoff ! Il ne réussira pas à nous buter tous les deux. Et qu'est-ce qu'il pourrait bien nous faire avec son coupe-chou ? »

Une douzaine d'hommes phoques en tenue et calot de marin surgirent en brandissant sabres et cabillots. Ils avaient à leur tête un de leurs congénères, un être adipeux et blanchâtre vêtu d'un manteau écarlate, un pistolet à silex fumant dans une main. Il se carra sur ses jambes pour lever l'autre main, qui tenait une arme identique. Ses compagnons s'écartèrent pour se plaquer aux parois, comme la mer Rouge devant Moïse.

Choucas et son compagnon chargèrent le chevalier en hurlant. Le blond lui donna un coup de lance, et Choucas abattit la table tel un gourdin démesuré. Avec l'aisance qu'apporte une longue pratique, le guerrier moyenâgeux fit dévier la massue improvisée avec son bouclier, para la lance et se fendit pour planter son épée au centre exact de la poitrine de l'homme blond.

Après avoir retiré sa lame, il se tourna vers Choucas, qui utilisa la table à la façon d'un écu. Une protection bien fragile qu'un coup d'épée fit voler en morceaux. Choucas s'effondra, le bras cassé, entaillé et ensanglanté. Wendy entendit le craquement de l'os qui se brisait, à l'instant où le chef des hommes phoques visait la nuque de son mari et pressait la détente. Comme sa cible s'effondrait, la balle passa au-dessus de sa tête et atteignit le chevalier entre les yeux.

La force d'impact le renvoya en arrière ; son cou dessina un angle inconcevable. Le Selkie avait disparu derrière le nuage de fumée dégagée par son arme et le chevalier derrière un geyser de sang.

Les marins qui s'étaient arrêtés pour laisser tirer leur chef chargèrent.

Choucas lança le sac à Wendy, agrippa le bras de son compagnon tombé à terre et repartit d'une démarche maladroite, saccadée et disgracieuse, le visage luisant de sueur, les yeux brillants de colère et de détermination.

Wendy jeta le sac derrière elle, dans la salle où se trouvait Peter. Puis elle braqua sa baguette magique sur la statue qui soutenait le plafond. « Par la Corne du Cerf blanc, je t'ordonne de te réveiller ! Sauve mon mari ! »

Choucas atteignait le seuil en traînant l'homme blond derrière lui lorsqu'il s'effondra, les Selkies sur les talons. Ils brandissaient leurs sabres en riant quand la statue s'anima et entreprit de déboîter la poutre maîtresse.

Horrifiés, tous levèrent les yeux et s'immobilisèrent. Wendy en profita pour se précipiter afin d'agripper la robe de Choucas et l'aider à se relever. Ce qu'il fit en titubant avant de basculer dans la salle avec Max.

Et de pousser un cri en découvrant qu'il ne tenait qu'une main en décomposition rattachée à un tronçon de bras, des chairs noircies et puantes, putréfiées par une épouvantable maladie. Le dégoût l'incita à jeter au loin ce qui subsistait de son compagnon.

Les hommes phoques hésitaient. Ils surveillaient toujours le plafond qui craquait et gémissait, paralysés par la peur. L'un d'eux dit d'une voix sans timbre : « C'est bon, camarades, j'ai un plan... »

À l'instant où la statue arrivait à ses fins et où tout s'effondrait, la salle des cartes disparut sous un éboulis de gravats, de fauteuils et de canapés qui avaient meublé l'étage supérieur. Le seuil fut obstrué par des poutres et des briques qui se répandirent dans la pièce, emportées par une déferlante de poussière.

Choucas se releva en titubant, l'air hagard. « Wendy ! Wendy ! Dieu du Ciel !

– Calmez-vous, l'ami, lui lança Peter. Elle est juste à côté de vous. Eh ! Non ! »

Ils se précipitèrent l'un vers l'autre, pour s'écarter d'un bond quand Choucas hurla et s'effondra en tenant son bras cassé.

« Wendy ! aboya Peter. Aidez-le à aller là-bas, où nous pourrons jeter un coup d'œil à sa blessure. Je crains que leurs lames ne soient empoisonnées.

– Il a été vacciné contre la variole.

– On ne sait jamais. Ça peut... lui sauver la vie. Prenez la trousse du Dr Lancelot. » Puis, peu après : « Bon sang, c'est bien une fracture. Assez nette, cependant. Je vais vous donner de la morphine pour que la douleur soit plus supportable quand je la réduirai. Ça vous assommera un peu, mais il ne faudra pas dormir pour autant. Wendy, préparez de quoi éclisser son bras. Choucas, agrippez-vous à la colonne du lit. Bon, êtes-vous prêt ? »

Le dos cambré par la souffrance, Choucas était livide. Les muscles de son cou saillaient sous sa barbe, mais il ne cria pas.

Wendy avait de telles nausées qu'elle ne pouvait plus ni s'exprimer ni bouger. Voir son mari souffrir ainsi était insoutenable.

« Vous avez le nécessaire ? » demanda Peter.

Choucas désigna de la tête le sac renversé et son contenu éparpillé. Il avait subtilisé des cadres où étaient exposées les deux faces de divers billets et pièces de un, deux, dix et vingt cents. Il y avait également une couronne de laurier tressée d'un ruban doré, miraculeusement intacte.

« Wendy, prenez cette couronne et mettez-la sur la tête de mon père. Et... qui était cet homme, Choucas ?

– Max. Je ne connais pas son nom de famille. Il a décidé de changer de camp dès que j'ai eu le dessus. Je n'ai pas dû le fréquenter plus de cinq minutes, notez bien. Mais c'était un brave type et il avait un sacré sens de l'humour. Un vrai pote... »

Un cri leur parvint de la porte principale.

« Allez-y, les gars ! Mettez du cœur à l'ouvrage, que diantre ! Oh ! Hisse ! »

Il y eut un grand bruit, qui se reproduisit sans que les lourds panneaux soient seulement ébranlés.

Peter alla redresser la couronne sur la tête de son père, leva les mains avec l'index et l'annulaire incurvés vers ses paumes et récita un poème à la gloire de Daphné.

Il répéta trois fois la fin. « Apollon, Hypérion, Hélion, Aurore ! La folie de la Lune vous savez apaiser, les dragons de la nuit vous pouvez terrasser ! »

Puis il murmura : « Réveille-toi, papa ! Bordel, mon vieux, secoue-toi ! Je ne sais plus quoi faire, moi ! »

La porte subit un autre impact puis il y eut des hurlements, très nombreux.

Une étrange lumière, rouge comme celle de l'aube, souligna le battant. Ils furent assourdis par une fanfare de harpes et de trompettes.

Puis ils entendirent une musique plus majestueuse, chaque arpège souligné par une note plus grave qui lui communiquait sa puissance. Quand ces bourdonnements s'élevaient, les Selkies hurlaient comme s'ils étaient criblés de flèches.

D'écarlate, la clarté devint dorée et ce fut comme si le Soleil filtrait dans la pièce. Les sons s'amplifièrent en un crescendo magistral puis le silence revint.

Il n'y avait plus aucun bruit ou mouvement derrière la porte, mais des rais de lumière chaude et limpide jaillissaient de la serrure, du linteau et du seuil, chassant toutes les ombres.

Une voix masculine, profonde et harmonieuse, lança : « Gallus ! Toi qui es mon héraut, annonce ma venue ! »

Et un coq chanta.

« C'est quoi, cette histoire ? demanda Choucas. Qu'est-ce qu'un coq vient faire dans cette histoire ? »

Peter ne quittait pas la porte du regard.

De joie, Wendy battit des mains. « J'ai comme l'impression qu'on reçoit des renforts ! »

La barre de fermeture vola au loin et les battants s'ouvrirent avec bruit. Une chaude clarté dorée se déversa dans la salle, inondant les lieux.

Un jeune homme plus grand qu'un mortel et d'une beauté défiant toute description s'inclina et entra. Les maisons des hommes étant trop basses pour lui, il s'agenouilla sur le pas de la porte en plaçant son arc d'or à l'horizontale sur son genou. Il avait une couronne à l'éclat aveuglant et une lyre suspendue en travers de son dos par une sangle purpurine.

Derrière lui, des taches de sang mouchetaient le couloir et des traits d'or se fichaient dans les murs et le plancher. Aucun Selkie n'était en vue, cependant.

Pendant qu'il gardait cette pose, une musique majestueuse émanait de son être, s'amplifiant pour décroître dès qu'il prenait la parole, tour à tour solennelle ou mélancolique selon la teneur de ses propos.

« Tu m'as appelé et me voici. Emporté par les courants de l'océan, ton père repose dans les Ténèbres au-delà de mon champ de vision. Il est hors d'atteinte, car nul rayon de Soleil n'a jamais pénétré à de telles profondeurs. Je ne puis accomplir ce que j'ai promis de faire, et je manque donc à tous mes devoirs envers l'Éternité. C'est pourquoi j'apporte les amendements suivants à mon serment.

« Premièrement, ton père se rapproche de mon rayon d'action car Achéron, la Cité haïssable, monte vers nous. Quand la clarté du Soleil pourra atteindre son âme, j'irai personnellement assurer son salut, après avoir envoyé mon fils Asclépios répertorier et réparer tout dommage subi par la maison de son corps ; je demande par ailleurs à ma fille Uranie d'utiliser la lumière de la raison pour chasser d'éventuelles formes de folie récurrente. Mais cela n'outrepasse en rien mes promesses passées.

« Deuxièmement, mon oncle Hadès se dresse dans la mer qui s'étend à l'extérieur de ces murs, en compagnie des Parques. Ils ont empiété sur mon domaine. J'ai le pouvoir de repousser la Mort et le Destin des rives du monde du jour, mais cela a son prix. Les pierres qui ont pris vie pour protéger le Bastion devront se rendormir, car il est dans l'ordre des choses que les constellations disparaissent quand paraît le Soleil.

« Troisièmement, s'il m'est impossible de soigner tes anciennes blessures de guerre sans l'aval d'Arès, je peux intervenir sur celles que tu as reçues en défendant l'honneur de la Maison de l'Éternité. Mais cela a également son prix : tous les membres de ta famille seront guéris par la même occasion, qu'ils servent le Bien ou qu'ils servent le Mal. Bercé par les vagues de Poséidon, ton lointain ancêtre se vide actuellement de son sang ; je ne peux te guérir sans le remettre sur pied car le même Soleil brille sur vous tous, quelles que soient vos allégeances.

« À toi de décider si je dois intervenir ou m'en abstenir. Parle, à présent. Que veux-tu ? »

Il sourit à Wendy, qui l'imita mais alla se réfugier derrière Choucas.

II

Peter détacha son regard du personnage miroitant pour s'intéresser aux terrifiantes silhouettes silencieuses qui se dressaient hors des flots. « Ce n'est pas un choix véritable. Dans un cas comme dans l'autre, nous serons vaincus. Nous n'avons pas la possibilité de l'emporter contre les divinités des Ténèbres, même avec l'assistance de ces statues. Mais comment résisterons-nous aux commandos, aux géants et aux Selkies sans elles ? »

Choucas leva sa main valide devant ses yeux pour tenter de discerner en cillant les traits du nouveau venu.

Wendy, qui était la seule à pouvoir – pour une raison inconnue – regarder fixement la divinité, s'adressa à Peter en essayant de ne pas mouvoir ses lèvres.

« Utilisez les talismans. La baguette de Moly oblige les Selkies à jeter le masque, les verges de Mollner terrassent les géants, l'arc de Belphanes repousse les Kelpies et l'Anneau… eh bien, je dois avouer que je ne sais pas à quoi il sert.

– Si vous vous rappeliez quelles sont les troisièmes défenses de l'Éternité, cela permettrait peut-être de nous débarrasser des commandos, intervint Choucas. Les talismans ne sont efficaces que contre la magie. »

Wendy désigna la fenêtre.

« Il a dit que nous ne sommes pas de taille pour repousser ce qu'annonce le huitième et dernier tintement de la Cloche marine.

– Qui a dit ça ?

– Galen. »

Peter soupira. « Et lui, que va-t-il devenir ? »

Puis-je solliciter ma guérison si cela équivaut à sauver Azraël ? se demanda-t-il. *Galen se sacrifierait-il pour s'assurer que le Fondateur est bien mort ? Et moi ?*

« Que ce soit une bonne ou une mauvaise chose, prendre ce qu'on nous offre est pour l'instant la meilleure solution et nous n'avons pas le temps d'en débattre, déclara-t-il finalement avant de se tourner vers la divinité dorée. Allez-y ! »

Le personnage rutilant regarda Wendy, qui lui lança : « Alors, qu'attendez-vous ? »

III

Peter et Choucas n'eurent pas le temps de se déplacer, ou seulement de tressaillir, que l'être scintillant toujours agenouillé leva son arc et décocha vers eux deux flèches.

Des traits qui se changèrent en torrents de lumière d'où émana un chaud halo rosâtre lorsqu'ils les atteignirent. Le bras de Choucas cessa de le tourmenter et l'engourdissement dû à la morphine se dissipa, remplacé par une sensation aiguë de vitalité, des pensées limpides, de la force et de la sérénité.

Les bandages tombèrent de l'épaule de Peter, et un morceau de plomb aplati fut expulsé de la blessure, qui se referma en ne laissant sur la peau qu'une légère cicatrice.

Choucas tendit les mains au-dessus de sa tête pour tester la mobilité de ses bras, étonné et ravi.

L'être scintillant s'avança avec grâce ; il fit porter son poids du pied droit au genou pour tirer trois flèches par les fenêtres. Le Soleil inonda tout ce qu'il y avait alentour.

Choucas se précipita pour regarder au-dehors. Un halo rosé crépusculaire s'effaçait lentement dans le ciel. Les dieux noirs s'enfonçaient dans les flots, engloutis par des tourbillons, disparaissant comme des rêves.

Choucas s'agenouilla et s'écria : « Ange de Lumière ! Il y a trop de choses qui me dépassent ! Fournissez-moi quelques explications ! Il est si rare qu'un dieu daigne descendre parmi nous !

– Tu ne dois pas t'agenouiller devant moi, seulement devant le Très-Haut, car je suis un simple serviteur du Bien, au même titre que toi.

– Mais vous êtes une divinité...

– Dès l'instant où le poète met son âme dans ses œuvres, un démiurge se doit d'en faire autant. Si Dieu a tout créé, tout est donc sanctifié. Par conséquent, tu as en toi autant de sainteté que moi, même si on trouve au tréfonds de ton être des éléments moins nobles tels que la passion, la haine et la honte, qu'il te faut disséquer pour te purifier.

– Une seconde...

– Le temps est plus vieux que les dieux, et les grains qui tombent dans son sablier ne peuvent remonter, pas même pour nous qui sommes ses enfants. Les heures ont harnaché mes fiers destriers qui piaffent d'impatience, et l'aube aux doigts rosés déverrouille les portes du jour. Tu peux me poser une question, à condition qu'elle ne soit pas de nature prophétique. »

Choucas ouvrit la bouche, mais un terrible sentiment d'angoisse s'empara de lui. Il avait l'intime conviction que, quelle que soit sa demande, il en trouverait une bien plus pertinente quelques minutes, années ou décennies après le départ de ce dieu.

« Que devrais-je savoir ? » s'enquit-il finalement.

IV

La voix d'or fournit une réponse qui se répercuta d'un bout à l'autre de la salle. « S'il existe une vie après la vie.

– Est-ce le cas ?

– Absolument. Comme tu résides dans le monde de l'ignorance, il ne t'est pas enseigné quels sont les buts, les causes et les conséquences de la vie. Or, ton séjour en ce lieu de Ténèbres a pour utilité de développer ton courage.

« Après quoi tu habiteras un pays de rêves, le domaine des elfes où tout est possible puisqu'il suffit de souhaiter une chose pour qu'elle advienne. Ce que les ignares appellent ici-bas le paradis. C'est là-bas que se développent prudence et modération.

« Vient ensuite une contrée de puissance où chacun doit créer des mondes et guider ses enfants. C'est de là que je viens. On y apprend la tempérance (même s'il m'arrive de craindre que mon père n'en soit jamais capable, compte tenu des circonstances qui m'ont valu d'être engendré.)

« Puis il y a un pays de justice, où tous les torts sont réparés.

« Une fois que l'homme a maîtrisé ces vertus que sont la prudence, la tempérance, le courage et l'équité, le chariot de son âme gagne une demeure dont ce monde et les trois cieux inférieurs les plus proches ne sont qu'un pâle reflet déformant, et les raisons de ce long exil deviennent alors évidentes.

« La souffrance est ici la badine qu'utilise votre tuteur, mais une loi supérieure lui interdit de s'en servir pour cingler ce qui vous appartient en propre ; votre volonté, votre bon sens, votre consentement. Seules les choses que vous recevez en prêt sont vulnérables, les manuels et autres accessoires de votre instruction ; corps, biens, réputation, charges, enfants et compagnes ou compagnons. Les fournitures que vous devez rendre à la fin de vos études, ce que vous ne pouvez emporter avec vous. Voilà pourquoi il convient de ne pas aimer ces choses plus que de raison mais avec modération, conformément à leur nature éphémère, sujette à destruction. Alors qu'il faut avoir de la passion pour la vertu, quant à elle éternelle et indestructible.

« As-tu assimilé le sens de mes paroles, jeune esprit qui se fait appeler en cette vie Choucas, fils de Choucas ?

– Non ! Je n'ai rien compris du tout !

– En ce cas, ouvre grand tes oreilles. Ceux que vous considérez comme vos adversaires sont des intrus venus du pays des rêves, autrement dit de la contrée des magiciens. Vous saurez comment les vaincre après avoir assimilé la leçon que dispense votre monde et non le leur.

« Et tiens également compte de ceci : bien qu'il existe une vie après la mort, commettre un meurtre n'est en aucun cas excusable. »

Puis les grandes portes se refermèrent et leur dissimulèrent cet être scintillant.

22

Le dernier Bastion de l'Éternité

I

Peter avait détourné la tête et ne prêtait guère attention aux propos que le dieu Soleil éblouissant tenait à Choucas. Des beaux discours qui lui rappelaient un peu trop les prêches du catéchisme. Parce qu'il regardait par la fenêtre quand la fermeture des portes dissimula la divinité, il assista à la réapparition d'Azraël de Gray.

Le ciel était à présent rouge et noir, un tourbillon compliqué de nuages d'orage gorgés de pluie gardée captive qui se scindaient en éléments de plus petite taille pour laisser filtrer le Soleil. La terre était toujours plongée dans la grisaille, et la bordure supérieure du disque solaire venait de poindre à l'horizon.

La mer libéra une vague démesurée qui grimpa à l'assaut des falaises. D'une hauteur inouïe, elle franchit la muraille du bord de mer, et des gerbes d'écume blanche éclaboussèrent les jardins et engloutirent la fontaine.

En s'abattant, cette lame déposa Azraël de Gray sur les ruines de la fortification, sans qu'aucune goutte ne l'eût mouillé. On voyait à ses effets qu'il revenait du monde des rêves car Peter le découvrait tel qu'il se l'était imaginé : avec un ample manteau pourpre impérial enflé par le vent, des amulettes de puissance autour du cou et, à la main, une baguette de sorcier. Ses vêtements contemporains avaient été remplacés par des chausses et un pourpoint noirs à crevés de soie rouge et blanche.

Peter fut alors assailli par le chagrin ; Azraël avait conservé les traits de son fils.

« Au travail, au travail ! Azraël est de retour. Fermez les volets ! Vous surveillerez l'extérieur par les meurtrières. Alors ? Que se passe-t-il ? »

Les lourds volets de bois les isolèrent de la clarté de l'aube et la salle fut de nouveau plongée dans l'obscurité.

Choucas regagna la porte pour remettre la lourde barre en place.

« Les Kelpies sautent dans la mer. Beurk ! Je ne peux pas le leur reprocher. Ils noircissent, puis deviennent poisseux et dégoulinants, sous la lumière du jour. Leurs montures prennent quant à elles de la vigueur, elles ont plus fière allure. Je parie que ces chevaux sont les véritables Kelpies et que leurs cavaliers ne sont que de simples pantins ou quelque chose d'approchant. Oh, oh ! Je vois aussi des tas de types avec des fusils.

– Tous à terre ! cria Peter. Ces murs n'arrêteront pas des munitions de gros calibre.

– Pas de panique ! Azraël ne les autorisera pas à nous mitrailler. Il fournit d'ailleurs des instructions en ce sens à ses hommes. C'est amusant ! Il court de tous les côtés pour retenir tant les Kelpies que ses tueurs à gages.

– Ne pourrions-nous pas nous placer, comment dire, hors de portée ? demanda Choucas.

– Je doute qu'il puisse se permettre de nous tuer, lui répondit Wendy, l'œil collé à un judas. Il doit avoir besoin de nous pour s'approprier la Clé d'Argent. Whoups ! » Elle recula et se fit toute petite. « Il vient de se tourner et de me regarder droit dans les yeux. Je pense avoir vu juste. Mince, il me fiche les jetons !

– Fais voir, dit Choucas en approchant. Ah ! J'ai comme l'impression que le Soleil est pour eux une véritable gêne. Azraël a chargé le troll de glace de souffler du brouillard et de la brume, mais le Soleil traverse cette nappe.

– Restez à la fenêtre et décrivez-moi ce qui se passe, ordonna Peter. Wendy, allez vous poster là-bas avec votre baguette magique. Mais... heu... que sommes-nous censés faire, à ce stade ? »

Elle désigna un des billets de banque encadrés. « C'est un paysage. Un paysage onirique. La Clé d'Argent devrait nous permettre d'ouvrir sa porte et d'y pénétrer, si nous dormons. »

Peter s'intéressa à ce qu'elle lui montrait : le verso d'un billet de dix dollars où était représenté un bâtiment imposant à l'intersection de deux routes. Des gens se promenaient sur les trottoirs et des Ford T roulaient sur la chaussée. Il y avait dans le lointain d'autres constructions et de la végétation.

« Les francs-maçons ont dissimulé leurs symboles dans les billets de banque et les monuments américains, lorsqu'ils sont arrivés d'Angleterre. C'est un des éléments du sortilège qu'ils ont utilisé pour nous libérer du joug des Britanniques.

– Je l'ignorais ! s'exclama Wendy.

– Vraiment ? On me l'a expliqué quand j'étais gosse. Je croyais que tout le monde le savait. Bon, qu'allons-nous faire ?

– Nous endormir sera difficile, compte tenu du tapage qu'ils font là-dehors ! En outre, le temps de nous réveiller, les méchants seront arrivés jusqu'ici.

– Ne vous inquiétez pas pour ça, dit Peter. Je m'en occuperai, si nécessaire. Mais ce sera inutile, ici. Ce que j'essaie de me rappeler, c'est le sortilège qui correspond à chaque objet.

– Galen m'en a dressé la liste. Si vous lancez ce que contiennent les verges de Mollner, ce projectile reviendra jusqu'à vous et vous encaisserez le choc en retour. Pour utiliser l'anneau de Niflungar, il faut renoncer à l'amour. Prendre la baguette de Moly fait perdre toutes ses illusions. L'arc de Belphanes sert le fier mais terrasse le vaniteux. Quant à l'Épée de Justice, elle ne peut être maniée que par quelqu'un digne de gouverner. »

Peter ramena devant lui les billets encadrés et les pièces. « Où sont les talismans ?

– Quelles que soient vos intentions, je vous suggère de presser le mouvement, lança Choucas. J'ai comme l'impression qu'un truc épouvantable va bientôt débuter.

– Que voyez-vous ?

– Le déterminer est difficile, dans la pénombre... des arbres ? Des tours ? Oui, je vois des tours sortir de la mer, des centaines et des centaines, comme une forêt. Elles sont séparées par des sortes de toiles d'araignée et d'innombrables cordes.

– Achéron remonte des abîmes ! s'exclama Wendy.

– Pigé ! fit Peter. Zappez un de ces dessins avec votre baguette magique. Vite.

– Lequel ?

– Peu importe ! J'ignore où sont cachés les talismans, mais ils se trouvent quelque part là-dedans ! Choucas, venez nous rejoindre et aidez-nous à répertorier les détails...

– Non, attendez ! fit Choucas, toujours penché vers le judas du volet. Ce ne sont pas des tours !

– Quel soulagement ! commenta Peter.

– J'en ai repéré un ! s'écria Wendy.

– Ce sont des mats de navires. Des clippers aux voiles noires. Des vingtaines et des vingtaines qui emplissent la baie à perte de vue. Et d'autres hommes phoques gigantesques et aux yeux lumineux comme des lanternes se laissent flotter entre ces bateaux. Plus gros que des baleines. Ils ne sont pas vêtus comme les autres. Ils portent des armures grecques ou égyptiennes. Plus loin, ils ont des tenues encore plus anciennes, plus vieilles que tout ce que je connais, et ils paraissent plus gros que des îles. Je pense qu'ils viennent des profondeurs du monde...

– Juste ici, au dos du dollar ! fit Wendy. On les voit comme le nez au milieu de la figure ! Ces traits dans les serres de l'aigle sont certainement les flèches de l'arc de Belphanes, et je présume que la branche d'olivier symbolise la baguette de Moly.

– La scène est différente sur le revers de la pièce de vingt-cinq cents, déclara Peter. Ici, l'aigle transporte un faisceau.

– Un quoi ?

– Un faisceau... Le fagot de verges que portait un licteur romain...

– Des verges ? Les verges de Mollner ?

– Zappez-les !

– Il ne faut pas que je m'endorme ?

– Ce serait indispensable partout ailleurs, mais pas dans cette maison. Allez-y ! »

Il y eut des bruits de bottes dans le couloir, des coups frappés à la porte.

« Ouvrez ! beugla une voix chevaline. Police fédérale !

– Azraël nous envoie les géants de glace et de feu, annonça Choucas. Ils viennent par ici. Sainte Catherine ! L'homme dans le ciel...

– Ouvrez ! »

Peter ordonna à Morphée de terrasser les individus présents derrière la porte, mais rien ne se passa car il ne connaissait pas leurs noms et n'avait aucun objet leur appartenant à sa disposition.

« J'aimerais me remémorer quelles sont les dernières défenses de l'Éternité. C'est le moment ou jamais.

– Oh, seigneur ! » s'écria Wendy avant de tomber du lit, à la renverse.

Car un pygargue plus grand que tout autre rapace venait de s'élever du billet, tout d'abord de façon onirique puis en acquérant de la matérialité et du réalisme. Ses ailes magnifiques battaient lentement pendant qu'il poussait un cri terrifiant ; il tenait dans une serre un arc d'or et un faisceau de flèches, dans l'autre une fine baguette sur laquelle poussaient des feuilles et des fleurs. Autour de cette apparition, treize points lumineux restaient en orbite, balayant l'air de leur éclat doux et pénétrant.

Wendy se releva pour dire : « Ici, l'oiseau ! Ici, l'aigle ! Ici, mon garçon ! Donne tout ça à tante Wendy ! »

Elle tendit les mains vers la baguette et les flèches, mais le rapace grimpa jusqu'au plafond avant de s'exprimer d'une voix claironnante, perçante et majestueuse. « La séparation des pouvoirs est un principe sacré. Sache que ces talismans servent des dieux jaloux et que nul mortel ne peut en tenir deux simultanément ! Celui qui prend l'arc ne doit pas toucher la baguette. »

L'œil toujours collé au judas, Choucas annonça : « Je vois un homme courir dans le ciel, drapé de nuages d'orage comme d'une cape. Il est tout là-haut, derrière les navires, et il souffle dans leurs voiles l'air qui sort de sa cornemuse... »

Les assiégeants leur intimaient d'ouvrir la porte. Peter arma son pistolet-mitrailleur et enclencha son dernier chargeur.

À cet instant des vents d'ouragan se levèrent et devinrent de plus en plus sonores. Finalement, tout le ciel hurla.

Les fenêtres furent soufflées et les volets de bois emportés de leurs gonds. Choucas tomba en plaçant ses mains sur son visage pour le protéger d'une pluie d'éclats de verre.

La pièce tangua comme la cabine d'un navire en pleine tempête. Ils entendaient les craquements, hurlements et claquements des arbres déracinés.

Le balcon des fenêtres nord s'affaissa d'un côté pour se changer en rampe bancale, et quand les piliers est cédèrent les parois de l'angle nord-est de la pièce se fissurèrent et s'ouvrirent.

Ils virent par cette brèche une tourelle décorative de l'aile nord se désagréger, de la vaisselle d'or et de vieilles tapisseries s'envoler des tas de gravats et de planches pour s'en aller avec le vent.

Au-dessus des ruines de la petite tour, deux créatures surnaturelles traversaient le ciel à grandes enjambées ponctuées de coups de tonnerre. Le premier de ces êtres portait une tenue de soldat romain et faisait claquer son glaive sur son bouclier. Le second engendrait une tornade avec les sons aigus de sa cornemuse, sa cape et son kilt tourbillonnant dans les vents qui le suivaient.

Les deux Princes des Éléments se dirigeaient vers l'est en entraînant à leur suite les nuages, comme s'ils avaient l'intention d'étouffer l'aube naissante.

Un sifflement leur parvint de la porte, accompagné d'une gerbe d'étincelles émanant d'un point incandescent qui fondait un des gonds. Les assiégeants s'étaient munis d'un chalumeau oxyacéthylénique.

Des nuages de plus en plus denses dissimulaient le Soleil de l'aube, les Kelpies poussaient des vivats et les Selkies chantaient, un millier de voix qui montaient des navires.

Le géant de glace glissait dans les jardins en laissant derrière lui des arbres givrés et festonnés de glaçons. Par les fenêtres brisées du sud, ils virent son jumeau igné enjamber le muret et embraser les buissons d'une caresse de ses torches.

« Choisis ! » ordonna l'aigle.

Un autre rapace onirique se matérialisa dans la salle, tenant dans ses serres un faisceau de verges qu'il laissa choir. Il y avait au milieu de ce fagot une masse au manche très court.

« Seul celui qui accepte de subir les conséquences d'une guerre peut utiliser cette arme au combat, trompeta le deuxième pygargue. Il lui faudra en outre renoncer à tout talisman, car les militaires ne doivent en aucun cas accaparer ce qui revient aux civils. »

Les voix des aigles étaient si puissantes et perçantes que les hurlements de l'ouragan ne pouvaient les couvrir.

Choucas dévisageait Peter quand son expression lui apprit qu'il se remémorait quelque chose, qu'il reprenait courage. S'il ne put entendre ses propos, il lut sur ses lèvres : « L... souvenir... dernière défense de l'Éternité ! »

Le gond porté au rouge se détacha de la porte, qui se stabilisa puis fut ébranlée par l'impact d'un bélier.

Peter avait saisi l'épaule de Wendy et lui criait quelque chose à l'oreille en désignant la brèche ouverte dans le mur. Par un heureux hasard, ou les caprices du destin, les vents devinrent moins assourdissants, et Choucas entendit : « ... vers le paratonnerre de ce clocher, là-bas ! Fulgrator ! En tant que Gardien de l'Éternité présent dans son Bastion, j'exerce mon autorité en cet instant de détresse ! »

La porte s'effondra et des hommes armés apparurent sur le seuil. Il y avait des individus casqués en treillis noirs et des hommes en robe pourpre, les premiers équipés de M-16 et les seconds de fusils de chasse. Les deux premiers qui entrèrent mirent instinctivement en joue les armures vides exposées devant la porte et les fenêtres.

Celui qui les suivait prit Choucas pour cible avant de se raviser en voyant sa robe pourpre. Il regarda Wendy, Peter et Lemuel ; une jeune femme menue et deux vieillards alités qu'il dut juger inoffensifs, car il remit son arme en bandoulière tout en criant : « Nous prenons possession de cette demeure au nom du Messie noir ! »

Comme il s'était immobilisé, les hommes qui venaient derrière lui ne pouvaient entrer dans la pièce, également gênés par la lourde colonne de marbre utilisée comme bélier.

« À plat ventre ! fit une voix. Vous êtes tous en état d'arrestation !

– Eh, je parie que vous ne voyez pas ces deux aigles géants ! leur lança Wendy. Vous a-t-on hypnotisés pour vous cacher tout ce qui pourrait vous troubler ? Azraël a dû vous ensorceler pour vous éviter d'avoir la trouille. »

Peter tendit une main par la fenêtre et se servit de l'autre pour désigner la porte. Un geste que les deux hommes entrés dans la pièce durent considérer comme menaçant car ils braquèrent sur lui leurs armes... un peu trop lentement.

Peter réunit ses mains, et ses index.

Choucas sentit une forte odeur d'ozone et tous ses poils se hérissèrent tandis qu'un bourdonnement saturait ses oreilles. Il plaqua

Wendy au sol, pour la couvrir avec son corps tout en essayant de la protéger avec les bras.

La foudre s'abattit dans la pièce ; une explosion bleu-blanc qui l'aveugla et l'assourdit.

Lorsqu'il redressa la tête et cilla pour recouvrer une vision normale, il vit près du seuil désormais béant trois cadavres qui achevaient de se consumer en tressautant. Des étincelles crépitantes parcouraient les armes que ces hommes avaient lâchées. Des feux follets bourdonnaient sur les gonds, les boutons et les boucles de ceinture en métal. De la tension était toujours perceptible dans l'atmosphère, comme le champ électromagnétique d'une dynamo emballée.

Une créature indubitablement surnaturelle, même si elle faisait penser à un homme avec son long manteau noir au col agrémenté de dentelle, se dressait dans les vestiges fumants de la porte. Son visage était dur, un fouillis d'angles sur de hautes pommettes et une étroite mâchoire, et ceint d'un éventail de longs cheveux bruns qui rebiquaient à leurs extrémités.

Cet être tenait un javelot. En regardant par-dessus son épaule, Choucas vit des étincelles crépiter dans ses yeux. Des arcs électriques s'établirent entre ses dents supérieures et inférieures ; un court instant, il parut doté de crocs.

Il pivota vers eux et leur sourit avant de se détourner pour lancer son arme dans le couloir où leurs adversaires prenaient la fuite ou criaient qu'ils voulaient se rendre. Un éclair d'une blancheur insoutenable jaillit du point qu'atteignit le javelot. Choucas détourna les yeux juste à temps.

« De nouveau libre, me voici, fit l'apparition d'une voix sèche, inhumaine. Mais je ne vois pas l'anneau de Niflungar sur la main de celui qui m'a céans convoqué. La folie a certes son utilité, mais seule cette bague peut la contenir quand les combats sont terminés. »

La créature fit tourbillonner son manteau noir pour franchir le seuil fumant et aller ramasser son arme de jet. Ses déplacements s'accompagnaient de crépitements chuintants, et Choucas l'entendit glousser.

Choucas, qui regarda Peter, bouche bée. « Pourquoi les serviteurs de l'Éternité ne gouvernent-ils pas le monde, dès l'instant où ils peuvent réaliser de tels prodiges ?

– Je crois que nous avons autrefois tenté cette expérience. Nous avons dû y renoncer, pour une raison que j'ignore. »

II

Wendy embrassa son mari. « Tu n'as pas l'intention de te relever ? Tu m'écrases ! »

Choucas se redressa. « Je n'entends plus le vent, là dehors. Est-ce bon signe ou mauvais signe ? »

Les deux aigles s'étaient perchés sur les colonnes du lit, et trois talismans miroitaient sur le sol : une baguette sur laquelle poussaient des fleurs resplendissantes, un arc d'or aux flèches claires empennées de plumes blanches et un marteau au manche très court et à la tête d'acier massive.

Choucas regarda par la fenêtre. Les deux géants s'étaient arrêtés pour contempler le ciel. Ils tressaillirent quand la foudre s'abattit à proximité. Celui de glace souleva sa visière pour souffler du brouillard ; celui igné plongea une torche dans une flaque d'eau de mer qui s'était formée sur des tuiles brisées. Inextinguible, le flambeau crépita et dégagea des vapeurs. Il était évident qu'ils agissaient ainsi pour se dissimuler.

L'armada des Selkies ne faisait plus aucun bruit. Quelques chaloupes pleines de matelots avaient été mises à la mer, mais les marins restaient assis sur les bancs de nage et riaient sous cape avec nervosité, se défiant les uns les autres de débarquer les premiers. Les Kelpies levaient les yeux avec une morne résignation ou gardaient la tête basse, des postures de chagrin empreintes de noblesse.

« Regarde ! » fit Wendy.

Un éclair ondoyait au sommet de la tour centrale et reliait le Bastion de l'Éternité aux nuages noirs qui le surplombaient, un toron d'énergie crépitante et papillotante qui dansait et se subdivisait en ramifications regroupées dans un étroit couloir immatériel.

Une cloche sonna dans le lointain. Wendy se représenta une église de Nouvelle-Angleterre aux bardeaux blancs couverts de lierre, érigée sur une verte colline ou au-dessus d'une anse aux flots paisibles.

En entendant ces tintements les Selkies se couvrirent les oreilles, gémirent et grincèrent des dents. Les Kelpies se tassèrent sur eux-mêmes, rongés par les remords, et leurs traits magnifiques devinrent flasques puis fondirent en masques balafrés et grêlés par la petite vérole. Le mélange de brouillard et de fumée des géants devint plus dense, jusqu'à recouvrir la totalité du secteur.

« C'est l'église épiscopalienne de North Point, commenta Peter. Ils célèbrent un service au lever du jour, en cette saison.

– Sommes-nous vainqueurs ? » voulut savoir Choucas.

23

La baguette de Moly

I

Tout en observant sous la clarté croissante de l'aube l'armada cauchemardesque, les chevaliers malades et les géants emmaillotés de fumée et de brume, Choucas se remémora l'affirmation du dieu Soleil selon lequel tout ceci provenait du monde des rêves, du monde des magiciens. Étonnement et pensées inquiétantes se liguaient pour plisser son front.

Et il y avait le sorcier lui-même, cet Azraël de Gray, debout sur le monceau de pierres tombées de la muraille défoncée, sa robe et son manteau enflés par le vent.

Azraël, qui effleura son collier, déposa un baiser sur ses doigts et désigna au nord le point d'origine des tintements.

Ils s'interrompirent aussitôt.

Un murmure sifflant constitué d'appels et de rires se propagea au sein des multitudes.

Mais quand le carillon reprit, quelques secondes plus tard, les lazzis se changèrent en cris aigus et jurons, puis en silence maussade.

Azraël pointa sa baguette sur le géant de glace, lui donnant un ordre que Choucas ne put entendre. Le titan leva sa main massive et secoua sa tête privée de traits, pour refuser.

Un des hommes présents derrière le colosse brandit sa carabine à bout de bras. « Envoyez-nous, maître ! Nous réglerons la question ! »

Azraël tendit son bâton vers l'intervenant et désigna le nord. L'homme cria un ordre à ses compagnons et plusieurs individus vêtus de pourpre disparurent derrière cette aile du bâtiment.

« Les Kelpies sont plus sensibles au Soleil que les autres monstres. À qui nuisent le plus ces tintements ?

– Aux Princes des Éléments, car ils tiennent les intempéries à distance. Avez-vous remarqué ce silence ? J'espère qu'il va pleuvoir. De tout cœur. L'incendie de l'aile sud a cessé de se propager et il est même possible qu'il s'éteigne...

– Azraël a envoyé des tueurs dans cette église, quand le géant a refusé d'exécuter ses ordres. »

Ils entendaient un bruit de moteur, les murmures d'un véhicule qui s'éloignait.

À l'extérieur, Azraël agita sa baguette. Le chef des Kelpies, un chevalier muni d'une armure et d'un bouclier identiques à ceux de l'assassin de Lancelot, le salua en levant son épée ensanglantée. Ses guerriers enfourchèrent leurs montures pour sauter de la falaise, vers les flots déchaînés loin en contrebas. Wendy fit remarquer que leurs destriers étaient à présent magnifiques et puissants, des étalons arabes, des pur-sang qui leur avaient pourtant paru mourants sous la clarté des torches.

Les nuages qui masquaient l'aube s'effilochaient, et des rayons de Soleil rougeâtres se glissaient entre eux, très nets contre ce ciel obscur. Il ne subsistait plus la moindre trace des Princes des Éléments.

« J'aimerais bien savoir ce qu'il mijote, déclara Peter. Il n'attaquera pas tant que la foudre restera de faction au-dessus de nos têtes, c'est évident.

– Les Princes des Éléments ne peuvent-ils pas se dresser les uns contre les autres ? » demanda Wendy.

Peter regarda Choucas. « Elle a raison. Les Princes des Éléments fidèles à Azraël reviendront s'en prendre au nôtre dès que ses tueurs auront éliminé les fidèles réunis dans cette église.

– Il faut utiliser nos talismans ! » suggéra Wendy.

Choucas tendit le doigt par la fenêtre. « Nous devons repousser cette flotte avant que les tueurs ne réduisent la cloche au silence. Ne pouvons-nous pas avertir ces gens ? Il n'y a pas un seul téléphone, ici ?

– C'est une des choses qui m'ont toujours irrité, dans cette maison », répondit Peter en secouant la tête.

Wendy tapa du pied. « Et la *magie* ? Utilisons les talismans ! »

Peter se redressa, s'aidant de ses mains pour déplacer ses jambes, s'adosser à la tête du lit et s'intéresser aux objets posés autour de lui.

« Je prendrai le marteau, grommela-t-il. Je me crois capable de résister à la malédiction qui l'accompagne. J'ai toujours su encaisser les coups autant qu'en donner.

– Êtes-vous certain du sens de cette mise en garde ? demanda Choucas. Les pactes qu'on scelle avec des puissances surnaturelles sont fréquemment trompeurs.

– Wendy ? fit Peter. L'experte en contes de fées, c'est vous. »

Un sourire creusa ses fossettes. « En tant qu'ex-militaire, c'est effectivement ce qui vous conviendrait le mieux. Choucas, l'arc et les flèches te reviennent vu que tu es un chasseur et que tu n'es pas trop prétentieux. »

Choucas annonça : « Les Kelpies lèvent le siège. Peter, avez-vous entendu ce qu'a dit notre Prince des Éléments ? L'un de nous doit opter pour cet anneau. Comment l'appelez-vous, déjà ?

– Niflungar. »

Wendy gloussa. « À vos souhaits !

– L'un de nous doit le passer à son doigt, sans quoi il sera impossible de soumettre les Princes des Éléments.

– Et je me réserve la baguette de Moly en raison de ma pureté », ajouta Wendy en battant des cils.

La frayeur glaça le cœur de Choucas, pendant que Peter s'intéressait au marteau.

« Tout soldat sait qu'il risque de se faire mutiler ou tuer, lors d'une attaque. »

Sa voix, que l'incertitude avait fait vaciller, retrouvait de l'assurance au fur et à mesure qu'il s'exprimait. Et ce fut d'un geste décidé qu'il ramassa l'objet avant de le tenir avec précaution et respect, comme s'il s'agissait d'une arme à feu.

Il ressemblait plus à une massette qu'à toute autre chose, sauf que le manche était très court et qu'il paraissait équilibré pour servir d'arme de jet. Mais il palpitait dans sa main et était chaud au toucher. « Ce machin est vivant ! murmura-t-il.

– Prends-le pour assurer la protection de la Lumière céleste, glatit un des aigles. Et considère comme tes ennemis ces géants haineux et maussades ! Fais serment de ne l'utiliser qu'à bon escient et de ne pas le mettre de côté ou l'abandonner à un de nos adversaires, jusqu'à ce que ta charge prenne fin ou que le Roi revienne et t'exempte de tes obligations ! »

Le pygargue inclina la tête pour river sur lui un œil doré.

Peter posa diverses questions au rapace, sans obtenir de réponse, avant de le saluer en levant le marteau et de déclarer : « Je fais serment de soutenir et défendre la Constitution contre tous ses ennemis, tant étrangers qu'intérieurs. »

L'aigle poussa un cri et cessa d'être là. Il ne disparut pas, il ne s'effaça pas. Telle une image vue en rêve, il sortit de l'esprit des personnes présentes, comme si une nappe de brume l'avait dissimulé tant à la vue qu'au souvenir.

« Wow ! » fit Wendy, qui regarda l'autre rapace. Elle agita la main pour retenir son attention. « Je peux prendre la baguette de Moly ? »

Choucas s'interposa. « N'y touche pas, ma chérie !

– Pourquoi ?

– Je... Je... Je ne sais pas, mais je suis convaincu que tu en souffriras ! Songe à la malédiction qui s'y rattache !

– Oh, vraiment ? Estimeriez-vous que je me berce de douces illusions, monsieur Choucas, fils de Choucas ? Iriez-vous jusqu'à dire que je fuis la réalité ? »

Elle renifla, en gloussant presque.

Peter leva les yeux du marteau posé sur son giron. « Eh ! Peut-être vaudrait-il mieux laisser cette baguette à quelqu'un d'autre. Un individu endurci et cynique, sans illusions et moins fragile que vous. »

Wendy leva les yeux au ciel. « Oh, allons ! »

Elle tendit la main.

« Attends ! s'exclama Choucas d'une voix faussée par la panique.

– Quoi, encore ?

– Et si tu cessais de croire aux contes de fées, en l'existence de ton père et de ta mère ?

– Ne sois pas ridicule, voyons !

– Non ! Écoute ! Ne touche pas cette baguette ! Elle te fera perdre tes parents ! Tu prendras conscience qu'ils n'ont jamais existé et que tu n'as jamais volé quand tu étais gosse ! Que ce n'était qu'un rêve ! Tu n'es pas restée en suspension dans les airs devant la fenêtre de la cuisine pour saluer ta mère de la main ! Tu as rêvé ces choses ! Elles n'existent pas ! »

Wendy haussa un sourcil (son expression préférée) avant de rétorquer : « Et tu vas ajouter que je me mène en bateau en ce qui concerne mon rétablissement ? Ce qui s'est passé hier dans cet hôpital ne serait pas un miracle, peut-être ? Tu oserais prétendre que j'ai rêvé ? Ha ! Certaines personnes ne savent décidément pas grand-chose de la vie ! »

Choucas avait blêmi.

« Eh, qu'est-ce qui t'arrive ? ajouta-t-elle. Tu ne te sens pas bien ?

– Écoutez, Wendy, intervint Peter pour tenter de détendre l'atmosphère. Choucas a peut-être raison lorsqu'il estime qu'il devrait prendre la bague au lieu de l'arc et des flèches.

– Je ne voudrais surtout pas qu'il renonce à l'amour ! fit-elle en gloussant. Vous oubliez qu'il est *mon* mari !

– Je connais un type qui serait idéal pour tenir ce rôle, un certain Wil. Mais où diable est cet anneau ?

– Je crois le savoir ! Galen a dit qu'un sorcier nommé Franklin avait capturé la foudre avec le fil d'un cerf-volant. J'en déduis que l'anneau est dissimulé dans l'image d'Independance Hall, là où la Constitution américaine a été adoptée. Là, vous voyez ? »

Elle désigna avec la corne de la licorne le cadre contenant le billet de cent dollars.

« Qu'allons-nous faire, mon vieux ? murmura Peter à Choucas. La règle veut que personne ne puisse utiliser deux talismans. La baguette de Moly nous est indispensable contre les Selkies, et cet objet ne peut être tenu que par une main innocente. Vous estimez-vous innocent ? Ce qui est certain, c'est que je ne satisfais pas à ce critère. Et nous n'avons pas le temps de lancer une campagne de recrutement. »

Choucas regarda par les fenêtres. Les armées d'Azraël avaient formé des bataillons bien ordonnés, pour la plupart composés de Selkies.

« Je sais à quoi vous pensez, l'ami, ajouta Peter. Vous envisagez de les laisser raser cette maison, n'est-ce pas ? Mais c'est loin d'être aussi simple. Écoutez, peut-être aimerez-vous toujours autant votre femme quand elle aura remis les pieds sur Terre... »

Choucas le foudroya du regard. « Elle dépérira, privée de ses beaux rêves. Vous voulez qu'elle devienne aigrie ? Ordinaire ? Sans amour ni joie ? Je serais prêt à tuer plutôt que... » Il n'acheva pas sa phrase en prenant conscience du sens de ses propos.

Pendant que Choucas se rapprochait de Peter, Wendy s'était dirigée vers l'aigle juché sur le poteau du lit. Elle lui murmura quelques paroles.

Et les deux hommes tressaillirent quand le rapace glatit : « C'est vrai !

– Vous voyez ? gazouilla Wendy. D'après lui, ça ne posera aucun problème. Ne soyez pas toujours des rabat-joie. En outre, les hommes n'ont pas leur mot à dire dans cette affaire ! »

Et elle ramassa la baguette sans leur laisser le temps de s'interposer.

« Wendy ! hurla Choucas. Pose-moi ça ! »

Il contournait le lit lorsqu'elle chuchota à l'aigle quelques mots qu'il ne put comprendre, mais qui s'achevaient par : « ... je le promets. »

Choucas remarqua que la lumière avait décru. L'aigle couronné d'étoiles venait de disparaître.

Il prit sa femme par les épaules. « Wendy ! Je t'avais dit de...

– Lâche-moi, idiot ! Je vais très bien ! Je me souviens toujours de mes parents, et je crois encore plus qu'avant aux fées et aux miracles... »

Sa voix mourut.

Choucas la lâcha et recula, le regard vitreux et la main sur la bouche. « Non... », fit-il.

Car il lisait dans les yeux bleus de Wendy de la sagesse, un souvenir, de la réflexion. Ils évoquaient deux profondes mares d'eau limpide. « Tout indique que je ne dois pas ma guérison au hasard, pas vrai ? Koschei m'a proposé la vie d'une tierce personne, mais j'ai refusé. Je présume que quelqu'un a donné son feu vert à ma place, sans quoi le Non-Mort n'aurait pas pu m'offrir la vie de Galen puis combler ce vide par l'esprit d'Azraël. Si Galen s'est adressé à moi, c'est parce que je détenais une chose lui appartenant. Tu as déclaré à Peter que son fils était mort. Pourquoi ? »

Elle le dévisagea attentivement.

« C'est pas ma faute... Je ne pensais pas que ça marcherait.

– C'est plutôt idiot, comme raisonnement ! Pourquoi l'as-tu fait, alors ? »

Il ne sut quoi répondre.

« D'après mon père, les vrais hommes doivent assumer les conséquences de leurs actes. J'étais fière de ta force de caractère, tu sais ? »

Il restait muet. Des tourments momentanément oubliés revenaient glacer son cœur.

« Tu n'as rien à me dire, Choucas Varovitch ? »

Elle s'était exprimée d'une voix cassante.

« Qu'est-ce qui se passe ? intervint Peter. De quoi parle-t-elle ?

– Tu étais à l'agonie », rappela plaintivement Choucas.

Elle haussa les épaules. « J'avoue avoir eu peur, au tout début. Mais j'ai surmonté mes frayeurs et je m'étonne que tu n'aies pas pu en faire autant. Qu'est devenu ton courage ?

– Mais... tu étais à l'*agonie* !

– Tu l'as déjà dit, tu me fais penser à un disque rayé. Au moins, je ne faisais de mal à personne.

– À quoi rime tout ça ? s'emporta Peter.

– Dis-le-lui, Choucas. Révèle-lui la vérité. Les anges écoutent celui qui est sincère et les démons celui qui ment. Ma mère me l'a souvent dit. Et ce n'est pas n'importe qui. »

Choucas recula sans dire un mot, à la fois tourmenté et irrité.

« Wendy ? insista Peter.

– Je suis persuadée que mon mari a aidé un démon à tuer votre fils », déclara-t-elle doucement.

Et Choucas sut que tous les hommes que Peter avait achevés sur un champ de bataille avaient vu le même regard juste avant de rendre l'âme. « Si elle dit vrai, vous êtes un homme mort, Varovitch.

– Wendy... » Choucas tentait de se ressaisir, mais c'était un sanglot qui venait de sortir de sa bouche. « Je ne voulais pas... je pensais... il parlait d'un inconnu ! »

L'expression de Wendy se durcit plus encore et il lut dans ses yeux du chagrin mêlé de colère, du mépris.

« Je l'ai fait pour toi ! » rappela-t-il.

Le dégoût céda la place à de l'indifférence, comme s'il n'était pour elle qu'un inconnu.

Puis les cloches de l'église se turent.

II

Ils furent assourdis par un hurlement du vent, une explosion de foudre et de tonnerre. Choucas agrippa une fois de plus son épouse pour l'éloigner des fenêtres, l'autre main levée comme pour parer un coup.

Ils virent par les trouées du mur trois personnages voler dans le ciel en faisant battre des ailes composées de nuages noirs. Ils s'abattaient, piquaient et plongeaient tels des faucons qui se battent. Vent, tonnerre et éclairs accompagnaient leurs moindres gestes et regards. La couverture orageuse tourbillonnait autour d'eux, brassée en ouragan par leur affrontement.

Ils passèrent au-dessus de la demeure. En se laissant choir pour remonter en chandelle, noir comme un corbeau au jabot d'un blanc électrique, Fulgrator agitait son javelot redoutable, à la fois souriant et implacable. Avec un gémissement de cornemuse et un claquement de lame frappant un bouclier, ses frères plongèrent vers lui. Des coups de tonnerre ponctuaient tous leurs déplacements.

Terre, arbustes et blocs de maçonnerie étaient projetés dans les airs ; la foudre dansait sur la horde réunie et tuait des vingtaines de combattants ; les grondements étourdissaient et affolaient les autres. Les chevaux des Kelpies qui n'avaient pas encore regagné l'océan se cabraient et ruaient, piétinant leurs alliés. Hommes phoques, tueurs à gages et cavaliers désarçonnés étaient réduits en pulpe par leurs sabots devenus écarlates.

Peu après, les Princes des Éléments grimpèrent en tourbillonnant vers le zénith, telles des feuilles mortes emportées par un grand vent d'octobre dans un ciel rouge et or. Ils n'étaient plus que des points qui faisaient des apparitions éphémères dans l'immensité séparant les tours noires des nuages, poursuivis par des éclairs et un tumulte infernal.

Le trait oscillant de la foudre n'était plus visible au-dessus de la tour centrale. Fulgrator avait concentré sa puissance dans les hauteurs, pour affronter ses frères.

Le calme revint au niveau du sol, même si le chaos régnait dans les rangs des armées d'Azraël, car le repli des Kelpies s'était changé en débandade. Le géant de feu émergea de son nuage de fumée et les repoussa en utilisant ses deux torches, embrasant les chevaux partis au galop. Les troupes stationnées sur le pourtour de la cour n'étaient cependant pas en déroute. Il y avait là de nombreux tueurs à gages déguisés en militaires et une horde de Selkies en tenue de matelot.

Azraël leva son bâton et lui fit décrire un grand cercle : le signal de l'assaut. Les phoques d'apparence humaine l'ovationnèrent en brandissant leurs cabillots, piques, rostres d'espadon et gaffes, puis ils chargèrent la demeure.

Un groupe important utilisa le balcon en partie effondré comme rampe d'accès pour atteindre la brèche ouverte dans le mur. Le géant de glace, qui glissait parmi les assaillants en ayant leurs faces hurlantes au niveau de sa taille, paraissait patauger dans une mare d'hommes phoques. Il tenait d'une main une énorme massue ; son autre bras demeurant ballant. La neige et le grésil charriés par son épouvantable haleine tourbillonnaient devant et derrière lui.

Le géant était suivi par une formation triangulaire irréprochable de tueurs à gages. Ces hommes portaient sur leurs gilets pare-balles de lourds manteaux dont ils avaient remonté le col pour se protéger de la froidure. Certains actionnaient constamment le mécanisme de leur arme, les mains dans des mitaines, pour empêcher le gel de souder les pièces métalliques.

Choucas n'avait pas lâché Wendy, qui le gifla. Il recula en titubant, jusqu'aux vestiges de la porte.

Derrière lui, une voix à l'accent irlandais murmura : « Tu n'as donc pas encore compris pourquoi ta copine connaît si bien cette maison ? De façon si soudaine et inexplicable ? »

Seul Choucas tourna la tête. Ses compagnons avaient gagné les fenêtres pour regarder l'extérieur.

Là où l'effondrement du balcon avait emporté une partie du mur, trois officiers Selkies en manteau rouge et perruque blanche précédaient une foule de matelots qui brandissaient en gloussant leurs matraques. Ces gradés utilisèrent leurs pistolets à silex sous les acclamations de leurs hommes. Tous disparurent derrière un rideau de fumée de poudre noire, pendant que les balles tirées plus ou moins au hasard ricochaient avec bruit sur la pierre ou piquetaient des meubles. Un grondement de tonnerre fit vibrer l'air quand Peter vida le chargeur de son pistolet-mitrailleur sur les Selkies. Une douzaine moururent et les autres battirent en retraite, certains n'hésitant pas à sauter du balcon. Que ces projectiles les déciment sans faire le moindre mal aux géants et aux Kelpies était incompréhensible.

« Les géants arrivent ! » cria Wendy.

Peter jeta son arme déchargée et soupesa le marteau, tout en visant sa cible...

Choucas leva les yeux. Tom O'Lantern était assis à califourchon sur une poutre du plafond ; ses petits yeux brillaient de malice et de malveillance sous son bonnet rouge. « La vie de Galen a été transférée dans le corps de Wendy, placée là par les soins de son assassin, autrement dit toi-même. Il est logique que Galen tente de s'extirper de son corps et s'exprime par sa bouche. Il finira par s'emparer de cette pauvre fille et tu auras alors commis un double meurtre. Mais regarde ! Voici venir le grand sorcier américain, ce Benjamin Franklin, qui a dompté l'éclair de Zeus en utilisant la magie des Yankees ! »

C'était exact. Ce personnage venait d'apparaître dans la pièce, à côté de Choucas. Il avait sur son nez des doubles foyers, aux lèvres un sourire amusé et sur la tête un bonnet en peau de raton laveur absolument ridicule. Dans la chaîne de sa montre de gousset, qui dessinait une boucle sur le renflement de sa veste, avait été passé un anneau d'or pâle.

Les Selkies présents dans la brèche s'étaient entre-temps écartés en criant des encouragements. Le géant de glace atteignit le sommet du plan incliné et inhala, ce qui s'accompagna d'un sifflement sonore.

Peter lança le marteau avec force, le bras modelé par des muscles qui paraissaient noués.

« Prends l'anneau ! siffla Tom O'Lantern à Choucas. Renonce à l'amour de ta dame ! Tu n'en es pas digne, quoi qu'il en soit ! »

Le crâne du géant explosa en un nuage de glaçons, fragments de cervelle et d'ichor bleuté. Son impensable masse bascula en arrière en écrasant tueurs à gages et Selkies. Ceux qui étaient éclaboussés par les fluides qui giclaient des cadavres étaient instantanément brûlés par le froid, congelés comme s'ils avaient été aspergés d'azote liquide.

Et quand il percuta le sol, le géant se brisa comme une statue creuse.

Wendy cria sa joie et battit des mains.

Deux Princes des Éléments passèrent en tournoyant au-delà des fenêtres est. Choucas vit un kilt et un manteau voleter, des bras entremêlés, un javelot brillant coincé dans un des tuyaux de la cornemuse. Le troisième Prince descendait à grandes enjambées dans le couloir aérien, droit vers la demeure, et la crinière de son casque claquait sous les effets du vent alors que ses pas grondaient dans le néant.

« Ne vas-tu donc rien faire pour aider tes amis ? » murmura Tom O'Lantern avec agressivité.

Des Selkies vêtus en marins avaient atteint la brèche, mais ils se jetèrent à plat ventre quand le marteau de Mollner, mû par une force invisible, ressortit du crâne broyé du géant de glace pour regagner en filant au ras de leurs têtes la main toujours levée de son lanceur.

Peter, dont l'expression traduisit de la surprise juste avant que l'impact ne l'emporte hors du lit sur lequel il était assis et l'envoie s'étaler sur le sol.

« Ma main ! »

Une nuée de Selkies se ruèrent dans la pièce et sautèrent sur le lit en riant de joie et en brandissant leurs piques et leurs matraques.

D'autres arrivaient par les portes principales défoncées, pour prendre les défenseurs à revers.

Quatre d'entre eux saisirent Choucas et le firent choir sans lui laisser le temps de réagir. Un cinquième vint le surplomber en levant un gourdin qu'il abattit vers son crâne.

Un mouvement interrompu par sa brusque métamorphose.

Sa dépouille humaine glissa comme un manteau de cuir couleur chair ; son corps noir et lisse, qui aurait été si gracieux sous les flots, bascula vers l'avant en battant piteusement des nageoires. Il fut presque assommé par le gourdin qu'il avait dû lâcher.

Les matelots qui immobilisaient Choucas redevinrent eux aussi des pinnipèdes. Leurs mains s'aplatirent en nageoires et, privés de jambes pour les soutenir, tous s'affalèrent autour de lui.

Choucas les repoussa et se leva. Quand l'un d'eux voulut le mordre, il lui balança un coup de pied en pleine tête.

Peter utilisait son marteau pour achever ses deux adversaires les plus proches, mais sa mobilité n'était guère plus grande que la leur, à présent qu'il avait perdu l'usage d'un membre supplémentaire.

« Mon bras ! fit-il, angoissé et horrifié. Je ne peux plus m'en servir ! »

La grimace qui déformait son visage luisant de sueur et maculé par le sang et la matière grise de ses victimes était hideuse.

Wendy n'avait qu'à agiter la baguette de Moly pour que les Selkies s'effondrent, privés de leur déguisement. Peu après, tous ceux présents dans cette salle gisaient sur le sol, réduits à l'impuissance. Ils ne pouvaient que se débattre et agiter leurs nageoires en aboyant.

Ils furent nombreux à gronder de colère et à se retourner les uns contre les autres pour se mordre, comme si d'innombrables trahisons venaient brusquement de leur être révélées.

Peter se redressa en agrippant la colonne du lit de la main gauche, le manche du marteau de Mollner serré entre les dents. Puis il contorsionna son épaule pour faire glisser son bras droit sur la tête du lit, ce qui lui permit de se caler pendant que ses jambes chétives et ridicules basculaient sur le côté.

Il cracha son arme dans sa main gauche. « Oh, merde ! »

Car il venait de voir l'œil brillant de colère du géant igné qui le lorgnait à travers les vitres brisées d'une des fenêtres du mur sud.

Le titan ramenait en arrière son bras démesuré pour balayer l'intérieur de la pièce avec la torche qui lui servait de massue et réduire en bouillie tout ce qui s'y trouvait, lorsqu'il vit Peter adossé à la tête du lit qui s'apprêtait tant bien que mal à lancer son arme de la main gauche.

Le monstre hésita. Des gerbes d'étincelles et des rubans de fumée s'échappèrent de ses narines.

L'homme et le géant se regardèrent droit dans les yeux, comme tétanisés.

Puis Azraël de Gray s'avança dans la brèche, suivi sur la gauche par Koschei le Non-Mort et sur la droite par le Prince des Éléments en cuirasse romaine.

Derrière eux venaient les survivants de l'escouade de tueurs à gages, des hommes en treillis noir et casque bleu.

Azraël repoussa du pied ou piétina les phoques présents sur son chemin, avant de s'immobiliser en voyant Peter lever son marteau.

Koschei et le Prince en firent autant. Il se dégageait du Non-Mort une puanteur de tombeau. Les doigts osseux dressés sur le pourtour de sa couronne crissaient en raclant le plafond de la salle. L'ombre de son casque dissimulait le visage du Prince des Éléments ; les vents violents qu'engendraient ses moindres gestes faisaient claquer son cimier et son manteau écarlate alors qu'il restait là, le glaive levé au-dessus de son bouclier.

Koschei et Azraël avaient tous deux un regard terrifiant. Les yeux du Non-Mort étaient de simples points de lumière sinistre, flottant dans le puits noir de ses cavités oculaires, mais ceux d'Azraël avaient en eux un semblant d'humanité, peut-être parce qu'il avait été un homme dans un lointain passé.

Peter s'intéressa à lui par-dessus son épaule puis regarda de nouveau le géant. Il modifia imperceptiblement sa prise sur le manche du marteau, pour pouvoir le lancer sur l'une ou l'autre de ces cibles. Il étudia ce qui les séparait sans se désintéresser pour autant de ce qui se passait à la périphérie de son champ de vision.

Et peut-être jeta-t-il également un coup d'œil à son seul bras valide, levé devant son visage.

« Un de perdu, dix de retrouvés », marmonna-t-il sans trouver cela amusant.

Un tueur braqua sa carabine, mais Azraël leva la main. « On ne tire pas sur mes descendants ! »

Le géant raidit ses épaules, et Peter regarda de son côté. Azraël effleura son collier d'aimants et murmura un nom. « Somnus, engourdis-les. Sang de l'Étoile du Nord, amène-les à ma portée. »

Choucas sentit ses membres s'alourdir. Ses genoux ployèrent et il bascula en avant, le visage à seulement quelques centimètres des boucles des chaussures de Benjamin Franklin. Le spectre, ou l'apparition, n'avait pas bougé ou dit un seul mot.

Choucas tenta de se remémorer quels noms et quels charmes

contraient un sortilège de ce genre, mais il ne put se souvenir que du regard à la fois accusateur et indifférent de Wendy.

Le géant alla pour s'avancer mais Azraël cria :

« Surtvitnir ! Écarte-toi ! »

Le géant gronda, éructa de la fumée et recula à un pas des fenêtres sans pour autant baisser sa torche – un brandon enflammé gros comme un arbre qui détruirait tout ce qu'il y avait dans la pièce en s'abattant.

« Et toi, Bromion, pourquoi n'as-tu pas utilisé la foudre pour les réduire à l'impuissance ?

– Je savais qu'Uriel, l'archange régent du Soleil, était présent, répondit le Prince des Éléments d'une voix douce. Ses pas angéliques sanctifient tout, or les esprits que nous sommes ne peuvent pénétrer dans une enclave sacrée. »

Azraël fit claquer son bâton sur les lames du plancher ; le bout de bois resta inexplicablement dressé lorsqu'il le lâcha.

Wendy s'était effondrée, et la corne de la licorne avait glissé sous sa jupe. Azraël s'avança vers elle en écartant du pied les phoques présents sur son chemin.

Il s'accorda le temps de baisser les yeux sur elle. Choucas, qui assistait paralysé à la scène, ne pouvait rien tenter.

En prenant bien soin de ne pas effleurer la baguette de Moly tombée sur le sol, Azraël souleva Wendy en glissant ses bras sous ses épaules et ses genoux, tel un jeune marié s'apprêtant à faire franchir le seuil de leur nouveau foyer à son épouse.

Si ce n'est qu'il sortit sur le balcon et la plaça au-dessus du vide.

« J'ai dit que je te jetterais dans les abîmes si tu ne me remettais pas Clavargent, et je suis un homme de parole ! »

Il lâcha ses jambes après avoir fait glisser l'autre bras vers le bas, pour la tenir uniquement par la taille.

À cet instant, Choucas vit un minuscule personnage sauter de la poutre en direction de la baguette de Moly.

« Somnus, libère ses membres ! ordonna Azraël avant de s'adresser à Wendy : Maintenant, sors la Clé d'Argent de ta jupe et dépose-la dans ma main !

– Attrape, ma belle ! »

La baguette de Moly vola dans les airs. Wendy s'en saisit et s'en servit pour cingler le visage d'Azraël.

Dont la main se transmua en gant de cuir blanc pendant que sa face devenait un simple capuchon en peau de Galen. Ses traits juvéniles glissèrent tel un manteau dont il se serait dépouillé pour révéler l'individu altier se trouvant au-dessous ; un homme au nez busqué, aux rides profondes creusées autour de la bouche, aux yeux sombres et cruels et à la chevelure brune striée de blanc au-dessus des tempes. Il se redressa, plus grand de trente bons centimètres que Galen ; ses vêtements se déchirèrent entre ses épaules et le long de ses jambes.

Pendant que la main du jeune homme se détachait du bras à la façon d'un gant, Wendy se dégagea de sa prise.

« Ce n'est pas Galen ! cria-t-elle. Il n'a pas le droit de pénétrer dans cette maison ! »

Choucas sentit ses membres revenir à la vie. Le sortilège venait d'être rompu et il se releva d'un bond.

Wendy resta un instant en équilibre au bord des ruines du balcon, battant des bras. Puis elle tomba hors de vue, en hurlant.

Le poing du géant igné qui irradiait une chaleur intense traversa les fenêtres du mur sud et les fit voler en éclats, tout comme le lit. Mais Peter avait agrippé Lemuel et roulé avec lui sur le côté, leur évitant de se faire aplatir. Allongé sur le dos, ses membres inertes empêtrés dans ceux de son père inconscient, Peter lança le marteau de la main gauche.

L'outil fila vers le géant et l'atteignit entre les sourcils, avec tant de force qu'un court instant ses yeux se firent face de chaque côté d'une dépression qui s'emplissait de sang. Puis l'os céda ; il y eut un grondement et un éclair lumineux, avant que le corps démesuré ne se transforme en pilier de cendres que le vent dissipa lentement.

« Choucas ! cria Peter. Utilisez l'anneau ! Grillez ces salopards ! »

Son expression traduisait de nouveau de la frayeur car le marteau traversait la paroi pour revenir vers lui. Il percuta son bras gauche et le projeta en arrière. Peter glissa sur le sol, où il resta prostré, mort ou inconscient.

Le hurlement de Wendy se changea en cri de joie. Elle s'éleva en flottant dans les airs, plus légère que du duvet de chardon, sa jupe et ses cheveux voletant autour d'elle, privée de poids.

Seul Azraël n'en fut pas sidéré.

« Servante d'Obéron ! ordonna-t-il. Rends-moi la Clé d'Argent ou je tue ton époux ! »

Il tendit son bâton de marche vers Choucas tout en refermant l'autre main sur les amulettes suspendues à son cou.

« Obéron ? C'est Galen que j'essaie d'aider ! rétorqua Wendy.

– Galen ? » Azraël s'interrompit, pensif.

Elle rit, des sons qui n'avaient jamais été aussi cristallins et joyeux. « Saviez-vous que la gravité n'a pas le pouvoir de nous lester ? J'ai été victime de cette contrevérité absurde tout au long de ma vie. Vous croyez-vous capable de me faire redescendre ? Vous et vos menaces stupides ? Vous êtes tellement ridicule, quand vous débitez de pareilles inepties ! Il n'y a ici aucune bataille, car tout n'est qu'illusion. À quoi bon avoir atteint les Portes de l'Éternité sans la Clé qui les ouvre ? Mais, surtout, ne vous gênez pas, agissez à votre guise ! Je n'aurai quant à moi qu'à m'enfuir avec la Clé ! Je regagnerai peut-être le royaume de ma mère, à présent que je me souviens du chemin qui y conduit.

– Te moquerais-tu de mes menaces ?

– Je sais que vous ne ferez aucun mal à Peter ou à Lemuel, car ils font partie de votre famille. Vos menaces sont donc vaines.

– Tu oublies ton mari ! »

Wendy se tourna vers Choucas pour le regarder droit dans les yeux. « Vous parlez de ce qui fut une autre illusion. Je ne suis liée à personne. »

Puis elle se détourna, enfouit son visage dans le creux de son bras et laissa le vent l'emporter vers le large.

Elle s'éloigna telle une feuille morte au-delà des navires des Selkies, haut dans le ciel vers les nuages dont les tours et les vallons se paraient des couleurs chaudes apportées par le Soleil levant.

Un des tueurs à gages prit sa carabine pour la viser, mais son regard devint aussitôt absent, comme si la voir voler dépassait son entendement.

« Donnez-moi cet anneau, Franklin, demanda Choucas d'une voix sans timbre. Je prends l'engagement de l'utiliser comme il se doit et de ne le céder à personne.

– Arrêtez, par Morphée ! » intervint Azraël.

Mais il se retrouvait sur le balcon, à l'extérieur de la demeure dont nul sortilège n'aurait pu franchir les protections.

Choucas baissa les yeux sur l'anneau qu'il avait dans sa paume, sans oser pour autant l'enfiler à son doigt. Était-il prêt à renoncer à tout jamais à l'amour ?

Il passa derrière Benjamin Franklin. Que l'apparition fût toujours présente indiquait que le charme n'opérait pas encore. La malédiction ne deviendrait effective que lorsqu'il mettrait cette bague. Par ailleurs, les pseudo-militaires semblaient dans l'incapacité de regarder ce spectre, comme si la vision d'un des Pères fondateurs [1] était bien trop étrange pour eux.

« Bromion ! » gronda Azraël.

Mais le Prince des Éléments romain rétorqua : « En tout lieu bénéficiant de la quiétude sacrée, fracas et agitation sont formellement prohibés. »

Choucas haletait, comme si un grand poids lestait ses épaules. Dès l'instant où Wendy l'avait abandonné, quelle valeur pouvait-il accorder à l'amour ? Y renoncer était-il pire que perdre l'usage de tous ses membres, comme Peter ?

1. Nom donné aux personnes qui élaborèrent la Constitution des États-Unis. *(N.d.T.)*

Un texte était gravé à l'intérieur de l'anneau d'or pâle : *Tempestos Attonitus, Fulmenos ! Ave et Salve ! Venire et Parere !* De toute évidence, des formules destinées à exercer un contrôle sur les Princes des Éléments. Il pourrait utiliser la foudre contre leurs ennemis et ordonner aux vents de lui ramener son épouse. Sauf que, si la malédiction était réelle, elle ne lui inspirerait plus aucun sentiment.

Il savait qu'il devait mettre cette bague. Dans quelques instants Azraël réveillerait ses tueurs, échafauderait une ruse magique ou...

Mais c'était renoncer à tous ses espoirs.

« Koschei, détiens-tu l'âme des géants ? demandait Azraël. Peux-tu les ressusciter ?

– Pas en plein jour. Cependant, le Prince des Éléments a la possibilité de vaincre le fils des montagnes.

– Comment ?

– C'est un meurtrier, et le sang qui souille ses mains a profané cette enceinte sacrée. S'il est vrai qu'Uriel, l'ange régent du Soleil, a traversé cette pièce, l'assassin en question n'a pas suivi ses pas. »

Choucas leva les yeux avec lassitude. Il savait, vaguement, qu'il devait fuir ou se battre. Agir. Mais il se contenta de dire : « Wendy... »

Le Prince des Éléments fit claquer son glaive sur son bouclier. Le fracas, plus assourdissant que tout autre son, s'accompagna d'éclairs qui se propagèrent dans les membres de Choucas et l'engourdirent. Il s'effondra, tête la première, et quand le deuxième coup retentit il se retrouva dans l'incapacité de dire un seul mot. Au troisième, le vacarme emporta son esprit dans le chaos. Ses pensées s'égaillèrent. Il perdit connaissance.

Choucas avait été foudroyé. Terrassé par les remords et le chagrin, vaincu par la magie, il chut dans les Ténèbres et fut coupé de tout.

C'est ainsi que s'achève la première partie des
Guerriers de l'Éternité,
récit qui se poursuit dans
Les Brumes d'Achéron.

Table

Photocomposition Facompo
14100 Lisieux

Impression réalisée par
Bussière
pour le compte des Éditions Calmann-Lévy
*31, rue de Fleurus, Paris 6e*
en septembre 2005

Dépôt légal : octobre 2005
N° d'édition : 13976/01
N° d'imprimeur : 053395/4

Imprimé en France